흥륭한 대원제국의 청사 2

大元盛世青史演義

Их Юань улсын мандсан төрийн Хөх судар

The Blue Sutra of the Rise of the Great Yuan State

지은이

웨. 인잔나쉬 V.Injannash, 1837~1892

내몽골 조스틴 출간(현재 요녕성 몽골자치구)의 투메드 서부 지역에서 칭기스 칸의 27대손인 왕친 발의 일곱째 아들로 태어났다. 그는 몽골의 뛰어난 사상가이자 문인으로 19세기 몽골문학계를 대표하는 거성으로 손꼽힌다. 그는 원래 시로 창작을 시작하여 100여 편의 사색적이고 철학적인 시를 남겼다. 또 18세부터 소설 창작을 시작하여 『두견새전』, 『붉은 구름 같은 눈물』, 『단층 누각』, 『붉은 눈물을 흘리는 탕힘』 등의 작품을 저술했다. 그의 인생에 고난이 극했던 34세부터 그는 부친의 미완성 원고인 『청사』를 약 20여 년에 걸쳐 완성하는데, 이 작품으로 인잔나쉬는 몽골 역사소설뿐 아니라 몽골문학사에 불멸의 이름을 남겼다. 그는 시인이자 소설가, 미술가, 예술 이론가, 번역가, 뛰어난 역사가로 몽골 민족의 깊이 있고, 폭넓은 정신문화를 유산으로 남긴 대문호로 평가된다.

옮긴이

이안나 Lee, Anna

몽골 구비문학과 몽골문화를 연구해 오고 있으며, 몽골 현대문학 작품을 번역, 출간해 왔다. 현재 한국외국어대학교 몽골어과 학술연구교수. 저서로 『몽골 구비서사문학과 문화의 상관성 연구』, 『몽골 영웅서사시의 통섭적 연구』, 『동몽골의 가치와 미래』(공저), 『몽골의 생활과 전통』, 『몽한사전』(공저), 『몽골 민간신앙 연구』, 『몽골인의 생활과 풍속』 등이 있으며, 『낙타처럼 울 수 있음에』, 『한 줄도 나는 베끼지 않았다』, 『샤먼의 전설』, 『*Сүхян бүсгүйн домог*』(공역), 『*Гэрээ орхисон минь*』(공역), 『몽골의 설화』, 『몽골의 가정예절과 전통』, 『눈의 전설』, 『나뭇잎이 나를 잎사귀라 생각할 때까지』, 『말을 타고 가는 이야기』, 『칭기스 칸 영웅기』, 『몽골 현대시선집』 등의 역서와 30편 이상의 논문이 있다.

흥륭한 대원제국의 청사 2

초판인쇄 2024년 6월 20일 **초판발행** 2024년 6월 30일
지은이 웨. 인잔나쉬 **옮긴이** 이안나
펴낸이 박성모 **펴낸곳** 소명출판 **출판등록** 제13-522호
주소 서울시 서초구 사임당로14길 15 서광빌딩 2층
전화 02-585-7840 **팩스** 02-585-7848
전자우편 somyungbooks@daum.net **홈페이지** www.somyong.co.kr

값 34,000원
ISBN 979-11-5905-943-8 94830
ISBN 979-11-5905-941-4 (전6권)

이 저서는 2019년 대한민국 교육부와 한국연구재단의 지원을 받아 수행된 연구임(NRF-2019S1A5A7069254)

한 국 연 구 재 단
학술명저번역총서

흥륭한 대원제국의 청사 2

大元盛世青史演義

Их Юань улсын мандсан төрийн Хөх судар

The Blue Sutra of the Rise of the Great Yuan State

웨.인잔나쉬 저
이안나 역

일러두기

1. 이 역서는 몽골 건국 800주년을 기념해 몽골 현대문으로 출판된 인잔나쉬의 『청사』 I, II, III권을 번역한 것이다. 이 역서는 몽골문자(몽골비칙)로 된 69장 『청사』 1957, 1991년 간행본을 대조하여 몽골 국립대 교수팀이 몽골 현대문으로 옮겨 2005년 울란바토르에서 출간된 저서를 텍스트로 했다.
2. 본 저서는 공간적으로 넓은 지역을 아우르고, 시간적으로 오랜 세월에 걸쳐 벌어졌던 사건을 다루면서, 저자가 다양한 문헌을 인용했기 때문에 고유명사 전사에 통일성을 갖기 어려운 점이 있다. 그러나 몇 가지 원칙을 따랐다. 먼저, 인명이나 지명 등의 고유명사 전사는 가능하면 저자가 사용한 단어를 발음에 따라 전사하는 것을 기본으로 했다.
3. 다만 몽골비칙에서 호환되어 사용되는 자음 д, т에서 д가 끝에 사용되는 경우 т로 전사하거나 т를 д로 전사하기도 했다. 예를 들어, 케레이드를 케레이트, 탕구드를 탕구트 등으로 번역했다. 또 베트국은 원래 '우리나라'라는 의미가 있어, 빈번히 사용되는 '베데국'으로 전사했다. 또 у, ү 역시 호환이 되며, у는 몽골비칙에서 외국어 전사일 경우 ү로 발음되기도 하고, ү가 у로 발음되는 경우도 있다. '탕고트'의 경우 '탕구트'로 전사하는 일반적인 표기를 택하여 사용했다. 그러나 현재 일반적으로 사용되는 인명, 지명 표기가 다르더라도 у를 а나 그밖에 다른 모음으로 바꾸어 전사하지 않았다. 예를 들어, 한국에서 모훌리(Мохули)를 일반적으로 '무칼리'라고 하지만, '훌(хул)'의 у를 а로 전사하기 어렵기 때문에 모훌리 그대로 표기했다.
4. 또 х의 전사 표기가 к로 호환되기도 하지만 특별히 역사적으로 고착된 경우에만 호환된 к 발음을 택하고, 현재 일반적으로 사용되는 단어의 х발음을 그대로 х로 전사했다. 예를 들어, '호빌라이'를 '쿠빌라이'로 '헤를렌'은 '케를렌'이 아닌 '헤를렌'으로 전사했다.
5. 영문 표기의 경우 다음과 같이 했다.

а	б	в	г	д	е	ё	ж	з	к	и	й	л	м	н	о	ө
a	b	v	g	d	ye	yo	j	z	k	i	i	l	m	n	o	ö

п	р	с	т	у	ү	ф	х	ц	ч	ш	ъ	ы	ь	э	ю	я
p	r	s	t	u	ü	f	kh	ts	ch	sh	i	y	i	e	yu	ya

6. 본 역서의 각주는 3가지 형태로 이루어져 있다. 인잔나쉬 원저자의 각주는 본문 중에 **[원주]** 표기 후 설명을 달아 주었다. 몽골 현대문으로 옮긴이의 각주는 아래 각주를 달아 주었으며, 설명 앞 괄호 안에 [**몽골 현대문 역주**]라고 붙여 주었다. 역자의 부연 설명이 필요한 경우 **[역자 주]** 표기 뒤에 설명을 넣었다. 또 한국어 역자의 각주인 경우 여타의 표시 없이 아래 각주를 달아 설명을 하거나, 인용한 경우 뒤에 인용 서지를 붙이는 방식을 취했다.

옮긴이의 말

몽골학에 뜻을 두고, 몽골을 배움의 터전으로 삼은 지도 어언 25년이 지났다. 몽골에서 지냈던 10년 남짓한 세월 동안 유목민의 생활에 깊이 경도되어, 그들의 삶과 문화를 이해하고자 나름 시간을 잊고 살았던 것 같다. 몽골 생활 가운데 내게 가장 보람되고 기쁨을 주는 일 가운데 하나는 관심 주제에 관련된 도서를 찾고 수집하는 일이었다. 그렇게 모았던 도서 가운데 두툼한 3권의 『청사』도 포함되어 있었는데, 이 책을 언젠가 번역해 보리라는 막연한 생각을 했다.

세월이 흘러 『청사』를 번역할 기회가 왔고, 근 4년 가까운 긴 시간을 소요하며 번역 작업에 매진했지만, 처음부터 이 작업은 내 능력을 넘어서는 일이라는 것을 알았다. 이 저서는 19세기 저서로 무엇보다 현대문이 아닌 옛 문장 형태가 주를 이루어 주술 관계를 파악하는 데도 어려움이 있었다. 단어도 오늘날 쓰임과 다르거나, 쓰이지 않는 사어, 단어 형태가 다른 경우도 있어 번역 작업은 참으로 지난하기 이를 데 없었다. 또 고전 작품이 일반적으로 그렇듯 산문이라도 운문적 요소가 내재되어 있기 때문에 한 문장 안에서도 같은 단어가 반복되어 사용되는 경우가 적지 않아 문장 이해를 더욱 어렵게 했고, 또 사건의 공간적 배경이 광대해 중국이나 그밖에 외국 관련의 전사된 고유명사를 다시 전사하는 데도 어려움이 있었다. 할 수 없는 일을 하고 있다는 자책이 들 때마다 이 책을 저술할 당시 저자 인잔나쉬의 각고의 노력과 인고의 세월을 생각했다.

이 저서는 인잔나쉬가 아닌 그의 부친이었던 왕친발이 큰 뜻을 품고 저술을 시작한 것으로, 처음 8장을 쓰고 청나라 지배기의 혼란한 시대 상황 속에서 생을 마감하게 된다. 그때 인잔나쉬의 나이 11세였다. 이후 상당한 지적 소양을 가진 그의 자식들이 이 저서를 이어서 완성하고자 여러 번 머리를 맞대고 고민했지만, 흩어진 역사서를 정확히 짜 맞추고 시대와 인명, 지명 등을 정확히 찾아내는 데 상당한 시간과 노력이 요구되었기 때문에 집필을 이어가지 못한 채 결국 원고는 오랜 세월 그대로 방치되고 만다. 그러다 인잔나쉬의 삶에 고난의 회오리가 밀어닥쳤을 때 그는 다시 이 저서에 주의를 기울이고, 부친이 저술을 위해 모아둔 문헌 자료들을 샅샅이 살피면서, 부친의 미완성 원고를 이어서 저술하게 된다. 그런데 이 일은 그리 녹록한 작업이 아니었으며, 그의 생애를 바치는 일이 되었다. 그가 저술할 때의 생활을 언급한 것을 보면, "참으로 우둔한 지력으로 마음의 피를 토하고, 어두운 눈이 보이는 대로 수많은 자료를 살피며, 일천한 지식으로 인명과 지명을 찾아갔다. (…중략…) 먹고 마셔도 글을 쓰고, 쓴 글을 보고 또 보고, 살피고 또 살펴 어느 부분에 저술의 큰 사건이 누락되었는지, 구절이 잘못되고 빠지지나 않았는지 온 힘을 다해 자세히 그리고 면밀하게 살폈다. 머리가 희어지고, 얼굴에 주름이 생기고, 살이 빠지고 근육이 늘어지도록 저술 작업에 심혈을 기울였다"라고 했으며, "이것은 진실로 온 마음과 육신, 눈, 손, 오장이 다 지치도록 혼신의 힘을 기울인 작업이었다"라고 했다.

번역 작업이 힘들 때마다 이렇게 혼을 바쳐 저술한 작품을 평이하게 번역할 수 없는 것은 당연한 일이라고 마음을 다지며 번역에 임하곤 했다. 한편 저자는 그의 나이 34세 때인 1871년부터 1891년까지 약 20년에 걸친 인고의 세월을 견디며 작품 완성에 온 힘을 다한다. 인잔나쉬가 이 저서를 쓸 때는 아마도 모종의 큰 힘이 그를 음우하지 않았나 싶다. 칭기스 칸의 28대손이라는 그의 가계 내력이 이를 더욱 분명히 시사해준다.

이 작품은 칭기스 칸이 태어난 1162년부터 약 200여 년 동안의 역사적 사건을 바탕으로 한 120장의 대작이었다고 하나, 현재는 1162~1236년까지의 역사적 사건을 다룬 69장 본이 전해진다. 원래 몽골비칙몽골문자으로 전해지던 필사본이 여러 차례 다양한 방식으로 출간되었는데, 이 번역은 1957년 69장 3권 간행본을 소드빌릭의 1991년 수정본과 대조하여 2005년 건국 800주년을 기념하여 몽골 현대문으로 옮겨 출간된 것을 텍스트로 하였다. 오늘에 이르기까지 이 저서에 대한 다양한 연구가 끊이지 않고 계속되는데, 그것은 인잔나쉬의 정신이 여전히 살아 숨쉬고 있음을 말해주는 것이라 하겠다.

웨.인잔나쉬는 이 작품이 필생의 저술이었던 만큼 독자들의 이해를 돕기 위해 매우 세심한 주의를 기울였다. 먼저 본격적인 서사 이전에 12절의 요목을 기술하여, 책을 읽기 전에 반드시 이 부분을 숙지하기를 독자들에게 권했다. 현재는 8절만 전해지는데, 이 여덟 절에는 이 책을 저술하는 목적과 과정, 저자의 세계관, 독자가 알아야 할 내용 등이 기술되어 있다. 또 나라와 지역, 옛 성읍, 관직, 몽골명 등을 묶은 별도의 사전이 저서 앞쪽에 있었던 것으로 보이지만, 오늘날 그 내용은 전해지지 않는다. 또 이 저서의 보충판이 발견되기도 한 것을 보면 그가 이 저서에 얼마나 큰 의미를 부여하고, 혼신의 힘을 다했는지 알 수 있다.

웨.인잔나쉬는 청나라 지배기인 1837년 내몽골 조스틴 촐간의 투메드 서부 지역에서 태어났다. 이 당시는 나라의 주권을 갖지 못한 때로 몽골 민족이 자신의 정체성을 찾기 어려운 시기였다. 이러한 시대적 상황 속에서 이 저서는 이민족의 압제와 멸시에 저항하고, 자민족의 역사를 바로 제시함으로써 몽골인의 민족적 자존감을 회복하고자 하는 목적으로 저술되었다. 또한 수동적이고 타성적인 삶에 익숙해진 몽골인들에게 민족애를 일깨우고, 이를 후대에 전승하여 유산으로 남기려는 원대한 뜻이 있었다. 또한 중국의 편향되고 왜곡된 몽골 역사 기술을 바로잡기 위해 방대한 자료들을 토대로 정확한 서지를 찾아내며 20여 년에 걸쳐 분투했던 이 저서는 몽골 민족의 역사혼을 담은 역사문학의 고전이라 할 수 있다.

한편 내용적으로 민족정신의 회복이라는 거시적인 관점에서 몽골의 12~13세기 역사적 사건을 다루고 있지만, 그 기술방식은 전통적인 몽골의 문학적 기법 이외에 『수호전』, 『삼국지연의』 등의 중국 고전문학의 영향을 받아 기술함으로써 몽골 역사소설의 새로운 혁신을 꾀한 고전으로 평가되기도 한다. 그렇기에 많은 이들이 이 작품을 소설로만 알고 있는 경우도 있다. 이러한 창작기법을 배경으로 이 저서를 역사소설의 범주에 분류하기도 한다. 그러나 인잔나쉬는 부친이 수집한 방대한 역사적 자료에 더하여 자신이 직접 발로 뛰어 모은 여러 언어의 수많은 자료들을 토대로 한 장에 1년의 사건을 시간적 추이로 묘사하고, 사건의 연도나 인물의 서지 등을 정확히 하기 위해 애썼기 때문에 사건이 비교적 객관적이며, 장식적이고 부가적인 내용이 크게 없다고 할 수 있다. 이는 작가 자신이 언급한 내용이기도 한데, 인잔나쉬는 “무슨 여유가 있어 이런 많은 기록에 내용을 더하고 장식할 문구를 넣을 수 있겠는가? 많은 사건을 또 구성해 낼 수 없어 버려지는 자료의 수가 무수히 많은데, 어찌 내용을 덧붙이고 장식하는 일을 하겠는가?”라고 했으며, 인잔나쉬 자신은 이 저서를 몽골 정사라고 언급했다. 실제로 번역을 하면서 내용의 상당 부분이 역사적인 사실에 부합하고 있다는 점이 놀라웠다. 또 사건의 연도와 지명, 인명 등을 최대한 정확하게 하기 위해 힘썼던 실증적인 측면 등의 노력은 이 저서가 결코 역사소설로만 규정할 수 없음을 말해준다.

이처럼 이 작품은 『몽골비사』에 버금가는 역사·문화적 가치를 갖는 저서라 할 수 있다. 칭기스 칸을 주인공으로 하여, 그 가까운 주변의 충성된 장수와 신료들의 협력으로 부족들을 통합하고, 나라를 확대해 간다는 점에서 『몽골비사』와 유사하지만 이 작품은 『몽골비사』에 비해 사건과 인물들이 풍부하게 나타나고, 각 장마다 중요 인물들을 중심으로 인물의 심리와 사건들이 입체적으로 전개되는 소설적 구성을 취한다. 이 작품의 문학적 특징의 하나는 인물 형상화에 생동감을 불어넣어 살아있는 인물로 만날 수 있게 한 점이라 할 수 있다. 예를 들어 테무진이 칸의 보위에 오를 때 『몽골비사』의 경우, 테무진이 칸으로 추대된 세밀한 심리적 과정이 없다면 『청사』의 경우 테무진은 자신이 칸의 자질이 부족하다며 보위에 오르기를 계속 거부하고, 신료들의 간절한 청을 받아들이기까지의 여러 사건들이 상세히 묘사된다. 테무진이 칸이 되기 위한 조건으로 자신이 보위에 오르는 것이 하늘의 뜻인지 천신의 증거를 구하고 확인하는 절차는 저자 인잔나쉬가 바람직하게 여기는 진중하고 올바른 지도자상과 무관하지 않다.

이처럼 구체적인 사료를 바탕으로 12~13세기 당시의 몽골인들의 삶과 풍속, 그 주변 국가들과의 역학적이고 역동적인 관계를 정치·사회적인 측면에서 보여주는 이 작품은 문학적 가치 이상의 문화적이고 역사적인 가치를 지닌다고 할 수 있다. 특히 그 서사에는 축시, 찬시, 속담, 전설 등 몽골의 다양한 구비문학의 갈래를 아우르고, 전통적으로 내려오는 몽골인의 풍속, 세계관, 정서, 삶의 방식 등을 보여준다는 점에서 몽골 유목민의 역사·문화적 삶을 이해하고 조명하는 데 없어서는 안 될 중요한 자료라고 본다.

이 책의 번역 작업은 참으로 쉽지 않은 일이었으며, 능력이 있어서 번역했다기보다 '시간의 힘'으로 작업을 꾸준히 진행했다고 보는 것이 맞을 것이다. 아직도 해결되지 못한 부분들을 남겨놓고 책이 나오는 데까지 이르렀다. 아무쪼록 이 역서가 몽골에 대한 관심을 갖는 일반인, 학자 모두에게 몽골을 이해하는 유익한 자료가 되었으면 한다. 이 책을 번역하는 데 귀한 시간을 내어주셔서 힘을 보태 주신 몽골 아카데미 학술위원 데.소미야Д.Сумъяа 선생님께 감사를 드리며, 크고 작은 도움을 주신 선생님들께도 고마움을 전한다.

2024년 6월, 역자 이안나

몽골 현대문으로 옮긴이의 서문

성조 칭기스 칸의 28대손이자 대문호 왕친발 인잔나쉬는 "몽골 민족 모두가 자신의 근본과 혈통을 알기를 바란다"며, 푸른 몽골의 흥륭한 역사와 성조 칭기스 선조의 비할 데 없는 덕과 복록을 만대에 기리고 남기기 위해 "몸과 말, 마음 깊이 온 힘을 다해" 『청사』라는 이 정선된 작품을 후손인 우리에게 남겼다.

우리 가운데 교육을 받은 사람이라면 누구라도 '인잔나쉬'와 '청사'라는 두 이름을 듣지 못한 사람은 없다. 그렇지만 실제로 역사와 문학 선생들을 비롯해 자국의 역사를 존숭하고, 지식을 가까이하는 존경할 만한 사람, 많은 일반인들 가운데 『청사』를 완전히 이해하며 완독한 사람이 얼마나 될까 하는 점에는 그리 만족할 만한 답을 기대하기 어렵다. 이것은 어디까지나 우리의 적극적인 노력 부족의 소산이다.

우리 몽골에 『청사』를 대중화하여 출간한 적이 전무후무하다. 내몽골에서는 여러 번 출간되었지만, 우리 외몽골 사람들이 기회를 얻는 데는 매번 어려움이 있었다. 그런데다가 전반적으로 언중들이 민족의 언어인 몽골비칙몽골문자에 능통하지 못한 데도 원인이 있었다. 또 몽골 비칙을 알고 있다 해도, 이 정도의 대작을 읽고 내용을 이해할 만큼 독서 훈련이 되어 있는 사람이 드물다. 또 고전문의 이해하기 쉽지 않은 단어와 문체, 익숙하지 않은 적지 않은 고유명사, 외국의 지명, 인명을 만나게 되면 곧 어려움을 느끼고, 책을 읽을 용기를 잃거나 어느 정도 보다가 그만두기도 한다. 이러한 정황에 따라 『청사』를 오늘날의 많은 독자들이 읽기에 쉬운 문자로 옮겨 출간할 필요가 대두되어 오늘에 이르렀다.

몽골 대통령의 자문관인 올호노드[1] 야담 돌고르자브는 이러한 필요성을 인식하고, 자신이 주관하는 『우리 몽골』 잡지를 통해 『청사』를 몽골 현대문인 키릴문자로 출간하는 일을 구상하고 기획하여 이 책을 펴내게 되었다. 우리는 이 보람된 일을 도모한 자문관께 깊은 감사를 드린다.

내년은 몽골 건국 800주년이 되는 해이다. 그렇기에 성조 칭기스 칸의 황금 가문의 저명한 작가 인잔나쉬의 『청사』를 우리의 외몽골 독자들에게 전하는 것은 매우 뜻깊은 일이라 생각한다. 성조 칭기스 칸이 세운 대몽골국의 역사를 문학적인 언어로 빚고 저술한 역사소설이 바로 이 작품이기 때문이다. 인잔나쉬가 다시 반복하여 일깨운 저서 편찬의 본래 뜻은 몽골 후손들에게 위대한 군주 칭기스 칸이 온갖 신고辛苦를 겪고, 분투하며 세운 나라의 역사적 진실을 대대로 잊지 않기를 바란 것이다. 또 그 역사를 남기고자 한 것이 그의 진정한 바람이었다.

『청사』를 출간하는 기회를 빌어 독자들을 위해 몽골 민족의 위대한 선구자의 약력과 작품, 본 저서의 필사본과 출간 현황에 대한 대략적인 사항을 소개하고자 한다.

---

1 **[몽골 현대문 역주]** 올호노드는 몽골의 한 씨족으로 유명한 어울룬 왕비의 친정 가계이다. 칭기스 칸은 이 씨족을 자신뿐 아니라 나라의 외가라고 칭하고, 지극히 존중했던 것을 인잔나쉬는 이 작품에서 여러 번 언급했다.

웨. 인잔나쉬 그의 어린 시절의 이름은 하스촐로이다. 청나라 도광제道光帝 17년 4월 16일양력 1837년 5월 15일 조스틴 촐간의 투메드 서부 지역의 '쇼드락 바트 호로'라는 몽골 귀족의 궁전에서 태어났다. 인잔나쉬는 칭기스 칸의 후손이며, 아버지 왕친발은 지역의 부관이었다. '쇼드락 바트 호로' 사람들은 '큰 쇠북'과 '서화書畵'를 수호정령으로 삼아 소중히 여겼는데, 이에 대해 언급한 집안의 가훈시가 있다.

신실한 효를 지극히 행하는
큰 쇠북의 가정
용사가 의에 힘쓰는
서화가 있는 천 년이라네

왕친발은 중심이 곧고 강직한 성품에 문무를 겸비한 인물이었다. 그런 그의 기질대로 네 명의 자식들을 전통적인 가정교육 방식으로 가르쳐, 자식들은 모두 문장에 뛰어난 지식인으로 성장했다. 왕친발은 인잔나쉬가 11살 때 53세의 나이로 운명했다. 왕친발은 1839~1840년에 『청사』의 처음 8장을 저술했다.

어머니 마야요쉬카는 하르친 서부 지역의 한 부마의 딸이었다. 그들 사이에서 8명의 자식이 태어났는데, 그 가운데 큰아들 굴라란사1823~1851와 다섯째 아들 군나촉1833~1866, 여섯째 아들 순웨이단존1834~1898, 일곱째 아들 인잔나쉬 등이 성장했다. 굴라란사는 19세기 몽골의 저명한 시인 가운데 한 사람으로, 불과 스물아홉 해를 살면서 90여 편의 시를 창작한 것이 오늘날에야 알려졌다. 또 그는 중국의 유명한 소설 『수호전』한산기을 몽골어로 번역했다. 인잔나쉬의 둘째 형인 군나촉 역시 어려서부터 시를 창작하고, 그림을 그렸다. 시를 쓰는 동시에 시론에 흥미를 갖고 몽골 시와 한시의 특징을 비교 연구했다. 그러다가 1866년 35세 되던 해 운명했다. 왕친발의 여섯째 아들인 순웨이단존은 역사가이며, 실력 있는 번역가이자 시인이었다. 그는 형 굴라란사가 끝내지 못한 『수호전』을 몽골어로 완역했다. 또 역사 대사전인 『통감강목』을 몽골어로 번역하고, 동생 인잔나쉬가 『청사』를 저술하는 일을 돕고 조언해 주었다. 『청사 보충판』의 어떤 장의 앞뒤에 순웨이단존의 시가 삽입되어 있는데, 예를 들어 제47장 말미에 동생을 고무하고 지지하는 시가 있다.

사나운 적을 조복시킬 수 있는 능력자
위대한 성조 칭기스 칸의
신령한 명을 받아
진심으로 이를 저술하고자 했네
무릎 꿇고 들으며, 탄복하고 기뻐한
순웨이단존 나는
빛나는 아우 인잔나쉬의 말처럼
붓의 힘을 자랑스럽게 여기네

인잔나쉬는 자신의 저서의 한 부분을 쓰고, 형에게 그것을 읽고 들려주며 서로 의견을 나누었던 것이 분명하다.

인잔나쉬가 겨우 다섯 살 때 아버지는 그에게 가계의 족보를 외우게 하고, 조상의 행적을 말해 주었으며, 민족에 대한 뜨겁고 친밀한 마음을 되새기게 했는데, 그는 「원뿌리를 잊어서는 안 된다」라는 글에서 이에 대해 언급하기도 했다. '큰 쇠북'과 '서화'를 '쇼다륵 바트 호로'의 수호정령으로 삼아 존귀하게 여기는 집안의 영향으로 아들 하스촐로는 어려서부터 몽골어, 중국어, 만주, 티베트어를 열심히 익히는 동시에 많은 아름다운 그림을 그리고, 그림에 서정을 조화시켜 시를 결합시켰다. 예를 들어, 구름 그림을 그리고, 그 위에 다음과 같은 글을 썼다.

지평선 너머 흰 구름이 일어나
유심히 살피니 구름이 끝없이 이어지고
휘감기고 접히더니 북풍에 날려
깊고 깊은 푸른 바다에 잠기누나

「흰 구름」이라는 시는 그의 활기찬 어린 시절에 쓴 초기 시의 하나이다. 그의 10대 시기에 붓과 먹의 즐거움을 경험하며 쓰기 시작한 시들을 후에 『인잔나쉬의 어린 시절 배운 습작시』라는 제목으로 책을 엮기도 했다. 그 시집에는 「푸른 바위」, 「어머니를 꿈꾼 시」, 「일깨움」, 「고운 무지개가 스미다」, 「해악 많은 붉은 진세」, 「인간 세상을 견디다」, 「혐오스러운 인간」, 「단비 신선한 비」, 「비할 데 없는 아름다움」,

「특별히 깊고 신성한 것」 등 12편의 필사한 시가 우리 시대에 전해져 내려온다. 산문 저서에 삽입된 시들을 포함하면 인잔나쉬는 수백 편의 시를 썼다.

그 시들을 갈래별로 구분해 보면, 축시와 찬시 계열의 시, 애도시, 비애적인 시, 희극적인 시, 교훈시, 애정시, 자연경관을 노래한 시 등 여러 가지 갈래가 있다. 연구자 뎰게르산은 그가 몽골 시 장르에 이룬 개혁에 관해 다음과 같이 언급했다.

> 인잔나쉬는 몽골 시의 주된 요소인 두운, 운율의 조화, 음보 등의 관습적인 특징을 가능한 한 철저히 따르는 것을 중시하고, 고대 중국 시의 절구, 율시 규범의 엄격한 규칙을 실제적으로 활용했다. 또 이 두 가지 면의 우수한 구조를 하나의 체계로 만들어 창조적으로 사용하고, 몽골 시 범주에서 리듬은 엄격하지만, 구조가 짧고 간편한 하나의 형태를 창조했다.

1847, 1851년에 아버지 왕친발과 큰형이 연이어 사망하고, 쇼다락 바트 호로의 권한과 위엄이 상당히 떨어지고, 어려서 입양된 형 군나촉은 '친 바트 호로' 사람들에게 억울하게 따돌림을 당했다. 또 3년에 걸친 송사로 인해 상당히 많은 재산을 탕진했다.

인잔나쉬는 18세부터1854 『두견새전*Saran Khökhöö-nii namtar*』이라는 첫 번째 중편소설을 썼다. 20~30세 사이에 여러 지역을 돌아다니며 문인들과 만나 묻고, 사회적 삶과 사회의 그릇된 모순을 눈으로 보고, 귀로 듣고, 마음으로 느끼며 직접 체험했다. 이 기간에 『붉은 구름 같은 눈물』1863, 『단층 누각』1865 등의 소설을 창작했다. 그는 30세 이후 삶의 고통을 연이어 겪었다. 형 군나촉이 사망한 뒤 3년 후에 아내 사란볼로르가 죽고, 또 일 년 뒤에 형 순웨이단존이 왕궁의 관직에서 물러났다. 1870년에는 서부 투메드 호쇼에서 농민봉기가 일어나 이 난리통에 인잔나쉬의 가족들이 피해를 입었다. 인잔나쉬는 이 일에 대해 "종살이를 하던 노비들이 집안의 온갖 종류의 재물을 약탈해 가고, 또 장사 밑천을 잃었으며, 곡식과 감자가 부족해지고 처자가 죽었다. 생각하면 너무도 참을 수 없이 분통이 터지고, 생각하면 할수록 더욱 답답해져 거의 병이 날 지경이 되었다"라고 기록하고 있다.

그는 생활의 악화, 슬픈 이별, 그 당시의 불안정한 혼란 속에서 좌절하여, 편히 지내지 못했다. 이러한 상황에도 마음을 굳게 먹고, 1876~1877년부터 소설 『붉은 눈물을 흘리는 탕힘*Ulaanaa ukhilah tankhim*』[2]을 끝냈으며, 34세부터 아버지가 시작했던 『훙륭한 대원제국의 청사』를 연이어 저술하기 시작했다. 1875년에는 『청사』의 초반부 50장을 이미 끝냈던 것이 분명하다. 이 저서를 쓰는 과정은 거의 10여 년 동안 끊어지고, 1883년부터 다시 계속 작업을 이어 1886년경 제69장을 썼을 것으로 생각된다. 또 1891년에 일어난 소대회 폭동을 피해 진저우 시에서 지냈으며, 그 다음 해 많은 책과 글, 작품의 초고를 분실하는 등의 사건으로 인해 병이 들고, 그로 인해 2월 25일 진저우 시의 의원에서 사망했다.

---

2 여기서 '탕힘(tankhim)'은 '큰 방', '넓은 강당', '부서' 등의 뜻이 있다.

웨.인잔나쉬는 작가요, 시인일 뿐 아니라 미술가이자 예술 이론가, 번역가, 뛰어난 역사가였다. 그는 "몽골 민족문학의 우수한 유산과 전통을 계승, 발전시키려는 목적으로 문학적 모색을 추구하여 새로운 것을 창조하고, 몽골문학의 주제, 유형, 표현 방법, 형태 등을 매우 풍부하게 발전시켰다".

『청사』를 간행했던 내력을 간략히 언급하면 다음과 같다.

-1924년 경전연구소에서 출간한 『칭기스 성조의 기념서』라는 편저에 『청사』의 제16, 18장 가운데 일부를 편집해 포함시켰다. 이 편저를 1925년 템게트가 주관하는 북경의 몽골문헌위원회에서 재출간했다.

-1928년 북경에 있는 몽골문헌위원회에서 『원나라 역사』라는 제목으로 『청사』 앞 12장을 4책으로 하여 인쇄본으로 출간했다. 이 간행본에는 요목이 포함되지 않았다.

-1937년 공훈 교사인 헤.달흐자브는 중학교 교과서에 『청사』의 제3, 4장 가운데 일부를 포함시켰다.

-1939년 카이루에 있는 '몽골 오탁 소르갈 호랄Mongol utag sorgaal-yn khural'[3]을 주관하고 있던 부흐히식이 필사가인 샤란가를 인잔나쉬의 고향으로 보내 제69장과 요목 제8절을 찾아내, 1939년 석판으로 간행하여 배포했다. 처음의 서언이 없고, 요목이 완전하지 않으며, 어떤 장에는 서두의 표제시가 없기는 하지만 현재 발견된 원본 가운데 가장

3 몽골의 윤리적인 것을 가르치고 교화하는 모임.

온전한 원본이다.

-1944년 촐랄트 할가의 테루궁 노욘 인쇄소에서 『청사』의 제18장을 서언과 요목과 함께 납 활자본으로 출간했다. 이 판본의 서두에는 서언이 있으며, 요목 제8절, 각 장마다 끝에 부기인 평언評言이 있다.

-1957년에 내몽골인민출판위원회에서 카이루의 69장 판본을 바탕으로 부족한 부분을 다른 원본과 출판된 저서에서 보충해 3권으로 출간했다.

-이 간행본을 1979년, 1981년에 각각 출판위원회에서 조금 수정하여 재출간하였으며, 1991년 소드빌렉이 다시 수정하여 세 번째 출간을 했다. 우리는 1957년 간행본과 1991년 수정 원본을 대조하고, 자세히 검토하여 이 역서의 번역 작업을 했다.

-1959년 아카데미 학술위원인 체.담딘수렌은 『몽골문학 100선』에 『청사』 요목의 제3절과 본문 제33장을 포함시켰다.

-1961년 데.차간은 중학교 10학년에서 공부하는 읽기 교과서에 『청사』 제3장의 일부를 포함시켰다.

그밖에 오르길은 중국어로 번역하고, 한긴 곰보자브 교수는 요목을 영어로 번역했다.

『청사』는 1939년 69장 석판으로 출간될 때까지 그리고 그 이후에도 몽골인들 가운데 필사본으로 흩어져 있었다. 현대에 발견된 필사본을 언급하면 다음과 같다.

-제.체웬은 1909년 상트페테르부르크 도서관에서 『청사』의 일부인 15책 필사본이 보관되어 있는 것에 대해 보고했다.

-코펜하겐 왕립도서관에 '대원 울루스의 역사'라는 제목의 『청사』 제29장이 있는 15책 필사본의 영인본을 보관하고 있는데, 카이루에서 출간된 원본과 같다.

-북경도서관에는 18장 12책의 완전하지 않은 필사본이 있다. 이 영인본의 원본이 파리에 보관되어 있다.

-울란바토르 국립도서관에 『흥륭한 대원제국의 청사』라는 제목으로 12책 271행의 필사본이 보관되어 있다. 이것은 한길 곰보자브 교수가 북경 몽골문헌위원회에서 1928년에 출간한 원본과 같은 것이라고 밝혔다. 잠스란자브는 『몽골 문학개론』 3권에 "1914년 노스가이 다그단이라는 사람이 호르츠 왕 투덴호르츠 왕 투덴 호쇼는 지금의 수흐바타르 아이막 에르덴차간 솜이다 주변의 도서관에서 『청사』를 발견해 그것을 필사했다. 예전에는 『청사』 필사본들이 상당히 많이 있었다. 임민정부의 초기부터 경전연구소의 연구원들은 웨.인잔나쉬의 작품을 모두 갖추기 위해 조사하고 찾아냈다"라고 기록했다. 이것을 보면 현재 도서관에 있는 필사본은 닥단이 필사한 원본일지 모른다.

-내몽골의 사회과학연구소의 도서관에는 붓과 펜으로 쓴 필사본 원본 8부가 보관되어 있다. 이것들은 1930~1940년대에 필사한 것으로 완전하지 않으며, 어떤 것은 1928년 북경 간행본, 어떤 것은 1939년 카이루 간행본, 1944년 촐랄트 할가 간행본과 부합한다. 다만 부분적으로 단어와 문장을 생략하고, 바꾸어 고친 것이 있으며, 크고 작은 정도의 차이가 있다.

1957년 간행본은 카이루의 판본을 기초로 하여 거의 같은 내용을 포함시키고 있다면, 1981, 1991년 간행본에서는 적지 않은 단어를 수정했다. 1991년 출간된 『청사』 초반부에 있는 편집자의 말에 의하면 "1957년에 출간된 『청사』의 잘못된 단어와 인명, 지명과 적합지 않은 부분을 소드빌렉이 수정하여 바로 잡았다"라고 했다. 간행본의 오자와 한 단어가 엇갈려 있는 것 등을 일정하게 교정하는 것은 올바른 일이라 할 수 있다.

한편 이해하기 어렵거나 의문이 드는 단어를 고치고, 문장 성분의 위치와 단어 결합 조건 등을 바꾸어 문체를 수정하는 등은 작가의 권리를 침해하는 일이며, 작품 원전에 충실해야 하는 요구에 위배된다. 우리가 번역하는 과정에서 이 두 가지 간행본을 대조해 보니, 1991년 간행본에는 제대로 수정되었음을 인정할 만한 것이 있는 동시에 잘못 이해하여 의미를 잃게 한 것, 이해를 돕기 위해 의도적으로 단어를 바꾼 부분도 적지 않았다. 예를 들어, 1957년 간행본에 첫 번째 장의 표제시를

> 하늘로부터 새 시대를 열고, 성조가 세상에 태어났네
> 대지의 힘으로 수증기가 피어오르고, 영웅호걸이 한곳에 운집했네

라고 한 것을 1991년 간행본에는 다음과 같이 바꾸었다.

> 하늘의 힘이 시대를 열고, 성조가 세상에 태어났네
> 대지의 힘과 수증기가 피어오르고, 영웅호걸이 한곳에 운집했네

이처럼 각행마다 단어가 다르고, 내용을 이해하기 어렵게 만들었다. 13~17세기에 활발하게 사용되었던 탈격조사의 '데체~deche, ~에서' 형식을 '다츠daach'라는 단어의 잘못된 쓰임이라고 이해함으로써 '하늘로부터'라고 한 것을 '하늘의 힘'으로 바꾸었다. 또 2행의 '대지의 힘으로'라고 한 것을 시행과 시행을 일정하게 맞추는 대구對句 방식으로 '대지의 힘'이라는 조사가 없는 형태로 생각했던 것 같다.

1957년 출간된 간행본 제8장에 '아! 흥하고 발전하는 나라의 군신은 서로 모두 원수'라고 했는데, 1991년 간행본에는 '원수'라고 한 것을 '은혜로운 자'로 수정했다. 해당 문장을 문맥의 전후 관계에 비추어 생각해 보지 않는다면, 그렇게 고치는 것이 옳은 것처럼 생각될 수도 있다. 그러나 그 부분에 여섯 명의 공훈 대신들 가운데 시리호톡이 전투의 명을 어기고 공격했기 때문에 모훌리 장군이 그에게 처벌을 내리는 내용이 나온다. 그것은 군법을 어기면 그 누구라도 같은 벌을 받게 되며, 칸과 대신, 일반 백성 그 누구도 전혀 차이가 없다. '흥하고 발전하는 나라의 군신'들이 잘못을 했다면 어떤 누구라도 용서하지 않기에 진실로 '서로 모두 원수'였던 것이다. 이렇게 깊이 생각하면 '원수'라는 것은 매우 적합한 단어라 할 수 있다. 또 이 장 앞에서 언급한 것을 확인해 주는 '군주의 법에 우호적인 것을 의지하거나, 군법에 도움을 바라서는 안 된다'라고 한 어구가 있다.

1957년 간행본의 요목 제7절에는 "비유하자면, 오늘날의 일반적인 습속은 자기 일이면서 다른 이의 행위가 잘못되었다고 하기 때문에 여러 가지 충돌이 그칠 때가 없다. 그래서 불경에는 이 세상을 곧 투쟁의 세상, 고통의 세상이라고 했다"라고 했는데, 1991년 본에는 '그칠 때가 없기에'라고 한 것을 '때가 멈추지 않기에'라고 수정했다. 이것은 잘못 고친 것이며, 세상사와 살아있는 자들의 싸움이 결코 멈추지 않고 계속되는 이치를 가리킨 '그칠 때가 없기에'라는 깊은 의미를 잃게 했다.

제51장에는 '끝이 좁은 소매 가리개[4]에 활을 준비하고'라고 한 것을 어미를 바꾸어 '끝이 좁은 소매에 가리개 활을 준비하고'라고 했다. 또 1957년 출간된 책 제3장과 제37장, 1,242쪽에 '봉랍을 녹여 밀봉하고티즈레흐'라고 쓴 것을 새로운 출간본의 1,159쪽에는 '봉랍을 녹여 봉하고롬보더흐'라고 단어를 바꾸었다. 이렇게 단어를 바꾸어서는 안 될 뿐 아니라 비교적 후대의 러시아어에서 차용된 '롬보'라는 단어를 사용한 것은 더욱 도움이 되지 않는다. 그밖에 '시대가 바뀌다'라는 것을 '시대가 지나다', 문어체 '가다에치흐'를 구어체 '가다', '떠나다'로 바꾸었다. 또 '도망치다'의 '조그지흐'라는 단어를 '조그타흐도망가다', '돌아가다에게흐'를 '돌다', '돌아가다에르게흐' 등으로 단어를 바꾸어 쓴 곳이 상당히 많다.

대문호 인잔나쉬는 이처럼 '매우 깊고', '매우 치밀하며', '표현이 매우 적합하고', '매우 집약적으로' 서술한 것을 후대 사람들이 이해하거나 깨닫지 못하고, 자신의 생각대로 수정한 것은 큰 실수라고 할 수 있다. 그러기에 우리는 이 두 간행본의 차이가 있는 곳을 가능한 한 바르게, 최초의 원전에 가깝게 하는 것을 원칙으로 했다.

---

4 여기서는 'холховч'라고 했지만 제51장 본문에는 'халхавч'라 하여 다른 단어를 썼다. 여기서는 본문대로 'халхавч'로 번역했다.

한편 고유명사 가운데 중국어와 몽골어로 섞어 쓴 것을 1991년 간행본에서는 몽골어로만 쓰는 동시에 중국 명칭을 하나의 원칙으로 질서 있게 정리했다. 우리는 많은 독자들에게 좀 더 쉽게 도움을 주고자 하는 생각으로 일정한 규칙에 따라 옮겼다. 예를 들어, '진국'을 '금나라'로 한 것과 같은 경우이다. 또 독자들에게 이해를 쉽게 하기 위해 드물게 나오는 단어의 의미를 분명히 해서 역자의 해설을 대괄호 안에 이탤릭체로 넣어주고, 뒤쪽에 '역주'[5]라고 썼다. 참고로 저자 자신의 설명은 소괄호를 써서 차이를 두었다. 단어 뜻의 자세한 설명과 다른 부가 정보가 있는 해설을 각주로 처리했다. 드물게 나오는 희귀한 단어의 뜻을 분명히 하여 역주와 각주를 독자들이 이해하기 쉽도록 하기 위해 반복해서 넣은 것도 있다. 또 예를 들어, 카이루 판본과 1957년 출간본의 제43장과 제69장 앞부분에 표제시가 없는데, 이 번역본에 있는 두 장의 표제시는 인잔나쉬가 쓴 것이 아니고, 1991년 출간을 준비하는 사람들 가운데서 부족한 부분을 완성하기 위해 삽입한 것이다.

현재 3책으로 몇 번 출간된 69장 『청사』 이외에 30장 『청사』 보충판 즉, '투메드 필사본'이라고 명명하게 된 다른 한 『청사』의 원본을 발견했다. 독일 몽골학자 에.하이시히가 1942년 내몽골에 체류해 있던 기간에 케신게라는 사람이 가지고 있던 1,400쪽 정도의 필사본으로 영인본을 제작했다. 케신게에게 있던 그 원본은 오늘날 어떻게 되었는지 분명하지 않다. 어찌 되었든 내몽골에서 1958년에 10책으로

---

5 이 역서에서는 '몽골 현대문 역주'라고 표기했다.

제본한 30장 『청사』의 보충판의 한 필사본을 발견했다. 이 필사본의 30장에는 43-72장이라는 번호가 붙어 있다. 학자 에르덴토그토흐는 그 가운데 22장은 69장 『청사』 2책의 36장 뒤에 들어가고, 8장은 40번째 장 뒤에 들어가면 들어맞는다고 했다.

2002년 소드빌렉이 이를 대조해 맞추어 보고 새롭게 얻은 제40~72장이 있는 필사본은 『청사 보충판』이라는 제목으로 후흐시에서 출판되었다. 인잔나쉬는 69장 『청사』를 쓴 다음, 그 72장을 부기, 보충판으로 새롭게 저술한 것으로 그 가운데 처음 39장은 아직 발견되지 않았다. 우리는 이 보충판을 잊지 않고 별도로 번역하여 한 권의 저서로 출간하는 것이 옳다고 본다.

『청사』의 요목 2절에는 이 저서를 읽기에 앞서 12절의 요목을 반드시 읽을 필요가 있음을 언급했다. 그런데 9~12절 항목은 오늘날까지 아직 발견되지 않고 있다. 또 제2절에는 잘못된 몽골 명칭과 옛 몽골 단어를 모두 설명을 붙여 알기 쉽게 하고, 연도와 나이, 시대, 사건을 분명히 구분했다고 언급했다. 그밖에 또 나라와 지역, 옛 성읍, 몽골 이름들을 앞에 모두 묶어서 출간했으며, 훗날 지식인들이 이 글을 볼 때 반드시 앞에 차이점을 언급한 별도의 사전을 자세히 살필 것을 고한다고 했다. 이것을 보면, 요목의 앞에 또 별도의 사전 한 권이 있어야만 한다.

인잔나쉬는 실제로 작품을 쓰고 완성한 다음, 비로소 그러한 별도의 사전을 한 권으로 엮어 마칠 준비를 했던 것 같다. 『청사』의 앞 60장에는 칭기스 칸시대의 사건을, 마지막 9장에는 우구데이 칸이 보위에 오른 다음에 있었던 사건을 다룬다. 인잔나쉬는 이 69장에서 더 나가 작품을 계속해서 썼는지 어떤지 입증하기는 어렵다. 어쨌든 『청사』는 토곤투무르 칸시대가 끝날 때까지가 전체가 아니라고 한다면 쿠빌라이 칸시대를 온전히 쓰려고 계획했던 것은 의심할 여지가 없다. 예를 들어, 연구자 데스라이자브가 주목한 대로 제21장 평언評言에, "쿠빌라이 세첸 칸 세조 성군시대에 나타난 이 바얀 활불의 이름이 또 바얀이다. 그 바얀이 송나라를 공격한 것을 보라" 이 제21장의 바얀은 오래전의 바얀이다. 그 바얀은 나중의 바얀이다. 이 두 바얀은 다르다. 아주 오랜 후에 비로소 바얀이 나타난다고 했다. 쿠빌라이시대에 공로를 세운 대신이자 군대 대장인 바얀이라 자는 역사적인 인물로 실제로 존재했었다는 것을 『원사』는 기록하고 있다.

어떤 학자가 언급한 대로 『청사』는 전체 120장이어야 한다고 했지만, 그것은 실제로 어떤 근거를 가질 뿐 분명하지는 않으며, 그런 자료가 있다 해도 후대에 부록으로 보충한 저서가 이와 관련이 있는지 없는지 분명히 말하기 어렵다.

인잔나쉬는 『청사』를 기술할 때 몽골 역사에 관한 열 가지 종류의 문헌을 인용했다고 요목에 언급했지만, 그 열 가지 문헌의 제목에 포함되지 않은 다른 여러 자료들을 보고 연구했던 것 같다. 제59장 마지막에 몽골 『황금사*altan tobch*』, 제5장에 『일트겔 샤스티르*Iltgel shastir*』, 제27장에 『칭기스 칸 성조의 제문*Chinggis Bogd-yn san sudar*』 등의 저서명이 나오며, 그밖에 보충판에 사간 세첸의 2행시를 인용했다. 제27장에 "우둔한 사가史家인 내가 이 대원제국의 열세 가지의 많은 문헌과 전기

류에서 보니, 칭기스 칸은 인간의 근본 관계를 침해하는 일이 추호도 없었다"라고 했다.

일반적으로 인잔나쉬가 『청사』를 쓸 때 보고 인용한 저서가 풍부했다는 것을 요목 제3장에서 알 수 있다. 그 장을 보면 한 문인에게 성군 칭기스에 대한 많은 것을 세세히 묻자, 그 문인이 "부관이신 그대 아버님께서 모으신 다섯 수레의 책이 있는데, 어찌 다른 사람에게 묻는 것인가? (…중략…) 부관께서 져나르시어 천장에 닿을 정도로 엄청나게 많이 보관해 놓은 자료와 책장 가득히 수집해 놓은 사서가 집에 있는데, 어쩌자고 다른 동네를 돌아다니면서 다른 이에게 물으며 사람을 이처럼 귀찮게 하는 것이오?"라고 하는 등 화를 냈던 것을 언급했다.

그는 요목 제4절에 또 이렇게 언급했다. "그렇게 이 칭기스 성조에 대한 역사적 기록, 전기, 고사는 위구르어, 티베트어, 한어 또 몽골어, 만주어로 된 여러 문헌에 상당히 많이 나온다."

인잔나쉬는 이러한 여러 언어의 역사서를 보고 이용할 때 적당하다고 생각되는 내용을 선택, 발췌하는 소극적인 편집자가 아니었으며, 자료를 서로 비교하고 대조하여, 사건의 인과, 시기, 고유명사가 어긋난 곳을 자세히 추적하고 연구했다. 그는 무엇보다 먼저 역사적 자료에 신빙성이 있는가 하는 원칙을 따르고, 왜곡되고, 잘못된 단어를 찾아 바로잡는 일에 힘썼다. 인잔나쉬의 『청사』를 역사소설이라는 점에서 평가할 때 그가 이렇게 따랐던 원칙을 잊어서는 안 된다. 만약 『청사』에 『몽골비사』 등의 역사서와 맞지 않는 부분이 있다면, 그것은 인잔나쉬가 실제 어느 자료의 정보를 사실에 부합한 것으로 보았는지 그것을 분명히 해야 할 문제이지, 작가가 마음대로 역사적 진실을 변화시킨 것은 아니라고 할 수 있다. 인잔나쉬는 몽골 자료들의 정보를 대조하고 인용할 때 어떤 단어나 문장 그리고 시행을 그대로 포함시키는 것 외에 대부분 자신의 문학적인 창작 방법론으로 그 의미를 잃지 않게 하여 간략하게 요약하거나, 보충하여 자세히 하는 등으로 내용을 다듬어 포함시켰다. 여기에 술의 해악과 유익에 대해 칭기스 칸의 아홉 대신과 고아 소년의 지혜를 겨루는 이야기 부분에서 토르곤 샤르가 한 말을 예로 들어보자. 『칭기스 칸 전*Chinggis khaan-y tsedeg*』[6]에는

지고하신 칸 주군이시여, 말씀해 주십시오
세상의 이 큰 잔치 모임에
마실 것이 없다면
평이하고 무미한 것이 될 것입니다.

라쉬폰착이 저술한 『수정 염주*Bolor erkhi*』에서는

---

6 **[몽골 현대문 역주]** 1925년, 템게트는 북경 몽골문헌위원회에서 『황금 약사』의 원본을 처음 『칭기스 칸 전』이라는 제목으로 출간했다. 이 저서는 전체 196쪽으로 되어 있으며, 처음 126쪽에 『황금 약사』가 포함되었다. 저서 뒤에는 「3백 타이치오드를 굴복시킨 이야기」, 「칭기스 칸의 아홉 대신과 고아 소년이 지혜로 겨룬 이야기」 등 여덟 가지 종류의 이야기를 합본하여 출간했다. 그것은 대개 칭기스 칸의 지혜와 교훈에 관련된 것들이며, 각각에 독자적인 작은 책자였을 것이다. "내몽골의 조스틴 출간의 하르친 서부 호쇼에서 태어난 템게트(1888~1939)는 몽골 납활자본을 스스로 만들었으며, 1922년 북경에서 몽골문헌위원회를 창립했다. 또 꽤 많은 희귀본 저서를 출간하여 널리 보급한 일이 있는 자이다"(이쉬.초이마, 「몽골 연구논문집」, 69쪽). 인잔나쉬는 17세부터 하르친 서부 호쇼(템게트의 고향)의 군왕 세웽도르지의 왕궁에서 지낼 때 왕의 도서관에서 상당한 양의 몽골 역사서를 읽고 연구했다고 한다.

지고하신 칸 주군이시여, 말씀해 주십시오
풍성한 큰 잔치에 술을 마시지 않는다면
무미한 것이 될 것입니다

롭산단잔의 『황금사』에는

지고하신 칸 주군이시여, 말씀해 주십시오
풍성한 큰 잔치 모임에
마실 것이 없다면
사람들이 모여들지 않아 무미해질 것입니다.

라고 했다면 『청사』 제2장에는 다음과 같이 언급했다.[7]

성대한 이 잔치 모임에
세상의 진미가 모두 갖추어져 있어도
흥을 돋우는 데 도움이 되는 좋은 술이 없다면

---

7 **[몽골 현대문 역주]** 우리가 아는 대로 이 역사적 이야기는 다만 롭산단장의 『황금사』, 『칭기스 칸 전』, 『수정 염주』 세 원전에 기록되어 남아있다. 롭산단장의 『황금사』와 『칭기스 칸 전』에는 고아 소년의 이름을 언급하지 않았다면 『수정 염주』에는 대칸이 그에게 '몽골 보하'라는 이름을 붙여주고, 모홀리에게 맡겨 기르도록 한다. 이처럼 아이의 지식과 능력이 탁월했기 때문에 군사를 지휘하도록 한 것에 대해 언급했다. 그러나 인잔나쉬는 그 소년은 바야고드의 13살 된 고아 소년으로 '소치'라는 이름을 가지고 있었는데, 태조가 오요트 세첸(지성을 가진 현자)라는 이름을 하사했다고 썼다. 소치와 오요트 세첸이라는 이름은 인잔나쉬가 작품화하여 지은 이름일 것이다. '몽골 보하'라는 이름은 『청사』 제64장에 금나라 균주성을 에워싸고 싸울 때 그 이름이 한 번 나온다.

잔치가 한낱 평이해져

최고의 잔치 분위기를 잃게 할 것입니다.

또 『칭기스 칸 전』에는

화살의 갓간[8]이 비록 곧아도

오뉘와 깃을 벗어나 쏘면 아니 된다네

『수정 염주』에서는

화살의 갓간이 비록 곧아도

오뉘와 깃에서 벗어나 쏘아서는 아니 된다네

라고 했다. 한편 『청사』에서는

화살의 갓간이 비록 매우 곧아도 깃이 없어서는 아니 되고

활의 좀새가 비록 단단하고 힘이 있어도 시위가 없으면 아니 된다네

라고 하여 의미를 확실히 하는 동시에 한 쌍의 대구 형식으로 묘사한 예가 있다.

8 오늬 아래 깃을 다는 곧은 부분.

인잔나쉬는 『청사』를 쓸 때 『몽골비사』를 활용했음을 증거할 만한 자료가 작품 속에 상당히 많다. 예를 들어, 『몽골비사』와 그것을 이용한 자료에 기록한 역사적 사건과 어구를 『청사』에서 적지 않게 만날 수 있다. 그러한 예를 대조해 보면 『몽골비사』 164절에 칭기스 칸과 왕 칸이 서로 대화하는 내용을 들 수 있다.

우리를 시기하여
이빨 있는 뱀에 부추김을 받아도
그 부추김에 빠지지 말자
이로 입으로 말하며 서로 믿자
어금니 있는 뱀에게 꼬임을 당해도
꼬임에 넘어가지 말자
말로 대화를 나누며 믿자

이에 반해 『청사』 제6장에는

독사가 물어도 둘이 변치 말고
입으로 의논하며 방법을 모색합시다, 우리가
시기하는 자가 부추겨도 그 계략에 넘어가지 않고
말로 의논하며 방법을 모색하겠나이다, 제가

라고 이해하기 쉬운 말로 문체를 다듬어 표현했다.

또 『몽골비사』 118절에는

형제여, 산 가까이에서 설영하자
말치기가 우리의 움막에 이를 것이다
강 가까이에서 설영하자
양치기, 새끼양치기들이
우리의 먹을 것을 얻을 것이다

라고 자모하가 테무진에게 말한다. 그 말은 『아스라그치의 고사*Asragch nert-iin tüükh*』라는 저서에는 다음과 같이 나온다.

형제여, 산 가까이에 설영하자
말치기들이
쉴 것이다
강 가까이 설영하자
양치기들이
음식을 먹을 것이다

라고 한 것을 볼 수 있다. 또 다른 원전에는 이에 대해 기록하지 않았다. 그 말을 『청사』에서는 다음과 같이 언급했다.

구원의 주군께서는 분을 내지 마십시오

아주 오래 천천히 기다리시면 아실 것입니다
산 가까이 설영하겠나이다, 내가
말치기, 양치기를 쉬게 하겠나이다, 내가
강 가까이 설영하겠나이다, 내가
홀몸인 내 육신을 먹이겠나이다, 내가

『몽골비사』에 예수헤이 바타르가 죽고, 그의 속민들이 주군을 잃고 이동하는 시기에 테무진이 그들에게 떠나지 말 것을 설득할 때 타이치오드의 투둔 기르테는 "깊은 물이 사라졌다. 흰 돌에 금이 갔다"라고 하며 떠나간다. 『청사』에는 또 그 말을 "깊은 호숫물이 마르고, 단단한 바윗돌이 이미 부서졌다"제1장라고 표현했다.

롭산단잔의 『황금사』에는 두 가지 다른 사건에 주르치데이에 관해 언급한 것을 삭제하고 썼는데, 그 가운데 『몽골비사』 제176~208절에 나오는 나이만을 평정한 일, 왕 칸이 사망한 사건, 자모하가 패한 사건, 몽골국을 건립한 것, 천부장들을 제수한 것 등 역사적으로 중요한 사건을 생략시켰으며, 몽골어로 쓰여진 다른 몽골 역사서에도 이러한 내용을 자세히 언급한 것이 없다.

인잔나쉬가 『몽골비사』를 인용할 때 어떤 원전을 사용했는가 하는 문제가 제기된다. 우리가 주목한 바로는 중국어로 된 『몽골비사』를 이용한 것이 거의 분명하다. 『청사』 제60장에는 "또 『대원 울루스의 비사』에 언급한 바로는 잿빛 늑대와 흰 사슴에서 시작되었으며, 25대에 태조를 낳았다고 한다 (…중략…) 많은 중국 사관들이 몽골에 대한 원한을 드러낼 수 없자 (…중략…) 몽골은 원래 잿빛 늑대와 흰 사슴이 관계하여 몽골의 조상을 낳고, 이로써 태조 성군을 낳았다고 멸시하듯 말하며 원한을 풀었다"라고 쓴 것은 이에 대한 분명한 증거이다. 첫째, 『대원 울루스의 비사』라는 것은 『몽골비사』를 가리킨다. 둘째, 잿빛 늑대와 흰 사슴이라는 것은 한자어 번역을 주목한 것일 수 있다.

이 모든 것을 관련시켜 보면 인잔나쉬의 『청사』는 몽골 역사의 다른 문헌과 자료들을 자세히 비교하고, 몽골의 역사서, 연구서와 『청사』의 역사 문헌에 관련된 여러 문제를 분명히 해줄 원전을 연구할 필요가 있다.

이 저서에서는 인물의 구체적인 형상을 더욱 분명히 하는 면에서 역사적 인물의 이름을 바꾸거나 새로이 형상화한 부분이 있다. 예를 들어, 토릴의 딸 차오르 베히를 '솔롱고', 닐하 셍굼의 '닐하'를 '얄고'라고 한 것 외에 일부 인물의 이름을 중국 자료에 있는 발음과 가깝게 하여 명명한 경우도 있다. 예를 들어, 알탄, 호차르, 다리다이 등의 이름을 아르타, 호소르, 달지다이라고 했다. 만약 이들이 긍정적인 인물이었다면 아르타는 분명 알탄이라고 했을 것이다. 또 보르치, 모호라이, 보로홀 등 일부 인명이 붙여진 내력을 자신의 견해대로 설명했다. 우리는 이 작업을 하는 데 있어 저자가 쓴 대로 보가르지, 모홀리, 보랄 등으로 전사했다.

웨. 인잔나쉬는 몽골시와 한시를 비교하고, 각각의 특성을 살펴 연구하는 데 그치지 않고 한시의 운율적인 특징을 작품의 시에 흡수시켜 몽골 운문에 새로운 개혁을 꾀한 아름다운 시를 적지 않게 썼다. 한편 『청사』를 저술함으로 또 몽골 산문에 새로운 개혁을 꾀하기도 했다.

『청사』에 몽골의 고대 운문 갈래와 축시, 찬시가 상당히 많이 삽입되어 있으며, 그 외에 민요의 성격을 띤 것도 있다. 게.잠스란자브는 "『청사』에 나오는 찬시의 대부분을 이와 같은 리듬과 발음으로 노래할 때 두음을 맞추어 연결하고, 시의 음보와 리듬에 음운의 길이를 호르[9] 가락에 맞추어 노래하자 정확히 맞았다. 그것을 자세히 살펴보면 구비문학의 특징을 갖는다"라고 했다. 인잔나쉬는 속담, 교훈 등을 그와 같이 운을 맞추어 관련된 상징적인 어구를 여러 번 사용했다. 그 가운데 몇 가지 예를 들어보면 다음과 같다.

사내대장부는 갑옷이 없이도 적을 제압하고
뜻을 가진 사내는 맨몸으로 일을 성취한다제1장

장골에 힘 있는 자는 자신의 몸을 부리고
마음에 힘 있는 자는 만인을 부린다제2장

말 무리 속에서 장대를 잡지 않고
가축의 젖에 손가락을 담그지 않는다제21장

사내대장부에게는 뜻이 필요하고
못된 자에게는 몽둥이가 필요하네

9 몽골 전통 현악기.

큰 위엄을 보이지 않으면
큰 자비를 알지 못하네제12장

사람이 태어나면 일대一代
풀이 자라면 가을 한 철제6장

군주의 법은 우호적일 수 없고
군법에 다른 이의 도움을 바라서는 안 된다제8장

성인은 천지를 신봉하고
군자는 인의를 따른다.
범인은 권력과 힘을 따르고
소인은 물질적 이익을 따른다제12장

한 가지 이익을 취하면 하나의 잘못이 있고
한 가지 훈육을 받으면 하나의 노력이 있다제3장

흥기하는 나라의 신하들은
자신의 죄를 드러내 보이고,
망해가는 나라의 군신들은
자신의 잘못을 덮고 지우네제11장

가축의 젖을 젓고 끓이는 것을 멈추기보다
솥 아래 불을 끄라! 제6장

옷이 너무 많아지면 입는 사람의 몸에 짐이 되고
안장이 너무 무거우면 안장 없은 말 잔등에 무게가 되네
지나치게 귀해지면 사람의 마음에 사단이 생기고
의관에 너무 치중하면 나라의 하층민들에게 괴로움이 되네 제39장

일을 성취하는 자식에게는 날라다모아다 주지 않아도 일을 이루고
일을 이루지 못하는 자식에게는 비록 모아다 주어도 일을 이루지 못한다 제50장

육신의 영혼은 몸에 없고
지혜로운 정신은 가슴에 없다 제47장

중요한 말은 평화로울 때 하고,
치밀한 전략은 여유로울 때 숙고한다 제54장

역사적 사건을 일반적인 이야기로 서술함과 동시에 사건과 일의 내력을 야담, 축시, 찬시, 시와 노래 등 구비문학의 여러 갈래의 형태로 표현하고, 문학적 형상화, 언어의 여러 가지 조화로운 방법을 폭넓게 이용했다. 이것은 고대로부터 전승되어 내려온 몽골의 역사 기술의 한 특징이다. 웨.인잔나쉬 역시 『청사』를 이러한 방식으로 기술했다. 또

표제시와 각 장의 첫머리에 전체 내용을 압축하여 시화하고, 한 장이 끝날 때 독자들의 흥미를 끌면서 문제를 제기했다. 또 연이은 사건 전개를 뒷장에서 보여줄 것이라고 하며 서사의 마지막을 종결짓는 등 고대 중국의 『삼국지연의』와 『수호전』한산기 등의 고전 작품에서 풍부히 만날 수 있는 문체의 한 형태를 이용했으며, 고대 국가의 역사와 황제들의 실록 등 연대기적인 기록과 마찬가지로 각 장의 앞에 어느 왕정의 어느 해인지를 명시했다. 이렇게 웨.인잔나쉬는 몽골문학과 중국 고전문학의 전통과 역사 기술의 특징 등을 창의적으로 결합시켜 몽골 문학사에 하나의 혁신을 이루었으며, 또한 몽골 산문문학의 첫 역사문학 작품을 저술하는 데 있어 다방면에서 새로운 변혁을 꾀했다.

웨.인잔나쉬가 『청사』를 쓴 주된 목적을 요약하여 말하자면 다음과 같다. 첫째, 그 시대 몽골 민족을 우둔하고 어리석다고 따돌리며 얕잡던 이민족의 멸시에 저항하고, 민족의 얼을 드높이고자 한 것. 둘째, 귀족과 왕족 가운데 자신의 뿌리를 생각지 않은 채 물질적 이익의 노예가 되고, 대다수의 몽골인들이 자민족의 역사를 알지 못한 채 자기 민족을 혐오하는 시각이 생겨난 것을 비판하고, 이를 일깨워 민족애를 갖게 하려는 것. 셋째, 이민족의 문헌에 몽골의 역사와 풍속을 왜곡시켜 기록해 온 것을 논박하고, 이를 바로잡으려고 한 것. 넷째, 몽골인 모두에게 자신의 원 역사를 알게 하고, 더 나가 이를 후대에 전승시켜 유산으로 남기기 위해 이 책을 저술했다.

웨.인잔나쉬는 군주 칭기스 칸 일대기의 위대한 행적을 문학적으로, 매우 진정성 있게 저술하였으며, "성인이라는 존재는 특별히 진정한 마음에서 비롯된 자를 말한다. 인간 세상에서 일반적으로 성인을 터득한 성인과 모방한 성인으로 구분할 수 있는데, 이들은 궁극적으로 타고난 성인의 경지에 이를 수 없다. 태조 칭기스 칸은 타고난 성인이라고 할 수 있다"라고 간략히 결론지었다.

『청사』를 집필할 때 인잔나쉬는 또 자신의 세계관과 세계를 인식하는 철학을 드러내 언급했다. 그는 모든 사실에 중립적인 입장을 견지했다. 부분적으로 인용해 보면, "세상은 천지, 일월로부터 시작해 만물에 이르기까지 모두 음양의 두 기운에서 생겨나고, 오행의 이치가 결합하여 인연을 이루면서, 세상 가득 만물이 펴져 나갔기 때문에 세상 만물에 이치 아닌 것이 없다. 다만 그 이치를 아둔하게 생각하는 데 가 있다 할 수 있다……". 요목 제7절

'존재'와 '공空'이라는 단어를 말할 때 이것은 서로 다른 두 개 단어이지만 그 뜻은 하나이다. 그것은 존재가 있기에 공없음이라는 단어가 생겨난 것이기 때문이다. 공이라는 하나의 단어가 있기 때문에 또 존재라는 하나의 단어가 만들어진다. 이 존재와 공은 머리와 꼬리가 연결된 하나의 고리와 같은 단어이다. 대략적으로 비유하자면 인간이 살아있을 때는 존재요, 죽으면 공이다. 구체적인 형태를 이룰 수 있으면 존재요, 망가져 수명이 다하면 공이다. 또 비유하면, 지나간 고대 수천, 수만 종류의 정치가들이 살아있을 때는 모두 존재하는 것이었으나, 이제 지나가 모두 공이 되었다. 현재의 우리의 이 나라, 이 육신은 지금 보면 모두 존재하나, 마침내 또 공이 되는 것에서 벗어날 수 없기에 존재이면서 공인데, 어찌 공이 아니라 하겠는가? 우리는 공이 되어 돌아간

뒤 훗날 또 후대인이 되기에 공이면서 어찌 존재가 아니라 하겠는가? 그렇기에 존재라고 한다면 모두 존재하는 것이요, 공이라 하면 모두 공인 것이다. 존재한 뒤에 곧바로 공이 뒤따르며, 공 가운데 존재가 생성되어 나타난다. 그렇기에 존재도 역시 공이요, 공도 역시 존재이다. 이것은 존재와 공이 서로 매우 친밀한 관계로 뗄 수 없는 관계에 있으며, 곧바로 하나의 단어가 될 수 있음을 말해주는 것이 아니겠는가. **요목 제7절**

인간 세상에 인류는 천자로부터 거지에 이르기까지 모두 인간이기는 마찬가지이지만 어떤 자들은 행복을 발견했다 하고, 어떤 자들은 고통을 맛보았다고 한다. 행복을 얻은 자는 부귀하고, 고통을 맛보는 자들은 궁핍하다. 이것은 이미 정해진 이치이지만 이 가운데 또 부귀를 누리면서도 괴로움을 맛보는 자가 있고, 가난하면서도 행복을 누리는 자들도 적지 않다. 대부분 고대에 나라를 잃은 군주와 개국한 군주들, 물질을 더 풍요롭게 한 부자들, 물질에 탐욕을 부렸던 백성들은 대부분 모두 괴로움을 겪고 신음했다. 의를 이룬 성인들과 지식을 얻은 학자, 소원을 일룬 백성, 자신의 욕망을 인내한 현자들 대부분은 모두 행복한 삶을 영위했다. 이렇게 괴로움과 행복의 근원은 모두 인간의 마음에서 비롯된다. **요목 제4절**

어떠한 행위에 있어 그 잘한 것을 칭찬해도 그 잘못된 점을 살피라. 그 잘못된 점을 혐오하여도 그 좋은 점을 깨달으라 (…중략…) 이 세상의 수만 가지 사건의 좋고 나쁜 점은 세상의 음양의 두 기운처럼 머리와 꼬리로 연결되어 있다. **요목 제5절**

이처럼 깊은 의미를 가진 말을 꽤 많이 인용할 수 있다. 여기서 인잔나쉬는 자신이 견지하는 이론적 견해가 이렇다 저렇다 하며 현재화하여 설명하는 대신 어떻게 서사를 기술했는가를 곧바로 근거 삼는 것이 옳다고 보았다.

대문호는 자신의 세계관과 성찰 이외에 깊이 없이 가볍게 생각하는 자의 해악된 행동을 비판하고, 많은 독자에게 몽골을 위해 그 정신을 일깨우는 교훈의 말을 여러 번 기록해 남겼다. 예를 들면, "다른 나라의 사건은 분명히 알면서 자기 민족의 푸른 몽골국의 일은 전혀 알지 못한다", "자신의 뿌리를 자세히 살피지 않고, 불필요한 당나라, 송나라의 서정시에 힘쓰는 태도에 대해 타이지[10] 인잔나쉬는 많은 날 한숨을 내쉬었다" 등 다른 나라에 기대어 몽골 문화와 몽골 관습이라고 비하하는 정신적으로 자존감이 없는 자들을 비판한 일이 적지 않다. 또 우리 지역의 신중하지 못한 자들은 최선의 노력을 경주하여 자신의 언어와 문자를 살피지도 않으면서, 한두 가지 한자어를 알면 곧 몽골어를 얕잡고, 몽골어로 한인들의 생각을 어떻게 온전히 표현해낼 수 있느냐며 입에서 나오는 대로 지껄인다. 그것은 크게 잘못된 일이다! 그렇게 스스로 애써 노력하지 않고, 은유적이고 함축적인 단어들을 충분히 알지 못하면서 몽골어에 무슨 깊이 있고, 심오한 뜻이 반영되어 있겠느냐고 한다. 그것은 바닷가에서 몸을 씻으면서 바다가 얕다고 하는 것과 무엇이 다르겠는가!"라고 했다.

10 왕이나 귀족의 후계자 또는 황족의 후손에게 부여되던 칭호.

인잔나쉬의 이와 같은 말을 이 시대에 연장시켜 말하자면 오늘날 우리 몽골 사회의 매우 심각하고, 마음을 괴롭히는 많은 문제와 직결된다. 위로 부모와 연장자들을 존중하지 않고, 아래로 자식과 손아래사람들을 훈육하지 않는다. 후대 몽골인들은 영원한 일을 생각하는 대신 오직 오늘 내일의 육신의 이익만을 바라보고, 몽골의 물질적, 정신적 자산을 조금도 아끼지 않고 낭비한다. 또 민족의 언어, 문화, 역사를 존숭하기는커녕 뒤처지고 낡은 것처럼 여기며, 다른 나라에 우호적인 자들의 경박함을 모방하고, 아첨꾼들이 알랑대는 것을 믿고, 위선적으로 무언가를 이루고 쉽게 얻고자 한다. 많은 것을 마음으로 또 여러 가지 방법으로 몽골을 해치는 몽골인들이 많아졌는데, 대부분 이를 인식하지 못하는 것이 우리 시대의 쓰디쓴 진실이 아닌가!

우리는 몽골 현대문으로 옮기는 작업을 할 때 원문을 대조하고, 여러 방법을 모색하여 전사하고, 다시 반복해서 자세히 살피며 각주를 붙이는 등 적지 않은 노력을 기울였다고 생각한다. 대문호 인잔나쉬가 『청사』를 저술하기 위해 여러 언어로 문헌 자료를 읽고, 세밀히 살펴 온 힘을 다해 부단히 노력하고 애쓴 것을 생각할 때 참으로 존경스러운 마음을 금할 수 없다.

인잔나쉬 나는 여러 문헌을 대조하여, 이 『흥륭한 대원제국의 청사』를 오류나 의심스러운 점이 없이 서사를 연결해 저술해 나갔다. 이러한 저술 작업은 진실로 마음과 생각, 간장과 폐, 온몸, 눈과 손을 함께 지치게 했다.

천 년의 사건의 내력을 붓과 먹에게 묻고
어지러이 벌어지는 사건을 문헌 자료와 대화하며 기술했네

나의 이 몸과 말, 마음을 지치게 한 것을
후대 지성인들은 살필까, 그렇지 않을까?

민족의 위대한 계몽가 웨.인잔나쉬의 이 정선된 저서를 모두 진심으로 존숭하는 마음을 갖고, 손에서 손으로 전하며 자랑스러운 마음으로 읽기를 바란다. 우리 조상들이 온갖 신고를 겪으며, 독립적인 몽골국과 불후의 풍부한 기록문화 유산을 우리에게 자산으로 남겨준 은덕을 더욱 잘 알고, 과거를 향해 민족적 긍지로 자부심이 더하는 동시에 미래에 몽골 민족의 자긍심을 갖기 위해 온 마음을 다해 뜨거운 의지를 갖는다면, 대문호께서 후대를 믿고 일깨우며, 몸과 말과 마음을 다한 이유를 비로소 깨달을 수 있을 것이다.

마지막으로 몽골비칙에서 현대 키릴 문자로 옮기는 작업을 할 때 상당한 시간을 들여 애쓰며 도와준 제자 페.밤바호롤과 그 외에 제자들에게 깊은 감사를 표한다.

몽골국립대학 정교수 샤라브 초이마
몽골국립대학 교수 막사르자브 바야르사이한

흥륭한 대원제국의 청사 전체 차례

제1권

청사

제9장

톨 강가에서 투구를 쏘아 금나라 사신을 위협했네
이질즈 부족과 혼약을 맺고 옥지玉枝를 내렸네

송나라 효종 순희 13년, 금나라 세종 대정 26년, 병오년丙午年. 태조의 나이 25세였으며, 이해 태조는 셋째아들 우게데이를 낳았다. 그는 후에 칸의 보위에 올랐다.

무지한 위왕 영제는 하늘을 알지 못하고
기예가 탁월한 궁수 이질즈의 보토는 시운을 얻었네
타고난 지혜를 가진 태종 우게데이는 세상일을 예조하고
지극히 현철한 성군 태조는 미래의 일을 점쳤네

금나라의 위왕 영제는 큰 위엄을 보이고 한없는 위세를 드러내며 베데국의 국경에 들어오자, 갑자기 붉은 깃발과 붉은 갑옷, 투구를 쓴 한 갈래의 병사들이 포성을 울려 천지를 뒤흔들고, 말발굽에서 일어나는 먼지가 산과 태양을 뽀얗게 가린 채 대오를 이루고 있었다. 위왕 영제는 포성 소리에 깜짝 놀라 급히 그 이유를 물었다. 그것은 베데국의 선봉대장인 보가르지가 총사령관 모훌리의 지시로 5백 명의 정예군을 이끌고 나라의 국경을 순찰하러 가는 것이었다.

그때 위왕 영제가 사람을 보내 그들이 온 연유를 분명히 고하게 하자, 대신 보가르지가 자기 군대에 명령을 내리고 병사들에게 설영하게 했다. 그리고 젤메와 사이한 소르탈트를 금나라 사신의 숙소로 보내 서로 담소를 나누고, 손님을 맞는 예법대로 잔치를 배설할 술과 양을 보내고 먼지를 털게 했다. 이 사이한 소르탈트라는 자는 원래 서요하르하탄 사람으로 데드라는 곳에서 살고 있었는데, 몇 년 전 태조가 1천 명을 대동한 대규모 사냥하면서 탄토강에 이르자 10여 살 먹은 잘 생긴 소년이 양을 치면서 손에 쥔 몽둥이를 땅에 박고는 그 위에 자기 모자를 올려놓고, 그 앞에 예를 다해 절을 하며 붙어있는 것을 보았다. 태조가 말고삐로 말을 몰아 아이 가까이 다가가 이유를 묻자, 그 아이가 무릎을 꿇은 채 고했다.

“제가 다른 사람과 함께 가면 그를 형님으로 존중하는데, 제가 만약 혼자 있게 되면 머리에 쓴 모자에 장자의 예를 올립니다.”

그러자 태조가 미소를 지으며 물었다.

“그같이 존중의 예를 다하는 이유는 무엇이더냐?”

그 소년이 고하기를 “사람이 모두 지나가는 말로 말하기를 사람들의 군주이신 신성한 그대가 오실 거라고 하여, 제가 존중의 예를 다해 무릎 꿇고 절하는 나라의 예법을 생각하면서 연습하고 있었나이다”라고 했다.

그러자 태조가 크게 기뻐하며, 아이에게 관심을 기울이며 그의 이름과 성, 나이를 묻자 아이가 고했다.

“탄토의 강가에서 살아왔다 하여 탄오니 씨족이 되었습니다. 잘 생긴 외모를 가지고 태어나서 저희 아버님 초초리께서는 저를 '사이한'[1] 이라고 이름 지어 주셨습니다. 사이한 저는 올해 열한 살로 을축년생 입니다"라고 했다.

그 말을 들은 태조는 흡족히 여기며 아이를 칭찬했다. 그리고 곧 사이한 소르탈트라는 이름을 하사해 주고, 가족들을 자신의 나라로 데려오도록 했다. 태조는 아이를 지혜로운 주순 부르트겔진 왕비에게 내주며 부리도록 했다. 태조의 큰아들 주치와 붙여 함께 키웠는데, 18세가 되자 총명함이 남달랐다. 그의 아버지로부터 사방 여러 나라의 언어를 배웠기 때문에 젤메와 함께 금나라에서 온 위왕 영제의 숙소에 와서 고했다.

"귀 나라가 비록 천하의 일부를 차지하고 있지만, 우리 베데국에 속해 있지 않기에 우리는 우리 군주의 명이나 지시 없이 우리 마음대로 국경 안으로 들일 수 없습니다. 그러니 대왕께서는 잠시 며칠 머물러 지내고 계십시오. 우리가 대왕께서 오신 연유를 분명히 고하고, 호전號箭[2]이 오면 다시 납시기 바랍니다."

그러자 위왕 영제가 "벌써 소식을 전하셨소?" 하고 물었다.

젤메와 사이한 소르탈트가 "이미 대왕의 소식이 갔지만, 우리의 명을 하달하는 상부에서 호전이 오지 않았습니다"라고 하자 위왕 영제가 하는 수 없이 분을 참고 하루를 기다리는데, 이튿날 태조는 아우인 하브트 하사르와 오이트 오치르에게 호전을 주어 보내 위왕 영제를 영접

---

1 '아름답다', '멋지다'의 뜻.

2 여기서 화살은 허가를 나타내는 증표와 관련된 것으로 보인다.

하게 했다. 한편 이 기회에 나이만의 곡설오를 의로운 대신이라 하여 그의 시신을 나이만의 국경 지역으로 보내게 했다. 그리고 금나라 사신을 인도해 나라 안으로 들일 때 장수 보가르지는 모훌리의 지시로 위왕 영제의 군대를 국경 밖에 있게 하고, 보가르지는 몸소 그 맞은편에서 설영하고, 술과 고기를 보내 잔치를 배설했다. 그러자 위왕 영제는 분이 솟구쳤지만 할 수 없이 하사르, 오치르와 함께 베데국에 들어가 며칠을 가서 톨 강가에 이르렀다.

손님을 영접하는 역참 객사에서 태조와 서로 인사를 나눌 때 위왕 영제는 태조에게 향 탁자를 준비하고, 고개 숙여 황제의 명을 받으라고 하자 태조가 가볍게 웃으며 대답했다.

"우리 베데국은 오랜 옛날에 갈라져 나와 티베트의 후준 산달트 왕에게서 그 전통이 이어져 왔습니다.[3] 가장 먼저 천자인 부르테-촌부터 이 베데국의 군주인 내 자신에 이르기까지 25대에 이르기까지 남쪽 중원과 타신국에 투항하여 종이 된 적이 전혀 없는데, 중원의 금나라 군주께서 어찌 나를 속국의 군주로 동일시하여 보실 수 있단 말입니까? 나 또한 어떤 두려움도 없이 예로부터 조상님들께서 세우신 정권을 이어받아 나라를 다스리고 있는데, 조상님의 혼령을 아프게 하며

3 『황금사』에 보면 몽골의 시조 부르테 치노아은 인도 마가다국의 코살라 왕의 아들 사르바의 다섯째 아들이 날 때부터 머리카락이 푸른빛을 띠고, 손발은 편평하며 눈(꺼풀)은 아래에서 위로 깜빡이는 등 마치 새와 같았다고 한다. 부모는 기이하게 태어난 아이를 구리 상자에 넣어 강가에 버렸다. 그 아이가 자라서 티베트 최초의 쿠주군 살달리토 카안이며, 부르테 치노아는 그 후손이라고 언급하고 있다(저자 미상, 김장구 역주, 『몽골 황금사』, 동북아역사재단, 2014, 34~35쪽). 이 기사에서 '쿠주군 살달리토 카안'은 '후준 산달트 칸'을 이르며, '부르테 치노아'는 '부르테 촌'을 이른다.

당신의 나라에 종속될 수 있겠습니까! 조상님들의 혼령을 고통스럽게 하며, 그 얼을 훼손하는 일은 할 수 없습니다!"

태조는 곧 외국 사절을 대하는 예법대로 서로 절할 때 위왕 영제는 화가 치밀었지만, 태조가 하는 말이 합당하고 또 눈을 들어보니 베데국 군주의 세 장수와 네 명의 아들, 여섯 대신, 9경의 여러 신하가 양쪽으로 나누어져 매의 날개처럼 대오를 이루고 있었다. 그 줄지어 있는 자들은 모두 반짝이는 별같이 매우 뛰어난 용사들로, 위풍당당하고 그 분위기에 짐짓 위엄이 있으며, 빛나는 기상이 한결같아 추호도 무릎을 꿇을 것 같지 않았다. 이러한 분위기를 감지하고 위왕 영제는 속으로 두렵고 불안한 마음에 아무 말도 할 수가 없어 어쩌지 못하고 손님 자리에 앉아 자신이 베데국에 온 이유에 대해 말했다. 그리고 봉책에 대한 것을 언급하자 태조가 이를 대단치 않게 여기며 말했다.

"내게 재주가 없고 덕이 부족한데, 당신의 귀하신 중원국의 군왕께서 이처럼 나를 귀히 보시고 이러한 봉책의 은혜를 보내 주신 것은 실로 감사하기 그지없는 일입니다. 다만 우리의 이 북쪽 지역은 예로부터 충정과 신의를 계율로 삼기 때문에 허명이나 공연한 임명장을 중시하지 않습니다. 또 저의 이 작은 베데국에는 모름지기 충정과 신의를 원칙으로 삼기 때문에 금이나 진주로 꾸미고 장식하는 것을 매우 삼가고, 비록 금과 화려한 비단, 빛나는 진주, 아름다운 옥이 있다 해도 전혀 사용할 데가 없습니다. 귀하신 나라에서 어찌하여 이렇듯 마음을 잘못 쓰시는 것입니까?"

그러자 위왕 영제가 즉시 남쪽 지역의 예법대로 예악의 질서, 인장과 임명장의 고귀함과 금과 비단의 품격, 옥과 진주의 희귀하고 값진 것을 일시에 열거해 말하자 태조가 또 은근히 미소를 지었다.

"우리같이 이 조야한 나라에서는 그런 것들에 대해 전혀 알지 못하오. 다만 힘쓰는 군왕은 신뢰로써 백성을 자비로이 대하고, 대신은 충성을 다하고, 찾는 것은 나라와 부족이요, 바라는 것은 지역입니다. 만약 군주가 탐욕스럽고 고집 세고, 신하는 간교하고 아첨하여 찾는 것이 물질과 이익이요, 바라는 것이 행복과 즐거움이라면 비록 그들이 나라의 인장과 임명장, 금은 비단이 있다 한들 무슨 도움이 되겠습니까! 그것은 오히려 일반 백성들에게 교활한 꾀로 높은 관직을 탐하게 하고, 권력에 아부하는 데로 잘못 인도하는 근본이 될 것입니다. 나라를 발전시키고 백성들을 평안하게 하며, 정치를 안정시키고, 사람들을 행복하게 하는 것을 중시하는 무지한 나에게 그러한 인장과 칙서, 금과 비단, 옥과 진주는 전혀 쓸모가 없소이다!"

태조는 그 예물들을 전혀 받으려 하지 않았다. 그 호의에 대한 답례로 풍성한 잔치를 베풀 때 태조는 주악을 멈추게 하고 영제를 향해 "우리 북쪽의 변변치 않은 지역에서는 귀하의 남쪽 지역처럼 예술적인 섬세한 춤과 여흥의 꾸밈, 장식적인 흥이 없고 비록 몇 가지 호르, 초르,[4] 가야금, 피리의 리듬이 있긴 하지만 일반적인 악기로는 놀랄 만한 것은 없습니다. 이렇게 귀국의 사신들을 달리 잘 대접할 좋은 것이 없고, 다만 이제 거친 우리가 평소에 하는 나라의 무술로 귀하신 신하의 눈

4 '호르'는 현악기, '초르'는 관악기를 이른다.

을 즐겁게 하고, 잔치의 흥을 돋우고자 합니다!"라고 하며 궁의 펠트에 걸어둔 사자 가죽 전통에서 4면체로 된 황금촉이 있는 화살 하나를 뽑게 하여, 오요트 세첸으로 하여금 모홀리에게 보내게 하자, 갑자기 총사령관의 높은 난간이 있는 호랑이 가죽 장막에서 큰 구리 나팔 소리가 울려 퍼졌다.

그리고 톨 강가 넓은 초원의 사방팔방에서 붉은 먼지가 하늘에 닿을 정도로 일고, 수많은 깃발이 태양을 가릴 정도로 나란히 대오를 이루며, 6만 친위대가 순식간에 눈앞에 모여들었다. 그들의 갑옷과 투구는 눈을 부시게 하고, 무기는 태양 빛에 반짝이고, 화살의 깃은 숲처럼 검어지고, 군대 깃발은 무지개처럼 일정하게 줄지어 펄럭였다. 양편으로 나란히 20리 거리에 걸쳐 길게 대오를 이루고 서 있었는데, 그때의 위엄 있는 모습은 엄청난 장관을 이루었다.

그러자 금나라에서 온 백여 명의 수행원과 특히 위왕 영제는 대경실색하여 얼굴 전체가 흙처럼 노랗게 변했다. 금나라 사신 위왕 영제와 수행원들은 서로를 응시했다. 위왕 영제는 당황해 손이 떨리면서 술잔을 땅에 떨어뜨리더니 허둥지둥 땅에서 잔을 집어 급히 몸을 일으켰다. 그는 목소리를 떨며 멀찍이 떨어져 태조 쪽을 향해 쿵 소리가 나도록 두 무릎을 꿇고 머리를 땅에 대고 절했다.

태조가 크게 놀라 이게 무슨 일이냐며 서둘러 달려와 영제를 일으켜 세우고 미소를 지었다.

"귀하신 왕께서 이것이 어찌 된 일이십니까? 무슨 일로 무지한 저를 이렇게 달리 보고 의심을 하시는 것입니까? 제가 병사들의 무술을 보여드리는 것은 다른 뜻이 전혀 없습니다. 첫째로 귀하신 왕의 마음을 기쁘게 하고, 귀를 즐겁게 해드려 비루한 나라의 존숭의 예를 행하고자 하는 것입니다. 둘째, 무지한 저에게 또 몇 명의 신하가 있는데, 그들을 불러서 귀 나라로부터 존숭받은 일을 어떻게 보답할 것인가를 귀하신 위왕이 계실 때 논의하여 곧바로 결정하고자 하는 뜻이 있었던 것입니다."

그러자 위왕 영제는 비로소 마음을 놓고 얼굴을 편히 하며, 가만히 길게 한 번 기지개를 펴고 뒤로 가 자리에 앉았다. 따라온 수행원들은 여전히 두려워하며 몸을 떨었다. 그때 태조가 다시 반복해 영제의 마음을 편안히 하며 말했다.

"귀하신 위왕께서는 여러 가지 의심을 하지 마십시오. 사내대장부는 자기 지역에서 오만하게 행동하지만, 먼 나라 사신을 괴롭히지는 않습니다. 제가 비록 무지하나 작은 아낙네와 같은 행동을 하지는 않습니다."

그리고 사자 깃발을 흔들게 하여 여러 우두머리 신하들과 자문 대신을 사자 궁으로 올라오게 하여 금나라에서 사신이 온 이유를 언급하며 논의해 묻자, 모홀리가 무릎을 꿇고 고했다.

"우리의 주군께서는 남쪽 중원에 종속된 적이 없는데, 어찌하여 그들의 봉책을 받을 수 있겠나이까? 주군께서 그를 돌아가게 하시는 것이 마땅할 듯합니다."

그러자 좌익 수장인 나라의 사돈 데이 세첸 옆에서 토르곤 샤르가 앞으로 나와 무릎을 꿇고 고했다.

"비록 그러하나 멀리 있는 대국에서 호의를 갖고 찾아왔는데, 은혜를 모르고 배반하는 것은 조금 잔인한 일입니다. 또 훗날 먼 나라에서 찾아오는 길을 끊지 않아야 할 것이라 사료됩니다. 그런데 그 봉책은 받지 않더라도 예로써 가져온 선물은 받는 것이 좋을 듯합니다."

태조가 "봉책을 받지 않으면서 다른 사람의 물건을 남기게 하는 것은 탐욕스러운 소인의 짓과 다를 바 없지 않겠소?"라고 했다.

그러자 곁에서 아우 하브트 하사르와 또 대신 가운데 젤메가 나란히 나와 무릎을 꿇으며 고하기를 "중원의 선물에 대한 보답으로 예물을 보내시면 호의를 받아들이는 일이 됩니다. 주군께서는 은혜를 모른 채 모두 받지 않으시면 먼 나라가 우호적으로 보지 않을지 모릅니다"라고 하자 태조는 한 가지 생각을 얻어 모홀리에게 물었다.

"총사령관께서 다시 생각해 보시오. 금나라의 선물을 어떻게 갚으면 좋겠소?"

모홀리가 주군의 생각이 무엇인지를 깨닫고, "금나라는 남송에 원수를 갚기 위해, 먼 우리나라를 어르기 위해 왔지만, 우리는 그자의 덫에 들어가지 않아야 할 것입니다. 그 봉책은 돌려보내고 예물은 두고 가게 하되, 그것을 우리가 무예 실력이 있는 출중한 병사들에게 나누어주고, 온 사신 앞에서 병사의 무예를 보여주면 어떨까 합니다. 이렇게 선물을 나누어주고, 그 보답은 예물로 온 물건에 상응하는 정도로 하면 될 듯합니다. 주군께서 그들이 송나라와 싸운다는 것을 들으셨으니 그들 군대에 러시아산 무기와 특히 우리 지역의 말을 답례로 보내면 이것은 실제로 그들에게 중요한 선물이 될 것입니다"라고 했다.

그 말을 들은 태조는 "총사령관께서 우리의 생각을 바로 맞추었소"라고 하며, 모홀리의 제안을 크게 기뻐했다. 그리고 곧 위왕 영제를 향해 "내가 귀 나라의 봉책과 예물을 온전히 모두 받으려 하였으나, 수하 신하들이 따르지 않고 모두 돌려보내라 하니 고귀하신 대국의 체면에 또 좋지 않게 되었습니다. 그 호의에 위배되었기에 못난 나의 마음 또한 견디기 매우 힘이 듭니다. 이렇게 되어 우둔한 내가 참으로 주저가 되는 바입니다. 어떻게 하면 좋겠습니까?"라고 했다.

위왕 영제가 원래 북쪽 편을 달래기 위해 왔기 때문에 이들이 덫에 걸리지 않는 것을 보고, 돌아가면 명을 다시 되돌리는 것이 어려워 숨이 답답해 괴로워하고 있을 때, 이러한 편안한 말을 듣자 크게 기뻐하며 서둘러 자리에서 일어나 술을 따르게 하여 태조에게 올리며 말했다.

"이것은 대원수의 지혜를 드러내는 것이요, 일을 합리적으로 보시는 것이 아니겠습니까?"

그러자 태조가 또 위왕에게 술잔을 올렸다.

"귀 대국이 이처럼 우리를 친근하게 보신 것은 전날의 난리를 일으킨 메게진 세르의 머리를 베어 올렸기 때문인데, 그 일은 제 수하 장군과 병사들의 공이라 할 수 있지 저 혼자의 힘으로 된 것은 아닙니다. 귀하신 중원의 뜻깊은 선물을 진정 탁월한 무예 실력을 가진 저희 장군과 병사에게 상으로 주신다면 제가 받는 것보다 만 배나 나을 것입니다. 그러하니 저희 장군과 병사에게 진정 무예가 있는지 없는지를 보셔야 할 것입니다. 진정 탁월한 무예 실력이 있다면 상을 받게 될 것이요, 만약 그렇지 않다면 상을 그냥 거두게 될 것입니다."

그리고 "사흘 뒤에 100보 거리에서 황금 투구를 쏘아 맞춘 자에게 대 금나라의 선물을 하사해 주겠노라"라고 공포하고 잔치를 파했다.

사흘째 되는 날 정말 대연회장 앞에 백 보 거리 끝에 깃대를 세워 100리 거리의 드넓은 초원에 신하와 병사들이 모여 대지를 덮었다. 그 때 깃대 끝에 금나라에서 예물로 가져온 황금 투구를 씌우고, 그 아래 세 개 붉은 태양을 그린 깃발을 묶었다. 그리고 양옆으로 수천 쌍의 북과 징, 나팔과 피리를 질서정연하게 배열했다. 그리고 활을 쏘아 깃발을 맞추면 은과 비단을, 태양을 맞추면 비단과 진주 보석류를 상으로 줄 것이며, 투구를 맞추면 갑옷과 투구에 금과 옥을 더하여 상을 줄 것이라고 알렸기 때문에 원근의 나라와 부족에서도 모두 말을 타고 달려왔다.

베데국의 태조와 금나라의 위왕 영제가 높은 동산의 사자궁에서 집주인과 손님의 예법대로 마주보고 앉자, 잔치를 위한 황금 잔과 함께 술 탁자가 들어왔다. 사이한 소르탈트와 오요트 세첸이 양쪽에서 술을 올리자 모홀리의 호랑이 가죽 장막에서 대전大戰을 알릴 때 사용하는 북소리가 웅장하게 울려 퍼졌다. 많은 용사와 장군들이 쌍쌍으로 갑옷과 투구를 쓰고, 전통을 메고 잇달아 달려와 뒤를 이어 활을 쏘았다. 그 가운데 3의 2는 깃발을 쏘고, 또 나머지 3분의 1은 붉은 태양을 쏘아 맞추었다. 활을 쏘고 나올 때 많은 병사들은 신이 나서 흥겨워하며, 북을 치고 외치는 함성소리에 강과 초원이 진동했다. 상을 받고 가는 병사들의 모습이 눈을 부시게 한다.

금나라의 위아래 사람들이 입을 다문 채 말을 하지 못하고 서로 놀라움을 감추지 못하고 있을 때, 오른편의 붉은 천의 날아가는 호랑이가 그려진 펄럭이는 여섯 번째 깃발 아래서 한 대장수가 몸에 은 갑옷과 투구를 쓰고, 허리에는 큰사슴 가죽으로 만든 허리띠를 띠고, 관자놀이에는 여우 꼬리털 술을 늘어뜨리고, 옆구리 쪽에는 붉은 표범 가죽으로 만든 전통을 메고, 옥같이 희고 수려한 얼굴에 세 번을 꼰 검은 수염을 날리며 손에는 은 창을 잡고, 가랑이에는 회색말을 타고 달려 나와 큰소리로 외쳤다.

"단순히 깃발을 명중시키는 자를 명궁수로 치지 않소. 내가 오늘의 깃발과 태양, 투구를 모두 명중시키고, 3중의 상을 받는 것을 보시오!"

그러자 많은 사람이 깜짝 놀라서 바라보니, 태조가 칭송했던 6명의 대신 가운데 명궁수 초 메르겐이었다. 사람들이 즐거워하며 그 광경을 바라보니, 초 메르겐이 창을 안장 부리에 끼워놓고, 왼손에 신궁을 잡고, 오른손으로 신성한 화살을 시위에 메겨 활을 달처럼 힘껏 당기자 조준했던 화살이 유성처럼 날아가 맨 처음 화살이 깃발을 맞혔다. 두 번째 화살이 태양을, 세 번째 화살이 투구의 목 부분을 맞히자, 두 나라 군신, 장군, 병사, 백성에 이르기까지 모두 탄복하고 칭송하며 외치는 소리에 온 언덕이 진동했다. 또 그 소리가 바람을 타고 10리 넘는 곳에서까지 들렸다.

그때 누가 부른 것처럼 또 한 명의 대장수가 보이지 않는 곳에서 달려 나왔다. 이 사람은 누구인가? 이때 베데국 바깥쪽의 여진국 지역 부근에 이질즈, 마일즈, 차일즈라는 세 부족이 있었다. 이질즈 부족의 수장은 울지트, 그의 아들은 보토라고 했다. 차일즈 부족의 수장에게는 오르트, 마일즈 부족의 수장에게는 옥그토르와 우누, 운두르라는 형제가 있었다. 우누는 태조가 어렸을 때 배반하고 떠나서 수하 사람인 토도라는 자에게 죽임을 당하고, 부족을 빼앗기고 점령을 당했다. 동생 운두르는 형을 따라가지 않고, 형이 태조를 떠날 때 형을 상당히 말린 일이 있는데, 이에 대한 사건이 나중에 나올 것이다.

지금 이야기하고자 하는 인물은 보토라는 자이다. 레세 씨족의 일구네라는 지역의 이질즈 부족 수장인 울지트는 외아들이 있는데, 그 이름은 보토라고 했다. 올해 갓 18세가 되었고, 고귀한 운명을 갖고 태어난 인물로 어려서부터 활을 잘 쏘고 사냥하는 일에 매우 능했다. 이날 금나라와 베데국이 톨 강가 초원에서 황금 투구를 쏘아 두 나라 무예를 겨룬다는 소식을 듣고, 일구네강이 톨강 가까이 있었기 때문에 보토는 표범 힘줄로 만든 활과 콘도르 깃을 단 화살 전통을 메고, 힘 좋은 회색말을 타고 두 사람의 수행원과 길잡이를 데리고 달려가서 모홀리의 호랑이 가죽 장막에 이르러 고하기를, "금나라에 베데국이 호락호락하지 않다는 것을 보여주는 일에, 먼 부족이지만 항시 힘을 합치면 위대한 천자의 위엄과 덕을 보여줄 수 있습니다. 그런데 어찌 실수 없는 제게 활을 쏘게 하지 않는 것입니까?"라고 하자 모홀리는 그가 활을 매우 잘 쏜다는 것은 이미 들었기 때문에 서둘러 웃으며 말했다.

"이미 그대가 활을 매우 잘 쏘고, 사냥하며 지낸다고 들었소. 오늘 활을 쏘아 실수 없이 맞추면 북방 지역 모두가 명예를 얻게 될 것이오!"

그리고 서둘러 그에게 베데국의 예복을 입히고 투구를 바꿔 쓰게 했다. 그리고 곧 초 메르겐 다음으로 달려 들어가게 하자, 보토는 독수리 깃이 달린 화살을 둥글게 굽은 검은 활에 메겨 몸을 앞으로 구부리고, 저돌적으로 돌진해 들어가 새 춤을 덩실덩실 추며 활을 쏘기 시작했다. 첫 번째 화살이 깃발을 맞히고, 두 번째 화살이 그려놓은 태양을 맞추고, 세 번째 화살이 투구를 정통으로 맞혀 화살을 꽂고 오자, 두 부족의 수만 명의 병사들이 나팔과 피리를 동시에 불어 그 이름을 드높이고, 북과 징을 일시에 쳐 칭송했다. 사람들이 기뻐하며 외치는 소리에 바다가 들끓고, 강물이 밀려가는 듯했다. 또 그 소리에 산의 야생 영양이 놀라고, 초원의 야생동물이 놀라 도망쳤다. 이에 금나라 사신 위왕 영제는 감탄해 마지않으며 감동하여 심장이 두근거려 터질 것만 같았다.

또 오른쪽 대열의 위쪽 붉은 모전 장막에서 황금 사자를 수놓은 수호기가 펄럭이고, 북을 두드리며 한 대장수가 으스대며 나와 큰소리로 외쳤다.

“100보 거리에서 팔뚝만한 것을 쏘아 맞추는 것을 어찌 명궁수로 치겠소? 은과 비단, 용을 수놓은 비단과 진주, 금과 옥, 갑옷과 투구를 잠시 그대로 두시오. 내가 한 뼘 정도의 투구 정수리 끝의 장식 술을 쏘는 것을 보시오!”

그는 몸에 황금 미늘의 귀한 갑옷과 투구, 누런 외투를 겹으로 껴입고 있었다. 태조가 보니 아우 하브트 하사르였기 때문에 크게 기뻐하며, 자신의 사자 가죽 전통에서 가릉빈가의 깃털 달린 황금 화살 세 개를 빼내, 러시아산 쇠줄로 현을 만들고, 손잡이 주변의 구부러진 줌통 부분을 사슴 가죽으로 싼 활을 함께 건네주었다. 하사르가 그것을 급히 받으며, 그 은혜에 감사의 절을 올렸다. 그리고 밤색말에 훌쩍 올라타고 달려나가, 마음속으로 남몰래 하늘을 향해 기원했다.

"우리 형님이 진정 천자임에 틀림없다면, 그의 이 세 발의 천상의 화살에 저 투구를 연달아 세 번 맞추고, 천자의 증표를 나타내어 대금大金이 탄복하게 해 주십시오. 테무진 주군께서 세상을 다스리기를 바라나이다"라고 하며 즉시 그 투구를 비단으로 단단히 싸서 묶고 큰소리로 외쳤다.

"나의 첫 번째 화살은 투구의 왼쪽 측면을 맞추고, 두 번째 화살은 투구의 오른쪽 측면을 맞추고, 마지막 화살은 투구의 정수리 장식 술을 모두 쏘는 것을 보시오."

그리고 왼손으로 산을 밀고, 오른손으로 어린아이를 껴안듯 시위를 당기자 활이 가득한 보름달처럼 휘어졌다. 화살이 나가 유성처럼 떨어지더니 정확히 투구의 왼쪽 측면에 곧추서며 꽂혔다. 수많은 병사들이 모두 함성을 지르고, 동시에 악기를 세 번 불고 쳤다. 두 번째 화살은 왼쪽 주먹이 앞산의 호랑이를 때리고, 오른쪽 팔꿈치가 북쪽 바다의 수신을 비틀어 잡는 것같이 큰사슴 가죽으로 싼 활을 가득 당기고, 가릉빈가의 깃이 입가를 지나게 하여 쏘자 화살이 시위 소리를 내며 날아가 정확히 투구의 오른쪽 측면에 곧추 박혔다. 수많은 병사가 모두 함성을 지르고, 북과 피리를 여섯 번 동시에 치고 불었다. 마지막 화살을 쏘게 되자 태조가 또 하늘을 향해 가만히 빌 때 갑자기 하브트 하사르가 큰소리로 외쳤다.

"우리의 신성한 주군 형님께서 분명 세상을 지배하실 큰 복을 이 한 발의 화살이 보일 것이오!"

그리고는 왼쪽 손바닥으로 금나라를 부수어 버릴 정도로 활을 꽉 쥐고, 오른쪽 어깨로 베데국을 들어 올려 안듯이 강철 줄의 활을 소리가 나도록 힘껏 당겨, 황금 오늬가 있는 화살을 촉에 닿을 때까지 당겨 조준해서 시위를 조금 당겨보았는데, 그때 깍지가 벗겨지면서 "퉁!" 하는 소리와 함께 화살이 "쉭!" 소리를 내며 날아가 투구 정수리의 술을 정확히 맞추었다. 그러자 베데국의 9만 명의 인파가 환호성을 지르며 펄쩍펄쩍 뛰고 기뻐했다. 그리고 북과 피리를 아홉 번 동시에 불고 쳤다. 사람들은 하브트 하사르를 칭송하고, 크게 부르며 외치는 소리에 천지가 진동하고, 강이 흔들리고 바다가 들끓는 듯 출렁거렸다.

그러자 총사령관 모홀리를 위시해 신하 토르곤 샤르가 서둘러 모홀리의 호랑이 가죽 장막에서 내려가 많은 신하를 이끌고 태조의 사자궁의 난간에 올라가 황금 잔에 술을 따라 올렸다. 모홀리가 무릎을 꿇고 격앙된 목소리로 아름다운 운율로 축원하며 고하기를,

무쇠 투구에
곧추선 두 개의 뿔처럼 화살이 박힘으로
덕망 있는 군주께서 모든 땅을 지배하실 길조를 드러냈나이다
진정 황금빛 투구의 정수리 장식 술만을 맞춤으로
금나라가 공물을 바칠 것이 분명한 예조를 알렸나이다!

라고 경하하며 절을 올리자 태조가 크게 기뻐하며 위왕 영제에게 또

술을 올리게 하고, 곧 손수 아우 하브트 하사르에게 술을 건네며 축원했다.

견고하고 큰 나라를
활을 쏘듯 이루어주게나!
수많은 적을
화살을 쏘아 맞추듯 제거해 주게나!
나의 위대한 나라를
활을 쏘듯 이루어주게나!
다른 먼 부족들을
거두듯 모아주게나!

또 이질즈 부족의 일궁 보토에게 손수 술을 따라 주며 축원했다.

이질즈 부족의
믿음직하고 멋진 보토 그대가
오자마자
남고 모자람 없이 똑같이
세차게 돌며 날아가는 화살로 세 번을 맞출 수 있었던 것은
분명 나의 소중한 지지자임을 드러내는 것일세!

또 여진의 대신이며 탁월한 명궁수 초 메르겐에게 술을 따라주며 칭

송했다.

만군 가운데 으뜸인 명궁수
나라 앞에 자신이 한 말을 지키는 자
성가시게 했던 메르게드를 단 한 발의 화살로 투항시킨
주저함 없는 초 메르겐 대신이여!

토르곤 샤르와 전군 총사령관 모홀리에게 또 손수 술을 따라주며 축원했다.

더 바랄 것이 없는 두 대신 그대들이 축원한 대로
장래 어느 날 천하를 지배하며 군신과 백성이 행복을 누리리
먼 것을 생각하는 두 신하 그대들의 축원으로
남김없이 모든 나라를 모아 원근을 평안케 하리!

그리고 하브트 하사르를 위시하여 세 사람에게 차례로 금은, 비단, 옥, 진주, 활과 화살, 갑옷과 투구를 상으로 내리고 격려했다.

이때 위왕 영제를 비롯한 100여 명의 수행원과 100여 명의 사람들이 모두 놀라지 않는 자가 없었다. 그들 모두 탄복하여 눈이 왕방울만 해져 서로를 쳐다보았다. 영제는 앉은 자리에서 일어나 태조에게 술을 올리며, "귀하신 원수께서는 참으로 훌륭한 나라와 수하의 이와 같은 용사들이 있기에 북쪽의 부족을 모아 통합하고, 북쪽 나라를 평화롭게

하는 일은 진실로 손바닥 뒤집기보다 쉬울 것입니다!"라고 하자 태조가 또 서둘러 술을 돌리며 말했다.

"이러한 것은 모두 병사들의 일상적인 활동이요, 보통의 무예입니다! 뭐 그리 크게 놀라고 칭송할 일이 있겠습니까! 다만 귀하신 위왕을 대접하여 기분전환을 시킬 좋은 것이 없어 그저 한 잔치의 즐거움으로 삼았던 것입니다. 보통 때 남쪽 나라 사람에게서 들으니, 100보 거리에서 작은 나뭇잎과 금전의 구멍을 뚫어 맞추는 명궁수가 여럿 나오고, 그러한 일이 남쪽 나라의 역사 기록에 오래토록 남는다고 멀리서 들었습니다. 존경하는 위왕의 금나라는 천지 중원을 다스리는 위대한 천자의 나라라고 하니 틀림없이 놀라운 인재가 적지 않을 것입니다. 찾을 수 있다면 장수들을 청해 또 몇 발의 화살을 쏘게 하여, 우리의 미개한 나라 사람들의 눈을 열게 하시고, 중원의 경이로움을 한 번 보여 주시기를 바랍니다!"

그러자 영제는 깜짝 놀랐다. 그 이유는 이때는 요나라가 망하고 송나라가 짓밟히고, 금나라가 태평을 구가함으로 황제들은 유화되어 향락에 빠지고, 문관들의 헛된 미사여구에 호도되어 국가의 중요한 권한을 모두 문관들에게 장악하게 함으로써 무관들은 모두 무예를 잃어버리게 되었기 때문이다. 또 경서에 힘쓰고 큰 명예를 좇음으로써 금나라 군대 기강이 완전히 무너지고, 어느 정도 능력이 있는 사람이면 문관의 길로 들어서 부귀를 쫓는 데 힘썼다. 그렇게 되니 병부에 속한 자가 없게 되었으며, 비록 병부아문에 속한 관리라도 명분일 뿐인 무관 칭호를 달고, 썩어 빠진 문관 아니면 곧 쓸모없이 버려지는 평범하고 어리석은 백성들이었다. 단 하나의 진정한 무예의 능력을 가진 장군들이 대부분 사라졌기 때문에 하층 병사들은 곧바로 말을 타고 무기를 들 수 없는 지경에 이르렀다. 그렇게 하여 오늘 따라온 무신이라고 하는 사람들은 모두 호랑이 가죽으로 싸놓은 당나귀들에 불과했다. 그러니 어떻게 말을 타고 질주하며 사냥을 할 수 있겠는가?

그러자 위왕이 서둘러 말하기를, "우리나라의 이름 있는 무관들은 모두 황제 신변에 있습니다. 못난 왕인 저를 따라온 수행원들은 모두 공을 세우지 못한 일반 병사들입니다. 비록 한두 사람 볼 만한 무예를 하는 사람이 왔지만, 귀 나라의 국경 밖 군 진영에 남아있고, 여기는 따라오지 못했습니다"라고 했다.

장막 앞에 대오를 짓고 서 있던 십여 명의 장수들은 금은 갑옷을 입고 투구를 쓰고, 옥과 청금석 장식의 허리띠를 매고 있었다. 투구에 꽂은 타조 꼬리는 그 끝이 땅을 스치고, 뒤쪽에 맨 깃발의 장식끈이 몸을 감고 펄럭였다. 태조가 눈을 부시게 하는 빛나는 그들 금나라 군대의 장군들을 가리키며, "이들 수호신같이 훌륭하고 멋진 장수들이 작은 무예도 할 수 없다는 말씀입니까?"라고 하자, 영제가 할 수 없이 "이들 역시 모두 같은 일반 병사들입니다. 놀랄 것이 없죠. 그대로 한 사람을 협력하는 자들입니다!"라고 했다. 그러자 태조가 은근히 미소를 지었다.

"그런 법이 있습니까? 모두 하늘의 장수들처럼 위엄과 빛이 있는데 무예가 없다는 것은 거짓이요, 다만 귀하신 왕께서 대국의 높은 수준으로 작은 나라에 무예를 으스대며 보여주지 않으려는 이유가 있는 것이 아닙니까?"

이렇듯 태조가 아무리 충동질을 해도 영제는 거듭 몸을 일으켜 사양하며 계속해서 장수들을 내보지 않자, 태조가 흥이 깨져 잔치를 파했다. 그리고 이튿날 몸소 영제를 떠나보내면서 뒤에서 그의 말 탄 자세를 보고 돌아와, 말에서 내려 많은 신하를 향해 말했다.

"저자는 한 나라의 왕인데도 행동거지가 부박하오. 어찌해도 오래 살지 못할 것이고, 분명 명예롭게 죽지는 못할 것이니 그대들은 잘 보고 계시도록 하시오."

한편 위왕 영제는 소도사의 황금 인장과 봉책을 모두 잘 숨겨놓고 따라온 수행원들을 향해 "우리가 온 목적은 대성공이었소"라고 하며 자신의 위신을 세웠다. 태조가 보낸 사신과 함께 며칠을 가다가 베데국의 국경에 이르자, 보가르지는 이미 그에 대한 정보를 들은 지 한참 되었기 때문에 차갑게 웃으며, 다른 두 군단의 병사들에게 모두 잔치를 베풀어주며 주군의 은혜를 드러냈다. 그리고 금나라 위왕 영제를 사이한 소르탈트와 오요트 세첸 두 사람에게 베데국 변경 밖 100리 거리에 나가 배웅하게 하고, 자신은 병사들을 데리고 나라로 돌아가 태조의 명을 수행했다.

가엾은 금나라 사신 위왕 영제는 베데국에 치욕스러움을 된통 맛보고 돌아가는 도중 어둠 속에서 '참으로 냄새 고약한 이 베데국이 어찌 이리도 어렵단 말인가? 훗날 이들이 만약 고통을 당할 때에 이르면 그때 묘책으로 대응하면 될 것이다. 무력으로 싸우면 아니 될 것이다'라고 생각했다. 나라에 도착해 고하기를 "북방의 나라를 이미 우리 편으로 굴복시키고 왔습니다. 오래지 않아 반년 안에 타타르국에서 반드시 예물을 보내고 공물을 바치러 온다고 했습니다"라고 했다.

이렇듯 위왕 영제는 금나라 세종 황제 완안옹이 펄쩍 뛸 정도로 꾀를 써서 모든 공을 취했다. 또 따라갔던 수행원 전체의 작위가 일시에 승급되었다.

이제 나이만이 알락그타이에서 패한 것을 간략하게 말하고 마무리하고자 한다. 알락그타이산에서 나이만부의 병사들은 전투에서 크게 패해 머리를 돌릴 사이도 없이 단숨에 달아났다. 알탄샤는 밤낮없이 달려 자기 나라에 이르러 성시에 들어가 부왕 타이얀 칸의 무릎을 껴안고 울면서 병사들이 패하고 곡설오가 죽은 것을 고했다. 그러자 타이얀 칸은 자신의 가문에 포함시켰던 대원수 곡설오가 죽었다는 사실을 듣자마자 울며 쓰러졌다. 겨우 정신을 차린 뒤 몸소 상복을 입고, 곡설오가 죽은 방향을 향해 술을 뿌려 올리고 있을 때, 느닷없이 베데국에서 곡설오의 머리와 몸을 함께 꿰매 비단에 두르고, 가죽으로 묶어 보내왔다. 변경의 수비대원이 시신을 가져오자 타이얀 칸은 시신을 껴안고 울며, 그의 아들 곡사례를 데리고 있다가 예를 다해 장례를 치르고, 그의 아들을 의자義子로 삼았다. 그 밖에 또 그에게 100호의 속민을 내어주고, 왕족의 두 번째 벼슬인 공 봉작을 내려 주었다.

이 곡사례도 태생이 예리하고 강직한 사람이었기 때문에 곧 그의 아버지를 대신해서 대장군으로 추대되었다. 곡사례는 나이만의 병권을 모두 장악했다. 나이가 갓 22세였지만, 지략과 생각이 범상치 않았다. 그는 다만 베데국에 원수 갚는 것을 고심하며, 아침저녁으로 이마를 펴지 못했다. 대신 뭉굴즈는 타이얀 칸이 모셔오게 하여 나라의 대사를 맡긴 자였는데, 그는 그에게 반복해 그렇게 하지 못하도록 일깨우며 말렸다. 곡사례는 오직 아버지를 죽인 원수와 한 하늘을 의지하고 살 수 없다고 하자, 뭉굴즈는 다다통가와 함께 길게 한숨을 내쉬며 말했다.

"고대 삼국의 위나라 무제 조조는 아버지의 원수를 갚지 못했네. 자네가 만약 이 생각을 돌이키지 않으면, 나이만국의 백성과 종묘는 결국 위험에 처하게 될 걸세!"

그러자 곡사례는 입으로 '네' 했지만 멀찍이 가서 크게 이를 갈았다.

한편 베데국의 군주 태조는 금나라 사신을 돌려보내고, 보르한 갈돈에 돌아오니 태조의 정부인인 부르트겔진 주순 세첸 왕비가 또 아들을 해산하고, 마침 사흘째 되는 날 아이를 요람에 눕히며 잔치를 하는 날이었다. 태조는 아들이 태어난 날을 생각하니 금나라에서 선물을 보내온 날이고, 또 대금국을 무예로 이긴 날에 나라가 더욱 발전되는 길조에 부합되는 날에 태어났다 하여 아이의 이름을 우구데이라고 지어 주었다.

그리고 여러 가신들에게 말하기를, "훗날 금나라는 이 셋째 아들에게 장악되어 모든 것이 사라져 없어지고 근본이 끊어질 것이오. 그대는 잘 기록해 두시오"라고 했다. 오요트 세첸이 붉은 단사 붓으로 이를 기록했다.

다음 날 아침 모호리에게 명을 내려 금나라의 선물에 대한 답례로 보낼 예물로 5백 필의 말과 무기를 준비했다. 그리고 젤메와 사이한 소르탈트 두 사람에게 한 달 안에 떠나게 할 것이라고 말하고, 오요트 세첸과 오욘고, 사이한 소르탈트 세 사람에게 한문으로 된 감사의 답장을 쓰게 했다. 동생 하브트 하사르, 오이트 오치르에게는 그들을 도우라고 명하고, 젤메를 내궁으로 불러들여 말했다.

"내가 그날 톨 강가에서 투구를 쏘았던 큰 경기 모임에서 보니, 이질즈 부족의 일궁강의 울지트의 아들 보토가 태생이 범상치 않고, 언행을 보니 우리가 필요로 하는 사람이라 생각되오. 또 그의 언행을 잘 살펴보면 매우 현명하고 능력이 있는 인물로 사료되오. 나이가 한창 젊고 좋은 시기요, 무예가 매우 예리하고 날쌔니 진정 재능이 잘 갖추어진 젊은이라 할 수 있소. 그런데 혼인은 했는지 아닌지 모르겠소. 나는 그자가 상당히 마음에 드는구려. 이제 남쪽 금나라에서 보내온 진기한 물건과 값진 것을 더하여 상을 내리겠소."

또 말하기를 "그런데 그곳에 가기에 적합한 그런 온전한 재능을 고루 갖춘 나이가 있고 덕 있는 사람이 없구려. 이제 주변을 살펴 생각해 보니, 그대 아버님 자르치오다이 노인 외에 다른 사람이 없을 것 같소. 내가 특별히 보고 깊이 생각한 것을 그대 아버님께 잘 헤아려 전해주구려"라고 하고 채단 네 필, 아름다운 진주 네 개, 갑옷의 겉에 덧입는 갈색 담비 외투 한 벌, 보석을 박은 신검 하나, 또 보석을 박은 전통 하나 모두 다섯 가지를 젤메에게 내어 주었다.

오리안한의 사려 깊은 젤메는 태조의 생각을 이미 알아채고, 기꺼이 서한과 상으로 줄 물품을 받아서 집으로 돌아와 아버지에게 태조의 표면적인 말과 보이지 않는 저의를 자세히 전하고 예물을 정확히 해서 드렸다.

그리고 아버지에게 "이 일은 표면적으로 주군의 체면을 위해 최선을 다해 일을 이루어야 하고, 보이지 않는 주군의 지시를 잊어서는 아니 될 것입니다"라고 했다. 그러자 자르치오다이 노인은 웃으며 "분별 있는 우리 아들 젤메의 말이 60세 먹은 내 생각과 정확히 같구나!"라고 했다.

그리고 이튿날 즉시 예닐곱 명의 수행원을 데리고, 태조가 지시한 대로 일궁 지역에 이르러 말에서 내릴 때 보토가 소식을 들었기 때문에 서둘러 예를 다해 그들을 맞았다. 큰 가축을 내어 정성껏 대접하고, 태조가 하사한 물품을 모두 감사히 받았다. 그리고 잔치를 베풀어 자르치오다이를 극진한 예로 대하며 술을 올리고, 며칠 동안 즐거운 잔치를 벌였다. 그리고 안장과 굴레를 얹은 준마를 비롯해 선물을 올리고, 수행원들에게도 고기 선물을 주고, 준마로 바꾸어 태웠다. 그런 뒤 부친에게 작별의 예를 고하고, 친구들을 데리고 자르치오다이와 함께 태조의 은혜에 감사하기 위해 베데국의 보르한 갈돈으로 가서, 태조와 얼굴을 마주 대하고 절하며, 자신의 생각을 고했다.

권세 있는 군주의 온전하신 기량을 보면
구름이 사라진 아침 태양 같고
겨울철 꽁꽁 언 얼음이
부드러운 바람에 녹는 것과 같나이다
부자父子가 함께 기뻐하며
늘 마음으로 경외하였나이다

주군 앞에서 방패막이가 되기를 원하고
퇴각할 때 정찰병이 될 것을 생각하나이다!

그리고 보토가 거듭 절을 올리자 태조가 크게 기뻐하며 미소 지었다.

사나이의 재능과 엄지손가락의 힘으로
권세 있는 금나라의 고귀한 왕을 탄복케 한 것을
늘 마음 깊이 생각하기 위해
얼마만큼의 상을 내려 모름지기 예를 표했네

태조가 잔치를 베풀어 환대할 때, 보토는 태조의 혼인하지 않은 토나말 타즈라는 이름의 옥같이 아름다운 여동생이 있다는 말을 듣고 청혼하면 어떨까 하여 함께 온 자르치오다이에게 이에 대해 묻자 자르치오다이 노인이 말했다.

왕족 보르지기드가
다른 종족과 혼인 관계를 맺을 때
잔인하고 추악한 것을 싫어하오
활 쏘는 기량이 탁월한 그대를
볼 때 베푼 은혜를 저버리지 않을 듯하오
다가가 보겠다고 한다면
늙은 이 몸이 신속히 의향을 떠보겠소

돌아가 생각을 정하시어

모두 이곳으로 오기 바라오!

그러자 명궁수 보토가 너무도 기뻐하며 말을 달려 집으로 돌아가, 자신의 모든 생각을 사랑하는 아버지에게 고하자 부친이 말하기를 "신성한 가문의 보르지기드, 신령한 천자의 후예 테무진이 왜 우리와 혼약을 맺겠다고 하겠느냐? 그렇다 하더라도 덕이 많으신 보르지기드의 자장가를 불러보는 사랑을 청해 보도록 하자. 왕족의 근본을 가진 테무진의 사랑의 은혜에 다가가 보자꾸나."

그리고 친형인 야보치다이에게 청해 아들 보토를 데려다주게 하고, 또 전에 알던 오리안한의 자르치오다이 노인에게 청해 중매자로 삼고자 한다고 했다. 예물인 말과 낙타를 몰아 대이동을 하여 자르치오다이 노인에게 가서 절하고, 자신이 온 연유를 설명하고 부탁하자 자르치오다이는 이를 흔쾌히 수락했다.

"서로 말씀을 나누어 청금석과 산호의 인연이 맺어지면, 장수와 길한 복이 가득하다고 했습니다. 이루어질지 이루어지지 않을지 일단 고하여 봅시다!"

자르치오다이는 아들 젤메를 시켜 태조에게 이러한 상황을 고하게 했다. 그러자 태조가 크게 기뻐하며, 자르치오다이와 야보치다이를 사자 가죽 장막에 불러들여 인사를 나눌 때 야보치다이가 태조의 위엄이 대단한 것을 보고 순간 정신이 아득해져 무릎을 꿇고, 아무 소리도 내지 못하는 바로 그런 상태가 되었다. 자르치오다이 노인이 아무리 밀고 당겨도 이미 정지 상태가 되어 말을 하지 못하자, 자르치오다이 노인이 할 수 없이 앞으로 나가 무릎을 꿇고 아무말도 못한 채 굳어버린 야보치다이를 위해 대신해서 이렇게 고했다.

신성한 가문의 보르지기드 후덕하신 주군께
수정같이 맑고 샘물처럼 투명하고
사려와 지혜를 갖추고, 부드러운 옥에 맞먹는
비할 데 없이 아름다운 여동생이 있다 하여
이질즈 부족의 수장과 믿을 만한 명궁수 보토가
오고 가며 그 소문을 듣고
아홉 마리 백마를 예물로 준비하여
운명의 여인을 청해 인척이 되고자 하나이다
분명하신 명을 구하오니, 큰 은혜를 내려 주시기 바라나이다!
황족 보르지기드의 자애가 크나크신 주군께
옥같이 귀하게 보살핀 여동생이 있다 하여
일궁 지역의 레세 씨족의 보토가
어루만져 주시는 은혜를 귀히 받고 갈 때
분명한 그 명성을 듣고 아홉 가지 예물을 올리며
특별한 명을 청하나이다. 축복을 내려 주소서!
옥 가지를 청하나이다, 관대한 사랑을 구하나이다
너그러이 사랑해 주시고 진심 어린 어지를 내려 주소서!

그리고 야보치다이 노인을 밀면서 청을 고하라고 하자, 그제서야 야보치다이 노인의 심장이 겨우 안정이 되어, 몇 번을 끙끙대며 헛기침을 하고는 비로소 떨리는 목소리로 고했다.

황금가문의 보르지기드 크나큰 명성을 가지신 군주께
비할 수 없이 덕스러운 여동생이 있다 하나이다
키야드 보르지기드 큰 위엄을 갖추신 군주께
흠 없고 빛나는 순결한 여동생이 있다 하나이다
천손이신 보르지기드 견줄 데 없는 군주께
온전한 기예를 갖춘 여신과 같은 여동생이 있다 하여
일궁 지역의 보토가 아홉 마리 말을 잡고 와서
분부를 청하오니, 은혜 내려 주시기를 바라나이다!

그러자 태조가 환한 미소를 지으며 일러 말하기를,

아들이 성장해 성인이 되면 며느리를 얻고, 딸이 성장하면
시집을 보내는 것은 고대 황가의 예법입니다
사람이 세상에 태어나면 힘쓰며 살아가고
여인을 찾아 분투하는 것은 장부의 도리입니다
예도 있는 나라를 바라고 찾아와
나이 든 연장자께서 이렇게 고하고 청하시는데
내 어찌 고집을 피우며 거절하겠습니까

사위 될 자는 어디 있습니까?

라고 하자 자르치오다이와 야보치다이는 서둘러 나가 사위가 될 보토를 데리고 들어와 태조 앞에 가까이 무릎을 꿇게 하자 태조가 그를 보고 흔쾌히 여기며,

금나라가 두려워하고 모든 이를 즐겁게 하며
거칠 것 없이 들어와 황금투구를 명중시킨
대단한 명궁수 탁월한 신궁
신성하고 수려하며 침착한 그대여

라고 하며 보가르지와 보랄에게 명을 내렸다.

온 나라 사람들을 모을 수 있는지 없는지 상의하고
곧바로 결정하여 실행할 것을 고하시오!
또 안주인이신 우진 어머니께 고하여
복된 일을 이루게 하시오!

보가르지와 보랄은 "예!" 하고 명을 받고, 다른 사람들을 모아 충분히 숙고하고 상의했다. 그리고 보르한 갈돈의 초원에서 거행할 혼인 잔치를 보토와 함께 준비하고, 태조에게 진한 술을 올리며 가만히 고하기를,

호르마스트 천신이 점지하여 태어나신
옥과 바위 같으신 주군께서
크게 사랑하시는 여동생
어긋나는 법이 없는 토나말 타즈 아가씨를 우리가
울타리와 버팀목이 되는 이질즈 부족의 수장
명궁수 일궁 지역의 보토에게
아낌없이 부부로 맺어주게 되어
온 나라 모든 신민이 크게 기뻐하나이다!

라고 하자 태조가 만족한 미소를 지었다. 그리고 네 명의 아우를 데리고 우겔룬 우진 어머니에게 소식을 전하게 하고, 큰 장막에 앉아 명했다.

우리 다섯 형제 가운데
단 한 명의 여동생이 있다
성격 좋은 일궁의 보토가 청혼하면
기꺼이 약조해 인척이 될 것이다
모든 황실 친지와 신민에 이르기까지
모두가 원하기에
금같이 소중한 여동생을
귀한 태생의 보토에게 부인 삼아줄 것이다

그런 뒤 화로에 양 정강이뼈를 올려 제의를 드리게 하고, 보르한 갈돈 산에 술과 젖을 뿌려 올려 절하게 했다. 그리고 안팎의 손윗사람들에게 예를 갖추어 인사하게 하고, 모든 일가 친지들을 소개시켰다. 그리고

큰사슴 가죽으로 활의 오금을 감고
가릉빈가 깃을 단 화살에
아름다운 보석장식을 박은 전통을
손수 상으로 내려 사위 보토의 허리에 묶게 했네
다만 아홉 가지 예물을 남기기로 결정하고
날렵한 명궁수 일궁의 보토에게 절하게 했네
말뚝 같이 든든한 손아래 매제로 삼아
놀라운 지략을 가졌다는 칭호를 내려주고
눈부시게 멋진 델을 입히고
봉황의 안장을 채운 명마를 태워
세상처럼 성대한 잔치를 베풀었네
말뚝같이 단단한 화살을 예물로 주고[5]
중매자, 사돈이 되는 자르치오다이, 야보치다이가

---

5 전통혼례에서 새신랑이 신부를 데리러 신부 집에 갈 때 활과 화살을 메고 가서, 신부 집에 도착하면 게르 동쪽을 향해 활을 쏘는 모습을 보이는 의례를 행한다. 그런 뒤 장인은 사위에게 화살을 선물하며 축사를 하는 예법이 있다(X.Сампилдэндэв, *Малчин ардын зан үйлийн уламжлал*, Улсын хэвлэлийн газар, 1985, p.168). 여기서는 이 예법을 말한다고 할 수 있다.

주고받을 혼인 예물을 논의할 때
말과 가축이 몇 개의 강에 가득 들어차는가를
가능한 빨리 알려 준비하게 하라 했네

그러자 태조가 미소 지으며 말했다.

금으로 된 목장식을 한 나의 여동생과 혼인하여
사랑하는 인척이 되었기에
모든 일에 고통과 행복을 함께 하고
늘 함께 대국에 힘을 바쳐
황금빛 천하를 정복하여 모으면 될 일
진실로 그 많은 예물이 무슨 소용이겠소?
9*9 예법에 맞추면 다 끝날 일을
그리 많은 물건과 가축을 낭비할 필요가 있겠소?

잔치가 끝나고 인척들이 떠났다. 사방에 수많은 나라가 이 소문을 들었으며, 금나라에서는 베데국의 군주에게 공물을 보내왔다. 또 많은 사람이 이야기하기를 베데국이 이질즈 부족을 인척 관계로 포섭했다고 말했다. 그 사이에 오리안한의 젤메와 사이한 소르탈트, 오욘고, 오요트 세첸 네 사람은 사이한 소르탈트 아버지 초촐이 쓴 답장을 가지고, 금나라에 500마리 준마와 5백 기의 무기를 보냈다. 그리고 서한을 올리자 금나라의 세종 황제 완안옹은 북방의 사신을 예로써 극진히 대접하고 돌려보냈다. 또 서한을 통해 위왕 영제가 황제를 속이고, 세월을 보냈다는 것을 알고 죄를 묻고 중벌을 내렸다. 위왕 영제는 양측에 모두 원한을 품었다. 소도사의 인장을 그의 집에서 찾아냈다. 한편 북쪽 사신 젤메가 금나라에서 돌아와 보니 나라 안이 크게 술렁대고 있었는데, 그 정황은 다음 장에서 보게 될 것이다.

【평언】

이 장에서는 태조가 진정 타고난 성인이라는 것이 분명하게 드러난다. 어느 부분에서 드러났는가? 분명히 드러난 세 가지가 있다. 이 세 가지의 첫 번째는 위왕 영제가 뒷날 호사호에게 죽임을 당할 것을 미리 예견한 것. 두 번째, 셋째아들 우게데이가 49세에 금나라를 멸할 것을 분명히 말한 것.[6] 세 번째, 일궁 보토가 나라를 세울 대장수이며, 인척 신하가 될 것을 한 번 보자마자 단박에 꿰뚫어 알았던 것을 말한다.

이를 비유하자면 다음과 같다. 고대 주나라 문왕은 성인으로, 자신이 7년 동안 유리성羑里城[7]에 감금되는 고통을 겪고, 옛 무덤에서 나는 천둥소리에서 뇌진자를 얻었는데, 그가 훗날 한 나라를 개국할 장수가

6 1227년 칭기스 칸이 죽고, 그의 후계자 우게데이는 1229년에 즉위한다. 그는 1232년 금나라를 다시침공하며, 1233년 금나라 황제 애종이 개봉을 탈출해 허난 지역을 전전하다가 1234년 몽골군에 포위당해 자살한다. 1234년 말황제 역시 몽골군에 살해되어 금나라는 120년 만에 멸망한다(https://ko.wikipedia.org/wiki/금나라). 이때 우구데이 나이는 49세였다.

7 지금의 허난성 탕인현 북쪽에 소재했던 옛 지명. 은왕인 주(紂)이 유리에 감금하고 백읍고를 죽여 쑨 죽을 먹게 했다고 함. 문왕이 그 죽을 먹자 "성인(聖人)은 사람을 안 먹는다는데, 네가 그러고도 성인이냐?" 하고 놀렸다는 일화가 전한다(이병갑, 『중국역사사전』, 학민사, 2006, 461쪽).

될 것을 알았다. 또 상나라 주왕 제신帝辛이 20년 안에 몸이 불타 죽을 것을 가리켜 예견한 이 세 가지 것과 유사하다. 즉, 천부적인 성인의 신이한 지혜가 이와 같다고 놀라워하며 고개를 끄덕였다. 또 문왕 희창嬉昌의 친아들 무왕 희발嬉發의 동생 주공 희단嬉旦[8]을 노나라에서 시조로 봉했다.

그 노나라 지역은 현재 산둥성의 양주부楊州府의 속지이다. 또 주나라의 개국 공신 강태공 강상姜尙[9]이 제나라의 시조로 봉해졌다. 이 제나라 지역은 오늘날 산둥성의 청주부靑州府를 이른다. 그렇게 주공을 무왕 옆에 있게 하고, 자신은 또 조정에서 공무로 벗어날 수 없었기 때문에 주공은 그의 아들 백금伯禽에게 일러 노나라를 치리하도록 보냈다. 태공은 그의 아들을 데리고 몸소 제나라에 가서 단 5개월 만에 기틀을 닦고 돌아와 나라가 바로 잡힌 공을 알렸다. 주공의 아들은 2년 동안 각고의 노력으로 노나라 기틀을 잡은 공을 알렸다. 후에 무왕이 갑자기 중병이 들자 주공이 왕을 위해 죽으리라 작정하고, 태자가 어리다 하여 자신이 높은 제단을 쌓고 하늘과 종묘에 대제를 지내고, 성심을 다해 울며 간구하자 무왕이 정말 병세가 호전되어 몸이 나았다. 그러자 800지역의 베이스[10]가 모두 모여, 주공의 공로를 패에 적어 보관했다.

---

8 주공(周公) 단(旦)은 주나라 정치가. 주무왕의 아우. 성은 희(姬)이며 본명은 단(旦). 숙단(叔旦)이라고 불린다. 채읍(采邑)이 주(周)에 있어 주공이라 불렸다. 무왕이 죽은 후에는 무왕의 아들인 성왕(成王)이 왕위를 이었으나 나이가 어려 그가 섭정했다. 아들이 노나라 제후로 봉해진 이래 노나라의 시조로 받들어졌다. 후세 유가(儒家)들에 이해 성인으로 받들어졌다(위의 책, 459쪽).

9 주나라 초기 인물. 태공 또는 강상, 태공망 등 다양하게 불림. 주나라 문왕과 무왕을 도와 주나라를 세우는 데 큰 공을 세움. 나중에 제(齊) 땅을 영지로 받아 제나라의 시조가 됨(임종욱, 『중국역대인명사전』, 이회, 2010, 30쪽).

그리고 큰 연회를 베풀자 주공의 아들 백금이 또 왔기에 주공이 강태공에게 물었다.

"공께서는 제나라를 치리하실 때 어찌 다섯 달 만에 공을 이루셨습니까?"

그러자 태공이 말했다.

"제가 제나라를 치리할 때 고칠 것과 장식할 것을 모두 접어두고, 사람에게 중점을 두었기 때문에 백성들이 쉽게 빨리 다스려지는 공을 이루게 된 것입니다."

그러자 주공이 돌아가 아들 백금에게 물었다.

"너는 노나라의 치리하는데 어찌 2년이나 걸렸느냐?"

백금이 말하기를 "노나라의 잘못된 옛 정치를 모두 그치게 하고, 많은 백성에게 3년 동안의 상례喪禮를 제정하고 따르게 하자 백성들이 그것을 따르기 어려워했기 때문에 2년이 걸렸습니다"라고 하자 주공이 머리를 끄덕였다. 그리고 한숨을 내쉬며 말했다.

"훗날 제나라는 호전적이 될 것이며, 노나라는 약해질 것이다!"

그러자 무왕이 그 연유를 묻자 주공이 말하기를 "쉬운 통치라는 것은 백성들에게 잘 부합되고, 확고하고 까다로운 통치는 백성들에게 어려우며 깨지기 쉽기에 훗날 노나라가 분명 제나라를 섬길 것을 알았습니다."

후에 정말 그렇게 되었다. 그렇기에 성인이 미리 일이 어떻게 될지

10 작위명.

아는 것은 예로부터 있어 왔던 일이기에 이번 태조 성조의 이 세 가지 예조는 이에 상당히 부합한다.

제10장

큰 호감을 갖는 솔롱고는 간절한 마음의 알탄샤를 그리워했네 효성이 지극한 홍고르졸은 진실하고 자애로운 모홀리를 놀라게 했네

송나라 효종 순희 14년, 금나라 세종 대정 27년, 정미년丁未年. 태조의 나이 26세였으며, 이해 태조는 넷째 아들 톨리를 낳았는데, 후에 예종睿宗이라 했다.

나라의 큰 전투에서 젊은 남녀는 정을 맺고
만남을 기회로 선물을 주고받네
현명한 솔롱고는 진정 지성과 지혜를 겸비하고
변덕스럽고 비열한 얄고는 조금도 신의가 없네

한편 베데국의 젤메와 사이한 소르탈트 등은 금나라에서 돌아와 자신의 나라 국경에 들어서자 곧 병사들이 전투를 알리는 신호 화살을 사방에서 계속 쏘아댔다. 화살이 벌레가 날듯 날아가다 내려와 큰 혼란이 일었다. 또 어느 편에서 전쟁을 일으켰단 말인가? 원래 일즈 부족 인근의 살지오드, 사초가, 토즈라는 작은 세 부족이 있었다. 살지오드 부족의 수장은 샤하이, 사초가 부족의 수장은 사나트, 토즈 부족의 수장은 토이목인데, 이 세 부족은 이질즈 부족이 베데국에 귀순했다는 것을 듣고 서둘러 여진국에서 회동했다. 사초가 부족의 수장 사나트는 원래 금나라에서 장군의 칭호를 얻었기 때문에 곧바로 자신을 장군왕이라 칭하고, 샤하이와 토이목을 동서로의 부장군이라 칭하면서, 주위에 이름 없는 작은 부족들을 위협하며 지냈다. 이질즈 부족이 베데국에 귀순했다 하여 모임을 갖고 장군왕인 사나트가 샤하이와 토이목 두 사람과 논의를 했다.

"이 베데국의 군왕 테무진의 크나큰 세력이 필시 강성해졌음이 틀림없소. 또 금나라가 선물을 보낸 데 대해 자부심을 갖고, 같은 동급의 나라 이질즈 부족을 또 묘책을 써서 자기편으로 끌어들였소. 벌써부터 이질즈 부족을 우리가 거두어들이겠다고 하고 있었는데, 베데국이 이미 그 일을 도모하고 말았소. 이때 온 힘을 다해 싸워 베데국을 섬멸하지 않으면 부지불식 간에 우리를 또 남김없이 모두 모아들이고 말 것이오."

그러자 토이목이 "이미 일이 이렇게 되었으니, 이제 서둘러 싸우지 않으면 안 될 것입니다. 가능하다면 계략을 써서 그들을 놀라게 하고, 지역을 습격해 밤에 제거하면 일이 잘 끝날 것이오"라고 했다.

여진의 장군왕인 사나트는 세 부족의 병사들을 모두 선발하여 3만 명의 군대를 조직했다. 그리고 옛 원수를 갚기 위해 동남쪽에 있는 자로드국의 왕촉 왕과 함께 출병할 것이라고 소문을 냈다. 베데국과 이질즈 부족을 속여 무너뜨릴 거라는 것을 이질즈 부족의 권력자 보토가 듣고 한편 태조에게 알리기 위해 황급히 사람을 달려가게 하고, 다른 한편 자기 부족 가운데 병사 5천 명을 뽑아 여진국 국경에 있는 토르비라는 산협 길 양쪽에 매복시켰다. 그렇게 태조는 적이 공격해 온다는 소식을 듣고, 서둘러 몸소 대군을 이끌고 적군을 맞아 싸우기 위해 날듯이 달려가 출정했다. 그리고 운두르 세첸이 남은 병사들을 이끌고 북로로 들어가 여진의 세 부족 지역에 남아있는 여자와 아이들을 모으라고 명했다.

이 운두르 세첸에 대해서는 첫 장에서 간략히 소개한 적이 있다. 운두르 세첸 형제에 대한 이야기였는데, 형의 이름은 우누이고 마일즈 부족을 다스렸다. 예전에 태조의 아버지 예수헤이 바타르와 베데국에 함께 살고 있을 당시 예수헤이 바타르가 죽자 태조가 어렸기 때문에 나라의 힘이 약해졌다. 그때 약삭빠르고 간사한 많은 부족들이 앞장서서 배반하고 떠나갈 때 이 마일즈 부족의 수장 우누도 그들과 마찬가지로 태조를 이반하고 떠나갔다. 그때 그의 동생 운두르는 형을 쫓아가서 거듭 거듭 떠나는 것을 말렸지만 형은 그의 말을 듣지 않고 떠났다.

동생 운두르가 태조의 곁으로 돌아오자 태조가 놀라며 운두르에게 "그대는 왜 형을 따라가지 않고 테무진 나를 찾아온 것이오?" 하고 물었다. 그러자 운두르가 참으로 답답히 여기며 무릎을 꿇고 울며 화살을 꺾어 맹세했다.

자애롭고 후덕하신 주군께서는

후히 베푸는 자들의 선봉이십니다

신실하고 충직한 운두르 제가

죽을 때까지 아는 한 사람은 아버지 주군이십니다

그러자 태조는 이 운두르를 특별히 지혜롭고 사려 깊은 사람이라고 칭찬하고, 세첸[1]이라는 칭호를 하사하고, 그를 운두르 세첸이라 했다. 그 형 우누는 나중에 케레이트국의 케 왕에게 패하여 복속되고, 그 가운데 있던 토도라는 자에게 죽임을 당했다. 빼앗긴 부족은 훗날 태조가 얄론쉬 시에서 비로소 섬멸했다. 그렇게 해서 운두르 세첸을 믿고 쓰기 위해 북로의 병사를 그에게 내어 주었다.

한편 이질즈 부족의 수장 보토는 토르비산에서 사흘을 기다렸다. 그리고 세 부족 병사들이 차례로 도착해 협곡으로 들어가 그 병사들의 반이 지나갈 무렵 갑자기 검붉은 나무 숲와 고로쇠나무 숲에서 구리 나팔소리가 나고, 산협의 양 측면에서 화살과 돌이 마구 쏟아져 내려왔다. 그것은 마치 여름의 거센 비가 쏟아져 내리는 것 같았고, 사나운 우박이 내리치는 것 같았다. 전혀 뜻밖의 상황 속에서 세 부족의 병사들이 크게 패했다. 병사들 가운데 반 정도는 부상을 당해 군대는 둘로 나누어졌다.

여진의 장군왕 사나트는 몸에 몇 발의 화살을 맞고, 서둘러 남쪽 부대 병사들을 이끌고 그곳을 뚫고 나와 토르비산의 동쪽 계곡에 이르렀

1 '지혜롭다'는 뜻.

을 때 샤하이는 몇 발의 화살과 돌에 맞아 죽었다. 장군왕 사나트는 크게 당황하여 곧바로 동쪽으로 치고 나가겠다 하고 계곡 입구 앞으로 돌진해 지나갈 때 동남쪽에서 갑자기 들린 포성에 하늘이 진동했다. 살기가 충천하고, 깃발이 해를 가리고, 무기가 산을 덮으며 베데국의 대군이 쳐들어갔다. 모훌리가 북을 한 번 치자 병사들이 적군을 둥글게 포위했다. 태조의 사자 가죽으로 된 붉은 보개가 동쪽 협곡의 은신처에 세워져 있었다. 여진의 장군왕인 사나트는 7천의 병사를 이끌고 또 하브츠가이 강가에서 포위되자 이미 빠져나갈 수가 없는 상황임을 깨달았다. 앞뒤에 모두 강한 적이 대치되어 있어 이미 어찌할 방법이 없자, 서둘러 북쪽 편 높은 고원으로 달려 올라가 투구를 벗고 큰소리로 외쳐 말했다.

"베데국의 군주는 넘치는 큰 자비심을 갖고 있다고 들었소. 보잘것없는 우리 목숨을 살려준다면 목숨이 다할 때까지 힘을 바치겠소."

그의 말이 끝나기도 전에 고원의 북쪽에서 보토가 말을 타고 달려 올라왔다. 그리고 화살 한 발을 쏘아 장군왕을 말에서 떨어뜨려 생포했다. 그는 태조에게 달려와서 절하고 사나트를 내어주며 고했다.

"주군이시여, 여기 사나트를 잡아왔나이다. 토르비산 동편으로 올라간 1만 명 이상의 군대를 맞아 싸우겠나이다. 모든 일의 뿌리는 모두 그 토이목으로부터 비롯되었나이다."

태조가 이를 기꺼이 윤허하고, 하사르와 벨구테이 두 아우에게 6천 명의 민첩한 정예군을 내어주고 매제 보토와 함께 공격하도록 보냈다. 또 오이트 오치르, 오란 가축에게 2천 명의 병사를 주어 뒤를 따라가 협력하라고 보냈다. 매제 보토가 군대 전체를 선두에서 이끌고 산을 넘어 뒤쫓아 갈 때 토이목은 앞의 병사들의 소식을 이미 듣고, 남은 병사들을 데리고 뒤돌아 도망쳤지만 2리를 채 가지 못한 상황에서 베데국과 이질즈 부족의 추격병이 돌을 굴리며 홍수가 범람하듯 쳐들어와 그들을 포위했다.

토이목이 다급히 강의 북쪽 편 호즈고르 언덕의 바위 위로 올라가 병사들을 정렬하고 사방에서 돌을 굴리며 싸울 때 보토가 형 하브트 하사르를 향해 말했다.

"사돈 형님은 병사를 이끌고 포위하고 계십시오. 제가 기병 몇 명을 데리고 적을 유인하기 위한 신호포를 갖고 조용히 이 동산 북쪽 편 탈 하드에 올라가, 토이목 한 사람을 활로 쏘아 떨어뜨리면 곧 모두 데리고 갈 수 있을 것입니다."

그러자 하브트 하사르가 "여기 있는 군사를 부흐 벨구테이에게 지휘하게 하여 막고 있으라 하고, 우리 둘이서 가세"라고 하고, 벨구테이에게 일러 말했다.

"탈 하드 가까운 곳에서 포성을 들으면 곧 군대를 이끌고 호즈고르 언덕 서쪽 편으로 올라가 싸우시오. 동편은 그대로 두고, 그들이 내려오는 길마다 또 우리 병사 쪽으로 무더기로 유인해 주면 모든 것을 얻고 투항하게 할 것이오."

그러자 벨구테이가 할 수 없이 그의 지시를 받아들이고, 거짓으로 앞에서 싸우는 척하며 위엄을 보였다. 보토와 하사르는 4, 50명의 신궁 친위대를 이끌고 민첩하게 탈 하드의 후면으로 돌아서 탈 하드로 가만히 올라가, 바위와 하르간[2] 뒤의 보이지 않는 곳에 숨어서 살펴보니, 토이목의 병사들이 모두 남쪽을 향해 돌을 쌓아 싸울 준비를 하고 있었다.

하사르가 "여기서 저기까지는 2백 보 정도의 거리가 확실하오. 활을 쏘아 이르는 거리이긴 하지만 활이 도달하면 힘이 약해지는데, 내가 또 쇠줄로 된 활을 가져오지 않았소"라고 했다.

보토가 "제가 우리 주군께서 주신 강철 줄로 만든 활을 가져왔습니다. 형님께서 먼저 쏘시겠습니까? 제가 쏠까요?"라고 하자 하사르가 "누가 토이목인가?" 하고 물었다.

"저 흰 수호기 아래 서서 큰 북을 두드리고 있는 자가 토이목입니다. 뒤에 다섯 개의 흰 깃발이 꽂혀 있지 않습니까?"

하사르가 보토의 활과 화살을 가지고 두세 번 시위를 매겨보고 말했다.

"내가 분명 실수를 하게 될 것이라는 생각이 드네. 분명 맞추지 못할 것 같으니 매제가 쏘시오!"

그리고 가벼운 화살촉과 단단한 활을 보토에게 건네주었다. 보토가 "제가 쏘면 확실히 맞출 것이라 생각합니다. 형님, 제가 쏘는 것을 보십시오!"라고 하고 강철 줄로 된 활용수철을 이용해 만든 활의 시위에 날카로운 날이 있는 화살을 시험적으로 힘껏 메겨 당겨보며 "주인의 복이 알리라!" 하고 쏘았다.

그러자 화살이 정확히 토이목의 첫 번째 목뼈를 뚫고 들어갔다. 이

---

2 몽골 지역에 자생하는 가시 있는 관목.

쪽저쪽에서 화살이 날아와 떨어지자 많은 병사들이 하늘에서 화살이 내려온다며 두려움에 떨며 술렁거렸다.

또 커다란 흰 수호기가 내려오자 토즈 부족의 병사들 사이에서 소동이 일어났다. 이에 하사르와 보토가 황급히 신호탄을 발포하자 곧 매복해 있던 병사들이 모두 나와 있는 힘을 다해 활을 쏘아댔다. 아무리 멀어도 아래로 쏘았기 때문에 상당히 잘 맞았고, 쏠 때마다 빗나가지 않고 적중했다. 그러자 토즈 부족의 병사들이 크게 두려워하며 어느 쪽으로 가야 할지 몰라 허둥거렸다. 언덕을 에워싼 병사들을 보니 모두 서쪽 편에서 죽기 살기로 올라가다가 모두 계략에 빠졌다며 곧바로 바위가 있는 호즈고르 동산 동쪽으로 달려갔다. 산 뒤편에 병사들이 매복해 있을지도 모른다고 의심해 곧바로 동남쪽 오담강을 향해 가는데, 또 남쪽 고개 아래서 갑자기 천지를 진동시키는 포성이 울렸다. 또 오이트 오치르, 오란 가촉의 지원군을 마주치자, 토이목의 병사들은 혼비백산하여 무기를 사방에 버리고, 갑옷과 투구를 벗고, 대머리 토이목의 머리를 베어 수박처럼 들어 올리고 무릎을 꿇어 절하며 투항했다.

그들 친척 다섯 사람의 투항한 병사 수를 헤아려 보니 1만 2천 명이었다. 병사들을 5개 군단으로 나누어 지휘하고, 토이목의 머리가 정말 머리털이 없는 대머리였기 때문에 말 굴레에 넣어 수호기에 걸어 대진영을 향해 갔다. 이때 태조와 모홀리는 토르비산의 동쪽 편으로 올라간 여진족 장군왕의 병사들을 모두 투항시키고 이를 나누어 지휘케 했다. 젤메와 사이한이 와서 명을 수행하고, 곧바로 하사르의 군대가 압승한 소식을 보고했다. 그러자 젤메와 사이한 소르탈트로 하여금 토르비 고개에서 그들을 맞아 술을 올리게 하고, 진영 입구에서 모홀리가 나와 술을 올리며 축원했다. 또 진영으로 들어오자 태조가 장막 아래로 나와 그들을 몸소 맞이했다. 형제와 매제 모두에게 손수 술을 따라주며 하루 동안 큰 잔치를 베풀고, 병사들을 이틀 동안 쉬게 했다.

그리고 나라로 돌아가려고 할 때 운두르 세첸이 여진국의 세 개 부족을 모두 몰아 가지고 왔으며, 장군왕 사나트 그리고 샤하이, 토이목 등의 가솔들을 함께 데리고 왔다. 모홀리가 서둘러 오요트 세첸으로 하여금 운두르 세첸을 맞이하게 하고, 자신은 국경 입구에서 그를 맞았다. 태조는 그에게 손수 술을 하사하고, 또 하루 동안 잔치를 베풀어 주었다.

이튿날 승리의 포성을 세 번 울리고, 경축의 북을 치자마자 4만 대군이 일시에 이동했다. 북쪽 지역의 초원이 광활하기 때문에 많은 병사들이 함께 등자를 치는 소리가 장관을 이루었다. 진군할 때 안장을 치며 화음을 맞춰 노래하면서 나라에 이르자 가장 먼저 장수 촐론이 그들을 맞이했다. 두 번째로 장수 보가르지가 영접하고, 세 번째로 토르곤 샤르가 태조의 큰아들 주치를 데리고 와서 그들을 맞아들였다.

또 그사이 태조의 부르텔진 주순 부인은 천둥이 칠 때 하늘의 천둥신을 확실히 보았는데, 그때 주순 부인에게서 넷째 아들이 태어났다. 아이의 얼굴빛이 불처럼 붉게 빛났기 때문에 태조는 아이에게 '톨리'라는 이름을 지어주고, 또 "대단한 장수가 태어났다. 이 아이가 태어나고 내가 중요한 적을 제압하였으며, 번개신을 보았다. 이 아이는 천부께서 나를 도와주시기 위해 보냈음이 분명하다"라고 했다.

산신제를 지내고 어머니 우게룬 우진을 뵙고 절을 올렸다. 그리고 출정했던 일을 모두 고하면서 사위 보토가 세운 공로를 말하자, 우겔룬 우진은 매우 기뻐하면서, 이렇게 큰 경사가 있을 때 막내딸 토나말타즈를 혼인시키라는 지시를 내렸다. 이에 베데국 전체의 기쁨이 배가 되었다. 태조는 또 이번 전투에서 보토가 가장 큰 공훈을 세웠기 때문에 그 정도에 맞게 오논 강가, 보르한 갈돈의 초원에 넓은 진영을 준비하고, 병사들이 세운 공훈에 적합한 포상을 내렸다. 그리고 토나말 타즈를 위해서 혼례를 준비하고, 육례를 마지막 끝내는 곳으로 삼았다.

그렇게 해서 친인척과 대신, 신민들이 모두 별이 반짝거리며 산에 모이듯 모여, 새신랑 보토에게 황금 비단옷과 옥으로 장식한 허리띠를 띠게 하고, 허리춤에는 터키석과 구슬을 엮어 장식한 길상의 띠[3]와 목에는 흰색 보석 염주를 걸게 했다. 모자 끝에는 홍옥 보석으로 장식하고, 발에는 끝이 뾰족한 회색빛 구두를 신었다. 말에는 은 등자와 옥 멍에, 호박 후걸이, 누런 고삐, 붉은 술 장식, 금강저를 주어 화로에 절하게 했다. 또 우겔룬 우진 어머니에게 예를 올리게 하고, 태조는 직접 양쪽으로 걸쳐 실은 일곱 개의 짐, 큰 수레와 일곱 가지 종류의 악기를 혼례 올릴 연회장으로 보냈다.

---

3 소만(soman)은 '활'을 의미하는 '솜'의 관형격인데, 소만 알로르는 활을 쏠 때 사용하는 수건 또는 네모난 천 등으로 보이나 명확지 않다. 또한 원문에 '알로르(алуур)'는 곤충 등을 죽이는 '채'의 의미가 있으나, 여기서는 수건이나 띠 종류의 '알초르(алчуур)'로 보았다. 이와 관련하여 제12장에는 솜니 알초르(сумны алчуур), 소망 알초르(суман алчуур) 등으로 나타나며, '길상'을 상징한다고 보았다. 허리춤에 끼어 늘어뜨린 띠 형태의 장식 천으로 볼 수 있다.

그리고 신랑, 신부로 하여금 천지 신령에 절하게 하고, 용이 그려진 휘장 안에 들어가게 했다. 그런 뒤 금잔을 맞대어 술을 마시게 하고, 육례를 행한 뒤 사흘 동안 혼례 잔치를 베풀 때 사위인 보토가 여진의 장군왕인 사나트의 목숨을 살려줄 것을 청했다. 그러자 태조가 이를 허락하기로 결정하고, 커다란 사자 장막에 앉아 보토에게 술을 권하며 축원했다.

단 세 발의 화살로 금나라를 놀라게 한
처음 매제가 된 보토 그대여
단 한 발의 화살로 세 나라를 투항케 한
얼굴에 빛이 있는 매제여
더불어 지내며 귀한 나라를 함께 건설하세!
옥 같은 나라를 함께 분투하며 이루어 나가세!

그리고 큰 잔치를 벌이고, 사흘째 되는 날 양편에서 대신들이 축원하며 아홉 개의 끈이 달린 용 휘장을 열어젖혔다. 떠날 때 우겔룬 우진이 외동딸 토나말 타즈의 손을 잡고 일러 말하기를 "얘야, 시댁의 명예를 높이고, 친정의 명예를 지키는 일에 힘쓰도록 하거라. 다른 말은 필요 없을 것 같구나. 사려 깊고 점잖은 우리 딸, 마음이 넓은 타즈, 스스로 알아서 잘할 것이다"라고 하며 눈물을 흘리며 딸을 떠나보냈다.

한편 데이 세첸이 앞장서고 자르치오다이 네 명의 귀족 사돈들, 하사르의 부인을 비롯해 다섯 명의 여성 사돈들, 모홀리를 위시한 아홉 명의 신하, 모홀리의 아내를 위시한 아홉 명의 여인네가 멋진 게르, 게르 궁, 천막 등을 비롯해 가축, 속민, 혼수, 목숨을 살려준 사나트를 위시해 그에게 속한 한 부족민을 모두 데려다 주었다. 또 샤하이와 토이목 가족들을 매제인 보토에게 길잡이 삼아 단장해 주었다.

총성이 세 번 울리자 베데국에서 인척을 보내는 대신과 속민들이 1천 명에 이르고, 또 1천 명이 말과 함께 떠나 이질즈 부족을 향해 갔다. 행렬이 나가는 길의 위풍스러움과 성대한 음악 소리는 한마디로 말하기 어려울 정도로 대단한 장관을 이루었다. 신랑 편에서 이질즈 부족의 레세 씨족의 친인척, 속민들 그리고 사나트의 목숨을 살려준 은혜에 보답하기 위해 사나트 부족 전체가 모두 모여 결혼 잔치에 온 힘을 기울였다. 그밖에 작은 부족들이 잔치에 운집한 것과 함께 몇십 리 거리의 초원에 장막이 가득했는데, 이 또한 대단한 장관을 이루었다. 또 베데국 신부의 풍성한 예물, 게르, 속민, 가축, 수행 시종들을 데리고 가는 행렬을 보고 사람들이 놀라 탄복했다.

한편 이질즈 부족은 베데국에서 보내온 친척들을 그들이 마련했던 혼인 잔치의 3배 이상을 더하여 그들을 융숭히 대접했다. 그것은 복된 일이요, 대접을 받은 것은 은혜로운 일로 양 친척들은 매우 즐거워하며 사흘 동안 성대한 혼인 잔치를 벌였다. 잔치가 끝나자 베데국의 대신들은 신부와 조용히 헤어져 나라로 돌아왔다.

이렇게 경황이 없는 사이에 케레이트부의 케 왕의 아들 신공 얄고는 곁에 있는 자모하에게 한 갈래의 병사를 내어주고, 이 소홀한 틈을 타서 한밤중에 톨 강가 남쪽에 있는 태조의 겨울영지 지역을 습격하여 불을 지르고, 속민들의 물건과 가축 모든 것을 그냥 주었던 것처럼 습격해 모두 빼앗아 가고는 거짓으로 차일즈 부족의 소행이라고 소문을 냈다. 그러자 모두가 이 소식을 듣고 서둘러 달려가 태조에게 절한 뒤 주군의 겨울영지 지역에서 생긴 재난을 다시 머리 숙여 세세히 고하자, 태조가 한숨을 내쉬며 미소를 지었다.

"참으로 가소롭구려. 케 왕이 어찌 인간의 탈을 쓰고 살아간단 말이오? 아들도 제대로 다스리지 못하고, 나의 원수인 자모하를 숨겨놓고 몰래 먹일 뿐 아니라 은밀히 병사를 내어 주어 나와 맞붙게 한 것은 참으로 소인배의 짓이요, 진정 부끄러운 일이 아닐 수 없소! 또 무슨 연유로 나의 지역을 불태운단 말이오? 내 나라 속민에게 고통을 주는 것은 참으로 안타까운 일이오! 총사령관께서 몸소 가서 재난을 당한 속민들을 둘러보고, 배고프고 추위에 떨며 곤고함에 처한 자들을 구휼하도록 하시오! 이곳 큰 창고를 열어 모피와 옷감, 차를 가지고, 그곳 근처에 있는 가축 가운데 말, 소, 양을 따로 떼어 양식으로 하여 체력을 회복시키도록 하시오!"라고 명하고, 커다란 낙타 짐으로 구호품 100짐을 실어 보냈다.

그리고 동생 하브트 하사르가 집으로 돌아오자 특별히 일렀다.

"네가 사는 그 갈로트 초원이라는 지역은 비록 아름답기는 하지만, 케레이트에서 가까운 곳이다. 옛말에 '독사 가까운 곳에 앉을 때는 옷자락 아래로 들어가는 것을 조심하고, 모리배 가까운 곳에서 지내게 되면 사는 동네를 옮기라'라는 말이 있지 않느냐? 아침저녁으로 얄고란 놈과 교활한 자모하가 저지르는 음모의 폐해를 맛보게 될 것이다.

일찌감치 이동해 와서 가까이서 한곳에 모여 사는 것이 더 나을 듯하구나!"

그러자 하브트 하사르가 말하기를 "하늘의 운명을 갖고 태어난 온전한 덕을 지니신 형님 주군의 위엄이 있는데, 무엇 때문에 그 못된 케레이트의 얍고가 두려워 지역을 이동한다는 말입니까?"라고 하며 옮겨오려 하지 않았다. 하사르가 돌아가고 모훌리는 지역민을 구휼했다.

한편 케레이트부의 얍고는 자모하의 말을 듣고, 알락그타이산 전투에서 나이만이 버리고 간 진영을 모두 노략질했다. 그리고 '능력과 지혜 있는 자모하의 식견으로 엄청난 전리품을 얻었다'고 하며 이런 일에 크게 맛이 들렸다. 이번에도 금나라에서 베데국에 선물을 보내온 것과 여진족의 장군왕을 붙잡아 세 부족을 투항하게 한 것을 듣고 시기심으로 분통을 터트렸다. 곧 자모하와 상의하여 아버지 몰래 그에게 한 무리의 병사를 내어주고, 그의 흩어진 몇 개 부족들을 모으기 위해 보냈다. 자모하는 며칠을 돌아 5, 6백 명의 흩어진 부족민들을 모아 데리고 왔다. 또 얍고가 베데국을 시기하고 분노하는 것에 편승하여 다른 부족명을 가리키며 그 겨울영지를 노획할 방법을 제안하자, 얍고는 크게 기뻐하여 즉시 그에게 병사들을 몰래 더해 주어 보냈다. 낮에는 쉬고 밤에 가서, 베데국의 겨울영지의 가축을 노략질하게 하여 약탈한 물건을 배분해 가졌다.

신공 얍고의 여동생 솔롱고가 이를 듣고, 오빠가 어찌 이같이 신의 없이 부도덕한 짓을 행하게 되었을까 생각했다. 그때는 새끼 기러기가 남쪽으로 날아갈 때였기 때문에 기러기, 오리를 사냥한다는 핑곗거리를 만들어, 오라버니 숙소에 가서 그 진위를 알아보리라 마음먹고 한 무리의 여인네들을 아름답게 입혀서 함께 데리고 갔다. 자신은 옥같이 흰 갈기와 멋진 꼬리에, 머리가 우뚝 선 매끈한 회색 측대말을 타고 깊은 가을 맑은 바람을 가르며 유연하게 달려갈 때, 뒤처진 기러기 무리가 떼를 지어 처연하게 울며 남쪽을 향해 날아갔다. 또 빛바랜 풀숲에서 수노루, 암노루가 쌍쌍이 놀며 달려가자, "금수라도 암수가 따스한 사랑을 나누는구나"라고 생각하다 갑자기 나이만의 태생이 수려한 알탄샤를 몹시도 그리워했다. 그가 보낸 황금 깍지를 보며 길게 한숨을 내쉬자 부드러운 처녀의 여린 배가 쥐어짜듯 아파 왔다. 아름다운 여인의 코가 찡해지며 느닷없이 한 줄기 가느다란 눈물이 바람을 타고 날려 아름답고 고운 뺨에 사선을 그으며 맺혔다. 옥 같은 손으로 맑은 눈물을 훔쳐 바람을 거슬러 흩뿌리며, 마음속으로 알탄샤의 모종의 뜨거운 애정과 따스한 친근함, 세련되고 부드럽고 늠름한 모습을 간절히 그리워했다. 솔롱고는 왼손으로 고삐를 당기고, 오른손에 채찍의 고리를 걸었다. 꽃을 수놓은 댕기가 바람에 날리고, 전통 위에는 만자卍字 문양의 장식이 비단으로 장식되어 있었다. 그녀는 맑고 청아한 목소리로 흐느끼며 부드러운 가락으로 노래했다.

북쪽에서 불어오는 부드러운 바람으로
짝없는 여인이 외로이 슬퍼하네
운명의 반려와 어느 곳에서 만날까?
하늘이 금슬을 맺어주지 않네

고니와 기러기는 짝지어 돌아가는데
창백한 이 내 몸은 혼자서 길을 가네
원근의 모든 사람을 나는 보았지만
부러진 화살 주인에 이르지 못하네

그녀는 천천히 콧소리로 노래하며 한들거리는 풀밭을 이리저리 다니는데, 갑자기 동쪽 편에서 흙먼지가 일으키며 선봉장 폴고다이가 달려왔다. 신공 얄고가 머무는 곳을 향해 20명의 병사를 데리고 날듯이 달려가다가 솔롱고를 보고 서둘러 말에서 훌쩍 뛰어내려 무릎을 꿇고 평화의 인사를 고했다.

솔롱고는 황망하게 선봉장은 여기서 무릎을 꿇지 말라 이르고, 한편 그가 또 어디를 가고 있는지 물었다. 폴고다이는 오늘 나이만이 버려둔 진영에서 찾아온 함거에서 이데르 도보를 끌어내 죽일 거라고 말하자, 솔롱고는 놀라는 한편 마음이 놓이기도 했다.

그녀는 문득 한 가지 생각이 들어 폴고다이에게 물었다.

"제가 듣기로 선봉장 그대를 나이만 사람들이 붙잡아 가서 원수인데도 불구하고 이상하게 죽이지 않고 돌려보냈다고 하는데, 그것은 어째서죠?"

그러자 폴고다이가 "죽여 버린다고 이미 밀어냈는데, 뒤에서 그 수려하게 생긴 타이얀 칸의 아들 알탄샤가 절 구해주고, 또 식량을 준비해 주어 돌려보냈습니다. 그렇지 않았다면 저는 이미 죽은 목숨이죠"라고 했다.

솔롱고는 웃음을 터뜨리며 물었다.

“그렇다면 오늘 나이만의 선봉 이데르 도보를 죽이려 할 때 선봉장께서는 옆에 서서 바라보면서 왜 그를 구하고자 하는 말을 한마디도 하지 않았죠? 그것은 선봉장 마음속에서 거리낌이 있어서인가요, 그렇지 않은 건가요?”

폴고다이가 “이미 죽인다고 한 것을 제가 살려줄 것을 청해 이 정도가 되었습니다. 다만 이데르 도보는 아무리 해도 내 말을 듣지 않고, 이제 놓아주면 곧 군대를 조직하여 다시 쳐들어올 거라며 부드럽지 않은 아주 사나운 말을 하여 이 상황에 이르게 되었습니다. 그런 고로 그를 도울 방법이 제게 전혀 없었습니다”라고 했다.

그러자 솔롱고가 “선봉장을 나이만에서 붙잡아 가서 투항시키려고 전혀 애쓰지 않았죠?” 하고 물었다.

“어느 정도 애를 썼습니다. 제가 투항하지 않으면 곧바로 죽여 버릴 거라고 했죠.”

솔롱고는 입을 다물고 웃었다.

“속설에 ‘초지에서 사슴을 사냥하고, 다른 자를 자신에게 비추어 본다’고 했는데 선봉장께서는 그를 왜 자신에게 비추어 보지 않는 것입니까? 모두 각자 자신의 군주를 위하는 것이 아닙니까? 특별히 그때 알탄샤가 좋은 관계로 우호적으로 지내자고 보낸 선물을 선봉장께서는 어찌 잊어버리고 나중에야 주셨습니까?”

그러자 폴고다이는 어쩔 줄 몰라 당황스러워하며 이르기를 “제가 그 선물을 잊은 것이 아닙니다. 돌아오니 주군 왕 칸께서 적진을 향해 떠나셨다고 하여 분명 아가씨가 따라갔을 거라고 생각했습니다. 이튿날 아침 곧바로 주군의 뒤를 쫓아 달려가다가 도중에 자모하를 붙잡아 그곳에 이른 뒤에야 아가씨께서 함께 가지 않으셨던 것을 알았습니다. 그렇게 해서 돌아와 비로소 선물을 드렸던 것입니다"라고 말하고, 한편 다시 무릎을 꿇고 고했다.

"지금 아가씨께서 하시는 이런 말씀을 생각해 보면, 이데르 도보를 돌려보내 은혜에 보답해야겠다는 생각을 하게 됩니다. 아가씨께서 힘을 좀 보태주셔서 나이만에서 저를 죽이지 않고 돌려보내준 것에 대한 보답을 할 수 있도록 말씀해 주시겠습니까?"

폴고다이가 간곡히 청하자 그것은 바로 솔롱고 자신의 생각과 같았기 때문에 속으로 은근히 기뻐했다.

"제가 또 다른 일이 있어 오라버니가 머무는 곳에 가는 중입니다. 선봉장께서 청해도 일이 되지 않으니 제가 몇 마디 말을 한 번 해보겠습니다."

솔롱고는 그에게 곧장 먼저 가서 기다리라고 하고 보냈다. 그리고 천천히 뒤쫓아 가서 신공의 군 진영 앞에 이르자, 병졸들이 이데르 도보를 결박해 밀면서 데리고 가서 죽이라는 명을 기다리고 있었다. 검과 도끼가 숲속에서 챙챙거리며 아우성치는 소리가 참으로 무시무시하기 이를 데 없었다. 솔롱고가 온 것을 보고, 수문장이 큰소리로 물러서라고 외치자 병졸들이 양편으로 나뉘어 길을 내면서 예에 맞게 구호를 외쳤다. 솔롱고는 많은 병사들이 내준 가운데 길로 말을 타고 가 두 번째 장막 앞으로 가서 비로소 말에서 내렸다. 그녀는 따라간 병사들을 데리고 오빠 신공에게 가까이 가자, 신공 얄고는 앉은 자리에서 고개를 들고 웃었다.

"우리 여동생 잘 오셨는가?"

얄고는 다정히 말하며 그녀를 앉게 했다. 솔롱고가 보니 폴고다이가 무릎을 꿇고 있었다. 그러자 솔롱고가 그 기회에 웃으며 말했다.

"여동생인 제가 오늘 심심해서 초원의 기러기를 사냥하고, 강의 물고기를 잡으러 나온 길에 오라버니와 올케언니를 보려고 왔다가 선봉장 폴고다이를 만나게 되었어요. 선봉장께서는 나이만에서 자신을 죽이지 않고 돌려보낸 것에 대한 보답으로 나이만의 선봉장 이데르 도보를 역시 죽이지 않고 돌려보냈으면 했습니다. 무엇보다 훗날 그들에게 좋은 모습을 보이며 말할 때 유익할 거라고 하면서 오라버니가 허락지 않을 것을 조심스러워하여 제게 간청하길래 제가 오라버니에게 말씀드리러 왔어요. 동생인 제 생각에는 이번에 이데르 도보가 우리에게 붙잡힌 것은 그들이 베데국과 싸울 때 자신의 나라에 죄를 지어 구금되어 있던 것을 붙잡아 온 것이지, 대적하면서 우리와 싸울 때 붙잡은 것은 아니잖아요. 또 나이만이 우리와 개별적으로 전투를 할 때 우리 선봉장을 붙잡았지만 죽이지 않았는데, 우리가 다른 편들의 싸움에서 붙잡힌 사람을 죽이면 나이만에 영원히 조롱과 비웃음거리가 될 것이고, 또한 말꼬리가 잡힐 거예요. 또 저 무지한 한 사내를 죽임으로 우리나라에 무슨 큰 도움 될 일이 있겠어요? 도리어 나이만에 증오를 더하게 하고, 다른 부족에 조롱거리가 되는 것 말고 다른 무슨 유익이 있겠어요. 진짜 우리에게 진정 힘이 있다면 그와 개별적으로 전투를 할 때 붙잡아 죽인다면 그때는 부끄럽지 않을 거예요. 생각해 보면 단 한 사람의 무지한 사내를 죽여, 만군의 원한을 더 깊게 하기보다 필요 없는 사람을 살려 보내 주어 훗날 만군 앞에서 할 말이 있게 되면 그것이 낫지 않겠어요?"

그러자 얄고가 "나도 역시 그렇게 생각해 목숨을 살려주려고 했는데, 그자가 이러한 입장을 받아들이지 않아 제거하려고 했던 것이다. 이제 우리 동생이 이렇게 말하고, 선봉장 폴고다이도 간청하니 곧바로 풀어주겠다"라고 했다.

그리고 신호용 화살을 꺼내 이미 포박하여 끌어냈던 이데르 도보를 다시 들여보내 포박을 풀어주고 선봉장 폴고다이에게 내어주자, 이데르 도보는 조금도 구부리는 태도 없이 원래 모습대로 "나를 풀어주면 내가 또 싸우러 올 것이니 죽이는 것이 나을 것이오!"라고 하며 꿈쩍도 하지 않자 웃지 않는 사람이 없었다. 폴고다이가 황망히 신공과 여동생의 은혜에 절하고 즉시 이데르 도보를 이끌고 군 진영에서 나갔다.

그런 뒤 솔롱고가 또 오라버니와 작별을 고하고 말을 타고 게겐 샘물의 하류를 따라가면서 마음속으로 나이만의 알탄샤의 선물에 대한 보답으로 무엇을 보낼까 생각했다. 옥 같은 회색빛 말을 타고 질주해 달려가 가장자리를 비단 천으로 댄 전통에서 사랑하는 알탄샤가 쏘아 보낸 촉 없는 화살을 뽑아서 보자, 곧 견딜 수 없는 연정이 마음에 사무쳤고, 뜨거운 마음이 부드러이 녹아내렸다. 물속에 비친 옥같이 아름다운 자신의 모습을 보니 온몸으로 쓸쓸함과 서글픔이 밀려왔다. 솔롱고는 맑고 부드러운 음조로 노래했다.

맑은 샘물의 상류에서
마음껏 즐기며 갈 때
멀리 물에 비친
여인 나의 모습은
아, 참으로 가엾구나
백단향 같은 눈썹에
흠 없이 어여쁜 모습의 나는
북방 지역에서 태어났네
맑은 눈이
드넓은 초원으로 더욱 시원해지고
사랑하는 이 마음을
황금 화살로 일깨우네
진정 작은 몸을
산천으로 새롭게 하고
여인인 나의 마음을
황금 깍지로 일깨우네

이렇듯 노래를 부르며 갈 때 이데르 도보를 자신의 장막으로 데리고 가는 선봉장 폴고다이를 만났다. 폴고다이가 황급히 이데르 도보에게 "이분이 그대 목숨을 구해준 우리 아가씨요. 내려서 공손히 예를 갖추시오"라고 하자 이데르 도보가 서둘러 말에서 내려 은혜에 감사하며 절하자, 솔롱고가 말고삐로 입술을 가리고 부끄러이 웃었다.

우리 두 나라는 예로부터 원한이 없는데
요즘 들어 자주 좋지 않은 일이 일어나
병력을 사용하는 데 이르렀어요
대체 무슨 억하심정이 있는 건가요?
돌아가면 우호적으로 지낼 수 있기를 바랍니다!

그리고 알탄샤의 촉 없는 화살을 잡고, 특별히 엄지손가락에 깍지를 보여주며 "이 깍지와 화살로 인해 귀한 우리 두 나라가 우호적으로 지내야 하거늘 날마다 싸움을 일으키는 것은 무슨 까닭입니까? 이제 선봉장 그대에게 어느 정도 선물과 식량을 드리겠습니다. 돌아가면 제가 한 이 말을 잘 전해 주세요!"라고 하며 눈에 눈물방울이 맺히며 얼굴을 붉혔다.

그리고는 서둘러 소매로 얼굴을 가리고 빠르게 말을 달려 돌아가서, 폴고다이의 부인에게 그 가져온 비단 쌈지와 한 꾸러미의 은을 함께 주며 말했다.

"나이만국에서 남편을 놓아 주어 보내준 보답으로 내가 이제 오라버니에게 말해 나이만의 이데르 도보를 돌려보내려고 해요. 이 은을 그에게 상으로 주고, 이 비단 쌈지를 그의 섶에 달게 해서 돌려보내도록 하세요."

그러자 폴고다이의 부인이 크게 기뻐하며 그것을 받아가지고 쌈지와 은을 남편에게 주며, 은은 상으로 주게 하고 쌈지주머니는 돌려보내는 것이라 했다. 또 그의 옷 앞섶에 달게 하여 무슨 일이 있어도 잊지 말라고 몇 번을 당부했다. 그리고 건조시킨 식량 한 짐을 길잡이와 함께 내어주고 떠내 보냈다.

그런 뒤 막 자기 게르로 들어가자 사람이 와서 신공 얄고가 부르러 왔다고 했다. 솔롱고가 서둘러 가자 자모하와 얄고가 그곳에서 여전히 군대를 조직해 베데국에 공격을 당한 원한을 반드시 갚아야 할 것이며, 베데국이 움직이기 전에 우리가 먼저 손을 써서 그 나라를 섬멸하자고 상의를 하고 있었다. 그때 폴고다이가 은혜를 잊고 원수로 갚을 수는 없다고 막자 신공 얄고가 언짢아하며 안색이 어두워졌다.

"사소한 은혜를 생각하다가 큰 힘이 다하면 그때 우리가 죽어도 뼈를 묻을 곳이 없게 되는 것을 그대는 어찌 깨닫지 못하는 것이오? 여러 말 필요 없소. 나라 안에 있는 장성한[4] 사내들을 조사하여 그들을 군대에 포함시키고, 대군을 잘 훈련시키도록 하시오!"

그러자 폴고다이가 할 수 없이 그 명을 받고 나갔다. 밤에 옛 신하 안도를 만나 얄고가 한 말을 자세히 말하자 안도가 한숨을 길게 내쉬었다.

"아! 내가 언젠가 말하지 않았던가? 우리나라가 망한다면 분명 이 자모하 한 사람 때문이라고 하지 않았나? 복 없는 자네가 어떻게 복 있는 나라를 빼앗을 수 있겠는가! 다만 우리 늙으신 주군께서 결국에는 편안히 생을 마칠 수 없게 된다는 것이 가슴 아플 뿐이네. 나도 이미

---

4 몽골 현대문으로 옮긴 본문에는 'эрчлэх'를 '여자이지만 남장한'이라고 설명을 붙여 주었다. 그러나 그것은 문맥에 맞지 않으며, 원래 이 단어는 '장성하다', '장성하여 사내의 면모를 갖추다'라는 의미로 해석해 주는 것이 문맥상 자연스럽다고 본다.

늙어 노인의 반열에 들어 일에서 손을 떼고, 군대 일을 끝낼 때가 되었네. 사는 데 무슨 재미가 있겠나. 다만 그대는 실상 중년이라 아직 일을 이룰 수 있을 때인데, 이제 깊이 생각하지 않으면 어떤 일이 벌어질지 모르네. 주의해서 지내기 바라네."

폴고다이는 그 말을 듣고 오래지 않아 나라를 돌며 병력을 모으러 길을 떠났다.

한편 이데르 도보는 폴고다이와 헤어져 나라로 돌아가는 도중 베데국 국경을 지나게 되었다. 그곳 베데국 국경 수비대의 숙소에서 하루를 지내며 자신에게 있었던 일을 말했다. 그로 인해 곧장 붙잡혀 재난민을 구제하는 모홀리의 병영으로 보내졌다. 이데르 도보가 다시 모홀리에게 있었던 일을 사실대로 고하고 조금도 잔꾀를 부리지 않자, 모홀리가 그에게 있었던 일의 자초지종을 듣고 묶었던 포승을 풀어주게 했다. 그리고 술과 고기를 배불리 먹이고, 또 식량으로 양과 영양 고기, 델과 입을 것을 상으로 주어 돌려보냈다. 그리고 그를 잡아 온 수비대원에게 직분에 충실하고 조심성 있다 하여 후한 상을 내려서 보냈다. 이에 총사령관 모홀리와 함께 온 투그스촉그트라는 자와 모홀리의 아우 다이산 등이 이데르 도보를 어찌 살려서 자기 나라로 돌려보냈는지 그 연유를 묻자 모홀리가 웃으면서 말했다.

"그대들은 듣지 못했소? 케레이트는 안으로 거의 썩었소. 여인이 나라의 정치적인 일에 관여하는 것은 음양이 이반 되는 불길한 징조라 할 수 있소. 고대 요나라에서는 2대에 걸쳐 여인이 정권을 잡았지만 그들은 국모였소. 그런데 이 여인은 혼인을 하지 않은 처녀로 총명하고 지혜롭긴 하지만, 사내의 힘이 여자에게 이르면 여인은 일반적으로 다른 이의 사람이기 때문에 자신은 약해지고, 다른 이는 힘이 강해질 징표라 할 수 있소. 그렇게 해서 나라가 망하고 집안이 무너지는 근본이 된다 할 수 있소.

그 첫 번째는 특히 케레이트의 아름다운 솔롱고인데, 그녀는 나이만의 알탄샤의 매력에 이끌려 음란한 마음으로 부왕의 은혜를 배반하고, 적과 내통하여 선물을 주고받게 되었소. 이러한 상황에 무슨 길한 일이 있겠소! 주고받으면 주고받으라, 나는 가능하면 그들 내부에서 일이 일어나길 바라고 있소. 우리가 어찌 그 길을 가로막으며 그들의 화근을 끊어주겠소? 두 번째는 또 그처럼 옹졸한 마음을 가진 케레이트이면서 그처럼 넓은 아량을 가진 것처럼 속여 행동하고 있는데, 진정 자애로운 우리 베데국이 그 한 사람을 도중에 죽인다면 우리 군주의 체면에 누를 끼치는 일이 될 것이오. 그리고 또 우리 주군께서 친히 싸우시고 쓰러뜨리고도 죽이지 않고 돌려보냈는데, 우리가 그를 도중에 죽인다면 매우 온당치 않은 일이 될 것이오. 이것이 세 번째 이유라 할 수 있소. 이렇게 세 가지 이유가 있는데, 그 한 사람을 죽여 무엇하겠소?"

많은 이들이 이 말을 듣고 크게 놀라며, "총사령관께서 진실로 천신이 내려 태어나셨다"라고 찬탄했다.

한편 자모하는 베데국에서 이데르 도보를 붙잡아 상을 내리고 잔치를 베풀어 주어 보냈다는 이러한 소식을 듣고, 서둘러 신공 얄고에게 와서 말했다.

"베데국의 테무진이 전날에 얄고 그대와 함께 인척을 맺자고 하고서, 이제 또 이데르 도보를 도중에 데리고 가 공의 나라를 공격하려고 모의하고 있습니다. 믿지 못하겠다면 수비병에게 물어보십시오. 존경하는 공이 만약 베데국을 공격한다면 변변치 않은 내가 또 다른 많은 부족의 병사들을 모아가지고 가서 함께 공격하면 이번에는 베데국을 무너뜨릴 수 있을 것입니다. 이 시기를 놓치면 훗날 많은 부족들이 모두 그의 솥 안에 있는 물고기가 될 것입니다. 작금 베데국 주위에 천리 거리에 있는 모든 부족들이 그에게 규합되었습니다!"

그의 말은 신공 얄고의 생각과 정확히 일치했다.

"나도 벌써 그렇게 생각하고 있었소. 이전번에 베데국 군주인 테무진의 친척인 아르타, 호사고르, 달지다이 세 사람과 이야기를 나눌 때 그들 세 사람은 그들이 알락그타이산 전투에서 전리품을 빼앗아 많은 병사에게 나누어 주었다며 그 군주에게 매우 앙심을 품고 있었소. 그래서 내가 사람을 보내 협상케 하자 그들이 한 말은 이렇소. 만약 우리 군대가 싸우기 위해 출병하면 그들이 내부에서 돕겠다고 했소. 그러니 이번 기회를 어찌 되었든 잃어서는 아니 될 것이오!"

얄고는 즉시 아버지 케 왕에게 이를 고하자 케 왕 토릴은 한숨을 내쉬었다.

"나는 네가 그러한 생각을 품고 있다는 것을 이미 들었다. 그 자모하라는 자는 참으로 인내심이 없고 말만 앞세우는 성품이 좋지 않은 사람이다. 너는 그의 말을 무슨 일이 있어도 믿어서는 아니 된다!"라고 하며 허락하지 않자 얄고가 기분이 나빠 궁전 덮개문의 끈을 잡고 힘껏 내던지며 나가서는 며칠이 되어 들어와 다시 고했다. 그때 마침 케 왕의 곁에 딸 솔롱고가 옛 신하인 안도와 선봉장 호로가, 폴고다이 등이 모두 있었다. 케 왕이 곧 길게 한숨을 쉬며 얄고를 향해 말했다.

"아! 참으로 어렵구나! 우리 케레이트는 베데국으로부터 몇 번의 큰 은혜를 입고, 우리 부친 대부터 그들 조부의 보살핌에 의지해 왔다. 나 역시 테무진의 아버지 예수헤이 바타르의 힘으로 삼촌에게 빼앗긴 케레이트를 겨우 되찾았다. 오늘날까지 우리나라는 몇 번이나 테무진의 지원으로 구원을 얻은 것을 네 눈으로 보고, 몸으로 경험하며 지내지 않았느냐? 또 약조하고 맹약한 나라가 아니더냐?

그런데 이제 그 말만 내세우는 뱀의 혀를 가진 포악한 자모하의 말을 듣고, 전혀 원한이 없을 뿐 아니라 도리어 큰 은혜를 베푼 은인에게 싸움을 일으키려고 하는 것은 무엇 때문이냐? 나는 이제 늙어 노쇠의 길로 접어들었고, 수염은 모두 희어지고, 아침에 죽을지 내일 죽을지 알 수 없게 되었다. 나는 이 육신이 편히 죽었으면 하고 생각하고 있다. 내가 죽는 것을 좀 편히 해 주었으면 한다. 네가 사내대장부 일을 하겠다고 늘 생각한다면 훗날 일이 어떻게 될지를 타진해 보고, 현명한 지략을 사용하도록 하거라. 일을 이루기에 아직 늦지 않았다. 이제 나를 이처럼 괴롭게 몰아붙이지 않았으면 한다. 문이 떨어지도록 내던지며 도대체 날 이토록 괴롭게 하는 이유가 무엇이냐?"

그러자 옆에서 여동생 솔롱고가 안도, 호로가, 폴고다이와 함께 들어와 베데국에서 몇 번이나 큰 도움을 주었던 일을 헤아려 말하고, 얄고가 전쟁을 일으키는 것을 가까스로 말리고 뒤로 미루게 했다. 자모하는 이러한 말들을 모두 알아내 듣고 케 왕을 향해 이를 물고 증오하며 앙심을 품었다.

이 소식을 베데국 변경의 정탐꾼이 듣고 모홀리에게 고하기 위해 가니, 병영에 있던 남자가 여자로 변했다며 큰 소동이 일어났다. 무슨 이런 희한한 일이 생겨났는가? 사정은 이러했다. 나이만은 계속해서 옛 요나라를 점령함으로 사람들이 대부분 총명하고 잘 생기고 훤칠했다. 이번의 알락그타이산의 전투에서 나이만 병사가 패해 몇천 명이 투항했는데, 모홀리는 그 가운데 몇십 명의 아이들을 선발해 자기 신변에 두고 명령을 전하는 전령으로 삼았다. 또 창고 도장과 열쇠를 맡기고, 들고나는 것을 장부에 적게 했고, 그밖에 사소한 심부름을 시켰다.

그런데 갑자기 국경의 정탐꾼이 나이만의 선봉장인 이데르 도보를 붙잡아 오자 모홀리가 상을 주고 음식을 대접해 돌려보낼 때 우연히 나이만의 이 아이들 가운데 홍고르라는 아이가 숨어서 눈물을 흘리는 모습을 보고 나가 심문하며 물었다.

“내가 너희 몇 명의 아이들을 잘 살펴본 뒤 선발하여 신변에 두고 쓰면서, 생활하는 모든 것을 편하게 하고, 입고 먹는 것을 모두의 것보다 맛있고 좋은 것으로 하여, 모두가 얼굴이 환해져 나의 은혜에 힘써 감사하고 즐거워하며 지내거늘 오직 너만은 나를 의지하지 않고, 네 나라 사람을 보자마자 눈물을 흘리니 그것은 무슨 이유 때문이더냐? 내가 너를 여러 번 살펴보아도 네 얼굴에 크게 반역할 기미가 없고, 또 너의 행동거지 역시 그렇게 법도에 어긋남이 없기에 가까이 두었는데, 분명 내가 사람을 잘못 살폈던 게로구나!”

또 그 아이에게 다시 반복해 생각해 보게 하며 묻고 서 있을 때, 그 홍고르라는 아이가 처음에는 아무 말도 하지 못하고 있다가 나중에 다그쳐 묻자 이윽고 아이는 울면서 어쩔 수 없이 자신에게 있었던 일의 자초지종을 낱낱이 이야기해 나갔다. 이렇게 이야기할 때 옆에서 듣고 있던 장군 신하들이 모두 참지 못하고 눈물을 흘렸다. 이것은 진실로 쇠 구두가 닳도록 찾아도 얻을 수 없는 소식과 그 온전한 만남에 몇 방울의 눈물이 저절로 떨어진 것이었다.

이 아이는 바로 아버지를 위해 군대에 나갔던 나이만의 효녀 홍고르졸이었다. 홍고르졸은 예를 갖춰 부모와 이별을 한 뒤 대군에 합류하여, 베데국을 향해 출정해 가는 동안 친우들이 그의 양쪽 귀에 모두 구멍이 뚫려있는 것을 보고 그 이유를 묻자, "내가 외아들이기 때문에 태어나면서 귀여움을 받고 자라, 양쪽 귀에 모두 구멍을 뚫었다"라고 말했다.

북쪽 지역에서는 그런 일이 많았기 때문에 대부분의 사람들이 모두 그 말을 사실로 믿었다. 꽤 관찰력 있는 병사들은 그의 얼굴색이 다른 사람보다 곱고, 살과 피부가 보통 남자들보다 부드러운 것에 은근히 마음을 두고 여자인지 시험해 보려고 했다. 그러나 홍고르졸은 이미 그것을 알고, 눕거나 잠잘 때 델과 허리띠를 단단히 여미고 눈치채지 못하도록 행동거지를 조심했다. 한편 그곳은 군영이라 옷을 벗지 않는 것이 법으로 정해져 있었기 때문에 사람들은 또 자세히 물을 수가 없었다. 비록 소변을 볼 때라도 많은 말 떼 속에서 소변을 보았기 때문에 말들이 계속 밟고 걸어서 소변을 보는 곳을 잘 살펴볼 수 없어 사람들이 잘 알지 못했다. 두 번째 날 이윽고 알락그타이산에 이르러 대전투에서 용감한 병사들의 선두에 있다가 폭풍이 역으로 불고, 베데국 병사들이 갑자기 치고 들어와 도망칠 여유가 없었다. 베데국 병사 뒤쪽으로 들어가 불길에서 벗어나서 많은 병사들이 베데국에 투항할 때 함께 무릎을 꿇고 항복했다. 이 일의 본말을 알고자 한다면 다음 장에서 보게 될 것이다.

【평언】

이 장에서는 중요한 말 다섯 가지, 중요한 교훈 다섯 가지, 총 열 가지 부분이 있다. 먼저 태조가 동생과 사위이자 부마인 보토에게 일러 말한 것이 그 하나이다. 두 번째, 우겔룬 우진이 딸에게 일러 말한 것. 세 번째, 태조가 동생 하브트 하사르에게 일러 말한 것. 네 번째, 태조가 모홀리에게 재난을 복구하게 하기 위해 보낼 때 지시한 말. 다섯 번째, 모홀리가 동생과 장수들에게 남녀의 예조를 풀어 설명한 것. 여섯 번째, 솔롱고가 폴고다이에게 깊이 생각하도록 하며 물은 것. 일곱 번째, 솔롱고가 오빠 얄고를 일깨워 이데르 도보를 놓아주도록 한 것. 여덟 번째, 솔롱고가 이데르 도보에게 화살과 깍지를 보여주고, 그에 대해 말한 것. 아홉 번째, 안도가 폴고다이에게 힘써 행할 것을 일러 말한 것. 열 번째, 케 왕이 아들 얄고가 병력을 동원하여 싸우겠다고 하자 이를 금하며 일러 말한 이 열 가지를 이른다. 이 열 가지 말 가운데 9가지 말은 모두 매우 신실하고, 매우 정직하며 지극히 합당하고, 매우 필요 적절한 말이었다. 다만 케 왕 토릴의 이 한 가지 말에는 곧 케레이트 부족이 머지않아 망하고, 케 왕의 육신이 좋지 않게 끝날 거라는 사실이 이미 드러나 있다.

그 이유는 무엇인가? 『대학』에서 언급한 것은 "인간은 자신이 사랑하는 사람에게 마음이 기울어진다"라고 한 것과 특히 "사람들은 자기 자식이 그릇 행하는 것을 알지 못하고, 자기 곡식이 얼마나 크게 자랐는지를 깨닫지 못한다"라고 한 것은 얼마나 간략하고도 적절한 성인의 말씀인가! 케 왕은 그의 아들이 은혜를 저버리고 의로움에 역행하고 있다는 것을 알았으면 좋았을 것이다. 이제 말을 시작했으니 말을 끝내자면 곧 베데국의 은혜를 헤아리고, 아들에게 단호히 일러서 내보내는 것이 마땅했을 터인데, 이제 또 가르침의 끝을 잘못 인도하는 것으로 모아진다.

"네가 진정 사내대장부의 일을 하겠다고 한다면 훗날 일이 어떻게 될지를 타진해 보고, 높은 수준의 치밀한 계략으로 진행해야 일이 성취될 것이다!"라고 하는 등의 말을 하면서, 그의 마음을 깊이 고무시켰다. 이 일은 첫째, 자모하가 얼마나 참을 수 없이 못된 인간인지를 알지 못한 것이다. 이미 그가 칸일 때 공물을 보내지 않고 맹약을 파기했으며, 후에 군대를 보내 돕지 않으면서 얄고의 일을 지체시킬 때 그의 본의를 알았다. 일단 자모하가 못된 것을 알았다면 관계를 끊고 죽여 버리는 것이 마땅했을 것이다.

그런데 또 그의 아들의 말을 듣고, 그를 다시 받아들여 먹이고 기거하게 했다. 일단 먹여 살렸으니 이제 그 마음을 취하고, 좋지 않은 쪽으로 부리면 끝나는 것이다. 또 그가 늘 못된 인간이라고 말하여 자모하의 앙심을 더하게 하고, 그의 아들 얄고가 궁의 덮개문 끈을 내던진 이 분노를 또 자모하에게 전가하여 말하는 데 이른 것이다. 또 자신의 나라를 지배하면서, 아들이 남몰래 기습 공격하는 일을 벌이고 있을 때 그러한 말을 듣지 못한 것은 분명 작은 부인 나란토야에게 기울어져 있었던 것을 분명히 알아야 할 것이다. 이것이 세 번째 일이다.

이 세 가지의 뿌리는 무엇에서 생겨났을까? 마지막에 또 자기 아들에게 편향적으로 관용을 베풀며 그의 생각을 끊지 못했다. 그러므로 아들의 극히 나쁜 점을 보지 못하고, 또 나란토야 부인에 빠져 여인에게서 떨어지지 않음으로 국사에서 멀어지고, 얄고와 자모하의 못된 일들을 옆에서 부추김으로 나라의 근간이 흔들리게 된 것이 아니겠는가? 이렇듯 사람은 자신이 사랑하는 자에게 기울어져 나라를 망친다는 것이 이것을 말한다. 헤아려 보건데 케 왕은 아들의 그릇된 처사에 의해 나라가 망한 것 같지만 종국에는 케 왕 자신의 이 세 가지 잘못에 의해 나라가 망한 것이다.

제11장

충직한 이데르 도보는 울며 원앙을 이야기했네 우직한 폴고다이는 기뻐하며 혼사를 고하네

송나라 효종 순희 15년, 금나라 세종 대정 28년, 무신년戊申年. 이해 태조의 나이 27세였다.

효성이 지극한 홍고르졸의 운명은 매우 고매하고
멀리 내다보는 지략 있는 알탄샤의 말은 진실로 합당하네
큰 지혜를 가진 오요트 세첸의 일은 가히 찬사를 받을 만하고
인간 말종 자모하의 궤계는 참으로 많네

나이만의 홍고르졸은 많은 소년들 가운데 선발되어 모홀리 신변의 일을 할 때 몸은 더욱 편하고 한가했다. 홍고르졸은 평소에 자신의 정체를 드러나지 않고 잘 지냈는데, 우연히 이 몇 방울의 눈물로 질책을 받게 되었다. 그러자 지난 일을 말하지 않을 수 없는 상황에 이르자 할 수 없이 자신의 아버지가 늙으신 것, 자신의 손위 오빠가 없고 계모가 젊으며, 동생이 갓난아이여서 아버지 한 사람이 전투에 나가 죽으면 한 집안의 뿌리가 흔들리기 때문에 자신이 위로 아버지의 죽음을 대신하고, 아래로 어린 동생이 성장하여 집안의 대를 이어가야 하기 때문

에 스스로 남장을 하여 아버지를 위해 출정한 것에서부터 시작해 오늘에 이르기까지의 일을 슬피 울며 낱낱이 이야기했다.

그러자 측근에 있는 장군과 병사, 수행원, 관원이 눈물을 흘렸을 뿐 아니라 모홀리 등의 대장부조차도 눈물을 참지 못했다. 그녀가 겪었을 마음의 고통에 가슴 아파하며, 코가 찡해져 나오려는 눈물을 가까스로 참았다. 모홀리는 그녀가 참으로 효심이 지극하고 사려 깊은 여인이라고 했다. 또 그녀가 정숙함에 애쓰는 신중한 태도에 대해 크게 연민의 마음을 갖고 자신의 딸처럼 대해 주고, 비단과 담비 가죽을 상으로 내려 주었으며, 수양딸로 삼아 자신에게 절하게 했다. 이처럼 효성 지극한 홍고르졸이 흘린 눈물의 사연은 푸른 구름을 밟고 지내게 했다.

한편 모홀리는 보르한 갈돈 진영으로 돌아가 태조에게 절한 후 국사에 관해 고하기를 마치고, 며칠이 지나 국경의 잡다한 일을 고하는 사이 이 홍고르졸의 사연을 고하면서 나이만을 점령할 수는 있으나 특이한 사람이 많이 태어나는 곳이라고 말했다. 그러자 태조의 부인 부르트겔진 세첸 주순이 그 말을 듣고, 홍고르졸을 불러들여 있었던 일들을 그녀의 입으로 다시 빠짐없이 듣고, 가슴 아파하며 자애로운 마음으로 그녀를 동정했다.

모홀리가 세첸 주순 부인이 홍고르졸을 마음에 들어하는 것을 듣고 즉시 주순 부인 곁에서 시중을 들라고 명했다. 그의 아내 노호르츠 부인에게는 아침저녁으로 그녀를 잘 보살피게 했는데, 먹고 입는 것을 자신의 아들 볼로와 똑같이 하여 지냈게 했다. 홍고르졸은 눈에 띄게 총명하고 아름다웠으며, 또 위구르 문자를 잘 알고 있었기 때문에 열

흘이 지나고 한 달이 되지 않는 사이에 세첸 주순 부인의 총애를 깊이 받았다. 그녀는 곧바로 내전內殿 창고의 들고나는 중요한 기록과 장부를 모두 책임지고, 세밀한 일들을 함께 맡았다. 그녀가 일을 매우 치밀하고 분명히 하자, 주순 부인은 참으로 충실하고 신중한 그녀의 태도를 크게 사랑하여, 곧바로 모홀리에게 전언을 내려 사람을 보내 홍고르졸의 부모에게 알리도록 했다.

홍고르졸의 부모는 꿈을 꾸듯 기뻐했다. 그리고 곧바로 집안 식구들 모두 베데국 진영으로 옮겨 와서 눈물을 흘리며 모홀리의 은혜에 감사하며 절하고, 또 밖에서 주순 부인을 향해 절을 올렸다. 아버지는 딸의 목을 껴안고 울며 상봉의 기쁨을 나누고, 위로 주순 부인의 깊은 은혜와 아래로 총사령관 모홀리의 사랑과 보살핌에 한 집안 전체가 비할 데 없는 부귀와 기쁨을 누리며 지냈다. 이것은 진정 한평생 아무리 노력해도 얻을 수 없는 것을 작은 처녀 하나가 몇 사람의 마음을 감동시켜 얻어낸 것이다. 비할 데 없이 온전한 운을 이룬 홍고르졸에 대해 쓰는 것을 여기서 멈추고, 참으로 어리석기 짝이 없는 일을 벌인 선봉장 이데르 도보가 그날 자신의 지역으로 돌아간 것부터 말하려 한다.

그날 우직한 이데르 도보는 차례로 직면했던 세 번의 죽음의 위기에서 벗어나 길을 가던 중에 돌이켜 생각하니 자기가 생각해도 웃음이 났다. 며칠을 다시 생각하며 가다가 어느 날 자기 나라에 이르러 북요의 시로 들어갔다. 그리고 국사를 보고하는 전에서 타얀 칸을 배알하고 절을 올렸다. 이데르 도보가 큰 상을 후하게 받고, 그 은혜에 절하고 나오자마자 곧바로 알탄샤에게 가 일의 전후를 고하자 알탄샤가 또 참을 수 없이 눈물을 흘렸다. 알탄샤는 이데르 도보가 심지가 굳고 충성심이 있다고 부왕에게 고하자, 타얀 칸은 그를 대군의 중군 대장으로 봉했다.

신하들이 흩어지고 조금 여유가 생기자 이데르 도보는 알탄샤에게 케레이트부의 솔롱고의 선물을 전해주고, 곧 그 일의 자세한 정황과 흥미로운 이야기를 꺼내기 시작했다. 자신을 이미 밀어내 죽이려고 할 때 솔롱고가 다가와 갑자기 죽이려는 것을 멈추게 한 후 폴고다이가 자신의 숙소에 데리고 간 일, 그때 길에서 솔롱고가 어떻게 노래를 하며 가다가 만났는지에 대해, 또 솔롱고가 말고삐로 자신의 입술을 가리고 손에 낀 황금 깍지와 전통에 있는 촉 없는 화살을 쥐고, 자신을 향해 무슨 무슨 말을 했는지, 계속해서 얼굴을 가리고 말을 달려 돌아와서 이 쌈지와 은을 주었다는 것 등 일의 자초지종을 처음부터 자세하게 한 마디, 한 줄도 빠뜨리지 않고 모두 낱낱이 고했다.

알탄샤가 그의 말에 자세히 귀를 기울이며, 쌈지를 손으로 가볍게 들어 귀 기울여 듣다가 처음 부분에 솔롱고가 와서 자신의 오빠에게 청해 이데르 도보를 놓아준 대목에 이르자 말할 수 없는 기쁨이 솟구쳤다. 중간에 솔롱고가 말 위에서 고삐로 입을 가리고 화살과 깍지를 쥐고 부끄러운 듯 미소짓는 얼굴로 그러한 말을 하는 데 이를 때는 가슴이 벅차오르는 감동을 느꼈다. 또 마지막에 폴고다이가 비단 쌈지와 꾸러미에 든 은을 가져다주고, 쌈지를 돌려주며 그의 옷섶에 달게 한 부분에 이르자 신음 소리를 냈다. 그는 속으로 '솔롱고는 나어린 처자의 부끄러운 모습을 보이며 깍지와 양털실을 돌려보낸 것이 분명해'

하고 생각했다.

"아, 그 전투에서 그녀가 먼저 몸을 돌리고 눈물을 흘리며 약속하면서, 그의 화살을 전통을 꽂아 넣은 것으로 보아 오늘 결코 우의友誼를 저버릴 사람은 아닐 것이다."

알탄샤는 쌈지를 들고 마음속으로 이리저리 생각하며 감히 쌈지를 풀어보지 못하고 또 쌈지를 다시 이리저리 뒤집어 보았다. 분명 자신이 보낸 쌈지가 맞는데, 다만 색이 조금 바랬을 뿐이었다. 무겁고 가벼운 것도 거의 차이가 없었기 때문에 그 안에 무엇이 들어있는지 알기가 쉽지 않았는데, 또 그 쌈지를 세게 움켜쥐어 볼 수도 없었다. 만약 자신이 보낸 깍지를 돌려보냈다면 일시에 흥이 깨지는 것이 두려워 손에 가볍게 쥐고, 이데르 도보에게 솔롱고의 말을 다시 반복해서 묻자 이데르 도보가 답답해하며 말했다.

"작은 도련님, 둥근 쌈지를 열어보세요. 그들이 말할 때 이 선물을 다시 가져가라고 했지만 분명 다른 것일 겁니다. 만약 그것을 돌려보내는데 손가락에 깍지를 끼고 내게 보여줄 일이 있겠어요? 만약 깍지를 돌려보내는 상황이 되면 화살도 보내야 했을 테지요. 작은 도련님께서 그렇게 여러 가지 의심을 하실 필요는 없을 겁니다!"

그리고 솔롱고의 말을 앞뒤를 연결해 일시에 전부 말하자 알탄샤가 또 세밀히 물었다.

"그녀가 정말 그렇게 말했소?"

이데르 도보는 짜증을 냈다.

"소인은 세 번의 죽음의 상황이 닥쳤을 때도 말을 바꾸지 않았는데,

이런 일에 제가 무엇 때문에 말을 꾸미겠습니까?"

"누가 누구에게 무슨 말을 했길래 내 선물이 돌아온 것일까?"

알탄샤가 이마를 찡그리고 머리를 흔들며 생각하자, 이데르 도보는 참지 못하고 손가락을 꺾으며 고했다.

"그것은 뭐라 해도 깍지는 아닙니다!"

그러자 알탄샤가 쌈지를 손에 놓고 그것의 경중을 가늠해 보니, 무게가 또 거의 차이가 없어 다시 의심하며 열어보지 못하자, 이데르 도보가 조급히 서둘렀다.

"작은 도련님, 빨리 열어보십시오. 소인이 또 옷섶에 묶어 가지고 오면서 길에서 조마조마 걱정이 되었기 때문에 빨리 보고 마음을 놓고 싶습니다. 그 천상의 선녀같이 아름다운 분이 작은 도련님께 무엇을 보내셨을까요? 작은 도련님이 남자이시니 그에 맞는 무언가를 보내셨겠지만 모두 괜찮습니다. 그분이 이제 무엇을 보내셨는지 보십시다!"

이데르 도보가 열어보기를 재촉하자, 알탄샤가 할 수 없이 작은 가위를 들고 쌈지를 손수 열어 그 안에 묶음을 꺼내 보았다. 원래 깍지를 쌌던 한지였기 때문에 화들짝 놀라 서둘러 이중으로 싼 것을 펼쳐보았다. 안에서 오색의 비단으로 싼 작은 꾸러미가 나오자 마음을 놓으며 기뻐했다. 또 '이전번에 내가 보낸 것은 이런 비단이 아니었어. 다른 것이 분명해'라고 생각하며 그 열 가지 색상으로 포장한 묶음을 펼쳐보니, 그 안에 피 같은 선홍색 얇은 비단으로 싼 보자기 안에 한 가지 물건이 나왔다. 알탄샤와 이데르 도보가 보니 무슨 황금 깍지가 있단 말인가! 다시 보니 오색 실로 작은 활의 시위를 만들고, 거기에 백팔 구슬의 흰 마노 염주를 꿰어 연결했다. 알탄샤는 깜짝 놀라면서 한편 또 기뻐했다. 그러나 한 번에 그녀의 생각이 어떤 것인지 알 수가 없어 손에서 떼지 않고, 이리저리 뒤척여보고 길게 펼쳐보았다. 그것이 무엇인지 마음에서 떠나지 않아 눈을 감고 눈썹을 찡그리며 깊이 고심했다.

그러자 이데르 도보는 머리가 막히고 멍해졌다.

"이것에 무슨 뜻이 담겨있는 걸까요? 아니면 우리나라가 옛 요나라를 지배했기 때문에 우리 작은 주인님께서 요나라의 부처님에 대한 신앙을 좇아 머리를 삭발하고 출가하여 승려가 되기를 바란다는 뜻일까요?"라고 묻자 위아래 사람들이 모두 웃었다.

그때 알탄샤가 불현듯 무슨 생각이 들어 탁자를 치며 벌떡 일어나 큰소리로 외쳤다.

"오! 알았어요!"

알탄샤가 크게 기뻐했다. 이데르 도보는 그 선물의 의미를 생각하며 정신을 놓고 있었기 때문에 알탄샤가 탁자를 치고 소리를 지르자, 크게 놀라 움찔하며 두세 걸음 뒤로 물러섰다. 그것을 본 많은 사람들이 큰 소리로 웃었다. 그러자 이데르 도보가 비로소 정신을 차리며 "아! 깜짝 놀랐어요"라고 했다. 그리고 또 선물에 무슨 의미가 있는지 가르쳐 달라고 하자 알탄샤가 길게 한숨을 내쉬었다.

"아, 이 선물을 보낸 데는 아주 깊은 뜻과 매우 세심하고, 딱 들어맞을 뿐 아니라 또 함축적인 의미가 있어요."

이데르 도보는 놀라 "그녀가 정말로 우리 도련님이 스님이 되라고 했다 한다면 또 그 활의 시위는 무엇이죠?"라고 묻자, 알탄샤가 또 한숨을 내쉬었다.

"아, 이에 담긴 뜻이 심원한데 범인이 어찌 그 의미를 상상해 깨달을 수 있겠소? 내가 처음 그녀에게 선물을 보낼 때 황금 깍지에 오색 털실을 묶어 네 단어를 한 마디가 되게 해서 보냈는데, 그것은 '알탄샤는 반드시 솔롱고에게 묶여있다'라는 의미를 함축하고 있었소. 그런데 이에 대해 그녀가 이번에 답으로 보낸 이 선물은 아주 깊고 이중적인 의미를 담고 있소. 간단히 설명하자면 네 단어가 한 줄의 말이 된다는 것이오. 어떤 말인지 내가 자세히 설명할 터이니 잘 들어보세요. 이 오색의 털실로 활의 시위를 만들었는데, 오색은 솔롱고 즉 무지개라는 그녀의 이름이 아니오? 게다가 마노 보석으로 염주를 엮었는데, 마노라는 것을 풀어서 말하면 '당신들', '우리들'이라는 단어가 아니겠소? 또 염주에르흐를 엮은 것은 대비적으로 말하면 '마음대로에르흐 도르'의 뜻을 가진 단어 '에르흐'가 아니겠소? 그 모든 것을 활의 시위에 연결했기에 두 끝이 서로 하나로 합쳐지지 않소? 그러니 '마음대로'는 '마음대로'가 되지 아니하기에 이 단어를 연결하여 읽어보면 '솔롱고는 내 마음대로 할 수 없다'라는 단어가 되지 않겠소? 아, 아까운 그녀가 어찌 케레이트의 그런 아버지에게서 태어나 그 같은 오라버니를 두었을까? 진정 이 활의 시위 모양으로 만든 데에는 여러 생각과 세밀한 의미가 함축되어 있소. 활줄은 화살을 앞으로 나가게 하는 것으로 언제나 활의 힘을 의지하는 것이오. 만약 활이 아니라면 그것은 단순히 한 줄의 끈에 불과하오. 그 줄에 무슨 힘이 있겠소? 비록 활에 줄을 당겨 매고, 화살을 시위에 메겨 목표물을 쏠 때 그 시위가 화살을 나가게 하는 것은 또 시위 그 자신의 권한이 아니고, 활의 힘에 있는 것이 아니겠소? 그렇게 활의 줨쇠는 견고한 것을 중시하면서 양의 기운에 속해 있는데, 양이라는 것은 남성이라 할 수 있소. 또 활줄은 유연함을 따르는 음의 기운에 속해 있으며, 음이라는 것은 여성이니 활의 줨쇠에 시위를 매면 둘이 하나가 되어 비로소 하나의 활을 이루게 되는 것이오. 만약 줨쇠가 없는 시위라면 곧 남편 없는 아내, 남편 없는 아내라는 것은 시집가지 않은 처녀라는 뜻이오. 그처럼 이들 의미를 연결해 보면 '시집가지 않은 솔롱고 내게 무슨 힘이 있겠는가?'라는 말이 되오.

또 말한다면 이 시위를 줨쇠에 단단히 매면 표적을 맞추고, 화살을 메겨 가리킨 곳에 쏘아 이르는 것은 처자인 나의 권리가 아니라는 말이 되오. 또 이렇게 겉을 오색의 거친 비단으로 싸고, 그 안에 붉고 얇은 비단을 넣은 것은 그녀의 붉디붉은 피 같은 마음이라는 의미가 있고, 활과 시위를 사용한 것은 나와 반드시 부부가 될 거라는 생각이 깃들어 있다고 할 수 있소.

이 모든 것을 결합하여 말하자면 '소녀 솔롱고는 피 같은 진실한 마음으로 그대와 함께 부부가 되고자 생각하지만, 힘없는 솔롱고는 내 마음대로 할 수가 없네'라는 말이 되는 것이오. 그녀의 깊은 뜻은 나에게 힘을 내서 혼사를 주관하라는 것이오. 아, 참으로 가련하고, 참으로 사랑하는 마음이 담겨있는 말이 아니겠소? 이 같은 사람과 한평생 부부가 되어 산다면 이 세상에 태어난 것이 또 헛된 것은 아닐 것이오. 아, 그대와 나 우리 아버님들께서 어떻게 사돈으로 맺어질 수 있을까?"

그렇게 말하고 알탄샤는 위로 하늘을 향해 길게 한숨을 내쉬며, 두 눈의 눈물을 손으로 씻어냈다. 그때 이데르 도보가 옆에서 이 두 남녀의 용모와 지성이 모두 맞먹고, 또 이처럼 깊은 정의情誼가 있는 것을 보고, 밥그릇 만한 무덤덤한 큰 심장이 어느새 감동을 느끼며 콧망울이 시큰해졌다. 알탄샤의 우는 소리를 듣다가 여기에 이르자 마음을 진정할 수가 없었다. 눈물방울이 옷 앞섶을 가득 적시며 흘러내렸다. 그러자 굵직한 목소리로 크크거리며 울기 시작하더니 가슴을 치며 말했다.

"아, 제가 몇 번이나 끌려나가 죽임을 당하는 순간에 이르렀어도 한 번도 이렇게 고통스러운 적이 없었습니다. 이것은 숨을 죄어 죽는 것보다 더 힘든 고통입니다. 소인이 목숨을 걸고 가서 이 일을 이루겠나이다. 내일 제가 가서 혼사를 논의하도록 하겠습니다. 케 왕께서 진정 허락하지 않으시면 소인이 그 솔롱고 부인을 등에 업고 데리고 와서 두 분이 함께 사시도록 하겠나이다. 그전에 먼저 잘 논의하고, 일이 잘 성사되지 않으면 곧바로 군대를 이끌고 가서 아가씨를 모시고 오겠나이다. 제가 그들에게 한 말이 있습니다. 나를 죽이지 않으면 군대를 조직해 다시 와서 또 당신들을 죽여 은혜를 갚겠다고 했습니다. 그런데 저는 그 아가씨의 크나큰 지혜로움에 어쩔 수 없이 감사의 절을 올렸습니다. 생각해 보면 우리에게 마님이 될 운명이 있었던 것입니다. 소인이 내일 곧 혼사를 논의하러 길을 떠나겠습니다!"라고 하자 알탄샤가 말했다.

"비록 그들이 진정으로 승낙해준다 해도 우리 아버님께서 뭐라고 하실지. 천천히 상의해 봅시다!"

이데르 도보는 원래 매우 충직한 사람이었기 때문에 이들 둘을 위해 진심 어린 마음으로 걱정했다. 그때 알탄샤는 그에게 또 베데국의 척후병에게 붙잡힌 사연을 묻자, 이데르 도보는 곧 모훌리가 옷가지를 상으로 내린 일을 하나도 빼놓지 않고 낱낱이 이야기했다.

"또 듣자니 우리 원수 곡설오 원수의 시신을 고국에 돌려보내 주었다고 하는데, 거기엔 무슨 뜻이 있는 걸까요?"

알탄샤가 길게 한숨을 내쉬었다.

"아, 다른 나라는 모두 대단치 않고, 다만 이 베데국이 위험합니다. 내가 그를 알락그타이산 전투에서 알아보았소. 베데국의 군주에게는 진실로 천자의 복록이 있고, 그의 신하들은 모두가 탁월한 별들의 풍모가 있었소. 그들은 진정 하늘이 비와 바람으로 돕는 자들로 분명 범인은 아니오. 또 우리 사부 다달통가께서 특히 뭉굴즈 대신과 함께 논의하실 때마다 그들 베데국의 군주는 실제 북극성에 응한 존재로, 분명 대업을 이룰 것이라고 하셨소. 그런데 우리나라는 대개의 경우 베데국과 우호적으로 평화롭게 지내지 못했소. 그들이 케레이트와 인척 관계를 맺자고 한 일은 어찌 되었소?"

이데르 도보가 고하기를 "그녀의 오빠 얄고가 허락지 않았을 뿐 아니라 자모하와 논의해 많은 부족의 군대와 연합하여 베데국을 공격하여 무너뜨리자고 했답니다"라고 하자, 알탄샤가 웃음을 터뜨렸다.

"속설에 '우물 안 개구리는 하늘의 크기를 우물의 입구 정도로 생각한다'라고 한 것이 바로 이를 두고 한 말일 것이오. 여름 삼복더위에 습기 많은 보이지 않는 은신처에서 태어난 애벌레에게 한겨울의 세

자나 되는 두껍게 언 얼음에 대해 아무리 말해 주어도 그것을 어찌 믿겠소!"

이 한 가지 혼사에 대한 일이 늘 이데르 도보의 마음에서 떠나지 않았다. 어느 날 그는 나라의 간의대부 뭉굴즈와 옥새를 관장하는 국사 다다통가 두 사람 가까이 가서 알탄샤와 솔롱고의 사연을 모두 말했다.

그리고 "두 나라가 인척 관계를 맺어 연합하여, 하나의 힘으로 다른 나라를 거두어들이면 되지 않겠습니까?"라고 하자 뭉굴즈와 다다통가가 생각해 보니 또 크게 거스르는 점이 없고, 도리어 하나의 힘이 더하는 일이요, 원한이라 해도 또 부왕을 죽이고 대장군을 해치는 그러한 심각한 원한 관계가 없었다. 그러니 가능한 일이라 이튿날 곧바로 타이얀 칸에게 집안일을 상의할 때 이에 대해 고했다. 그러자 타이얀 칸이 이를 허락하고, 곧 이데르 도보에게 혼례 예물을 들려서 케레이트로 보냈다. 그러자 알탄샤는 크게 기뻐하여 이데르 도보에게 과하다 할 정도의 큰 상을 내리고 길을 떠나보냈다.

이데르 도보는 당당하게 수십 명의 수행원들을 데리고 케레이트의 국경인 헤를렌강에 이르자 케레이트국에서는 뭔가 크게 서두르고 있었다. 그 이유를 묻자 케레이트와 베데국이 헤를렌강에 모여 사돈을 맺을 거라며 사람들이 북적거렸다. 그 말을 들은 이데르 도보가 마음이 크게 편치 않아 서둘러 달려가 폴고다이의 장막에 이르러 예를 고하고 예물을 올리며 혼사에 대해 말하자, 폴고다이가 크게 놀라 지금 베데국과 사돈을 맺어 두 나라가 우호를 다지려고 하고 있는 시점에 만약 이런 혼사의 또 다른 가지가 생기면 대사에 장애가 생길 것이라며 호르가, 안도와 상의하자 안도가 말했다.

"이제 우리 작은 주인님 신공께서 마음을 겨우 돌려, 베데국과 여식을 교차하여 겹사돈 관계를 맺고 영원히 맹방이 되리라 생각하는데, 만약 이런 일이 생기면 베데국에 맹방이 될 수 없소. 만약 일이 그리되면 우리나라는 마침내 위험에 처하게 될 것이오.

그런데 나이만을 단번에 돌려보내면 그 이데르 도보는 분명 군사를 조직해 죽을힘을 다해 싸울 것이고 둘째, 베데국과 혼례를 맺지 않는다면 아가씨에게 또 장애가 생기게 될 것이오! 또 나이만은 대국이요, 알탄샤 역시 우리 아가씨와 배우자감으로 대등하고, 우리에게도 우방이 아니었소? 그러니 그의 예물을 받아 그들을 안심시키고, 우리가 대략적으로 말해 아가씨의 몸이 편치 않은 중에 있다고 하고, 상황이 좋아지게 되면 여기서 소식을 전하겠다, 그대가 가서 게르 화로에 비계를 넣어 제의를 지내고 있으라고 하여 보내면 나중에 길이 넓어지게 될 것이오. 정말 베데국과 혼약이 맺어지면, 우리는 나이만을 두려워할 필요가 없으니 곧 약혼하지 않는 것으로 밀어붙이면서 그 예물을 돌려보내면 될 것이오!"

그들이 이렇게 말을 맞추고 곧 예물을 받고, 답신을 기다리라 하고 이데르 도보를 돌려보냈다. 이데르 도보는 일이 쉽게 이루어지자 매우 기뻐하며 자기 나라로 돌아갔다.

신공 얄고는 어째서 갑자기 마음을 바꿔 베데국과 혼약을 맺고 우호적으로 지낼 것을 생각했을까? 그것은 또 그 몹쓸 자모하가 생각해 낸 간계이다. 얄고가 지난번 일이 이루어지지 않은 것에 대해 가을 내내

쓸쓸하게 지내다가, 새해 봄이 되어 또 자모하와 베데국을 무너뜨릴 방법을 논의할 때 자모하가 벌름벌름 웃으며 말했다.

“지난해 늙으신 왕 칸께서 좋은 방법을 준비해서 베데국의 군주 테무진을 멸하라고 하신 이래로 난 앉으나 서나 그 일을 생각하다가 겨우 한 가지 좋은 방법을 찾아냈습니다. 그러나 이것을 누설할 수는 없습니다. 이 한 가지 방법은 매우 기묘하고 치밀하며, 최적의 방법입니다. 이 방법을 쓰자마자 베데국의 군왕 테무진을 꼼짝 못하게 붙잡아 없앨 수 있을 것입니다.”

그러자 신공 얄고는 침을 흘릴 정도로 기뻐했다. 이튿날 독주를 준비하고 알탄 볼락 에흐라는 곳에서 알탄 볼락 연회라고 명명하고 잔치를 벌였다. 세 개 큰 황금 술잔에 술을 올린 후 주변 사람들을 모두 물리치고 그 방법을 묻자, 그 썩을 자모하란 놈이 거만하고 두툼한 입술을 씰룩거리며 웃었다.

“이 계략을 말하면 빌어먹을 베데국의 군주 테무진을 반드시 불귀의 객이 되게 만들 것입니다. 존귀하신 공께서는 내가 고하는 것을 잘 살펴 들으세요! 예전에 나는 베데국에 있었습니다. 테무진과 벗하며 지냈는데, 그의 생각을 추측하건대 그는 자애로움과 은혜를 베풀어 우리나라를 자기 손아귀에 넣으려고 하고 있어요. 우의友誼를 가지고 지내는 가운데 자기편으로 끌어 들이려는 생각을 하고 있습니다. 그래서 저번에 사돈 관계를 맺자고 오지 않았습니까? 그러나 곧 깊은 지략을 가진 신공께서 현명하기에 그 꾀에 넘어가지 않고 그들을 돌려보냈습니다. 그렇지만 테무진의 그러한 생각이 또 끊어진 것은 아닙니다. 그러니 이 기회에 연합하여 그의 계략에 계략을 사용하고, 술수에 술수를 써서, 그가 생각지 못한 방향으로 장병들을 분열시키고, 그가 생각지 못한 방법으로 흩어지게 하는 아주 괜찮은 계략입니다.

존귀하신 신공께서 이제 말솜씨가 있는 사람을 베데국에 보내십시오. 그리고 저번에 베데국에서 사돈 관계를 맺자고 보냈을 때 첫째, 아가씨의 나이가 아직 어리고 둘째, 나라 간에 전투의 급한 일이 닥쳐 좀 뒤로 미루었습니다. 이제 아가씨가 혼례를 치룰 나이가 되었고, 또 테무진에게 또 세첸 세첵그렉이라는 작은 여동생이 있습니다[원주] 이 여인은 『원사』에는 '화' 공주라 했고, 『청사』에서는 세첸 세첵그렉이라고 한다. 그녀는 용모가 빼어나고, 세상에 둘도 없이 지혜가 출중합니다. 베데국에 사람을 보내 그녀를 우리 늙으신 주군의 둘째 부인에게서 태어난 귀하신 신공의 작은 동생 토사호와 혼인을 시키자고 하여 우리 두 나라가 서로 겹사돈을 맺고, 그들에게서 태어난 자손들을 또 혼인하게 해 대대로 서로 협력하며 살아가자고 하면 테무진이 분명 좋아할 것입니다.

그렇게 하여 헤를렌 강가 초원에서 혼인 잔치를 준비하고, 잔치에 양측이 눈으로 보고, 손을 잡고 논의해 결정하자고 하여 그들을 오게 하면, 자신의 생각에 부합하여 분명 기뻐하며 올 것입니다. 그 경사스러운 일에 오는데 병사들을 이끌고 올 수 있겠습니까? 그렇게 영접하여 혼인 잔치에 매번 잔에 독을 섞어 모두 먹게 하고, 연회장 주변 구렁이나 숲에 병사가 매복해 있다가 그가 들어오면 즉시 나와 그를 붙잡아 죽일 것입니다. 진정 빠져나가 도망치지 않기를 바란다면 그가 돌아가는 길 양쪽 협곡에 두 개 군단의 병사를 매복시켜 일행이 지나가면 그들을 맞아 죽일 것입니다.

이렇게 하면 테무진 한 사람뿐 아니라 몇 만의 테무진이라도 죽지 않고, 어디로 빠져나갈 길이 있겠습니까? 테무진 단 한 사람이 쓰러지면 베데국은 곧 망하는 것이지요. 다른 누구도 테무진 같은 버팀목이 될 자는 없을 것입니다. 용이 비록 힘이 있다 해도 머리가 없다면 어찌 힘을 쓸 수 있으며, 단 한 사람 진정 모홀리 그자에게 비록 힘이 있다 해도 자연히 모두 흩어져 사라질 것입니다. 그렇게 되면 테무진이 수년간 고생스럽게 애쓰며, 져 나르고 쌓아올린 대 베데국이 모두 고귀하신 주공의 것이 될 것입니다. 그때 우리 왕조가 보르지기드 황족의 근본을 얻으면 우리 북방 지역이 곧 남쪽 금나라 대국과 어깨를 견주게 될 것입니다. 또 늙은 군왕께서 칸의 보위에 있다가 주공께서 보위를 이어받으시면 주변의 작은 부족들은 싸우지 않고도 스스로 투항해 올 것이니, 그때 주공께서 또 칸이 되는 것은 당연지사가 아니겠습니까?"

이와 같은 일련의 말에 신공 얄고는 정말 그때가 된 것처럼 기뻐하며, 서둘러 일어나 손발을 흔들며 덩실덩실 춤을 추었다. 또 세 개의 커다란 황금 잔에 술을 따르고, 두 손으로 잡고 기뻐하며 웃었다. 그리고 자모하를 칭송해 말했다.

> 진실로 빼어난 지혜와 쌍을 이룬
> 대단한 지략을 갖춘 형님
> 진정 죽고 태어나는 것을 모두 예견하시는

아침 태양과 같은 형님입니다

그러자 자모하는 또 술을 올리며, 얄고의 귀에 대고 속닥였다.

"고귀하신 아우님, 무슨 일이 있어도 이러한 치밀한 계략을 늙으신 왕과 숙부, 여동생 등을 비롯해 귀하신 제수弟嫂와 안도, 폴고다이에 이르기까지 어느 누구에게도 발설해서는 아니 됩니다. 다만 테무진의 은혜에 보답하고, 그를 모셔 사돈 관계를 맺을 것이라고 소문을 내십시오. 테무진이 온 다음 갑자기 행동을 개시해 살해한 뒤에 알아도 될 것입니다. 3개 군단의 매복 군대의 대장과 병사를 모두 제가 찾아 정하고 지시할 것입니다. 분명 아우님에게 이 큰 공로를 이루어 드리게 될 것입니다.

잔치에 사용할 독은 반드시 밤에 호수에서 흰 두루미를 잡아 그 피를 사용해야 합니다. 그 독은 퍼지는 속도가 매우 빨라 15분도 채 되지 않아 사람의 배가 터지고 창자가 끊어집니다. 예전에 말린 것은 독이 퍼지는 속도가 느린데, 그가 갑자기 그것을 알게 되면 자신의 아버지 예수헤이 바타르처럼 몇몇 사람을 베어 쓰러뜨릴 수도 있습니다. 독을 조금 많이 준비하시고, 아주 다급한 상황이면 고깃국에 모두 섞어 넣으십시오."

그러자 얄고가 크게 기뻐하며 술을 여러 잔 마시고, 자모하의 손을 잡고 말했다.

어떠한 지략이라도 모두 갖춘 지혜로운 자

얼마나 현명한 계략인가
어떠한 일에도 뼈와 살로 벗하리라
구별없이 부귀영화를 함께 누리리라!

잔치가 파하고 몇 달이 지나 아버지를 속이고, 이 계략을 개시하기 시작했다. 케 왕에게는 "베데국과 겹사돈을 맺어 지낼 것입니다. 그렇게 되면 오래도록 신뢰를 갖게 될 것입니다"라고 했다.

케 왕은 이 일이 비록 마음에는 들었지만 '아들 얄고가 가만히 있다가 무슨 일로 갑자기 마음을 바꾸었을까, 어찌 베데국과 우호적으로 지낼 것을 원하게 되었을까?' 하고 의심했다. 아들이 하는 말마다 모두 진실되고, 또 마음이 돌아선 것에 대해 반복해 말하는 바가 매우 합당했기 때문에 또 '이것을 스스로 깨달아 안 것일까?' 하는 의구심이 들었다. 그러나 곧 아들의 말을 따랐다.

"테무진을 초대하기 위해 사람을 보내거라! 일에 최선을 다하도록 하라!"

얄고가 나가자마자 폴고다이를 불러 이르기를 "내 생각에 날마다 전쟁을 하고 싸우는 것보다 그대들 모두의 생각대로 베데국과 우리 자녀들이 혼인하여 의지가 되는 것이 낫기에 베데국의 군주를 모셔와 잔치를 하려 하네. 그것은 첫째, 그들의 옛 은혜에 대해 보답하려는 것이고 둘째, 서로 얼굴을 마주하고 손을 잡고 새로이 혼약을 맺는 일을 논의하려는 생각에서요. 그대는 이에 대해 자세히 말씀을 고하고 잘 모셔오도록 하게. 무슨 일이 있어도 시간을 지체하여 일이 잘못되지 않도록 하게!"라고 하자 폴고다이라는 자는 매우 우둔하고 고지식한 사람이기 때문에 그것을 온전히 믿고 크게 기뻐했다. 그는 이마에 두 손을 모으고 새춤을 추며 고했다.

"비단같이 고매한 능력이 있는 우리 군주님, 그것은 참으로 적절한 생각이십니다. 두말 없이 충성을 다하고, 애써 일을 성취하도록 하겠나이다!"

그렇게 충성된 신봉자는 기뻐하며 나와서, 이튿날 아침 성장을 하고 빠른 간자말을 타고 길을 떠났다. 그는 마로 보돈이라는 매우 좋은 친우 등과 함께 모래 언덕 길로 가다가 하루는 베데국의 변경으로 들어가게 되었다. 그들은 정찰대의 장막에 이르러 정찰병에게 인사를 건네고 함께 보르한 갈돈으로 갔다. 그리고 태조의 접견궁에 가서 절을 올리고, 태조를 모시려고 하는 이유를 고했다.

그날 오요트 세첸이 전령사였기 때문에 폴고다이에게 내왕한 목적을 자세히 묻고, 예물 가운데 가장 귀한 예물인 정결한 흰 비단을 받아 궁에 들어갔다. 마침 그때 큰 권세를 가진 태조가 마침 식탁에서 내려오고 있어, 오요트 세첸은 천천히 들어가 모든 일의 연유를 고했다. 자애로운 태조가 크게 기뻐하며 잠시 있다가, 사람들을 접견하는 넓은 궁으로 걸어 들어가 사자와 호랑이 가죽 방석이 깔려있는 단향나무 보좌에 편히 좌정했다. 그리고 먼 곳에서 와서 평안의 인사를 고하는 폴고다이를 맞아들이라고 하자 앞뒤로 정렬한 18명의 측근 신하들이 산이 울리듯 모두 태조 주변에 둥글게 섰다.

아그가손 호르골즈는 있는 힘을 다해 달려와 숨을 내쉬며 덮개문을 들쳐 올리게 하고, 회유하기 위해 먼 길을 온 폴고다이를 데리고 들어가 사자궁 앞 가죽 깔개에 무릎을 꿇게 했다. 그런데 무리 지어 대열을 이루고 서 있던 신하들이 모두 대규모 사냥의 예법대로 일제히 사냥감이 놀라 도망칠 정도로 소리치자 가벼운 성격의 폴고다이가 깜짝 놀라 떨며 자기도 모르게 무릎을 꿇고 손바닥을 모아 빌며, 입을 벌리고 무슨 말을 해야 할지 잊어버리고 말았다. 어찌할 줄 모르고 무릎을 꿇고 있자, 아르가손 호르골즈가 그 모습을 주의 깊게 보고 있다가 멀리서 온 겁쟁이 폴고다이를 위해 앞으로 몇 발자국 나가 그의 등을 떠밀며 가만히 말했다.

"폴로다이 그대는 어쩐 일이요, 고할 것을 고하시오, 친구 어쩌려고 이러시오?"

아, 이 일이 어느 쪽으로 흘러갈 것인지 순식간에 알려고 한다면, 게으른 사관인 내가 농담 삼아 쓴 겁쟁이에 대한 시를 천천히 그리고 자세히 읽고 웃으면서 계략을 쓴 케레이트의 일을 조심스럽게 살펴 읽으면 흥미로움이 드러나게 될 것이다.

덕이 많으신 풍모와
다른 이를 두려워 떨게 하는 위엄
대단한 지략의 예악
명을 알리는 포고
타고난 성인의 위엄을
백성과 신민들이 모두 두려워하며

정신이 아득해지는 것은
잘못된 일이 아니라네

그곳에서 두려움에 정신이 혼미해진 폴고다이는 숨을 겨우 쉬며 고했다.

먼 곳 케레이트의
금나라에서 봉하신 왕
성품 좋으신 주군께서
큰 위엄을 지니시고
명성이 크나크신
황금 가문의 군주를
이웃 간에 초대하시어
즐거운 잔치를 베풀고
대규모 사냥을 하면서
유익한 이 만남에
공주를 출가시킬
공자를 청해
영원한 황금 연줄로
친밀히 지내는 인척 관계를
말로 논의하고
주고받을 예물을 정하자 하여

종 된 저에게
말을 이끌고 가서 말씀을 전하도록 하시고
정결하고 흰 비단으로
존중하며 그대를 모시려 하나이다.
위대하신 권세를 가지신 군주시여!
부디 왕림하여 주십시오
예로부터
의형제를 맺으며 지냈던
성격 좋으신 왕 칸
성품 좋으신 저희 주군께서
하해와 같이 은혜로우신 보르지기드의
크나큰 구원을 베푸시는 군주 그대의
오랜 평안함을 생각하여
좋은 술로 잔치를 베풀고자 하나이다
공주, 공자가 혼인해
돌보아준 은혜를 갚고자 하여
겁많은 종 폴고다이 저에게
용기를 북돋아 먼 곳에서
말을 몰고 떠나게 하시어
정결하고 흰 비단으로 모셔오도록 하셨나이다
복록이 크나크신 군주시여
아무쪼록 부디 왕림하여 주십시오!

폴고다이는 연신 절을 하며 태조를 주의 깊게 살펴보는데, 아량 넓은 태조가 귀한 약조를 했다.

"내 자애로운 마음으로 살아가는 사람으로 같은 나라의 초대에 어찌 가지 않겠소. 얼마 지나지 않아 가도록 하겠소!"

이 말에 단순하고 사심 없는 폴고다이는 진정 떨 듯이 기뻐하며 열 번을 절하고, 좋아서 연신 입을 다물지 못한 채 해죽해죽 웃었다. 그리고 천천히 기어가다가 일어나 뒤뚱뒤뚱 걸어가서 자애로운 태조가 내린 술과 고기를 하사받고 기쁨을 감추지 못했다. 또 풍성한 선물을 상으로 받고, 경외하는 마음으로 절하고 짐을 가득 싣고 돌아갔다.

케레이트국에서 태조를 초대하기 위해 온 이 소식을 수석 신하인 토르곤 샤르와 모홀리가 듣고, 케레이트의 위험과 해악을 잘 알고 있었기 때문에 태조에게 분명 좋은 의도가 아니니 약조하지 말라고 말하기 위해 서둘러 가자, 태조는 이미 가겠다고 약속을 한 상황이었다. 토르곤 샤르와 모홀리가 고하기를,

"케레이트에서 주군을 초대한 이 일은 무어라 해도 좋은 의도가 아닙니다. 주군께서 아시면서 어찌 약조를 하셨습니까? 참으로 위험한 일입니다."

그러자 태조가 엷은 미소를 지으며 말했다.

빈틈없으신 두 분 대신의 말씀이 맞습니다

어제 낮에

진실된 말로 이미 약조를 하였으니 어찌하겠소!

진실함 없는 케레이트가
진정 계략을 쓰는 것이라면
상황을 보고 알 수 있을 것이오
지고의 하늘 아버지께서 스스로 아실 것이니
그곳이 죽음의 땅이라 해도
잠시 가서 알아보도록 할 것이오
옛말에
곰과 호랑이를 잡고자 하면
먹이를 던져야 하고
늙은 용을 탈 때는
자신의 목숨을 아끼지 말아야 한다는
말이 있지 않습니까?
충성된 대신들께서 지켜주실 수 있는
장기적인 묘책을 생각하세요
이 일은 내게 중요한 것이 아니라
진실한 아우 벨구테이가 내게 바친 힘을 생각하는 것입니다
아름다운 아내를 얻어주려 하는 것이지
다른 것을 생각하는 것이 아닙니다
온 마음으로 큰 힘을 바친
나의 아우 벨구테이를
생각하는 것입니다
지략 있으신 그대 대신들께서

경계와 경호를 위한 대책을 마련하지 않으십니까
약속을 돌이킬 수 없으니
가지 않을 수 없습니다!

그러자 모홀리는 태조의 생각을 가늠해 알고 즉시 무릎을 꿇었다.

"신하인 저희가 신령하신 천손, 지모를 가지신 주군에 진정 이르지 못하나이다."

태조가 케레이트에 갈 것을 생각하므로 물러나 오요트 세첸을 불러 데리고 와서 다그쳤다.

"지혜가 출중하신 분이 어찌 분별이 그리 없으셨소? 외국의 사신이 왔다는 소식을 내게 먼저 알리지 않고, 어쩌자고 주군 곁으로 들여보냈소? 만약 갑작스레 해악을 끼치는 자를 만났는데, 그가 자객이었다면 지금 어찌할 뻔했소? 지혜는 있으나 깨달음이 얕소이다. 소치라는 이름처럼 놀랄 준비가 되어 있는 사람인 듯하오. 고아로 자라서 그러한가, 일을 어찌 그리 분별없이 하는 것이오?

진정 그대 마음대로 일을 처리한 죄를 엄중히 물어 벌해야 마땅할 것이오. 다만 처음 있는 일이니 네 마리 양으로 벌금을 물어 접견궁의 사람 모두를 먹이고, 이를 표식으로 삼게 하겠소"라고 단죄했다.

오요트 세첸은 크게 후회하고, 또 자신의 잘못을 깨달아 곧바로 기꺼이 4마리에 6마리의 양을 더하여 내서 많은 사람에게 잔치를 베풀어 속죄했다. 또 오요트 세첸은 자신의 죄가 가볍다며 4마리 양에 6마리 양을 더하여 낸 것을 태조와 모홀리가 듣고 남몰래 크게 기뻐했다.

이는 진실로

발전하는 나라의 신하들은 자신의 죄를
드러내 보이고,
망해가는 나라의 군신들은 자신의
잘못을 덮고 지우네

부흐 벨구테이는 이 소식을 듣고 형 태조를 깊이 신뢰하고 경외했다. 그는 형에게 절하며 고했다.

"불안한 곳이라 해도 혈육을 잊지 않으시는 형님 주군의 은혜, 위험한 곳이라 해도 사랑하는 자를 그냥 두지 않으시는 주군 형님의 사랑. 어리석은 제게 아름다운 아내가 없는 것이 무어 그리 긴요한 일이겠습니까? 천자의 중책이 크시니, 그 일을 위해 몸소 떠나지 마십시오!"

태조는 기쁜 마음으로 미소 지으며 이렇게 일렀다.

혈육이라도 한 어머니에게서 함께 태어나지는 않는다네
사랑하는 형제라 해도 오상五常에서 벗어날 수는 없네
우둔해도 비할 데 없이 힘을 바치며, 죽을힘을 다해 분투하는 나의 아우
하늘이라도 그런 사람을 키워 드높이고 사랑한다네, 나의 아우여!

그러자 우직하고 힘센 부흐 벨구테이를 형이 반드시 데려다주겠다고 하자, "권능의 하늘에서 태어나신 우애 있는 형님 주군의 깊은 자비

와 천신께서 점지하신 사랑하는 형님, 나의 주군의 크나큰 은혜!"라고 하며 절하고, 좋은 인연의 복된 솔롱고를 아내로 맞을 거라며 비할 데 없이 기뻐했다. 그때 앞을 멀리 내다보는 모훌리가 뒤를 돌아다보며, 호드간 베히 쪽을 향해 입으로 신호를 하며 말했다.

"힘은 비할 데 없이 세지만, 많은 것을 생각하지 못하는 벨구테이가 악한 케레이트를 믿고 혼인을 하려고 생각하고 있소. 탐하는 마음이 커 그 대가로 힘들어지는 것을 어찌하겠소! 욕정이 지나쳐 헛된 밤을 지내게 될 것을 어찌하겠소!"

한편 연말이 되었기 때문에 이듬해 3월 21일[원주] 오늘날 옛 성조 칭기스의 봄 제전을 곧 이날 드렸다. 못된 적을 거꾸로 제압한 사건에 맞추었다이 입하立夏의 길일이므로 곧 모임에 가서 연회를 할 거라고 약속 날짜를 정해 먼저 케레이트에 사람을 보냈다.

새해가 되었다. 이해는 무신년으로 태조가 27세 되던 해였다[원주] 송나라 효종 조신, 순희 15년, 금나라 세종 완안옹 대정 28년. 계춘 초하루가 되자, 태조가 먼저 토르곤 샤르를 불러들여 케레이트에 가는 일을 논의했다. 토르곤 샤르는 반드시 주군의 신변을 보호하는 병사를 데리고 가는 것이 마땅하다고 고했다. 토르곤 샤르가 나간 후 총사령관 모훌리를 불러들여 상의하자, 모훌리가 "혼사에 관한 것이기 때문에 만약 경사로운 일에 병사를 이끌고 가면 다른 나라에 겁을 먹은 것으로 알려질 것입니다. 드러나게 군사를 데리고 가는 것은 안 될 것입니다"라고 했다.

그러자 태조는 크게 기뻐하며, 엄지손가락의 깍지를 비틀고 옥대의 늘어뜨린 부분을 쓸어내리며 미소 지었다.

"모홀리 장군께서는 내가 떠날 뜻을 알았소. 총사령관께서 내 의도를 이해했구려!"

모홀리는 주군이 엄지손가락의 깍지를 비틀고, 옥대를 잡아 훑는 것을 놀라서 바라보았다. 그때 갑자기 태조의 뜻을 깊이 깨닫고, 또 기뻐 웃으며 말없이 절하고 나갔다. 토르곤 샤르가 그를 맞아 물었다.

"어찌하기로 결정하셨습니까?"

그러자 모홀리가 "주군께서 당신의 엄지손가락 깍지를 비틀고, 허리띠를 쓸어내리셨습니다. 분명 드러내 놓고 병사를 대동해 가시지는 않을 것이며, 혼자서 떠나실 것 같습니다. 우리는 주군을 지켜드리기 위해 준비하러 갑시다"라고 하고, 곧 높은 언덕에 있는 장막으로 가서 자리에 앉았다.

그리고 대포 세 발을 쏘게 하고, 한 쌍의 구리 현악기를 연주하고, 32개 장식 있는 나팔을 불게 했다. 또 사방의 북을 치게 하여 많은 장군을 모두 불러 모았다. 그렇게 장군들이 장막 안에 모여, 곧 큰 가죽통 안에 여러 장군과 신하들의 이름을 쓴 화살 가운데 여섯 개 화살을 뽑았다. 그리고 그것을 아래로 내리게 해 여섯 명의 장군의 이름을 알리고, 그들을 난간 위에 오르게 했다. 많은 사람들이 고개를 들어보니, 그들은 보가르지, 보랄, 제브, 촐론, 초 메르겐, 시리 호톡 이 여섯 명의 대신이었다.

그때 모홀리가 시리 호톡의 이름을 거명하여 이름이 적힌 화살을 주며 지시했다.

"그대는 500명의 정예군을 이끌고 케레이트와 우리 두 나라 변경에 있는 자브호란이라는 산 가운데 집단 사냥의 숙영지를 준비하시오! 3월 21일 하늘이 밝아질 때 곧바로 케레이트로 들어가 헤를렌강 쪽으로 주군을 맞으러 가시오. 주군께서 케레이트 지역에서 나가시게 되면 그곳에서 사냥을 하실 것이오. 만일 도중에 신호를 보내는 소리가 나거나 병사들이 전투를 위해 진격하여 먼지가 일게 되면 곧바로 돌격해 들어가 주군 가까이 가시오! 실수가 있어서는 아니 되오. 만약 사고가 발생하면 전날의 벌보다 더 심한 처벌을 받게 될 것이오."

시리 호톡은 명을 받고 병사를 점호하기 위해 갔다. 또 초 메르겐을 불러 말했다.

"장군께서는 단 몇 사람들과 함께 장막과 식량을 가지고 좋은 전통을 메고 주군에 앞서 케레이트국에 소식을 전하는 전령으로 가서 케 왕에게 평안의 인사를 고하시오. 그리고 그곳의 정황과 길의 지세를 살펴보고, 만약 연회가 벌어지는 곳 가까이 매복한 병사가 있거나 사건을 일으킬 만한 모략을 세웠다면 잘 살피고, 가까운 곳에 매복하시오. 그들이 치밀한 계략을 세우는 틈에 선두에 있는 자를 강력한 화살로 쏘시오. 무슨 일이 있어도 실수를 해서는 아니 될 것이며, 중요한 일이 모두 그대에게 달렸소. 이제 곧 가시오!"라고 하여 보냈다.

그리고 제브와 촐론 두 사람을 불러 명했다.

"두 장군께서는 1천 명의 정예군을 이끌고 케레이트국으로 가서 사탕과 담배를 파는 상인처럼 가장해, 그들 병사가 어디에 매복해 있는지 살펴 알아내고, 길을 막아 매복하고 계시오! 만약 그렇게 가까이 병사들이 없으면 장군들께서는 3월 20일 한밤중에 헤를렌강을 건너,

두 나라가 향연을 벌이는 곳인 텡게르 엘스의 버드나무 숲에 매복하시오. 그들이 만약 일을 저지를 기미가 보이면 돌진해 나가 주군을 보필하여 모시고 오시오. 작은 실수라도 벌어지게 되면 죽음으로 단죄할 것이오!"

또 이름 적힌 화살을 하나 주며 "작은 잘못이라도 생기면 주군의 법과 나라의 법을 내가 막을 수 없소"라고 하자 두 사람이 기꺼이 그 명을 받들고, 국고에서 사탕과 담배 50바리의 짐을 받아가지고 병사들을 점검하기 위해 갔다. 그러자 보랄, 보가르지를 불러 이름이 적힌 화살 두 개를 갖고 자리에서 일어나 그것을 건네주며 말했다.

"두 아형께서는 2천 명의 병사들을 이끌고, 차일즈 부족이 우리 겨울 영지를 급습했던 원한을 갚는다고 소문을 내고, 케레이트국 안으로 들어가 헤를렌 강가 대나무 숲에 매복하고 계세요. 그들이 만약 못된 일을 논의했으면 길에 분명 복병이 있을 것입니다. 앞서 진격하지 말고, 그들 병사들이 나와 행동을 개시하고 그들의 악함이 확연히 드러난 연후에 비로소 돌격해 들어가 전위 병사를 생포하십시오. 두 아형께서는 무슨 일이 있어도 실수를 하셔서는 아니 됩니다. 이 일은 주군의 생명에 관련된 일입니다!"라고 하며 친히 그들을 배웅했다.

그리고 장막으로 다시 들어와 열 개 화살을 뽑아 열 명의 장군을 장막으로 올라오게 했다. 여러 사람이 보니 그들은 운두르 세첸, 우넨 투르와 하브트 하사르, 부호 벨구테이, 젤메, 호르골즈, 오요트 세첸, 오욘고, 사이한 소르탈트, 투그스촉그트 열 명이었다. 모홀리는 우넨 투르와 운두르 세첸에게 한 개 화살과 표식 있는 검을 건네주며 태조 행렬의 장으로 세웠다. 또 그들에게 몇 마디 이르고, 하브트 하사르, 부흐 벨구테이를 주군의 신변을 보호하는 길의 장군으로 삼아 전체 행렬을 인솔하게 했다. 또 오요트 세첸과 사이한 소르탈트에게 뿔 그릇을 주면서, 주군의 음식과 술, 고기를 철저히 준비하여 드시게 할 것을 명했다. 또 아르가손의 호르골즈와 오욘고에게는 주군의 말 다섯 필을 책임지게 하고, 젤메에게는 주군의 비밀 무기인 러시아산 신호용 포를 주고, 생명에 문제가 생기면 이것으로 쏘라, 급하지 않으면 신호용으로 삼으라고 명했다. 그리고 법령을 정해 선포하고, 태조가 출발하기를 기다렸다. 이번 일이 복이 될지 화가 될지 알 수 없다. 다음 장에서 그 정황을 보게 될 것이다.

【평언】

이 장의 내용은 평범한 것처럼 보이지만, 그 가운데는 『대학』에 나오는 "임금 된 자는 인仁에 머물고, 신하가 된 자는 공경함에 머물고, 자식 된 자는 효에 머물고, 아비된 자는 자애로움에 머물고, 나라 사람과 사귐에 있어서는 신의에 머물라"라고 한 것이 이 장에 모두 포함된다. 부자의 친함과 군신의 의, 형제의 우애, 부부의 사랑, 벗의 신의가 갖추어지지 않는 것이 없다. 설명하지 않으면 어찌 생각을 해낼 수 있겠는가? 인간의 자식 된 자 가운데 한 여식인 홍고르졸은 지극한 효도의 본보기로 여길 수 있다. 옛날에 효녀, 효자 가운데 이처럼 효를 다할 수 있었던 자가 모름지기 몇 명이나 있었던가? 특히 형제는 우애로 말하는데, 태조는 동생 벨구테이를 사랑의 마음으로 대하고 자식처럼 생각하며, 벨구테이는 형을 아버지처럼 신뢰하고 믿음으로 대하는데, 이것은 또 형제의 마음에서 우러나는 지극한 우애라 할 수 있다.

또 군신 간에 의義로 말하자면, 태조가 모훌리를 형제처럼 여기고, 모훌리는 태조를 아버지이자 하늘처럼 우러른다. 특히 나이만의 이데르 도보는 세 번 죽을 상황이 닥쳤음에도 배반하지 않았다. 또 케레이트의 폴고다이가 자신의 군주의 올바른 생각에 그처럼 기뻐한 것, 이러한 모든 것은 지극히 자애로운 군주, 지극히 의로운 신하의 태도라 할 수 있다. 성인은 천부적으로 정직함과 신실함을 가지고 태어난다. 어찌 몽골 민족을 모두 예의와 염치가 없다고 할 수 있겠는가?

남녀의 정의情誼를 말한다면 솔롱고는 잊지 않고, 알탄샤는 방임하지 않는 것은 매우 칭찬할 만하다. 음란하고 방탕하다고 잘못 오인하지 말라! 관계하지 않는데 이같이 하는 것을 보면 관계가 있게 되면 얼마나 바른지를 알 수 있을 것이다. 이 세상의 아름다운 여인과 재능 있는 사내 간의 서로 끌리는 마음은 일종의 본성이요, 또 인간의 근본이라 할 수 있다. 솔롱고가 아름다운 사람으로 여겨질 수 있는 것은 몇 가지 이유가 있다. 먼저 알탄샤에 관해 있었던 일과 정황, 그리고 선물 등을 전혀 숨기지 않고 아버지에게 분명히 알린 점, 오빠를 일깨우고 제지한 점, 폴고다이에게 알탄샤에 대해 은밀히 물은 것. 또 진정한 답변에 관련된 선물을 보낸 이러한 모든 것은 해와 달 아래 명명백백한 일이다. 은밀하고 비밀스럽고 음란한 것이라고 할 수 없다.

고대 춘추시대에 나온 문왕 성인의 11명의 아들, 또 공부자의 아들 공리孔鯉라 해도 모두 마음이 움직이고, 서로 사랑을 나눔으로써 생명체가 이루어진 것이기에 정욕으로 낳았다 하여 오늘날 그들을 성인이 아니라고 말할 수 있겠는가! 또 그것은 특별히 부부의 정도正道이기 때문에 그러하다. 그러기에 솔롱고는 아녀자의 네 가지 덕목을 잊었다고 아는 척하며 나무라기는 매우 힘들다. 오히려 이들은 남녀의 정의情誼를 깊이 알았다고 할 수 있다.

특히 벗의 신의를 말하자면 태조가 위험한 곳이지만 주저하지 않고 가는 것은 지극한 신信이 있기 때문이라 할 수 있다. 몽골이 모두 나쁜 것은 아니며 궁벽한 틈에서 구름이 일어나니, 어느 곳엔들 현자가 없겠는가? 무슨 이유로 또 편향되이 생각한단 말인가?

제12장

가증스러운 얄고는 헤를렌 강가에서 독으로 세 번 태조를 대접했네 신실한 태조는 자브흐란산에서 한 번의 덕을 베풀었네

송나라 효종 순희 16년, 금나라 세종 대정 29년, 기유년己酉年, 이해 태조의 나이 28세였다.

깍지를 비틀자마자 군신의 생각이 하나가 되고
인간의 근본을 내팽개친 부자를 이리저리 설복시켰다.
어리석은 케 왕 토릴은 얼마나 몽매한가!
효를 모르는 신공 얄고는 진정 반역을 향해 가네

총사령관 모홀리는 모두에게 일일이 임무를 배당하고, 자신은 수석 신하인 토르곤 샤르와 남아있던 여러 장군을 이끌고 나라를 지키기로 했다. 행렬을 준비하는 데 있어 주군을 따라갈 10명의 신하 모두에게 길상무늬 의상과 비단 델을 입게 하고, 허리에 길상의 띠[1]를 차게 했

1 여기서 띠는 '솜니 알초르'라고 되어 있으며, 앞에서는 '소망 알초르'라고 언급되어 있다. 이는 일종의 띠나 수건류라 할 수 있는데, 그것이 어떤 것인지 정확히 알 수 없으나 '길함'

다. 또 문양을 넣은 전통으로 장식하고, 모두 혼인 잔치의 예법대로 의상을 갖추어 입고, 몸에는 밖으로 드러나는 한 뼘 정도의 무기도 차지 말라고 했다. 옷 안으로 각자 익숙한 자신의 무기를 날카롭게 준비해서 숨겨 가지고 가라, 주군으로부터 시작해서 사람이 타지 않은 빈 말을 끌고 가는 사람들까지 전체가 50명 이상을 넘어서는 안 된다고 모두에게 알렸다. 그때 태조의 정탐꾼인 대장군의 아들이자 태조의 비인 주스트, 주스렉 두 부인의 오라버니인 세련된 투그스촉그트가 멋진 공작깃을 머리에 꽂고, 일을 알리는 전령사와 수행원의 일을 함께 맡았다. 그는 여러 가지 사항들을 태조에게 자세히 고했다.

태조는 하늘을 향해 두 손을 모아 올리고 기뻐하며 말하기를 "천부께서 특별히 자비를 베푸시어, 이와 같이 능력 있는 모흘리로 하여금 테무진 저를 보필하게 하시니, 우둔한 제가 무엇 때문에 그들을 두려워하겠나이까!"라고 하며, 수행원 투그스촉그트에게 게르의 벽채인 모전毛氈과 투승 등의 물품을 안겨서, 비할 데 없이 탁월한 전략가인 모흘리를 지원하며 상을 보내자, 건장한 모흘리는 태조가 내린 하사품을 안고 와서 그 은혜에 대한 감사의 절을 올렸다.

다음 날 아침 태조가 대 장막 밖으로 나와 케레이트국에 따라가는 신하와 나라에 남아있을 신하를 결정한 것을 보고, 놀랍도록 환한 얼굴에 기뻐하는 표정을 띠었다. 그리고 화포 소리가 땅을 진동하도록 울리자 태조는 사나운 가라말에 올라타 출발했다. 기민한 신하들과 공

을 상징한다고 했다.

명을 논하면서 멀리 길을 가서, 케레이트의 갈로트 호수에 이르자 지략이 뛰어난 케레이트의 갈바라는 이름의 사신이 선두 영접단으로 나와 일행을 맞이했다. 그때 갈바가 두 손을 땅에 대고 무릎을 꿇고 흘깃흘깃 보면서 주위를 자세히 살펴보니, 북극성에 떠오른 극락조 같은 신령한 천손의 위풍당당한 태조를 따라온 공훈 대신들이 모두 우아한 무지개처럼 놀랍도록 멋진 비단옷을 입고, 허리에 옥고리가 있는 허리띠를 띠고 있었다. 또 금시조의 날개로 만든 보개가 놀랍도록 대단한 위엄을 띠자, 갈바라는 이름의 신하는 자신의 머리를 더듬대며 다만 머리를 숙여 절할 뿐 아무 소리도 내지 못했다.

일행이 그대로 계속 가다가 산에 이르러 사악한 마음을 가진 못된 얄고의 두 번째 영접단을 만났다. 그들이 독주를 따라 올리자 곁에서 오요트 세첸이 앞으로 나와 잔을 받아 태조의 황금 잔에 반을 붓고, 그 위에 자신이 가져온 술을 따라 가득 채우고 화답하는 술로 올린다고 고하자, 타고난 왕족인 태조가 그것을 보자마자 곧바로 상황을 파악하고 술을 건네주자 사악한 얄고가 얼버무리며 마시지 않았다.

그러자 하사르가 앞으로 나와 "한 잔 쭉 드십시오"라고 하자 잔악한 얄고가 무의식 중에 놓치는 척하며 옥좌에서 잔을 땅에 떨어뜨렸다. 그때 태조 곁에 서 있던 오요트 세첸의 옥같이 흰 얼굴이 변하면서 술잔을 확 잡고 물러나며 코웃음을 쳤다.

황제가 봉한 공께서는

모든 합당한 예절을 아십니다.

먼 나라 사람이 올린 것을
아낌없이 쏟아 버리셨으니
배려하시는 우리 주군께서
어찌 공이 올린 술을 마실 수 있겠나이까!

그리고는 독주를 병에 담아 보관했다. 이에 얄고는 부끄러워하며 겸연쩍게 웃음을 지었다. 그리고는 얼굴을 붉히며 독이 든 술을 또 따라서 올리겠다고 하자, 오요트 세첸이 다른 술잔에 자신이 가져온 술을 따라서 가져가 얄고의 손에 들려주자 얄고가 할 수 없이 그 술을 태조에게 올렸다. 그러자 태조가 그것을 받아서 다 마셨다. 이에 사이한 소르탈트가 앞으로 나와 케레이트의 술잔에 케레이트의 술을 부어, 태조에게 올려 얄고에게 화답으로 술잔을 건네게 하자, 얄고가 또 마시지 못하고 어찌할 방법이 없자 술을 소매로 쏟아부었다. 그것을 본 많은 사람들이 웃으려고 하자 오욘고가 눈을 깜박이며 머리를 저어 사람들이 웃는 것을 멈추게 했다. 그러자 앞쪽에 서 있던 젤메가 엄지손가락을 치켜세워 오욘고를 칭찬했다.

얄고는 영접의 예를 마치고 돌아갈 때가 되자 근심스러운 마음이 드는 한편 또 오만한 생각이 들었다. 근심스러운 것은 유연한 세 가지 연성 전략의 첫 번째 것이 불발된 것 때문이며, 오만해진 것은 태조를 따라온 수행원들이 4, 50명 정도인데, 모두가 온유하고 부드러운 사람들이었으며, 이름난 뛰어난 장수들은 한 사람도 따라오지 않았기 때문이었다. '다만 부호 벨구테이가 있지만, 그는 새신랑이 될 사람이기 때문에 그는 우리를 가깝게 생각할 것이고, 또 한 사람이 어찌 우리를 감당할 수 있겠는가! 비록 은밀한 세 가지 연성 전략에서 벗어날 수 있었지만, 분명 군대의 세 가지 경성 전략의 차례에서 어찌 벗어날 수 있겠는가!'라고 생각하며 자신만만해졌다.

한편 헤르렌강 건너편 강가인 양국의 경계석과 텐쉬 모드 부근에서 케레이트의 왕 토릴은 많은 사람들을 거느리고 위엄을 드러내며, 몸소 태조를 영접하기 위해 왔다. 나팔과 피리, 호르, 초르 등의 주악이 울리는 가운데 태조 일행은 질서정연하게 대오를 이루고 있는 세 번째 영접단과 만났다. 두 나라의 군왕은 서로 말에서 내려 손을 잡고 기뻐하며 인사를 나누었다. 그리고 서로 술을 올릴 때 얄고가 부왕의 잔을 잡자 동시에 사이한 소르탈트는 주군의 잔을 잡고 오요트 세첸에게 신호를 보냈다. 오요트 세첸은 이미 준비하고 있었기 때문에 태조가 케 왕과 서로 잔을 주고받기에 앞서 서둘러 태조와 케 왕의 맞은편에서 무릎을 꿇고 큰 목소리로 낭낭하게 운율을 맞춰 축원했다.

베데와 케레이트 두 나라의 군주께서
출렁이는 아름다운 헤를렌 강가
청옥의 신령이 계시는 오보[2] 가까이서
피리 소리를 울리며 서로 만나

---

2 산천 신앙의 하나로 일종의 제의적 돌무지를 이른다. 산천신이 깃드는 곳으로 여기며, 국가적으로 천신제를 행하는 오보로부터 길 오보에 이르기까지 그 종류 및 의미가 다양하다.

잃고, 얻는 것에 고통과 행복을 함께 하고
세세토록 서로 우호적으로 지내기 위해
자애롭고 은혜로운 두 나라 군주께서
귀한 즙의 음료와 과실주를
받자마자 곧 서로 올리지 마시고
진미의 술 첫 잔을
저 모든 산의 주인들이 좌정하고 계신
은혜로운 오보에 뿌려 올리소서!

그러자 태조와 케 왕은 지당한 말이라고 여기고 미소 지으며 무릎을 꿇어 절하고, 오보에 세 번 술을 올렸다. 이에 신공 얄고는 애가 타고, 짜증이 나서 이맛살을 찌푸렸다. 마음 또한 흡족하지 않아 서둘러 또 독이 든 술을 준비해서 아버지에게 올리도록 했다. 그러자 이쪽에서 오욘고가 또 금잔에 순도 높은 술을 따라 태조에게 올리고, 양 군주가 서로 술을 권하려고 할 때 오욘고가 오요트 세첸을 보자, 오요트 세첸이 다시 무릎을 꿇고 축원했다.

보르지기드 케레이트 두 나라의 군주께서
부드러운 새싹이 자라는 초원 가의
버드나무 주인이 계시는 텐쉬 가까이서
나팔과 피리 소리를 울리며 서로 만나
연합하는 만남과 기쁨을 함께하고

떨어질 수 없이 벗하며 지내기 위해

백성을 지키고 책임지는 두 나라의 군주께서

옥즙의 음료와 과실주를 올려

산천의 수호신이 거하시며

살피시는 텐쉬에 술을 뿌려 올리시기를 바라나이다!

그리고 태조와 케 왕은 매우 지당한 일이라고 인정하고, 미소 지으며 와서 고개 숙여 예를 행했다. 그런데 나무 앞 풀밭에 세 번 술을 뿌려 올리자[3] 케 왕의 술이 닿은 곳의 푸른 풀이 모두 붉디붉은 색으로 변했다. 나무 위로 술이 이른 곳의 나무껍질을 보니 잿빛이 되어 껍질이 말리며 벗겨졌다. 또 케 왕의 술이 떨어진 건너편 오보의 돌들이 부서지고 갈라지며 튀었다. 그러자 사악한 얄고는 몸 둘 바를 모르고 안절부절했다. 우둔한 케 왕은 그것을 계속 보고 서 있다가 어디로 눈을 두어야 할지 몰라 당황하며 얼굴이 검게 변했다. 그때 많은 사람이 태조의 술이 떨어진 곳의 풀과 돌, 모래, 나무를 보니 원래의 상태 그대로였으며 전혀 변하지 않았다. 그것을 보고 서 있던 오욘고가 참지 못하고 크게 웃었다.

"아니 세상에 참으로 기괴한 일입니다. 황제께서 봉하신 공 노욘의 술이 얼마나 독한지 바윗돌이 깨지고, 아까운 푸른 풀도 마른 듯이 붉어졌습니다. 껍질 있는 나무도 말리며 벗겨지고, 마른 모래가 불룩 솟

---

3 이렇게 술이나 마유주, 가축의 젖 등을 뿌려 올리는 것을 '사찰' 또는 '차찰'이라 하는데, 이것은 산천신 또는 신앙의 대상에 예를 다해 공물을 바치는 행위를 이른다.

았습니다. 놀랍게도 공께서 가차산에서 영접한다고 가져와 올리신 술을 이상해서 보관해 놓았는데 꺼내 가지고 오시오. 그 이상한 일을 봅시다!"

그 말을 듣고 술을 가져와 돌에 떨어뜨리자 자국이 생기며 돌이 갈라졌다. 풀 위에 떨어뜨리자 냄새가 나며 붉어졌다. 모래에 떨어뜨리자 불룩해지면서 모래가 솟아올랐다. 이에 우둔한 케 왕은 못된 심보의 아들, 사악한 얄고를 흘긋흘긋 보면서, 어디로 미끄러져 나갈 줄 몰라 펄쩍펄쩍 뛰며 이를 부드득 갈면서 저주의 눈빛으로 아들을 노려보았다.

"잔악한 마음의 만족을 모르는 새끼야, 시기하는 더러운 심보를 가진 돼먹지 못한 자식아, 황족인 보르지기드를 시기하여 어찌 되려 하느냐? 아, 나를 그 사이에 끼워놓고 내 살아있는 목숨을 영영 떠나게 할 뻔하지 않았느냐!"

케 왕은 거품을 물고 화를 내며, 켁켁거리며 기침을 하다가 목이 막혀 자리에서 쓰러질 뻔했다. 그러자 기민한 오요트 세첸이 큰 통에 든 술을 꼭 껴안고 무릎을 꿇고, 입을 열어 축원했다.

자신의 땅에서 만든 술은
자기 나라에서는 온전한 약이 되고
멀리 있는 나라의 술은
북쪽 지역에서 독이 되네
이곳의 아르즈는

이곳에 사는 사람에게는 약
남쪽 나라의 술은
이곳에 이르면 독
북쪽 나라의 아르즈는
자신의 인가에서는 약
먼 지역의 술은
돌아다니다 오면 독
말젖으로 만든 아르즈는
북방 지역에서는 약
곡물로 증류한 소주를
싣고 오면 독
단단한 돌도
사방팔방 깨져 튀었네
울퉁불퉁 껍질 있는 나무도
벌어지며 말라 죽었네
살아있던 풀도
순간 붉은색으로 변했네
황금빛 모래도
불룩 솟아올랐네
생명을 가진 사람이
아, 이를 어찌 마시나 하시며
은혜에 보답하는 케 왕께서는

잘못을 저지른 공에게

너무 진노치 마십시오!

신공은 필시 알고 그런 것이 아니라

바닥에 아르즈, 호르즈[4]가 남아

술을 좀 마시고

그냥 있다가 저절로

생명을 해치는 독으로 변한 것일 것입니다

분명 알고서

죽이려고 했던 것이 아니오니

은혜를 생각하시는

케 왕께서는 너그러이 혜량해 주시기 바랍니다!

아량 넓은 우리 주군의

맛있고 좋은 술을

가져왔나이다.

잠시 마음을 놓고 의심치 마십시오

보은의 마음을 행하시려면

그릇 가득 따라서

산천에 떨어뜨리고

그릇에 나누어

금잔에 부어

---

4 증류주를 다시 증류한 것을 아르즈라 하며, 그것을 다시 증류한 것을 호르즈라 함. 즉, 이들은 독주를 이른다. 호르즈를 다시 증류하면 독을 얻는다고 한다.

우호적이고 절친하게 지낸
대등한 나라의 주군들께서
맛보며 드십시오!

오요트 세첸이 고하기를 마치고 절하고 일어나자, 하브트 하사르가 잔과 술을 가득 가져와 바쳤다. 오요트 세첸은 귀한 뿔잔을 잡고 눈썹에 맞추어 올리며, 황금 그릇으로 떠서 사방팔방에 뿌려 올리며 힘차고 유려한 목소리로 축원했다.

한 호르마스트 천신을 비롯하여
온 세상의 모든 신령들께
진한 독주를 바쳐
신들을 즐겁게 하며 차찰을 올리나이다!
서로 우호적인 우리의 두 군주를
함께 사랑하고 살펴 주시기 바라나이다
주재자 에세르와 천신으로부터
세상의 수호신 모두에게
힘이 넘치는 아르즈를 뿌리면서
신들을 웃으며 즐겁게 하는 차찰을 올리나이다!
서로 우호적인 두 군주를
반드시 협력하게 하시어 아껴 주시기를 바라나이다!
이들 많은 사람 모두에게

고루 자비를 베풀어 주시기를 바라나이다!

그리고 술의 첫 잔을 천지 신령께 올렸다. 그런 다음 똑같이 두 개의 황금잔에 술을 나누어 채우고, 양쪽으로 가져가 올렸다. 태조와 케 왕이 서로 술을 교환하며 올리자, 오요트 세첸이 앞으로 나와 제쳐진 비단 소매를 내리고, 털을 댄 비단 옷자락을 들어 유려하고 높은 목소리로 축원했다.

다른 이를 돕는 것을 자신의 신조로 삼은
보르지기드 가문의 천명을 받은 주군과
보르지기드의 도움을 마음의 규율로 삼은
지략이 뛰어난 케 왕 두 군주께서
담비 외투[5]로 손위 우두머리로 삼고
보르한 갈돈에서 향연을 베풀어 우호적으로 지낼 때
흩어졌던 것을 합치고, 흩어진 것을 모으며
갈색 담비 외투를 신표로 이를 이루게 하자며
친밀하고 좋은 관계로 지냈네

5 이 담비 외투에 대한 기사는 『몽골비사』 96절에 언급되어 있다. 테무진의 장모인 초탄 어머니가 예물로 검은 담비 외투를 보낸다. 테무진은 귀한 이 담비 외투를 아버지 예수게이와 의형제를 맺었던 옹 칸(왕 칸)에게 선물로 준다. 그러자 옹 칸이 "검은 담비 외투의 보답으로 / 분열된 나라를 모아주겠네 / 담비 외투의 보답으로 / 흩어진 나라를 하나로 이루어주겠네"라고 한다(Д.Цэрэнсодном, *Монголын нууц товчоо*, Мөнхийн Үсэг, 2000, p.52). 이를 통해 보면 테무진은 다른 부족에게 쫓기는 상황에서 담비 가죽 외투로 옹 칸의 마음을 사서 자신의 울타리로 삼았음을 알 수 있다.

신복臣僕이 무수했던 케레이트의
패해 흩어졌던 몇 번의 위기 때에
능력 있는 모훌리를 비롯해 베데국 모두가
적을 물리쳐 평정시켜 구원해 주었기에
약조를 저버리지 않으시는 케레이트의 케 왕께서는
앉으나 서나 은혜를 잊지 않으시기에
부드럽고 아름다운 아가씨와 도련님의 인연으로
좋은 사돈 관계를 맺어 벗하여 지내기를 축원합니다!

그리고 또 말하기를, "두 나라의 인연 있는 주군들께서 함께 신성한 텐쉬 오보에서 절할 때 독이 든 술을 두 번 올렸어도 잔을 바꾼 것을 알지 못한 이유가 있나이다. 서로 함께 독살하자고 한 것이 아니었으니, 군왕들께서는 예전처럼 우호적으로 잔치를 벌여 하나의 술잔으로 즐겁게 마시며, 가야금과 호르처럼 화기애애하게 즐기시기 바라나이다"라고 했다.

태조가 엷은 미소를 띠며 황금잔에 든 술을 다 마시고, 케 왕에게 "보여드릴까요?"라고 친절을 보이자, 케 왕은 이 말에 마음이 움직여 눈에 눈물을 흘리며 흐느껴 울면서 황금잔에 든 술을 입속 가득히 넣어 꿀꺽 마셨다. 너무 빨리 마셔 목이 막혀 사레가 들리자 태조가 케 왕을 장난기 있게 놀렸다.

의형제처럼 지내던 케 왕께서

뜻하지 않게 생긴 작은 실수에 대해
공연히 조급하게 생각지 마십시오!
그냥 없었던 일로 흘려 버리세요!

그리고 연거푸 3잔을 마시고 함께 말을 타고 케레이트에서 준비한 넓은 숙영지로 갔다. 이때 신공 얄고는 솥에 빠진 작은 개구리, 구렁에 들어간 염소 새끼처럼 웃음을 짓다가 울상을 하고, 울상을 짓다가 또 웃으며 덫에 들어간 새끼토끼, 소똥에 맞은 들쥐처럼 본래 자신의 위상을 잃은 채 어찌할 바를 몰라 허둥댔다.

케레이트의 큰 모임의 여러 친지들을 보면, 베데국의 군주는 4, 50명 정도의 사람들을 대동하고 왔는데, 모두가 유순한 사람들이었다. 그들은 모두 홍색과 녹색의 길조를 상징하는 비단 델과 길상을 상징하는 띠로 장식하고, 몸에는 손가락만한 작은 검이나 도끼도 차지 않았다. 정말 태조는 몸에 용 문양의 옷을 입고, 허리에는 옥대를 차고, 태양처럼 빛나는 용안을 호수의 수면처럼 빛내면서 소나무처럼 위엄 있는 자태로 그곳에 모인 많은 사람들을 떨게 했다.

케 왕이 잔치 자리에 이르자마자 모인 많은 사람을 꾸짖으며, 차고 온 무기를 모두 거두어들이게 했다. 중앙 가까운 자리에 태조가 앉도록 양보하면서 서로 반복해서 자리를 두고 옥신각신했다. 그러나 케 왕은 그 자리에 자신이 절대 앉을 수 없다고 불허하여, 두 나라 군왕들은 나란히 앞을 향해 좌정했다. 태조는 오른편 주빈석에, 케 왕은 왼편 주인 자리에 앉았다. 또 바닥에는 좌우로 나뉘어져 작은 부족들의 수

령과 가까운 친지들 10여 명이 탁자 주변에 앉았다. 말경주와 씨름이 벌어지고, 악기를 연주하는 가락이 울려 퍼지며 대향연이 시작되었다.

한편 케 왕은 어린 아들 초사흐를 안고 데리고 오게 하여 태조에게 절하게 했다. 태조가 유심히 보니 아이의 나이는 비록 어리지만, 태생이 온순하고 잘났는데 얄고보다 10배나 지혜롭고 덕이 있어 보였다. 잔치 자리에서 케 왕은 과실주와 음식을 반드시 먼저 하나 하나 시식해 본 후에 비로소 태조에게 먹게 했기 때문에 얄고는 독을 섞을 방법을 찾지 못했다. 더구나 사이한 소르탈트와 오요트 세첸이 태조 곁에 서서 모든 음식을 뿔 그릇에 담아 올렸기 때문에 더욱 방법 없이 있을 때 케 왕이 얄고의 못된 행실을 낱낱이 들어 욕을 하는데 그치지 않고, 스스로 태조에게 잘못한 일을 계속 속죄했기 때문에 혼사를 이야기할 여유도 없었다. 그때 케 왕이 다시 반복해서 후회하고 슬퍼하자 태조가 미소를 지었다.

언변이 능하신 고귀한 존왕께서는
계속 너무 과하게 통분치 마십시오
진위를 알지 못하는 자식의
작은 실수를 어찌 따지겠습니까
사실 죽이려 했다 해도
천부의 자비를 의지하니 신께서 무고히 죽이지 않으시기에
진정 제가 무엇을 두려워하겠나이까!

이렇게 서로 대화를 나누는 사이에 주연이 끝나고 식사가 나올 때 한 작은 아이가 두 개의 커다란 그릇에 어미 양 뱃속의 새끼 양으로 만든 국을 가져와 사람들에게 한 그릇씩 올렸다. 그러자 사이한 소르탈트는 어떤 한 그릇에 든 음식을 심히 의심하여, 급히 숟가락으로 떠서 뿔 그릇에 넣어 보자 음식이 솟구치며 끓어올랐다. 태조를 천천히 보니, 그것을 이미 알고 먼저 신호를 보내고 모른 척했다. 사이한 소르탈트가 하나하나 숟가락으로 뜨면서 케 왕의 국도 뜨려고 하며 태조의 표정을 보자, 태조가 이마를 찡그리고 머리로 신호를 보내 멈추게 했다. 진실로 천자요, 성인이었다. 자애롭다는 것이 진정 이것이니, 범인이 어찌 이와 같이 할 수 있겠는가!

이윽고 상석의 연회가 끝나자 케 왕은 상석 잔칫상의 산해진미를 두 나라 군주의 은혜 삼아 아래쪽 상으로 내릴 때 오요트 세첸이 보니, 오른편 줄의 가장 상석 쪽에 앉은 신공 얄고의 장인인 타타르부의 테멜즈겐 노욘이란 자가 몇 잔의 술이 배에 들어가자 오기가 발동하여 태조를 자주 매섭고 차가운 눈빛으로 쳐다보며, 태조와 싸우면 싸웠지 말을 섞지 않겠다는 표정을 짓고 있었다. 그것을 보고 여전히 입이 근질거리고 있는데, 바로 그때 케 왕이 자신의 손대지 않은 한 그릇의 새끼 양으로 만든 국을 테멜즈겐 노인에게 가져다주라고 하며 음식을 나르는 사람에게 지시했다.

그러자 사이한 소르탈트는 크게 기뻐하며 즉시 그 독이 든 국을 태조가 다른 쪽에 관심을 갖는 틈을 타 케 왕의 국 대신에 놓고, 케 왕의 국을 태조의 국 대신 바꾸어 놓았다. 그릇을 나르는 사람이 와서, 곧바로 그 독이 든 국을 가져가 테멜즈겐 노인 앞에 가져다 놓았다. 그것은 같은 두 개 그릇이었기 때문에 아무도 신경을 쓰지 않았다. 다만 사이한 소르탈트와 오요트 세첸이 자신의 그릇과 무기를 거두는 척하며 바꾸어 놓았던 것이다.

그 호전적인 생각이 가득한 테멜즈겐 노인은 좀 작은 얼굴에 참을 수 없이 거만한 표정을 지었다. 한 식탁에 앉아 있는 친구들에게 조금도 양보하지 않고, 수염이 젖도록 늑대처럼 음식을 다 먹어치우자마자 씩씩대며 가더니, 똥오줌을 질질 흘리면서 그 오물에 젖어 쓰러졌다. 그리고 소리소리 지르며 땅에 구를 때 몸에 있는 구멍이란 구멍에서 끝없이 피가 흘러 나왔다. 그는 양손으로 답답한 가슴을 움켜쥐고, 호랑이가 긁듯 앞섶이 해지도록 가슴을 후벼 파더니, 험악한 입술을 꽉 물고 거만한 혀를 물고 있다가 잠깐 사이에 거의 죽은 듯 혼절했다.

일찍이 타타르가 태조의 아버지 예수헤이 바타르에게 독을 주었는데, 그것은 바로 이 테멜즈겐 노욘의 생각이었다. 다만 그 사실이 드러나지 않았기 때문에 태조가 이때까지 그것을 알지 못했다. 갑자기 노인이 일어나 달려가다가 멈추어 섰는데, 그때 예수헤이 바타르의 영혼이 그에게 빙의되어, "오늘 비로소 뿌리 깊은 원한을 갚았노라"라고 하며 있었던 일의 내력을 낱낱이 헤아려 말하자, 많은 자들이 비로소 그 이유를 알게 되었다. 예수헤이 바타르의 영혼이 말을 마치자 테멜즈겐 노인의 몸이 뻣뻣하게 굳어 쓰러지면서 테무진 태조 앞으로 가 몸부림치고, 머리를 꽝꽝 박으며 고통을 견디지 못하고 죽었다.

그렇게 그곳에 모인 많은 사람들이 그 난리를 보고, 그를 안고 끌어 데리고 갈 때 타타르의 사위 얄고와 테멜즈겐의 아우 후르겔즈겐이 너무도 당황하며 어찌할 줄 몰라하다가 신호탄을 쏘았다. 그리고 콘도르의 수호기가 오르자 곧 저편 숲속 보이지 않는 숨겨진 구렁에서 '테넥 아르스란'[6]이라고 하는 자가 앞서 나타났다. 그는 쇠바퀴를 돌리는, 비할 데 없이 힘센 타타르부 사람이었다.

그가 "테무진, 너는 온전히 살아 돌아갈 생각을 하지 마라"라고 하자, 정예군과 맞먹는 300명의 병사가 요란한 소리를 내며 공격해 들어갔다. 그때 선두에 선 테넥 아르스란이 갑자기 나와 길 한복판에서 펄쩍 뛰며 쓰러졌다. 그 짧은 틈을 타 투그스촉그트와 젤메 등이 공격해 들어가 힘없는 케 왕을 붙잡아 몸이 빳빳해지도록 포박하고, 하사르와 벨구테이가 양쪽에서 그를 압박해 데리고 가 가라말 앞에 태워 방패막이가 되게 했다. 이것은 진실로,

용과 호랑이 싸움에 뱀과 거북이 등이 터지고
물고기 등이 눌리며
신과 아수라 전투에 수신이 끌려가고
신통한 귀신이 붙잡혔네!

한편 오욘고는 태조의 말을 몰아 오고, 아르가손의 호르골즈는 태조를 도와 말에 오르게 했다. 그리고 모두 함께 말을 타고 큰 소리로 질

6 '우둔한 사자'라는 뜻의 이름.

타했다. 활과 검을 들고 주변을 살피고, 한편 태조를 지키며 돌아갈 때 젤메는 운두르 세첸, 우넨 투르가 케 왕을 말 위에서 껴안고 있는 것을 보고 신호탄을 잠시 쏘지 않고, 머리를 돌려 뒤를 돌아보니 부흐 벨구테이가 혼자 남아 말을 타고 잔치 자리에 있던 많은 사람을 베어 죽이고, 산 자를 찾아다니며 떼로 죽이고 있었다. 그러자 젤메가 서둘러 다시 달려가 그를 데리고 왔다.

이즈음 구렁에 매복되어 있던 300명의 정예군의 선두 병사가 테넥 아르스란이란 자의 목에 화살을 쏘아 쓰러뜨리자, 그의 아우 투무르잔[7]이 앞으로 나와 돌격해 왔지만 20보를 가지 못해 "쿵!" 하고 자빠져 쓰러졌다. 이 틈에 태조의 많은 대신이 태조를 옹위하고 상당히 멀리 달아났다. 이에 케레이트의 얄고는 부왕이 붙잡혀 가자 이제 어떻게 할 것인가를 상의하고 있을 때, 부인의 삼촌 후르겔즈겐이 초조한 마음으로 재촉했다.

"이제 남송의 폐황의 전철을 밟을 수밖에 없게 되었소.[8] 이제 서둘러 추격해서 모두 다 섬멸할 이때를 놓쳐서는 아니 되오! 기민하게 잘 대처하면 왕 주군을 산 채로 다시 빼앗아 올 수 있을지도 모르오!"

그러자 얄고는 원래 아버지가 작은어머니에게 빠졌다고 불만을 품는 효심이 없는 자식이었지만 곧 마음을 정하고, 술김에 대군을 이끌

---

7 '무쇠 코끼리'라는 뜻의 이름.

8 이것은 송나라 '정강의 변'을 배경으로 하는 역사적 사실을 일컫는 것으로, 북송의 마지막 왕 흠종이 금나라에 끌려가자, 그의 동생 조구가 고종으로 즉위하여 남송을 세운다. 이때 흠종은 돌아오기를 바랐으나 왕권 문제로 그는 조국으로 귀환하지 못하고, 1161년 금나라 오국성에서 생을 마감한다.

고 정예군을 진격하게 하여 추격해 가서, 기민하게 앞으로 돌진해 들어갔다. 그때 태조의 무리 가운데서 느닷없이 나팔 소리가 울리자마자 텡게르 엘스의 버드나무 숲에서 구리 나팔 소리가 나고, 제브와 촐론이 위세 등등한 1천 명의 병사들을 이끌고 나와 횡으로 적군을 맞아 공격하기 시작했다. 이에 자모하의 형 아쇼가라는 자가 커다란 삼지창을 돌리며 돌격해 들어가서, 제브와 촐론을 조금도 대단하게 여기지 않고 대적해 싸웠다. 그리고 몸을 돌려 얄고를 향해 외쳤다.

"주공께서는 서둘러 추격하여 테무진을 사로잡지 않고, 어떤 때를 기다리시는 겁니까?"

그러자 얄고가 즉시 북을 두드리고, 촐론 등의 병사를 뚫고 나갈 때 제브와 촐론이 크게 다급해지자, 한 사람이 얄고의 군대에 맞서 싸우자고 했다. 그런데 아쇼가가 싸우는 것이 엄청나게 빠르고 조금도 틈을 주지 않아 조급해하고 있을 때, 아쇼가가 누구의 무기에 맞았는지 그의 손발의 움직임이 매우 느려지면서 삼지창을 놓치고 버둥대다가 말에서 떨어질 때 제브와 촐론이 그를 생포하자고 하며 함께 덤벼들었다. 아쇼가가 뒤로 걸려 넘어져 떨어지려 할 때 두 사람이 두 다리를 동시에 꽉 잡고 서로 애쓰다가 제브가 칼을 빼 들고 아쇼가의 한쪽 넓적다리를 베어 버렸다. 촐론이 그 남은 다리를 끌고 얄고의 뒤를 추격해 가겠노라고 할 때, 케레이트의 병사들 가운데서 초 메르겐이 있는 힘을 다해 빠져 나왔다. 그들은 매우 반가워 웃으며 말했다.

"우리가 한 사람을 빼앗으며 서로 갈라 나누려고 하는데, 그대는 어디 있었던 것이오!"

그러자 초 메르겐이 "아! 이 사람을 그대들이 죽였구려. 참으로 놀랍소. 그대들 눈이 모두 희미해진 것 같구려. 그의 붉은 겨드랑이를 보시오!"라고 했다. 그 두 사람이 그의 몸을 뒤집어 보니 그의 붉은 겨드랑이에 초 메르겐의 표식이 있는 쇠 화살이 반 이상 깊이 박혀 있었고, 깃이 한 뼘 정도나 나와 있었기 때문에 세 사람은 크게 웃으며, 그 머리를 베어 초 메르겐에게 주었다. 그리고 곧 얄고를 추격해 뒤에서 돌격해 들어가고 앞으로 나와 막아서며 싸웠다.

초 메르겐은 모홀리의 계략에 따라 길을 가서 무성하고 깊은 숲에서 설영하면서, 케레이트의 매복한 병사들을 정탐하여 정보를 듣고, 그 반대쪽의 도깨비사초가 있는 깊은 숲에 숨어서 길을 지키고 있었다. 그런 가운데 테넥 아르스란과 투무르 잔 등을 쏘아 쓰러뜨리고, 태조를 지키기 위해 얄고의 병사 뒤를 추격해 가서 아쇼가를 또 쏘아 쓰러뜨렸다.

그때 세 장군이 얄고를 포위하고 싸우자 얄고가 혼비백산하여 도망갈 틈을 찾다가 자기 병사들이 또 태조의 뒤를 추격하는 것을 찾으면서 창과 검 아래로 빠져나갔다. 초 메르겐이 또 뒤쫓아가 화살을 시위에 메기고 반대쪽에서 활을 쏘자 얄고가 원래 초 메르겐을 의심하고 있었기 때문에 서둘러 큰 검으로 화살을 막을 바로 그때 검을 잡은 얄고의 오른손 중지를 맞추고, 화살이 검의 손잡이에 박혔다. 그러자 얄고가 큰 검을 놓치고 서둘러 말의 안장 받침대를 껴안고, 자신의 병사들 가운데로 도망쳐 들어갔다.

그때 출론과 제브가 다시 그를 붙잡으려 하지 않고, 서둘러 병사들을 이끌고 태조의 뒤를 쫓아가서 헤를렌 강가 남쪽 가차산에 이르자, 케레이트의 갈바가 험한 산길로 2천 명의 병사들을 이끌고 길을 가로질러 그들을 맞았다. 그때 태조의 한 무리가 아직 산길을 빠져나가지 못하고 있을 때 운두르 세첸과 우넨 투르가 케 왕의 허리띠를 잡고 목에 칼을 대고 높이 올리고 매복한 병사가 만약 움직이면 너희 군왕을 죽이겠다고 위협하며 케 왕을 병사들 앞으로 데리고 나갔다. 그러자 케 왕이 갈바를 보고 큰 소리로 목놓아 울면서 "내 목숨을 구해 다오!"라고 하며 크게 외쳤다.

그러자 갈바가 케 왕을 빼앗아 오겠다고 할 때 베데국의 1천 명의 병사들이 돌진해 와서, 케레이트의 병사가 움직이면 그 순간 케 왕의 머리가 떨어질 거라고 했기 때문에 갈바의 병사들이 뒤로 물러섰다. 젤메와 제브, 초 메르겐, 부흐 벨구테이, 하브트 하사르가 1천 명의 병사를 이끌고, 케 왕을 방패로 삼아 가차산의 뒤편으로 넘어갔다. 케 왕을 뒤쪽 방패막이로 삼아, 촐론과 제브가 앞쪽 길을 열기 위해 병사들을 달려가게 하자 비로소 광활한 지역이 나타났다.

그때 뒤에서 한 벌거벗은 사람이 안장 없는 말을 타고 달려와서는 또 입으로 "우리 늙은 주군을 죽이지 마십시오! 주군께서는 너무도 억울하십니다!"라고 소리쳤다. 많은 사람들이 보니 그는 폴고다이였는데, 그는 아무런 무기도 없이 빈손으로 안장을 얹지 않은 말의 갈기를 붙잡고 달려왔다. 젤메가 사람을 보내 폴고다이를 말 위에서 포박하게 하고, 병사들 앞으로 방패 삼아 데리고 갔다. 그때 10리를 가지 못해 뒤에서 얄고의 군대가 또 추격해 와서 갈바에게 왜 병사를 움직이지 않았느냐며 죽여 버리겠다고 하자, 갈바가 크게 허둥대며 소리쳐 울며 고했다.

"그들은 우리 주군을 뒤에서 붙잡아 높이 올리고, 작은 아이처럼 돌리면서 목에 검을 대고서, 우리 병사들이 조금이라도 움직이면 즉시 죽일 태세였습니다. 종 된 제가 어찌 병사들을 움직이게 할 수 있겠습니까?"라고 하자 얄고는 술에 취한 상태였으며 또 손가락이 참을 수 없이 아파 역정이 나는 터라 견디지 못하고 곧바로 갈바에게 욕설을 퍼부었다.

"너는 어찌 아버님을 보고 있었으면서 왜 구해 오지 않았느냐? 또 너의 병사들이 움직이지 않았다 해서 주군의 목숨을 지킬 수 있단 말이냐? 곧바로 테무진을 죽이면 끝날 일을 너는 어찌하여 시간을 놓친 것이냐?"

얄고는 갈바를 말 옆으로 눌러 떨어뜨리고, 몽둥이로 40대를 심하게 치며 벌했다. 그리고 병사들 앞에서 가게 하고, 하루 밤낮으로 쉬지 않고 추격해 가자, 베데국의 병사들이 갑자기 멈추어 섰다. 가로놓인 앞쪽 산의 골짜기에서 구리 나팔 소리가 울리고, 케레이트의 자모하가 매복해 있던 병사 3천 명의 정예군을 이끌고 돌진해 나와 큰소리로 외쳤다.

"일찌감치 테무진을 남겨두도록 하라!"

그러자 베데국 앞에서는 자모하 병사들이 길을 막고 있었고, 뒤에서는 얄고의 병사들이 추격해 오고 있었다. 동쪽 편으로는 헤를렌강, 서쪽 편으로는 자브흐란산이 있는데, 그 가운데 막혀 있게 되자 젤메가 신호탄을 연속해서 세 번 쏘고, 군대의 선두와 후방을 지켰다. 촐론과 제브는 얄고에 맞서고, 벨구테이와 하사르는 전방에서 싸웠다. 태조는 몸소 초 메르겐 등의 아홉 대신을 데리고 중군을 점해 양편을 조력했다. 소수의 병력으로 다수의 적과 맞서 싸우며 점점 힘이 떨어지고 있을 때 3면에서 동시에 포성을 울리고 북을 치며, 세 군단의 많은 병사들이 매복한 곳에서 한꺼번에 쏟아져 나왔다. 이들은 얄고의 뒤쪽 대나무 숲에 매복해 있던 베데국의 보가르지와 보랄의 병사들로, 그 병사들이 돌진해 나와 바람과 불같이 공격해 들어가자 얄고의 후방 병력에서 큰 혼란이 일어났다.

또 서쪽 편의 자브흐란산의 계곡에서 시리 호톡의 5백 명의 병사들이 쏟아져 나와 자모하의 병사들 옆쪽에서 비스듬히 공격해 들어가자, 자모하의 후방 병사들이 크게 두려워했다. 선후방 양방향의 군대가 흩어져 갈 때 베데국의 모홀리와 많은 장수들이 대군을 이끌고 자모하의 뒤를 연이어 천둥과 번개가 치듯 맹렬히 돌진해 들어갔다. 보가르지와 보랄의 군대가 얄고의 병사를 향해 풀을 썰고, 수박을 쪼개듯 파죽지세로 공격해 들어갔다. 케레이트의 두 군단의 병사들이 베데국 군대 총사령관의 큰 수호기를 보자마자 간이 오그라들고 심장이 터질 듯해 싸울 생각을 하지 못했다. 이것을 베데국의 세 편의 병사들이 보고, 사기가 충천해져 민첩하게 공격해 들어갔다.

한편 케레이트의 병사들은 뒤로 후방이 모두 적에 대치되자 싸우지 못하고 흩어져 도망치기 시작했다. 이 틈에 부호 벨구테이와 하브트 하사르, 초 메르겐, 젤메 등이 태조의 중군을 움직여, 자모하의 군대를 압박해 공격해 들어갔다. 그러자 자모하의 병사들의 사기가 이미 저하되었기 때문에 자모하를 필두로 동북쪽 가차산 쪽으로 달아났다. 하사르가 멀리서 보고 그들 뒤를 추격해 활을 쏘자, 화살이 자모하의 오른편 귀에 맞았다. 그 사이에 중군이 시리 호톡의 병사들과 만났는데, 시리 호톡은 얄고와 맞서 싸우게 하기 위해 제브와 촐론을 보냈다.

얄고는 보가르지와 보랄의 군대에 포위되자 마음이 조급해지고, 팔이 견딜 수 없이 아파왔다. 갈바가 나가 싸울 때 촐론의 큰 검에 왼쪽 허벅지를 맞아 피를 흘리며 도망쳤다. 보가르지와 보랄의 대군이 얄고를 압박해 오자, 얄고는 투구를 벗어 던지고 일반 병사들 사이로 파고들어가 달아나자 케레이트의 수호기가 이내 쓰러졌다. 이러한 상황이 되자 케레이트 병사들은 깃발을 내던지고 보가르지, 보랄 등에 투항하기 시작했다.

이때 태조의 10여 명의 대신이 벌써 태조를 모시고 달려가 자브호란산에 준비해 놓은 사냥 기지에 가서 설영했다. 많은 장수와 병사들이 케레이트 군대를 크게 제압하고, 모홀리가 케레이트 병사들을 30리 거리에서 추격해 죽이고, 징을 쳐 군사들을 모아 자브호란산의 설영지로 갔다. 처음 모홀리는 여러 장군들을 모두 부대별로 준비하도록 보내고, 태조를 출발하게 한 뒤 그 뒤에서 대군을 이끌고 북쪽 길로 가서 케레이트부의 변경에서 기다리고 있었다. 그렇게 하여 케레이트 군사들을 크게 제압할 수 있었다. 모홀리는 태조가 포위된 것을 풀고, 뒤에서 자브호란산의 숙영지로 가 여러 장군들을 데리고 태조에게 술을 올리며 축원했다.

시방세계의 수호 신령이 따르는
큰 덕을 지니신 주군이시여
야수의 우리에서
무사히 돌아오신 것을 경하드리오며
맛좋은 술이 든 황금 술잔을 올려드립니다
맛보시며 드십시오. 위험을 회복시키시어
다시는 이런 위험한 곳에
오시는 것을 줄이실 수 있겠나이까!

그러자 태조가 크게 기뻐하며 화답주를 내리고 또 축원했다.

모든 적을 원근에서 살피는
처음 만났던 모홀리여
위험한 적을 실수 없이 제압하는
지혜 출중한 모홀리여!

태조는 많은 장군의 공훈을 각각 구별하여 축사하고, 초 메르겐부터 상을 내렸다. 대연회를 벌일 때 운두르 세첸, 우넨 투르는 케 왕을 벌거벗기고 두 손이 휘도록 포박해 밀고 갔다. 그러자 태조가 깜짝 놀라 당황하며 "노 왕을 어찌 이처럼 수치스럽게 하는가?"라고 하며 스스로 케 왕의 포승줄을 여러 번 잘라 풀고, 자신이 입고 있던 용포를 벗어 케 왕에게 걸쳐주고 황금 잔에 든 진한 술을 올렸다. 그리고 케 왕을 위로하며 이렇게 말했다.

불효한 자식을 보살펴 키우는 것보다
말을 모아들이는 종마를 키우는 것이 나은 것을
그 아비는 진심을 다해 지냈건만
죽이고 싸우며 추격하는 것은
아, 참으로 패륜의 극치입니다
황금빛 세상에 이런 인간이 어디 있겠습니까?
왕이시여, 마음을 놓으시고 편안히 하십시오
관대한 제가 해치지 못하게 하겠나이다

그러고는 케 왕을 주빈 자리에 앉히고 큰 잔치를 베풀자, 케 왕이 감동하여 눈에 눈물을 줄줄 흘렸다. 그는 하염없이 흐느껴 울며 하늘을 향해 목이 메어 큰 소리로,

후레자식 자모하가 독을 탄 술에
이름도 없이 해골이 될 뻔했소, 나는
망나니 아들의 줏대 없는 일에
내 목숨을 잃을 뻔했소, 나는
천신과 같은 보르지기드의 큰 은혜로
운 좋게 목숨을 살려 주었소, 나를
비 같은 신의 사랑과 자비로

내 목숨을 살아남게 해 주었소, 나를
조만간 망나니 아들에게 독살되고
얼마 안 있어 간악한 자모하에게 죽임을 당할 것이오, 나는!

라고 하며 울자, 태조가 다시 반복하여 위로하며 술을 들게 했다. 또 동생 벨구테이에게 그의 딸 솔롱고를 아내 삼아주기 위해 술을 올리며 청혼하자, 케 왕이 울며 말했다.

제 생명을 살려준 은혜에
제 여식을 드리겠다 생각하지만
살육의 전투와 적대적인 관계를 그치지 않는다면
사랑하는 인척 관계를 어찌 맺겠소?
조용히 지내다 평안해진 연후에
다시 귀한 인연을 맺읍시다
이와 같은 전투 속에서
아, 제가 어찌 혼사를 결정할 수 있겠소?

태조가 생각해 보니 매우 지당한 말이었기 때문에,

전투를 제가 원한 것이 아닙니다
날 독살하려 한 것은 그대 아들이 획책한 일이었습니다
은혜를 베푼 저를 속여 데리고 가서

죽이려 할 때
아형 그대를 나의 신하들이 방패삼아 데리고 갔습니다

라고 하며 몸을 돌려 폴고다이에게 물었다.

아, 말솜씨 좋은 대신 폴고다이 그대는
어찌 감히 나를 속여 데리고 간 것이오?
탁월한 지략을 가진 나의 총사령관이 깨어있지 않았다면
내 목숨을 앗아갔을 것이오!

그러자 폴고다이가 머리를 땅에 박고 고했다.

자기 부모조차 남기지 않고 속이는 자들이
종 된 폴고다이를 속이는데 어찌하겠나이까?
아무 의심 없는 우둔한 폴고다이는
왕족과 사돈 관계를 맺는다 했을 때
뛸 듯이 기뻐하며 믿고 달려가다 종 된 제가
끔찍한 몹쓸 염병에 걸려
열흘 동안 정신을 잃었다가 비로소 조금 정신을 차려보니
집집마다 왁자지껄 떠들며 말하기를
간계와 사악함으로 그대를 속이고
나이 드신 자애로운 주군이 사로잡혀

목숨이 어떻게 될지 알 수 없다고 하여
처음에 주군이신 노왕과 함께 죽겠다고
벌거벗은 채 안장 없는 말을 타고 쫓아왔나이다.
마음속 다른 사심이 전혀 없었나이다.
죽이고 살리는 것은 군주 그대의 자비에 달린 일
맹세코 다른 마음은 없었나이다!

폴고다이가 머리를 쿵쿵 땅에 박으며 절하자 태조가 미소를 지으며 이르기를,

자신의 주군에게 충성을 다하는 것이 다른 무엇보다 중요하오
말실수를 하고, 일을 그르치고 사고를 내도 괜찮소
위험한 사지死地인데도 멀어지지 않고 주군을 따라온
진실된 충정에 용서를 받을 만하오!

라고 하며 포박을 풀어주게 했다. 또 옷을 상으로 내려 주어 입게 하고, 술과 고기를 먹게 했다.

자신의 주군께 충성을 다하시오
거만하고 못된 자들을 설득하여
패역한 행위를 금하도록 하시오
만약 진정 말을 듣지 않고 어긋나게 행하면서

스스로 죽음의 문으로 들어가는 것을
충직하지만 힘없는 폴고다이 그대가 어찌할 수 있겠소?
끝까지 진실되이 마음을 다하시오!
아침저녁 늘 나의 말을 생각하시오!
연로하신 주군을 잘 살피시오!

그러자 폴고다이가 눈물을 쏟으며 경외하는 마음으로 머리를 땅에 대고 절했다. 태조는 케 왕을 위로하고, 자브란산에서 열흘 동안 대규모 사냥을 하며 즐거움을 나누었다. 사냥이 끝나고 잔치를 베풀었다. 그리고 케 왕에게 비단옷을 입게 하고, 살진 말을 태우고, 케레이트에서 생포한 500명이 넘는 병사들을 돌려주었다.

태조가 케 왕의 떠날 채비를 친히 살펴보며 깃발과 보개를 내어주고, 여러 대신에게 물었다.

"우리 어르신을 누가 케레이트에 모셔다 드리겠소? 생사에 연연하지 않는 자부터 나오시오. 돌아온 뒤 후한 작위를 주어 상을 내리겠소."

그러자 많은 사람 가운데 두 젊은 장수가 앞으로 나와 늠름하게 서서 "종 된 저희 두 사람이 가기를 희망하나이다"라고 했다. 많은 이들이 보니 그들은 옛 신하 멩릭의 두 아들 알호와 수호 형제였다. 태조가 기쁜 마음으로 미소 지으며, 그들을 칭찬하여 말하기를 "호랑이에게서 호랑이새끼가 태어나고, 용사에게서 용사가 태어나는 법이오"라고 했다.

그리고 알호와 수호 두 형제에게 케 왕의 대오를 질서 있게 정돈케 하고, 케 왕에게 술을 올리고 떠나게 했다. 케 왕은 눈에 눈물을 흘리며, 목숨을 구해준 은혜에 예를 다해 감사하고 깊이 맹세했다. 케 왕이 케레이트국으로 돌아간 모든 여정은 여기서 언급하지 않겠다.

한편 태조는 케 왕을 떠나보내고, 몸을 돌려 사자 장막으로 들어와 자리에 앉아 이번에 연성 전략으로 세 개 대오를 무너뜨린 열 명의 지혜로운 대신과 경성 전략으로 세 개 대오를 제압한 열 명의 용감한 장수 한 사람, 한 사람에게 후한 상을 내려 격려하고, 그 가운데 초 메르겐을 으뜸으로 쳤다. 그리고 곧 모훌리에게 케 왕을 벌거벗기고 포박한 이유를 묻자, 모훌리가 머리를 조아리며 고했다.

"주군이시여, 속설에 '사내대장부에게는 뜻이 필요하고, 못된 자에게는 몽둥이가 필요하다'고 했습니다. 큰 위험을 보이지 않으면 큰 자비를 알지 못합니다. 그런 이유로 신하된 제가 죽일 듯한 위엄을 앞서 보이고, 살려주는 은혜를 나중에 베풀었나이다."

태조는 흐뭇하게 미소 지으며, 모훌리를 칭송했다.

"위엄을 높이고 은혜를 존중하는 대신, 위풍당당함을 지키고 군법을 공고히 하는 대장군이구려."

그리고 케 왕이 이번에 깍지에 마음이 변하고, 옥대에 덮이고, 권력에 모아져 모든 것이 이루어질 수 있을 것인지 아닌지를 물었다.

그러자 모훌리가 고하기를 "케 왕이라는 자는 이랬다저랬다 하는 줏대 없는 사람입니다. 그는 다른 이의 은덕을 잘 알지 못합니다"라고 하자, 태조가 "모훌리의 생각하는 바는 옳고, 총사령관께서 비유한 것은 참으로 이치에 합당하오!"라고 했다.

태조는 네 명의 장군을 데리고 돌아갈 때 첫 번째 영접단으로 울후 대신이 일행을 맞이하고, 그다음으로 세첸 주순 부인 앞으로 멩릭이 나와서 맞았다. 세 번째 영접단으로 토르곤 샤르가 태조의 큰아들 주치를 껴안고 일행을 맞이했다. 모두가 보르한 갈돈에 내려 안팎으로 잔치를 벌이고 포상을 내렸다. 그때 수석 신하인 토르곤 샤르가 모홀리에게 주군이 엄지손가락의 반지를 돌리고, 허리띠를 쓸어내린 것에 대해 묻자 모홀리가 웃으며 말했다.

"아형께서 어찌 그것을 모르십니까? 먼 것을 내다보시는 사려 깊으신 주군께서 허리띠로 책략을 말씀하신 것입니다. 매우 놀라운 뜻이 있지요."

모홀리는 이에 대해 풀어 말했다.

"엄지손가락이란 것은 남성의 신체를 주관하는 핵심이요,[9] 가슴이라는 것은 신체 가운데 지략을 담는 곳이 아닙니까? 엄지손가락의 깍지를 돌리는 것은 주군께서 친히 상대편 군왕을 자신의 권력 안에 모아들이겠다는 뜻이며, 배에 있는 허리띠를 훑어 내린 것은 케레이트의 계략에 대응하는 전략을 사용하여, 사냥터에 데리고 오겠다는 뜻이었습니다. 또 깍지라는 것은 남성의 무예가 압축된 것이요, 허리띠는 남성 풍모의 표징이라 할 수 있습니다. 그러니 '깍지를 끼었는데 어찌 활을 쏘지 않겠는가? 무예인데 어찌 활을 사용하지 않겠는가? 허리띠가 있는데 어찌 허리띠를 매지 않겠는가? 뜻을 이룰 수 있는데 어찌 가지 않겠는가?'라는 말입니다. 또 깍지라는 것은 주군, 허리띠라는 것은

9 활은 남성의 정기를 상징하며, 남성은 활을 잘 쏘아야 하기 때문에 엄지손가락에 힘이 있어야 함을 이른 말이다. 몽골에서는 예로부터 남성의 엄지손가락을 매우 중시해 왔다.

신하로, 깍지를 쥐고 허리를 단단하게 하는 것은 '군신이 함께 한마음으로 힘을 합쳐서 나아가면 어찌 적 따위를 두려워하겠는가'라는 말이 아니겠습니까? 사려 깊으신 토르곤 아형, 기민하신 현자 샤르 아형께서 어찌 이를 몰랐다고 하시는 겁니까? 분명 저를 시험하려고 물으신 것이 분명합니다!"라고 하자 토르곤 샤르가 그 순간 깨닫는 바가 있어 사실대로 말했다.

"깍지를 돌리신 것은 비록 알았지만, 허리띠를 훑어 내리신 것은 정말 그 의미를 깨닫지 못했소. 이처럼 자세히 설명해 주시니 이제서야 알겠습니다!"

두 사람은 태조의 깊은 생각에 놀라며 서로 이야기를 주고받을 때 케레이트의 케 왕을 데려다주고 알호와 수호가 돌아왔다고 했다[원주] 이에 대해서는 다음 장에서 보게 될 것이다.

【평언】

고대 주周나라시대, 진애공秦哀公이 패권을 다투며 동맹국의 맹주가 되겠다고 임동臨潼에서 동맹들을 모이게 해 잔치를 배설했다. 또 후에 초패왕이 유방을 만나 홍문에서 연회를 베풀었고,[10] 또 한나라시대 동오국의 노숙魯肅이 황포 강가에서 청주靑州를 지키는 촉나라의 관운장에게 연회를 베풀어 주었던 것—이 세 가지 연회는 볼수록 놀랍다.

이제 이 장에서 또 헤를렌강의 연회가 나오는데, 비록 규모가 작지

---

10 홍문연(鴻門宴) 또는 홍문지회는 중국 진(秦)나라 말기 항우와 유방이 함양(咸陽) 쟁탈을 둘러싸고 홍문에서 회동한 일을 말한다(https://ko.wikipedia.org/wiki/홍문연).

만 그 만남이 매우 놀랍다. 임동의 연회는 위엄과 능력 면에서 진나라가 패했다. 홍문의 연회에서는 초나라의 권력과 힘이 월등히 뛰어났기 때문에 초나라가 패권을 장악했다. 황하의 잔치에서 진정한 영웅은 관노야關老爺[11]에게 돌아갔다.

헤를렌의 연회는 이 세 가지가 모두 관련된다. 태조의 신하들이 연성 전략으로 세 대오를 무너뜨린 것은 지知요, 태조가 장군들의 경성 전략으로 세 대오를 무너뜨린 것은 용맹勇猛함이요, 태조가 죽음을 두려워하지 않고 간 것은 신信이요, 태조가 독이 든 국을 만들게 하지 않은 것은 인仁이다. 태조가 케 왕을 존중하여 돌려보낸 것은 의義요, 태조가 일찍부터 생각하고 결정한 것은 지智이다. 태조가 폴고다이를 일러 가르친 것은 예禮요, 태조가 마지막까지 동생을 생각한 것은 우애友愛이다. 태조가 케 왕을 구하고, 인척관계를 맺지 않은 것은 공명정대함이요, 태조가 병력을 사용하지 않은 것은 관대함이요, 태조가 케 왕의 알지 못하는 바를 믿은 것은 사려깊음이다. 태조의 이러한 모든 것은 타고난 성인의 품성이라 할 수 있다.

성인은 특히 진정한 마음으로부터 비롯됨을 이른다. 인간 세상에 비록 배운 학식 있는 성인과 본을 따르는 성인으로 구분할 수 있지만, 이들은 언제든 타고난 성인에 미치지 못한다. 태조는 타고난 성인이라 할 수 있다. 그것은 무엇인가? 즉, 가르치고 본을 따르는 서적으로 인한 것이 아니라 개인적으로 익힌 경험으로 인한 것이기에 타고난 성인

11 관우를 이른다.

에 속한다고 하는 것이다. 『논어』에 언급한 것은 "다른 이가 나를 알아 주지 않아도, 노여워하지 않으면 군자가 아닌가?"라고 했다.

태조는 아들의 죄를 아버지에게 전가시키지 않고, 관대하게 처신했다. 또한 케 왕의 지극함을 보고, 아들 얄고의 잘못을 그에게 덮어씌우거나 은밀히 독살하지 않은 것은 진정 만대의 영웅적인 성인임을 드러내준다. 일찍이 공부자는 정나라, 채나라에서 포위되어 가야금을 뜯으며 부당함을 드러냈다. 후에 위衛나라 군주의 음험한 아내 남자南子를 만나자 제자인 자로子路가 이를 마땅치 않게 보았다. 그러자 공자가 한숨을 쉬며 말했다.

"내게 딴 마음이 없다는 것을 하늘이 살펴 아실 것이다. 하늘이 살펴 아실 것이야!"

이렇게 말한 것은 진정 성인이 하늘을 의지했던 것을 말해준다 할 것이다. 이렇게 옛 가르침을 보면 성인은 천지를 신봉하고, 군자는 인의仁義를 따른다. 범인은 권력과 힘을 따르며, 소인은 물질적 이익을 따른다고 했다. 부귀를 따르는 자는 가난하고 낮아지며, 권력을 따르는 자는 패하고 약해지며, 인의를 따르는 자는 위험과 불안이 없다고 했다.

그렇기에 케레이트에서 태조를 회유하기 위해 데리러 왔을 때, 토르곤 샤르와 모홀리 등이 들어와 말리자 태조가 "테무진 나를 살고 죽게 하는 것은 천부께서 아시리라!"[12]라고 했다. 케레이트에 이르러 케 왕과 연회를 벌일 때 케 왕이 자기 아들의 그릇된 행동에 마음이

12 이것은 테무진 자신의 생사에 관한 모든 것은 하늘이 알아서 하시는 일이라는 의미.

조급해져 걱정스러워 할 때 태조는 "우직한 나를 하늘이 멸하지 않으실 것이오"라고 한 말에는 분명 천지를 믿고 의탁했던 생각이 내포되어 있다.

그렇기에 『대학』에서 언급하기를 "열 개 눈으로 보고, 열 개 손가락이 가리킨 바이니, 그렇듯 엄하지 않겠는가? 부유함[13]에 집안이 빛나고, 덕성에 몸이 빛나니, 마음이 넓어지고 몸은 편안해진다. 그러므로 군자는 모름지기 그 뜻을 정성되이 한다"라고 했다. 태조의 진실한 뜻을 깨닫는 것이 마땅할 것이다. 태조의 뜻이 진실하지 않았다면 육신이 어찌 그처럼 평안할 수 있겠는가!

---

13 본문에는 '덕(보잉)'으로 되어 있으나 『대학』 원문에는 '부(바잉)'으로 되어 있어, '부'로 번역함.

제13장

총사령관 모홀리는 차나 초원에서 엔구드의 수장을 사로잡고, 장군 보가르지는 올리안 강가에서 자로드의 군왕을 추격했네

송나라 효종 순희 16년, 금나라 세종 대정 29년, 기유년己酉年. 태조의 나이 28세 되던 해였다.

천자天子 테무진 성조를
부마들이 마땅히 여기지 않았지만
이제 그가 특별한 신령이 되었음을
세인들은 모두가 안다네
전투적인 민중은 마음으로 숙고하여
잘 살펴 생각해 보라
칸의 은혜를
받지 않는 몽골인은 없네

수석 신하인 토르곤 샤르와 전군 총사령관 모홀리는 태조가 엄지손가락의 깍지를 돌리고, 허리띠를 쓸어내렸던 것을 나름대로 해석하고 있을 때 수문지기 병사가 케 왕을 데려다준 알호와 수호 형제가 돌아왔다고 전했다. 모홀리는 나이만 병사 가운데서 선발해 심부름을 시켰던 차그노르라는 아이가 일을 고하기 위해 들어와 이를 고했다. 그리고 알호와 수호 형제를 인도해 들여 절하게 했다. 알호와 수호가 궁의 덮개문 가까이서 단정히 앉아 다녀온 일을 반쯤 고했을 때, 토르곤 샤르가 크게 웃자 옴짝달싹 움직이지 못했다.

토르곤 샤르가 웃는 이유는 무엇일까? 케 왕의 아들 신공 얄고는 부왕이 헤를렌강의 연회에 붙잡혀 가자, 태조의 뒤를 쫓다가 세 번이나 대패하고 돌아가서, "부왕께서 분명 베데국에서 죽임을 당한 것이 분명하다. 이제 나는 부왕의 자리를 차지하고, 많은 이들을 모아 부왕의 원수를 갚을 것이다"라는 서한을 써서 금나라에 알리기 위해 금나라로 사신을 보냈다. 그리고 자신은 왕위에 앉아 '이신왕'이라고 칭하고, 한편 나라의 신하들에게 직위의 등급을 올려 주었다.

나라가 여전히 혼란스러운 상황에서 갑작스럽게 부왕의 큰 행렬이 대오를 이루고 오자, 완전히 홍을 잃어버린 얄고는 하는 수 없이 부왕을 맞아들이고, 아버지에게 왕 칸이라는 칭호를 올렸다. 또 부왕의 궁을 노란 용을 수놓은 비단으로 덮고, 궁에 용 휘장을 치고, 휘장 안에 비단으로 수놓은 깃발을 걸었다. 그리고 밖으로 빙 둘러 술이 달린 말뚝을 받치고, 아홉 채의 황색 게르 궁에 문을 달아 모전을 둘렀다. 문마다 황색 술 장식의 덮개를 씌우고, 아홉 마리 새끼낙타를 묶어놓게 하고, 날마다 9*9 81마리의 말을 끌고 와서 아홉 개 문에 말뚝을 박고 매어 놓았다. 성시의 문마다 아홉, 아홉씩 사람을 세우고, 또 아침저녁

식사 때마다 악기를 연주하게 했다. 이러한 것은 금나라 황제에게 행하는 의례를 모방한 것인데, 엄청나게 화가 나 있던 왕 칸 토릴은 이러한 예식을 보고, 아들에 대한 분노와 증오를 가라앉혔다. 이러한 것들은 모두 자모하가 제안한 계책이었다.

한편 솔롱고에게는 '영리한 공주'라는 칭호를 내리고, 자신은 황태자, 작은동생 토사호를 제2 태자라 칭했다. 또 아내의 작은 삼촌 후르겔지겐을 대태사에 봉하고, 많은 이들을 차례로 높은 지위에 봉했다. 베데국에서 부왕을 데려다준 알호와 수호에게 어쩔 수 없이 잔치를 베풀어 주고 포상을 하여 돌려보냈다.

한편 알호와 수호가 길의 방향을 바꾸어 돌아온 일을 고하자, 토르곤 샤르는 그가 칸의 보위에 앉은 것과 부왕의 자리를 빼앗은 일에 대해 듣고 실소를 금치 못했다. 이신왕 얄고는 생각 없이 아랫사람들에게 지위를 높여주고, 많은 이방 부족들을 편입시키기 위해 자모하를 보내고, 베데국에 원수를 갚기 위해 준비했다. 한편 토르곤 샤르와 모홀리는 케 왕 부자를 동시에 비웃었다. 그리고 알호와 수호 형제를 데리고 가서 태조에게 절하고, 케레이트에 갔던 일을 빠짐없이 고하자 군신이 또 모두 웃었다.

오래지 않아 가을이 되어 거두고, 겨울이 되어 저장하고, 어느덧 또 한 해가 지나 경술년 새해가 되었다. 이해는 송나라의 조돈趙惇이 왕위에 오르고, 묘호를 광종光宗이라 했으며, 연호를 소희紹熙 원년이라 했다. 금나라에서는 장종章宗이 보위에 오르고, 연호를 명창明昌이라 했다. 두 나라 모두 황제가 바뀌었다.

경술년 초 기분 좋은 따뜻한 봄이 되었다. 그때 케레이트의 자모하는 많은 군소 부족들을 돌던 중 베데국의 서북쪽에 있는 한 부족인 토르고드에 속한 엔구드라는 부족의 31개 지역을 다스리는 장고라는 자를 만나 계속 협의하여 베데국에서 이반하도록 했다. 그를 이반하도록 한 이유는 무엇일까? 옛 잘라이라드, 하치오드, 하르가이, 하랄다이, 치마드, 바를라스, 고르로드 그리고 또 세 토르고드 병사의 여러 부족들이 베데국에 투항해 들어가자 함께 따라 투항한 토르고드 사람이 있었는데, 그가 엔구드의 장고였다. 이 장고는 영리하고 손재주가 있었기 때문에 '오란[1] 장고'라고 했는데, 그는 원래 세 토르고드와 함께 베데국에 성실히 공물을 바쳐왔다. 후에 그의 수하에서 좌익을 지휘하는 장군 하르 베르흐와 우익을 지휘하는 장군 시르골 바르탄은 야심만만하고, 성격이 오만했다. 또 장고의 전체 10개 부족 31개 지역을 연합시켜 지휘하는 부랴트의 우루스구미라는 자는 앞을 멀리 내다볼 줄 알고, 아량이 넓은 사람이었다. 그의 수장 오란 장고도 성격이 매우 곧고 온유한 사람이었다. 장고가 아래로 다스리는 열 개 군소 부족의 이름은 엔구드, 우신, 호이긴, 이드, 시드, 에룸, 하르리스, 소이르손, 하가스, 부랴트, 고리 이 10개 부족의 31개 지역이었다.

그런데 우루스구미는 전에 베데국이 나이만과 여진족을 누르고, 또 이질즈 부족과 혼사를 맺은 일과 함께 세 번의 일에 모두 하르 베르흐, 시르골 바르탄 등이 관심을 두지 않고 사람을 보내지 않은 것에 발을

---

1 '재주 있는 장고'란 뜻.

구르며 분통을 터뜨렸다. 이 일을 케레이트의 자모하가 듣고 곰곰이 궁리했다. 그리고 먼저 동남쪽의 자로드국의 왕족이라는 칸에게 달려가서 그를 충동질하며 말하기를, "베데국이 폐하의 나라로 달려와 공격하려고 하고 있습니다. 가능하다면 우리의 많은 나라와 연합하여 그들과 맞서 싸워 베데국을 무너뜨립시다. 최소한 대왕께서는 병사들을 데리고 올리안강을 건너 나라 변경 밖에 올고이산에서 사냥하는 척하며, 베데국의 진격해 오는 병사들을 맞으십시오!"라고 하고, 서로 논의하여 일을 결정했다.

그리고 곧 엔구드로 오는 도중 자신의 병사에게 상을 내리고, 자로드의 왕족 칸의 사신으로 만들어 베데국에 올고이산에서 군대를 맞아 전투를 할 것이라는 서한을 주어 보냈다. 한편 자신은 토르고드 엔구드의 오란 장고를 부추키기 위해 갔는데, 바로 그때 엔구드의 하르 베르흐, 시르골 바르탄 두 사람의 생각과 자모하의 계략이 정확히 부합했기 때문에 그를 기쁘게 맞아 잔치를 베풀어 환대했다. 또 자모하가 계략을 써서 꾸민 베데국의 거짓 사신이 엔구드에 죄를 묻기 위해 오자 엔구드의 많은 사람들의 마음이 매우 불편한 상황이 되어, 이제 어떻게 하면 좋을지를 상의했다. 그러자 자모하가 엔구드의 군왕 오란 장고를 만나 그의 생각을 묻고, 어떻게 하면 좋을지를 논의했다.

그러자 장고가 "베데국 군주는 자애롭고 관대하여 작은 사건은 분명 용서해 줄 것이오. 내 몸소 우루스구미 등 몇 사람을 데리고 머리를 조아리고 벌을 달게 받기 위해 가면 분명 원래대로 평안히 살 수 있을 것이라 생각하오"라고 하자 우루스구미가 여러 무리 가운데서 나와 말했다.

"주군의 생각은 실제 앞을 멀리 내다보는 원대한 전략입니다. 조금 일찍 갔으면 이 같은 죄를 묻기 위해 오지는 않았을 터인데, 비록 그렇다 해도 이제라도 서둘러 가서 죄를 인정하면 어려움에서 벗어날 수 있을 것입니다."

그때 하르 베르흐와 시르골 바르탄이 함께 앞으로 나와 고했다.

"일이 이미 이 지경에 이르렀으니, 베데국의 사신을 죽이고 군대를 이끌고 맞서 싸우는 것이 나을 듯합니다."

그러자 자모하가 주빈석에서 말하기를 "경들의 이러한 처사는 모두 아니 될 일입니다. 찾아가서 죄를 달게 받고 절하는 것은 손을 묶고 죽는 것을 기다리는 것과 같습니다. 또 베데국의 사신을 죽이는 것은 서둘러 군대를 불러오는 일이니, 대왕께서는 먼저 사신을 잘 돌려보낸 뒤, 그가 우리의 계략을 알고 가는 것이니 그를 일찍 제거케 하는 것이 좋을 듯합니다!"라고 하며 곧 우루스구미를 시켜 베데국의 가짜 사신을 정중하게 돌려보낸 뒤 장고를 향해 말했다.

"제가 케레이트의 왕 칸의 명을 받들어 여러 나라와 부족들에 대왕께서 보위에 오르셨음을 알리기 위해 베데국을 지날 때 들으니, 폐하의 세 가지 죄로 대군을 이끌고 공격하러 갈 것이라고 한 것을 저는 그때 믿지 않았습니다. 여기 와서 보니 그것이 사실인 듯싶습니다. 그러니 이제 어떻게 하실 생각이십니까?"

그러자 오란 장고가 "내 생각에는 먼저 숙여 죄를 인정하고, 오래 평안하게 지내는 것이 가장 좋을 듯하오"라고 했다.

하르 베르흐와 시르갈 바르탄[2]이 동시에 고했다.

"그것은 무슨 일이 있어도 아니 됩니다. 빤히 보면서 제 발로 죽음을 찾아가는 일입니다. 한 번 죽어도 싸우고 죽는 것은 가능하오나 붙잡혀 죽을 수는 없습니다. 이제 오직 군대를 조직하여 대적하는 것 외에 다른 방법이 없습니다."

그러자 자모하가 "당신들 부족의 31개 지역 전체에 어느 정도의 병사가 있습니까?" 하고 묻자, 하르 베르흐와 시르갈 바르탄이 말하기를 "전체를 합하면 3만 정도가 됩니다"라고 했다.

"베데국에는 이름 있는 장수가 20여 명이 있습니다. 정예군은 6만 이상이 있는데, 대왕님의 병사는 반도 되지 않으니, 어떻게 그와 저항하여 싸울 수 있겠습니까?" 하고 자모하가 물었다.

사실 베데국의 죄를 물으러 온 이 사신도 자모하가 조작한 거짓 사신이었는데, 돌아갈 때 엔구드의 사신으로 베데국에 전투를 벌일 날을 정해 서한을 보냈다. 그때 자모하는 엔구드의 군신의 기를 꺾고, 힘을 하나로 규합할 방법을 찾으며 물었다. 그러자 엔구드의 수장 오란 장고가 말하기를, "내 생각에는 일찌감치 죄를 인정하여 우호적으로 지내는 것이 가장 좋을 듯싶소. 베데국의 군주를 일반 범인들과 비교해서는 아니 됩니다. 분명 그는 천손이오"라고 하자 자모하가 일어나 말했다.

"아니 됩니다, 아니 됩니다. 이미 늦었습니다. 지금 베데국은 벌써 죄를 물을 군대를 조직하여 내일 아침 진군해 오기로 했기 때문에 지

2 앞에는 '시르골 바르탄'이라 하고 있어, 이름에 차이가 있으나 동일 인물로, 표기가 잘못된 것으로 보인다.

금 가는 것은 손 놓고 죽을 길을 찾아가는 것과 같은 일입니다. 제가 예전에 베데국의 군주 테무진과 벗하여 함께 지낸 적이 있어 그의 성격과 생각을 분명히 압니다. 테무진은 어떤 자라도 모두 자신의 종으로 삼으려고 합니다. 요 몇 년 사이에 타타르를 평정하고, 사모를 흩어지게 했으며, 타이치오드를 약탈하고 메르게드를 끌어모았습니다. 또 폐하의 부족을 모두 거두어들이고, 저의 부족 역시 끝장을 냄으로써 위엄을 크게 떨쳤습니다. 명성을 더 높이기 위해 그에게 투항한 모두를 그는 칸의 법으로 다스리고, 특별히 모두를 자신의 종과 속민으로 여깁니다.

그렇기에 저는 케레이트의 왕 칸을 다시 반복해서 막아, 그가 최근에 보르지기드와 혼사를 맺는 계략에 빠지지 않게 했습니다. 그는 잘 되어 이제 한 나라의 군왕이 되어 앞을 향해 당당히 지낼 것입니다. 제가 보니 이질즈 부족의 군왕 보토는 이미 그릇되이 베데국과 혼사를 맺었으니, 마침내 또 보르지긴의 종이 되지 않고 어찌하겠습니까? 폐하께서 이러한 정황을 눈으로 보고 계시면서, 어찌하여 특별히 보르지기드에 비위를 맞추고 죽음의 문을 찾으시는 것입니까!"

장고는 자모하의 말을 듣고 머리를 숙인 채 어찌할 방법을 찾지 못하고, 자모하에게 어찌하면 좋을지 물었다.

그러자 자모하가 말하기를 "지금 폐하의 나라의 크고 작은 노약자를 모두 제하고, 모름지기 힘세고 강한 4만 명의 병사를 뽑아 차나 초원으로 이동시키고, 성을 높이 세우고 해자를 깊이 판 뒤 그곳에 주둔하여 베데국이 쳐들어오는 것을 경계하고, 살피며 기다리십시오! 저는 케레이트의 신왕에게서 2만 명의 병력을 빌려, 만일 베데국이 폐하를 공격하기 위해 오면 우리가 염탐하여 그 소식을 듣자마자 달려와 도울 것입니다. 그리 하면 무엇 때문에 베데국을 두려워하겠습니까? 작금에 듣자니 동쪽 자로드국의 왕촉 칸도 베데국의 변경을 침범할 거라는 소문이 있습니다. 베데국이 쳐들어오지 않을지도 모릅니다. 베데국이 공격해 오지 않으면 폐하의 모든 병사들은 훈련한 것이 될 것이며, 폐하 역시 나라를 다스리시며 남쪽을 향해 평안하게 지내시게 될 것입니다. 만약 베데국이 싸우려고 쳐들어오면 즉시 맞서 싸우면 될 것입니다!"라고 했다.

그러자 오란 장고는 어쩔 수 없이 머리를 숙이고, 자모하의 말을 따랐다. 이에 오이라트 부랴트 지역의 우루스구미는 아무리 생각해도 하나가 된 이들의 생각을 돌이키기 어렵다는 것을 알고, 집안 식구들을 데리고 바이칼 호수 쪽으로 가서 피신했다.

한편 오란 장고는 베데국과 멀어지게 하는 자모하의 계략에 빠지고 말았다. 또한 하르 베르흐, 시르갈 바르탄 두 사람의 요구에 견디지 못해 열 부족의 31개 지역을 연합시키고, 병사들을 선발하여 건장한 병사 3만 명을 징집했다. 그리고 곧 차나 초원에 괜찮은 지형을 살펴 고랑을 파고, 세 겹의 엄호물을 준비해 진영을 구축했다. 밖으로 또 담을 쌓고 말을 쓰러뜨릴 고랑을 팠으며, 그 위를 버드나무로 덮은 뒤 흙을 뿌리고 원래 모습대로 해놓았다.

자모하가 말하기를 "정탐꾼의 말을 풀어서 우리 케레이트와 폐하께 같은 소식을 듣도록 할 것입니다. 베데국의 군대가 움직이는 때를 들으면 곧바로 우리 2만 병력이 반드시 사흘 안에 진격하여 폐하를 지원하기 위해 올 것입니다. 낮에는 황룡이 있는 깃발로 표식을 삼아 알게 할 것이고, 밤에는 낙타 머리에 흰 불등을 매달아 알릴 것입니다. 이번에 베데국을 앞뒤에서 공격하여 확실하게 무너뜨릴 것입니다"라고 계략을 말하고, 곧바로 케레이트를 향해 달려갔다.

한편 베데국의 총사령관 모훌리는 갑자기 자로드시의 왕촉 칸이 국경을 범접하여 공격할 것이라는 서한이 도착하자 이를 태조에게 고하고, 병사를 이끌고 적을 방비하기 위해 올고이산으로 출병했다. 곧이어 또 엔구드의 전쟁 포고문이 당도하자 토르곤 샤르가 태조에게 고했다. 태조는 크게 의심하여 이르기를, "엔구드의 열 부족 31개 소국을 지휘하는 오란 장고라는 자는 성품이 매우 온유하고, 정직하며 조심스러운 사람이오. 이 사건은 참으로 의심스럽다 할 수 있소"라고 했다.

그리고 서한을 전하는 사신을 불러들여 엔구드가 이반한 이유를 묻자, 그 사신은 말을 하지 못하는 사람인지라 태조는 더욱 의심하여 젤메를 불러들였다.

"벙어리로 전쟁을 선포하는 서한을 보낸 것은 매우 이상한 일이 아닐 수 없소. 그자에게 술과 고기를 배불리 먹이고 후한 상을 내려 주시오."

이렇게 일러서 내보내고, 오요트 세첸을 불러들여 명했다.

"벙어리가 사신으로 오는 법은 없소. 필시 무슨 연유가 있을 것이오. 꾀를 써서 입을 열게 하여, 어떤 계략인지 아는 것이 좋을 것이니, 때려죽이려고 고통스럽게 하지 마시오. 정말 그가 벙어리라면 부당하지 않겠소? 대장부는 부당하게 남을 해치는 일을 털끝만큼도 행해서는 아니 될 것이오."

오요트 세첸은 명령을 받고 가서, 악기 연주가가 머무는 궁 옆쪽 편에서 엔구드의 사신에게 술을 대접해 크게 취하게 했다. 그리고 오요트 세첸이 "우리는 나라 간의 사신을 괴롭히지 않으니, 그대는 취하도록 마시고 내일 주군의 상을 받고 돌아가시오"라고 하며 쓰러지도록 마시게 했다. 사신은 크게 취하고 보니 이들이 자신을 하찮게 대하지 않자 마음이 해이해졌다. 밤에 많은 연주자들이 모두 술을 퍼마시고 노래를 부를 때 이 벙어리 사내는 자기도 모르게 자신에게 부과된 금기를 잊고, 말이 터져 나와 반시간이나 〈세 나이트〉라는 노래를 불렀다.

오요트 세첸이 크게 웃으며 그를 잡아 오게 하자, 그는 비로소 자신의 행동을 생각하며 손으로 입을 막았다. 그러자 젤메도 웃음을 터뜨렸다.

"저자가 만약 사실대로 말하지 않으면 내보내 베어 죽이시오!"

그러자 사신은 할 수 없이 목숨을 살려달라며 이 나라 저 나라에 보낸 두 사신 모두 자모하가 꾸민 거짓 사신이며, 또 자로드시의 왕촉 칸의 사신 역시 모두 자모하의 거짓 사신임을 숨기지 않고 모두 실토했다. 다음 날 아침 젤메가 태조에게 그 사실을 고하자, 케레이트의 군사가 또 움직일 것을 알고 그 벙어리인 척했던 사신에게 일러 말하기를 "말을 놓치면 그대는 말을 잡을 수는 있을 것이다. 그러나 입에서 나오는 말을 한 번 내뱉으면 붙잡기 어려운 법. 그대는 돌아간 후에 실언한 것이 드러나면 죽임을 당할 것이 분명하니, 잘 명심하라!"라고 하며 상을 내려 돌려보냈다.

태조는 말을 달려 모훌리에게 이 소식을 전하게 하고, 군사를 돌려 케레이트의 군대를 맞아 싸우라고 했다. 다른 한편 태조는 준비되어 있는 장병들을 두 군단으로 나누어, 반은 토르곤 샤르와 보가르지 두 사람에게 내어 주어 나라를 지키게 하고, 병사의 절반은 태조가 친히 이끌고, 엔구드와 케레이트가 연합하기 전에 가서 적을 섬멸할 것이라며 포성을 울리고 진군했다.

한편 자모하는 케레이트로 돌아가 얄고에게 절하고, 자로드와 엔구드를 모두 베데국에 적이 되게 할 수 있었음을 이야기했다.

"이제 만약 엔구드가 베데국을 무너뜨릴 수 있다면 우리가 곧 합류해 들어가 베데국을 섬멸하고, 모든 것을 지배합시다. 만약 엔구드가 패한다면 우리는 어부지리로 그 중간에서 이익을 얻고 돌아가면 될 것입니다!"

그러자 신왕 얄고가 크게 기뻐하며, 부왕 모르게 2만 5천 명의 병사를 이끌고 나이만을 방비한다는 핑계를 대고, 곧 엔구드 쪽을 향해 출발했다.

한편 올리안강과 올고이산으로 떠난 베데국의 총사령관 모훌리는 도중에 뒤에서 달려온 사신으로부터 소식을 듣고 가까스로 자모하의 계략에 빠지지 않게 되자, "주군께서는 참으로 신묘막측한 능력을 갖고 계시다"며 서둘러 대군을 되돌려 한편으로 케레이트 쪽의 군대에 맞서 싸우고, 다른 한편 군사를 나누어 태조를 지원하기 위해 뒤에서 병사들을 보냈다. 그리고 자신은 한 군단의 장병을 이끌고 케레이트 병사가 지나가는 길목을 지키며, 그들을 격파할 계략을 준비했다.

태조는 친척인 톡그통고 바타르와 순니드의 수베데이 바타르 두 장군에게 2천 명의 병사를 내어주고 진군케 하고, 선봉이 되어 길을 열게 했다. 태조는 모훌리의 동생 타인산과 출론의 동생 침비 투무르, 멩릭의 두 아들 알호와 수호, 제브의 큰아들 하트 투무르, 초 메르겐의 큰아들 호볼리, 찬드간 세첸의 아들 바이진, 호드간 베히의 큰아들 후데르 부스, 그리고 또 경호원 오요트 세첸과 오욘고, 사이한 소르탈트, 투그스촉그트 12명의 젊은 장수들을 데리고 가고, 또한 매제인 보토는 메르기드의 마그나그트 두 부족의 병사들과 함께 3만 명의 병사를 이끌고 출발했다.

모훌리는 나라에 돌아와 주군이 데리고 간 자들이 모두 젊은 장수들이었기 때문에 마음에 편치 않아 급히 벨구테이, 하사르, 보랄, 출론 네 사람에게 4천 명의 병사를 내어주며, 태조의 뒤를 쫓아가 힘을 다해 주군을 지키라고 보냈다. 그리고 자신은 돌아와 시리 호톡과 하르히루, 찬드간 세첸, 호드간 베히에게 곧바로 케레이트의 뒤를 추격하여 짐을 빼앗으라고 보내고, 자신은 젤메와 제브, 초 메르겐, 호르츠바이르 네 장수와 함께 대군을 이끌고 먼저 케레이트를 점령하고, 그런 다음 엔구드를 섬멸한다는 계획을 세웠다. 그리고 다른 나라에는 엔구드에 곧바로 출병한다고 소문을 내고, 은밀히 케레이트가 지나가는 길인 차간 오르히올이라는 산 협곡에 설영했다.

태조의 군대가 엔구드의 변경에 이르러서 보니 엔구드가 배반한 것은 정말 사실이었다. 먼저 선봉장 톡그통고와 수베데이 등이 그 진영을 몇 번 공격하다가 그들의 우의적인 말의 함정에 걸려들어 진영을 무너뜨리지 못했다. 그때 태조의 군대가 가까이 왔다는 것을 듣고 밤낮없이 있는 힘을 다해 싸웠지만 성과를 얻지 못했다. 태조의 군대가 엔구드 진영을 지나서 설영을 끝내기 전 동남쪽에서 초봄의 기운을 따라 하늘에 닿을 듯 먼지를 일으키며 한 무리의 병사들이 날듯이 가까이 달려오고 있었다.

오요트 세첸이 안타까이 "저것은 분명 케레이트의 조력 군대일 것입니다!"라고 하자, 사이한 소르탈트가 멀리서 보며 말하기를 "아무래도 저것은 케레이트 군대가 아닌 것 같습니다. 분명 우리 총사령관께서 나라로 돌아가 주군 뒤에서 보낸 병사들인 것 같습니다. 공께서는 저 수호기의 깃발을 잘 보십시오!"라고 했다.

많은 사람들이 이마에 손을 얹고 먼 곳을 보니 수호기의 커다란 깃발에 위구르 글자로 "대 베데국의 우익 대장군 부호 벨구테이"라고 쓰여 있었다. 그러고 나서 차례로 하브트 하사르, 장군 촐론, 보랄 등과 더불어 커다란 수호기가 나타났다.

그러자 태조가 오요트 세첸과 사이한 소르탈트를 모두 칭찬했다.

"사태 파악에 능한 경계심이 있는 오요트, 가히 칭찬할 만한 사려 깊은 사이한!"

그때 네 장군과 병사가 이미 도착하여 말에서 내려 태조에게 절했다. 그러고 나서 총사령관이 행한 일을 모두 고하자 태조가 모홀리를 칭송했다.

"육신은 그곳에 있어도 마음은 이곳에 있도다. 벨구테이는 나의 아우이니 너로 하여금 적을 방어하여 나를 돕게 하는 계략인 것이다."

태조는 대군을 하루 동안 쉬게 하고, 그 다음 날 차나 초원의 엔구드 진영의 해자를 메우고 보니, 오란 장고가 정말 탁월한 기술로 참으로 접근하기 어려운 난공불락의 진지를 겹겹이 견고하게 구축해 놓고 있었다. 전체 18개 문을 세우고, 12개 높은 망루와 머리, 꼬리를 연결하여 진지를 공고히 지키고 있었다. 어떤 수준의 도성보다도 견고하여, 베데국의 병사가 10일을 대치하고 공격했지만 가까이 접근할 수가 없었다. 이렇게 대치하다 지쳐가고 있을 때쯤 열흘째 되는 밤 초경[3]에 갑자기 동남쪽에서 낙타 머리에 굳은 소기름으로 밝힌 하얀 불등을 매달고, 손에 횃불을 든 일군의 병사들이 공격해 들어왔다.

엔구드의 오란 장고는 보름 동안이나 성에 갇혀 있어 발을 구르며 조급해하고 있었다. 하르 베르흐, 시르갈 바르탄이 그것을 보고 소리 내어 울음을 터뜨렸다. 그 두 사람은 견디지 못하고 있는데, 케레이트의 군대가 눈에서 피가 나도록 보아도 오지 않자, 오란 장고는 또 몇 번이나 나가 항복을 하려고 했다. 그러자 하르 베르흐와 시르갈 바르탄이 그를 극구 말렸다. 초조해하며 자신의 진영을 지키고 있을 때 그 날 밤 정말 신호 불등을 켠 케레이트의 병사들이 오자, 하르 베르흐와 시르갈 바르탄은 병사를 여덟 개 군단으로 나누어 여덟 개 문으로 돌격해 나가 케레이트의 군대를 맞아들일 준비를 했다. 오란 장고에게는 진영을 지키게 하고, 케레이트의 군대가 가까이 오는 것을 기다리고

---

3 밤 7시에서 9시 사이.

있을 때 진영을 포위하고 있던 베데국의 병사들이 탄식하자, 케레이트 군대가 가서 그들과 맞서 싸웠다. 엔구드의 병사들이 급히 북을 치며 여덟 개 성문으로 나와 함께 싸웠다. 횃불을 들고 돌격해 나가자, 베데국 병사들이 그들을 맞아 싸울 수 없어 양편으로 흩어졌다. 이 틈에 케레이트의 병사들이 날듯이 치고 들어가 엔구드의 군대와 합류했다.

이때 엔구드의 병사들이 뒤돌아 여덟 개 문의 굽은 길로 케레이트 군대를 인도하여 진영으로 들어오게 하자, 베데국의 흩어졌던 병사들이 모두 케레이트 병사 뒤를 따라와 엔구드의 대 진영으로 가득이 들어왔다. 엔구드의 군신이 크게 두려워하며 막 문을 닫으려 하자, 진영 안에서 포성이 한 번 울리더니 케레이트 병사들이 모두 손을 움직여 엔구드 병사들을 맹공격하기 시작했다. 오란 장고를 이미 생포하고 진영에 불을 피웠다. 그러나 이 병사들이 어찌 케레이트 병사이겠는가! 그것은 모홀리가 차간 오르길산에 매복해 있다가 케레이트 병사들을 일시에 혼비백산하도록 맞아 싸워 대승을 거두고, 곧바로 신호기와 흰 불등이 있는 낙타를 모두 빼앗았다. 그리고 먼저 태조에게 가서 소식을 고하고, 엔구드를 혼돈케 하여 진영으로 들어갔던 것이다. 낙타 위에 실은 것은 모두 마른 풀과 대나무였다. 케레이트 병사를 어떻게 섬멸했는지 잠시 언급하지 않겠다.

모홀리는 엔구드의 진영으로 들어가자마자 자기 나라의 수호기를 세우게 하고, 병사들에게 횃불을 들게 하고, 안에서 밖으로 적병을 살육하기 시작했다. 그러자 엔구드의 하르 베르흐와 시르갈 바르탄이 비로소 베데국의 계략에 빠진 것을 알고, 간담이 서늘해져 아우성치며 여덟 개 성문으로 도망쳐 갈 때, 베데국의 열 명의 젊은 장수들이 그들을 막고 싸우면서 둥글게 에워쌌다. 엔구드의 병사들이 앞뒤로 모두 적에 포위되고, 안팎에서 비 오듯 활을 쏘아댔기 때문에 자신의 진영 밖으로 돌아서 정신없이 달려가다가 자신들이 은밀하게 파놓았던 수렁에 빠지고 말았다. 한편 반 이상의 병사들이 동남쪽으로 달아나 2리를 채 가지 못했을 때 차나 초원의 큰 구렁에서 톡그통고와 수베데이 두 장수의 군대가 일시에 나와 둥글게 포위했다. 그러자 열 명의 젊은 장수들의 군대가 또 추격해 가서 적병을 겹으로 에워쌌다.

그때 모홀리는 오란 장고를 자신이 데리고 있으면서, 태조를 맞아 길을 인도하여 엔구드의 진영으로 모셨다. 그리고 자신의 1개 군단의 병사들을 이끌고 가서 엔구드의 포위된 병사들을 세 겹으로 에워쌌다. 병사에게 횃불을 들게 하여 싸울 때, 엔구드의 시르갈 바르탄은 톡그통고 장수의 큰 검 아래 죽고 큰 수호기가 쓰러졌다. 하르 베르흐는 많은 병사들을 이끌고 민첩하게 싸우면서 사방으로 빠져나려고 애쓰다가 몸에 몇 발의 화살에 맞고, 병사들 가운데서 길을 찾으며 싸우다가 수베데이 바타르를 마주하자 혼비백산했다. 몇 번을 싸우면서 틈을 찾아 도망가려고 하는데, 수베데이 바타르가 한 번 크게 일갈하며 왼손으로 창을 비틀어 치우고, 손을 뻗고 쳐들어가 오른손을 한 번 돌리더니 하르 베르흐를 낚아채 땅에 패대기를 쳤다. 그를 포박하게 하여 생포하자 그의 수호기가 또 쓰러졌다. 그렇게 하여 엔구드의 병사들은 의지할 곳이 없게 되자 아우성치며 대혼란이 일어났다. 그때 모홀리가 뭇 병사들에게 명령을 내렸다.

"갑옷과 무기를 버리고 투항하는 엔구드 병사들은 목숨을 모두 살려 주도록 하라. 대신 투항하지 않는 자들은 모두 죽여 없애도록 하라!"

모홀리의 외치는 소리에 산과 초원이 웅웅거리며 진동했다. 이제 무사히 살아서 빠져나갈 방법이 없다고 망연자실하고 있던 엔구드의 병사들은 이 명을 듣고, 크게 기뻐하며 모두 투항하겠다고 소리 높여 외쳤다. 그리고 깃발을 모두 버려두고, 투구와 무기를 내던지며 투항했다.

이에 모홀리가 징을 치고 31개 지역의 병사들을 세 군단으로 나누어 지휘케 하여 점검하자, 엔구드의 3만 병사 가운데 4천 명 이상이 죽고, 6천 명 이상이 부상을 당하고, 1천 명 이상이 도망쳐 사라졌다. 다음 날 상처 입은 엔구드 병사들에게 모두 약을 나누어 주고, 오란 장고에게 병사들의 수가 적힌 장부를 받았다. 그리고 모홀리는 몸소 그를 포박해 태조 앞으로 데리고 가 무릎을 꿇렸다. 톡그통고 바타르는 시르갈 바르탄의 머리를 높이 들어 올렸다. 수베데이 바타르는 자신이 쏜 여러 발의 화살이 박힌 하르 베르흐를 생포하여 데리고 왔다.

그러자 태조가 오란 장고에게 물었다.

"나는 두 번이나 적을 맞았소. 한 번은 혼사를 맺을 때인데, 나는 그대의 지역이 멀다고 하여 한 번도 알린 적이 없소. 그런데 그대는 어찌하여 우호적이고 평화롭게 지내다가 이처럼 많은 사람을 움직여 이렇게 멀리 공격해 온 것이오? 어찌하여 이 같은 난리를 일으켜 이 정도로 사람들을 해치는 데 이르게 한 것이오? 내가 평소 그대의 무언가를 착취하고 괴롭혔던 적이 있소? 어찌하여 평안과 행복을 저버리고 위험한 적이 되기를 원한 것이오?"

그러자 오란 장고가 울면서 땅에 머리를 박고 고했다.

"오늘 주군을 뵙고, 비로소 다른 이에게 속았음을 알았습니다."

그리고 베데국에서 죄를 묻는 서한과 왔던 사신의 이름, 또 자모하가 와서 어떻게 충동질했는지를 처음부터 끝까지 모두 상세히 고했다. 그리고 마침내 자모하의 속임수에 빠진 것을 오늘에야 비로소 안 것이 사실이라며 죽을죄를 지었으니 벌을 달게 받겠다고 고개를 숙이고 기다렸다.

그러자 태조가 한숨을 내쉬며 말하기를 "내가 본디 그대 지역이 멀다 여겨 국사와 개인사에 대해 전혀 알리지 않았는데, 무슨 죄를 묻는단 말이오? 특별히 자모하가 가짜 사신을 보내 그대를 놀라게 했지만, 그대는 또 벌어진 일에 대해 사신을 보내 상황을 고하고 용서를 구하는 것이 옳지 않았겠소? 진정 간청하다가 안 되면 그때 싸움을 일으켜도 늦지 않았을 것이 아니오?"라고 하자 곁에서 하르 베르흐가 화살에 맞아 심하게 상처를 입은 상태로 눈을 깜박거리고 있다가 펄쩍 뛰며 큰소리로 외쳤다.

"우리 주군께서는 원래 배반할 마음이 없으셨고, 모두 저희가 일으킨 일입니다. 모든 사람들이 테무진 당신을 보이고 보이지 않는 것을 아는 현명하고 지혜로운 신성의 자식이라고 합니다. 이 일이 우리 주군과는 관계가 없으니 이제 서둘러 저를 죽이시면 끝나지 않겠습니까?"

태조는 하르 베르흐가 사내대장부임을 보고, 그를 자기편으로 받아들일 생각을 하고 모홀리를 보고 지시했다.

"이 하르 베르흐는 자신의 주군에게 매우 충성스러운 사람이오. 대장군의 생각은 어떻소?"

모홀리가 태조 가까이 다가가 무릎을 꿇고 고했다.

"신도 매우 좋게 생각됩니다. 다만 그의 상태를 보아 상처가 매우 심각한 상태라 치료하기가 쉽지 않을 듯합니다. 신이 데리고 가서 애써 보겠습니다. 만약 도무지 낫지 않는다면 죽여서 나라의 법을 공고히 하고, 만약 어느 정도 좋아질 방법이 있다면 낫게 하여 병사들 앞에서 쓰도록 하겠나이다!"

태조가 그의 말을 옳게 여기고, 오란 장고를 향해 말했다.

"내 또 원래부터 그대가 온유하고 정직한 것을 알고 있었소. 다만 그대 아랫사람들이 해를 보게 되었소. 우루스구미는 어찌 되었소?"

"그자는 제가 군대를 움직이는 것을 막지 못하자 달아났습니다."

그러자 태조는 머리를 흔들며 한숨을 쉬었다.

"지혜로운 자는 속임에 빠지지 않는 법이오."

그때 하르 베르흐를 이틀 동안 보살피고 치료했지만 좋아지지 않자, 오란 장고의 죄를 그에게 덧씌워 죽이고, 하르 베르흐를 들것에 실어 밖으로 내가 그 머리를 시르갈 바르탄의 머리와 걸어두게 했다. 그리고 엔구드의 속민들을 안정시키고, 오란 장고의 목숨을 살려 주어 그를 믿고 따르게 했다. 그뿐 아니라 넷째 동생 오란 가촉에게 명하여 임무를 부여하고, 엔구드 열 개 부족 31개 지역 사람들을 원래 지역에 그대로 정착하게 하고, 오란 장고로 하여금 또 지역을 다스려 안정시키도록 임무를 부과했다. 다만 우루스구미가 부재했기 때문에 그의 속민인 부랴트의 오이라트 한 부족을 잠시 오란 장고에게 살피게 하고, 그가 돌아오는 것을 기다리도록 했다. 대 엔구드를 안정시키고 평정케 하자, 열 부족의 많은 지역민들이 감복하고 기뻐하는 노래소리가 천지를 진동했다.

한편 태조는 오란 장고에게 대군의 진지 구축을 총괄하게 했다. 무기, 화차, 갑옷과 투구, 북과 나팔, 수호기와 깃발 등을 만들게 하고, 군대의 물품 구비에 관한 모든 일을 그에게 맡기고 아랫사람들을 가르치게 했다.

또 차나 초원에서 대수호기에 제의를 드리고,[4] 많은 병사들에게 포상했으며 많은 장군들의 공훈의 경중에 따라 상을 내렸다. 톡그통고 바타르와 수베데이 바타르에게 가장 큰 공훈을 인정해 포상하고, 큰 연회를 베풀고 아래로 차례대로 상을 내렸다. 병사들은 승리의 축제 예식에 따라 피리를 불고 북을 치면서 나라로 돌아왔다. 오란 장고는 자신의 15세 된 외동딸 볼로가를 심부름시키며 부리라고 태조에게 바쳤다. 하사르가 그녀를 보고 놀라는 한편 매우 마음에 들어하자 태조는 즉시 볼로가를 아우 하브트 하사르에게 상으로 내주었다. 하사르는 크게 기뻐하며 그 은혜에 절하고, 볼로가를 첩으로 삼았다. 오란 장고는 나라의 인척이 된 것으로 크게 체면을 세울 수 있었다.

태조의 군대가 돌아가다 나라의 변경에 이르렀을 때 케레이트의 군

---

4 고대로부터 몽골인들은 수호기를 제의하는 습속이 있었다. 수호기에는 백수호기와 흑수호기가 있으며, 전쟁에 사용되는 것은 주로 흑수호기였다. 수호기는 말털로 되어 있으며, 이는 말신앙과 긴밀하게 관련되며, "흑수호기는 군대의 위엄을 상징하는 동시에 하늘의 수호령이 내려와 깃드는 처소로 인식되었다. 이 수호기는 어떤 개인이 만든 것이 아니라 하늘에서 내려온 것이라고 말하고 또 그렇게 믿어졌다"(이안나, 『몽골 민간신앙 연구』, 한국문화사, 2010, 52쪽).

대를 누르고 승리한 시리 호톡과 하르 히루, 찬드간 세첸, 호드간 베히 네 장군이 마중을 나와 태조에게 절하고, 케레이트의 적병을 제압하고 노획한 많은 전리품을 올렸다. 경사에 경사를 더해 잔치를 베풀 때 태조가 기뻐하며 그들에게 후한 상을 내려 주었다.

이들이 케레이트 군대를 어떻게 제압했을까? 그 내력은 다음과 같다. 자모하가 엔구드에서 돌아가 신왕 얄고와 1만 5천 명의 정예군을 이끌고 나갈 때, 얄고는 부왕과 누이동생에게 그 사실을 숨기고 나이만을 정찰한다고 나가 며칠을 진군해 베데국 앞으로 몰래 지나가 차간 오르길이라는 산에서 설영했다. 밤이 되어 3경 즈음에 매복해 있던 모홀리의 병사들이 거짓으로 엔구드의 패잔병이라고 하며 "우리는 모두 케레이트가 벌인 계략에 빠져 나라가 망하고 몸을 뉘일 곳 없이 굶주리며 지냅니다"라고 소리치며 불을 놓아 케레이트 군 진영을 초토화시키기 시작했다.

케레이트 군대는 전혀 생각지 않은 일이었기 때문에 대혼란이 일어나 싸우지도 못하고 도망쳤다. 그러자 모홀리는 20리를 추격해 가서 이들을 일시에 대파하고, 케레이트의 깃발과 신호용 불등을 단 낙타와 게르 궁, 천막 등의 물건을 모두 빼앗고, 엔구드를 습격했다.

한편 얄고 등 몇 사람이 이미 멀리 도망쳐 50리를 가서, 타르바가타이 사구에 이르러 대충 남아있던 화로를 받쳐 솥을 걸고 비로소 차를 끓이고, 양고기를 토막 내 자르고 있었다. 그때 봄의 붉은 먼지가 크게 일더니, 초원의 버드나무 사이에서 베데국의 시리 호톡과 하르 히루, 찬드간 세첸, 호드간 베히 네 장군의 병사들이 나타나, 자신들은 엔구드의 패잔병이라고 했다. 케레이트가 베데국과 몰래 연합하여 우리를 습격했다며 그들을 포위하고 공격하자, 얄고와 자모하가 소스라치게 놀라 달아났다. 이번의 싸움에서 케레이트 병사의 4분의 1이 부상을 당했고, 또 4분의 1이 죽고 나머지 4분의 2는 또 모두가 무기와 갑옷, 투구, 말과 안장, 솥, 화로 등을 모두 빼앗기고 아무것도 없이 맨몸으로 도망쳤다.

이 일을 왕 칸은 듣지 못했지만, 솔롱고가 이미 듣고 따뜻한 봄날 통갈락 샘 입구에서 연녹색의 버드나무 숲에 들어가 한숨을 내쉬었다.

"오라버니가 벌인 이 일은 필시 나라를 망하게 할 것이야."

그리고 또 나이만의 알탄샤를 그리워하며 작은 목소리로 노래를 불렀다. 후에 왕 칸은 얄고가 벌인 사건을 자신의 작은부인에게서 모두 듣고, 얄고를 책망하며 자모하를 죽여 버리겠다고 저주를 퍼부었다.

그러자 얄고는 '계모의 말을 듣고, 나를 수치스럽게 했다'며 아버지를 증오했을 뿐 아니라, 자모하도 왕 칸을 조만간 살해할 마음을 품었다. 그렇게 시리 호톡 등의 네 명의 장군은 케레이트의 적군을 대파하고, 있는 모든 전리품을 가지고 국경에서 기다리며 태조를 맞았다. 또 나라 가운데 옛 대신 멩릭과 호르골즈, 운두르 세첸, 우넨 투르가 두 번째 영접단으로 나와 태조를 맞이했다.

운두르 세첸은 모훌리의 지시로 자로드의 왕촉 칸의 동정을 살피기 위해 갔다가 와서 고하기를 "자로드국의 군대가 분명 초가을에 이쪽으로 움직일 것 같습니다. 전쟁을 선포하는 서한을 가져온 것은 자모하의 거짓 사신이 분명합니다. 그래서 신이 곧 그들 성시로 들어가 왕촉 칸에게 어찌 원한이 없는데 사건을 일으키고, 반대편이 아닌데 왜 선전 포고문을 보냈는지 묻자, 왕촉 칸은 맹세코 포고문을 보내지 않았다고 했습니다. 다만 올가을 그저 올리안강을 건너 올고이산으로 사냥을 할 것이라고 한 것은 사실이며, 싸울 이유는 전혀 없다고 했습니다"라고 했다.

태조가 기뻐하며 그의 노고를 치하하고 후한 상을 내렸다. 그리고 올가을 자신 또한 올고이산에서 사냥을 할 것이며, 그곳에서 만나 허심탄회하게 담소를 나누며 사냥하자는 약조를 하기 위해 그를 보냈다.

일행이 보르한 갈돈 산에 이르자 수석 신하인 토르곤 샤르가 주치와 차가타이를 말에 태우고, 우구데이를 껴안고 온 나라 사람들과 함께 나와 태조를 영접하며 절했다. 태조가 우겔룬 우진과 인사를 나누고, 국가의 경축 예법대로 잔치를 벌일 때, 이 잔치에 세 사람이 나타났다. 첫 번째 사람은 올란 장고인데, 자신의 목숨을 구해준 은혜로 구름과 비, 바람과 눈의 변화를 예측할 수 있는 한 자 정도의 빛나는 티베트산 유리 탑을 태조에게 바쳤다. 태조는 그의 충심을 보고, 장고라는 이름을 바꾸어 오란 히첸귀[5]라 하고, 자신의 양녀이자 하사르의 딸인 알탄이라는 조카를 그의 아들에게 주어 겹사돈을 맺었다. 두 번째 사람은 고르로스국의 나란 칸으로 방년 열여덟 살이 되어, 서북쪽의 사르락국에 혼사를 이루기 위해 가서 뜻을 이루지 못하고 돌아오는 길에 태조에게 들러 절하고, 러시아산 총과 활, 창검, 투구와 갑옷, 안장 그리고

5 '히첸귀'는 '노력하다'란 의미.

일데쉬국의 몸집이 큰 말과 희고, 검은 여우 가죽 등 9가지 예물을 9개 또는 9마리씩 올리고, 양가가 혼사를 맺을 것을 청했다.

태조의 아우 벨구테이 본처의 큰딸인 알탄 기르골다이라는 여식은 엄마가 어려서 죽었기 때문에 태조가 부르겔진 세첸 주순 부인에게 데려다 주어 하사르의 딸과 함께 양녀로 들였다. 그 당시 태조는 딸이 없었던 때라 딸을 원해 그녀를 키웠다. 그리고 아이에게 알탄 기르골다이라는 이름을 지어 주었다. 태조는 이 양녀를 나란 칸에게 주어 인척 관계를 맺었다. 이 알탄 기르골다이가 고르로스에 가서 일 년이 채 되지 않아 죽자, 나란 칸은 그녀를 몹시도 그리워하다가 열 명, 스무 명의 처자를 아내로 삼았다. 이것은 나중의 일이다. 또 세 번째는 엔구드의 오이라트 부랴트 부족의 우루스구미 그는 진작에 도망쳐서 바이칼호로 달아났는데, 그곳에서 황금 깃을 가진 매라는 한 놀라운 새를 잡아, 베데국의 군대가 돌아간다는 소식을 듣고 그 뒤를 추격해 이 매를 태조에게 올렸다. 태조가 그 새를 보니 실로 특이하고 놀라운 모습을 하고 있었다. 태조는 그 매로 늑대나 야생동물을 잡는 것이 토끼나 꿩을 잡는 것보다 더 쉬었기 때문에 매우 흡족해 하며, 그에게 후한 상을 내리고, 그의 오이라트 부랴트 부족을 오르시그츠[6]에게 주어 다스리게 했다. 어떤 자료에는 태조가 하사한 히첸귀와 오르쉬그츠라는 이름은 모두 바뀌어져 히첸귀를 '칭귀'라고 쓰고, 또 오르시그츠라고 한 것을 '오르 시구시'라고 쓴 것이 여러 번 나타난다. 이러한 것들을 근거해서

6 '우루스구미'에게 하사한 이름.

보면 상당히 잘못된 것이기 때문에 여기서 분명히 구별하여 언급했다.

태조가 자로드에 보낸 사신 운두르 세첸이 자로드에 가서 자모하가 거짓 사신을 통해 보낸 악의적인 말들이 쓰인 서한을 보여 주었다. 또 태조가 올가을 함께 올리안강의 올고이산에서 병사들을 연합하여 대규모 사냥을 하자고 했던 것을 말하자 왕촉 칸이 매우 기뻐하며 기꺼이 그 제안을 받아들이고, 베데국의 사신 운두르 세첸을 떠나보냈다. 그는 기쁜 마음으로 태조가 보낸 서한의 답신을 가지고 돌아왔다.

그로부터 뜨거운 여름이 지나고 시원한 바람이 부는 가을이 되자, 태조는 곧 약속한 대로 사냥을 하기 위해 올리안강의 올고이산으로 1만 명의 병사를 이끌고 가자, 자로드의 왕촉 칸은 백사성에서 3만의 정예군을 이끌고 올고이산으로 와서 설영을 하고 있었다. 이 소식을 케레이트의 자모하가 듣고 크게 충격을 받았다. 왕촉 칸이 테무진과 만나면 자신의 계략이 들통날 거라며 한밤중에 급히 말을 달려, 올리안강 입구 왕촉 칸의 진영에 와서 고하기를 "칸이시여, 베데국의 테무진의 교묘한 술책과 모홀리의 음흉한 계략에 걸리셨나이다!"라고 하며 궁으로 들어갔다.

왕촉 칸의 여덟 명의 대신인 마시, 투르, 투투레이, 두르베, 호시가, 오돌로이, 파란 메르겐, 차가도르 바타르 등이 급히 앞으로 나아가 자모하를 붙잡아 포박하자, 자모하가 계략이 들통 난 것을 알고 갑자기 한 가지 꾀를 썼다. 그는 코를 쳐들고 왕촉 칸을 보면서 크게 웃으며 말했다.

"가엾게도 불운하신 왕촉 칸께서는 올리안강에서 베어지고, 올고이산에서 끝날 운명의 시간이 다가왔습니다. 저를 서둘러 죽이십시오, 빨리 죽이십시오!"

그리고 밖으로 달리자 왕촉 칸이 짐짓 의심이 생겨 "잠시 다시 데리고 오라!"고 하자 마시와 투르가 이를 급히 막았다.

"저 자모하라는 자는 곱슬머리에 얼굴에는 푸른 점이 나 있는데, 이는 매우 좋지 않은 상의 특징이라 할 수 있습니다. 결코 좋은 사람이 아닙니다. 분명 꾀를 부려 속이려고 하는 것이니 속히 죽여 베데국의 군주에게 보이시고, 베데국과 우호적으로 지내시는 것이 좋을 것입니다!"

그러자 왕촉 왕이 그 말을 받아들이지 않고, 자모하를 다시 데려오게 하여, 그의 말의 의미를 묻자 자모하가 오만하게 고개를 돌리며 말했다.

"아아, 죽이려면 빨리 죽이십시오, 어찌 진정 이러시는 것입니까?"

그러자 마쉬와 투르가 함께 긴 검을 빼 들고 베어 죽이려고 하자, 왕촉 칸이 급히 몸으로 막아서며 자모하에게 물었다.

"어찌 내가 죽을 때가 가까웠다고 하는 것인가?"

자모하가 "무슨 말씀이 그리 많으십니까? 죽이면 끝나지 않습니까? 무엇을 다시 반복해 물으시는 것입니까? 베데국의 테무진과 그의 신하 모홀리의 교활한 계략과 강력한 힘으로 4, 5만 명의 병력을 가진 나라의 군왕을 가죽 위에 든 누런 버터에서 양털 하나를 뽑는 것처럼 쉽게 붙잡는 것을 보았소. 이제 병사들 없이 하는 사냥 중에 붙잡아 가는 것이 어찌 어려운 일이겠습니까? 케레이트의 왕 칸이 그를 청해 모셨지만 도리어 붙잡혀서 백 가지 수치스러움을 맛보았습니다. 칸께서 지금 그와 약조를 하고, 그의 지역에 가까이 있다가 붙잡히는 것은 협상 이외의 일이 아닙니까?"라고 했다.

왕촉 칸이 그 말을 크게 옳게 여기며, 몸소 그의 포승을 풀어주고 어떻게 하면 좋을지 묻자 자모하가 "그가 대왕님을 부드럽게 위무하며 생포하겠다고 한다면 대왕께서는 그보다 더 부드러운 방법을 사용하시어, 한편으로 사람을 보내 그를 맞이하게 하고, 다른 한편 길에 병사들을 매복시켜 테무진을 죽이면 베데국에 압박을 당해 투항했던 많은 부족 국가 중에 어떤 부족은 대왕께 투항하지 않겠습니까?"라고 했다.

왕촉 칸은 나이가 젊고 조심성이 부족하여, 투르와 마시가 간곡하게 설득하는 것을 전혀 받아들이지 않고, 올고이산 뒤편에 5개 군단의 병사들을 매복시키고, 태조를 영접하기 위해 파란 메르겐을 사신으로 보냈다. 또 투투레이, 두르베, 호시가, 오돌로이, 차가도르 바타르 다섯 사람을 매복한 5개 군단의 매복한 병사들의 대장으로 세워 준비하고, 자신은 마시와 투르, 자모하를 데리고 공격해 오면 싸우다가 패배하면 달아날 준비를 하고, 작은 장막에 앉아 소식을 기다렸다. 한편 마시와 투르가 한숨을 내쉬며 급히 올리안강의 가죽 뗏목과 목선을 상당히 준비하게 했지만, 분명 결과는 좋지 않을 거라는 것을 알았다.

한편 태조는 올리안 강가에서 사냥을 하기 위해 떠날 때 장수 보가르지를 사냥 대오의 대장으로 삼고, 모홀리에게 나라를 지키게 했다. 도중에 자로드의 왕촉 칸의 영접 사신인 파란 메르겐이 태조를 만나 절하고 일행을 맞이했다. 그는 태조가 자신들의 계략에 빠졌다고 속으로 크게 기뻐하며 밤에 처소로 들어갔다. 그의 집 종인 쇼마르라는 자가 파란 메르겐의 술을 훔쳐 마시고 취해서, 파란 메르겐이 돌아왔을 때 짐과 우마를 전혀 준비해 놓고 있지 않았다. 이에 파란 메르겐은 크게 진노하여 채찍으로 100대를 치자, 쇼마르가 크게 앙심을 품고 도망쳐 베데국 진영으로 가서 왕촉 칸의 전략을 큰소리로 외쳐댔다. 보가르지가 크게 놀라 서둘러 100여 명의 병사들을 이끌고 파란 메르겐을 추격해 붙잡고, 모진 고문을 가해 모든 사실을 알아냈다. 그리고 태조에게 그 사실을 고하고, 대군을 이끌고 꼬리를 물고 줄지어 달려갔다.

그러자 파란 메르겐를 따르던 부하들이 도망쳐 나와 급히 질주해 가서 베데국에서 계략을 알아챈 것을 왕촉 칸에게 고했다. 왕촉은 대경실색하여 먼저 달아나 올리안강을 건널 때 뒤에 남아있던 군대는 베데국에 대패하고 말았다. 태조는 다음 해 싸우기로 결정하고, 사냥을 마치고 나라로 돌아가 새해가 될 때까지 병사들을 선발해 훈련을 시켰다. 경술년은 여기서 끝났다.

소인배를 나라의 중책에 기용하면
진실한 대신이 조정에 있어도 어찌 정치가 가능하겠는가!

【평언】

옛말에 "현자는 천자를 넘어서지 않는다"라고 했다. 이 장에서 태조가 벙어리인 척하는 엔구드의 사신을 보자마자 거짓이라는 것을 알았던 것은 인간 군주의 지혜와 현철함이라 할 수 있다. 특히 그의 진위를 시험케 할 때 "사내대장부를 조금도 부당하게 대하지 말고 때리지 말 것이며, 죽이려고 하지 말라!"라고 한 것은 진정한 성인의 마음이라 할 수 있다. 후에 엔구드를 섬멸하고, 그 군주를 붙잡아 입을 열자마자 오란 장고의 올곧음을 언급하고, 또 그의 수하 장수 하르 베르흐를 군주에게 충성스런 신하로 받아들였던 것은 실제 나라의 군주가 되어 백성의 부모가 된 진심어린 자애의 마음이라 할 수 있다. 나중에 축하연에서 장고의 이름을 바꾸어 '히첸귀'라고 한 것과 우루스구미의 이름을 바꾸어 '오르식그츠'라고 한 이러한 이름에는 상당히 중의적인 뜻이 내포되어 있다.

원래 오란 장고는 정직하고 최선을 다해 분투하는 자인데, 이번에는 실수를 했으며 이처럼 된 것은 분투함이 적었기 때문이니, 이후 더 열심히 분투하라는 뜻에서 '히첸귀'라는 이름을 내려 주었다. 재주가 있으니 최선을 다하면 앞으로 다시 실수하지 않을 것이 아닌가? 특히 달아났던 우구스구미를 또 용서하고, 자기 부족에서 살라고 '오르식그츠 거주하는 자'라고 했지만, 그는 자신의 군주에게 화가 이르자 그대로 두고 간 것을 좋게 여기지 않아 붙여준 이름이기도 했다. 이것은 바로 『대학』에 "그 좋은 것을 칭찬하되 그의 나쁜 것을 깨닫고, 그 나쁜 것은 미워하되 그 좋은 것을 아는 자는 천하에 극히 드물다"라고 언급한 것은 이 부분과 대응을 이룬다.

태조를 성조 칭기스라고 추대한 것은 지나치게 받든 것이라고 할 수 있을까? 진정 그는 몽골의 타고난 성인이다. 또 알탄 아로토, 알탄 고롤다이 두 영애 중 한 사람을 칸에게 내어주고, 다른 한 영애를 평민에게 내어준 것은 그 뜻이 참으로 깊고 참으로 먼 것을 내다본 것이라 할 수 있다. 그것은 무슨 말인가? 칸의 고귀함에 기울지 않고, 평민의 천함을 혐오하지 않는 이것이 곧 몽골의 분명한 교훈이 아니겠는가? 이것은 뼈와 살로 먼 세상을 품고, 훗날의 디딜 토대를 크게 다진 지용智勇을 갖춘 생각이요, 또 실제 위로 천신과 나란히 하고, 아래로 거지와 지내고자 하는 생각이라 할 수 있다.

또 옛말에 "그런 아버지에게 반드시 그런 아들이 있다. 용 같은 군주에게 반드시 호랑이 같은 신하가 있다"라고 했듯이, 태조는 엔구드의 하르 베르흐를 좋게 여기고 옆에 남기겠다고 하자 모홀리 역시 그렇게 생각했다. 다만 그가 회복되지 않자 죽여 국법을 엄격히 했던 것은 고대 여러 나라들이 각축을 벌이던 시절, 진晉나라 문공文公이 군법을 어긴 장수 위주魏犨를 죽이겠다, 살리겠다고 한 것과 무엇이 다르겠는가?[7] 모홀리는 진실로 몽골의 방통龐統[8]이라 할 수 있다.

『강목』에는 모홀리를 지략 있고 이기기 힘든 용사라고 칭송했다. 작은 것에 시기심을 발동하는 중원도 그처럼 칭찬하여 기록으로 남기지

---

7 기원전 632년, 문공이 조(曹)나라 도성을 점령하고, 병사들에게 희부기의 집을 침입하지 말라고 명을 내렸다. 위주와 전힐이 문공의 행동에 분노하여 희부기 집을 불태웠다. 이때 위주가 가슴에 부상을 입었다. 문공은 그를 죽이고 싶었지만, 그의 재능이 아까워 사람을 보내 상태를 살피게 했다. 부상이 심하면 죽이고, 심하지 않으면 용서하려는 것이었다. 위주가 눈치채고 높이뛰기, 멀리뛰기를 여러차례 해보이자 결국 문공은 위주를 용서하고 전힐은 죽였다(http://namu.wiki/w/위무자).

8 방통(179~214), 후한 말기 유비 휘하의 정치가. 별호는 봉추(鳳雛, '봉황의 새끼'란 의미). 유비가 형주를 얻었을 때 휘하에서 모사(謀士)로 있었고, 제갈량이 그의 재주를 인정해 '치중종사'에 발탁하고, 제갈량과 함께 군사중랑장을 지냈다(임종욱, 『중국역대인명사전』, 이회, 2010, 515쪽).

않았는가? 또 늘 바람직한 방향으로 끝을 맺는 것은 고대 촉나라의 조자룡趙子龍[9]과 마찬가지로 용맹스럽고 흔치 않은 복된 운명이라 할 수 있다. 특히 태조는 좋은 물건을 혼자서 독차지하지 않고, 붉은색의 부드러운 사향을 공을 세운 자들에게 상으로 하사하고, 그것을 재화로 삼게 한 것을 보면 태조의 눈과 마음은 태양처럼 밝고, 바다같이 넓은 생각을 갖고 있음을 알 수 있지 않은가? 옥체에는 항우, 관우와 같은 불굴의 용맹함이 있고, 마음에는 문왕과 환공의 관대함이 있으니, 어찌 사해를 넘지 못하겠는가? 그렇게 하여 만 리나 되는 먼 곳의 기이한 신체를 가진 나라에 가서 그들 나라를 공격한 칸들이 몇 몇이나 되겠는가?

독자 제위께서 잘 살펴 생각하면 곧 지극히 경이롭다는 것을 추측할 수 있을 것이다. 후에 명나라 태조 주원장이 몽골 사직을 빼앗고, 몽골 대도의 몽골 역사서를 태우지만 않았어도 우리 몽골은 이보다 더 나은 안목을 가질 수 있었을 것이다.

---

9 조자룡(?~229) : 삼국시대 촉나라 진정 사람. 이름은 운(雲). 처음에 공손찬의 휘하에 있다가 나중에 유비에게 귀순하여 여러 번 유비를 위기에서 구해냄. 그는 원만한 성격으로 끝까지 용맹을 떨치고 천수를 다하고 죽었다(위의 책, 1692~1693쪽).

제14장

장수 보가르지는 강을 건너 날아가는 불로 솔롱고드 부족을 공격하여 투항케 했네 지략가 모홀리는 사신을 붙잡아 솔롱고스를 공격할 계략을 세웠네

송나라 광종光宗 소희昭熙 2년, 금나라 장종章宗 명창明昌 2년, 신해년. 태조 나이 30세였다.

변치 않는 진실한 말은 언제나 그 진미가 있지만
보고도 의미를 깨닫지 못하는 자들은 자신을 대단케 여기네
사서의 이야기를 터무니없다고 비웃는 독자들이
끝없는 만물의 깊은 의미를 어찌 살피겠는가

태조가 병사들을 선발해 자로드의 왕촉 칸을 정벌하기 위해 출병할 때 모홀리는 많은 장병 가운데 나라를 지키는 자와 나라 밖으로 출정하는 자로 나누어 정했다. 그리고 전군은 모홀리, 중군은 태조, 후군을 보가르지가 지휘하여 3만 병사를 이끌고 출병했다. 자로드의 정탐꾼이 말을 달려 이 소식을 왕촉 칸에게 급히 전하자 왕촉 칸이 혼비백산하여 외쳤다.

"이제 어찌하면 좋단 말인가?"

그리고 18명의 천군을 지휘하는 대장들을 모아 상의했다.

"우리 자로드가 믿었던 유일한 것은 이 올리안강이 깊은 것이었소. 지금 강이 녹지 않았으니, 베데국의 병사들이 얼음 위를 평지처럼 건너올 것이오!"

그러자 마시와 투루가 앞으로 나와 예물을 올리고 공물을 바치는 것으로 이야기해 보자고 했다. 마시는 자신이 베데국의 군대를 맞아 해마다 남쪽의 비단과 은, 쇠 등의 공물을 바치겠노라고 하자 태조가 이를 허락하고 대군을 회군하여, 몸소 보가르지를 데리고 올고이산에서 사냥을 했다. 자로드의 잘못을 용납해 주는 공물을 바치는 날짜를 3월 15일까지로 협의했다.

그해 초봄이었기 때문에 3월 초순에 얼음이 모두 녹고, 올리안강도 녹아 흐르자 왕촉 칸이 강물을 믿고 공물을 보내지 않았다. 그리고 많은 첩을 데리고 봄놀이를 즐기자 마시와 투르가 그리해서는 안 된다고 아무리 금하고 설득해도 왕촉은 그들의 말을 듣지 않았다. 그리고 올리안강의 배를 모두 동쪽 강가에 모아놓게 하고, 위아래 나루터의 배들도 모두 거두어들여 사람의 자취를 끊어 버렸다. 그곳에서 동쪽 강가에 5천 명의 병사를 주둔시키고 거룻배를 지키게 했다.

하루가 다 가도록 공물을 보내지 않자 태조는 보가르지를 향해 말했다.

"왕촉 이 짐승을 보아하니, 강이 녹을 것을 기다리며 우리를 속였던 것이오. 모름지기 이를 공격한다면 바로 지금이 좋은 때이니, 사람을 보내 대군을 불러오게 하면 어떠하겠소?"

보가르지가 "자로드가 이미 투항했다고 병사들을 돌려보냈고, 나라 전체에 이미 알렸습니다. 이제 다시 자로드에게 속임을 당했다고 병사들을 모아오기 위해 간다면 첫째, 주군의 전언이 진실하지 않게 될 수 있습니다. 둘째, 주군의 체면을 손상케 하는 일이 될 것이며 셋째, 여기에 남은 신하들이 나라 사람들의 얼굴을 볼 면목이 없어질 것입니다. 그래서 신이 만약 자로드가 맹세를 지키지 않으면 공격하기에 좋을 것이라 생각하여 제가 지휘하는 좌익의 남쪽 강가 병사들에게 이미 지시하여 대비해 놓았습니다. 주군의 많은 준마를 날마다 물에 데리고가 훈련시켜 놀랍도록 물에 잘 적응한 말 가운데 서너 필을 뽑아 준비했습니다. 또 신이 주군의 인척인 톡그통고 바타르의 조카 안도 친과 많은 병사가 어떻게 강을 건널 것인가를 상의하여, 이미 계책을 세워 놓았습니다. 병사라 하면 주군 곁에 있는 병사와 신이 준비해 놓은 병사를 합하면 2만 명의 병사가 있습니다. 장애가 될 만한 길을 이용해 자로드를 무너뜨릴 수 있습니다. 자로드의 하인 쇼마르에게 물었더니, 자로드의 전체 병력은 7만이 넘지 않는다고 합니다. 또 올리안강 건너편에 군대를 막을 수 있을 정도의 강이 없고, 그 병사 모두를 집합시키는 데 또 한 달 이내로는 가능치 않다고 합니다. 이때 싸우면 분명 모든 것을 얻고, 압승할 수 있을 것입니다"라고 했다.

그러자 태조가 "작다고 얕잡으면 가시가 될 수 있고, 터럭을 꼬면 끈이 될 수 있소. 자로드는 첫째, 대국이오. 둘째, 성이 있으니 또 얕잡으면 아니 될 것이오! 대군을 부르는 것이 나을 것이오!"라고 했다.

보가르지가 신호를 보내 사람들을 물러가게 하고, 태조 가까이 무릎을 꿇고 고했다.

"우리나라 동남쪽에 케레이트의 얄고가 있습니다. 동북쪽에 마일즈의 토도가 있고, 서남쪽에 나이만의 타이얀 칸이 있습니다. 우리 대군이 강을 건넜다고 들으면 이 세 나라가 모두 생각이 일치하여 움직이게 될 것입니다. 그래서 신이 일반적 곳의 적이라고 여기지 않았기에 이렇게 준비했습니다. 중간에 이 강이 있기 때문에 평지에서 싸우는 것과 비교할 수 없습니다. 작은 둥지를 부수겠다고 하다가 자신의 대국에 혼란을 야기한다면 무슨 도움이 되겠습니까?

자로드는 이미 강을 확고히 믿고 있기 때문에 분명 나라에 그밖의 병사들을 훈련시키지 않았을 것입니다. 또 강가를 지키고 있고, 다른 지역에는 병사를 주둔시키지 않았을 것입니다. 신이 높은 언덕에 올라가 망원경으로 살펴보니 건너편 강가의 자로드 병사들은 4, 5천을 넘지 않습니다. 우리의 2만 병력이 강을 건너갈 수 있다면 자로드성을 무너뜨릴 방책을 신이 이미 생각하고 계획을 세워 놓았습니다. 때가 이른 후에 주군께 보이고자 했으며, 그전에는 고할 수가 없었습니다."

그러자 태조가 기뻐하며 그의 계략을 받아들이고, 보가르지 바타르를 칭송했다.

지략이 탁월한 아르로드 바얀의 아들
지모가 뛰어난 보가르지여
충성스럽고 믿을 만한 최고의 벗

신중하고 조심스러운 보가르지여!

태조는 즉시 그의 말을 따랐다. 그때 보가르지는 운두르 세첸, 우넨 투르에게 두 개 호전號箭을 주고, 남쪽 강가에서 명을 기다리는 좌우익 두 군단의 병사들을 불러오게 했다. 또 모두 3만 병력을 조직해 큰 북을 두드리며, 뭇 장수들에게 명을 들으라고 언명했다. 그리고 각각의 임무를 배정해 주었다.

"올리안강을 건너자마자 하브트 하사르와 부흐 벨구테이는 주군의 좌우익 장군으로 힘을 다해 주군을 보필하고 지키시오. 무슨 일이 있어도 위험한 곳을 뚫고 들어가게 하지 말 것이며, 사고가 나면 책임을 물을 것이오. 운두르 세첸과 우넨 투르는 주군의 전통을 매고, 군단을 책임지고 이끄시오. 오요트 세첸, 오욘고, 사이한 소르탈트, 투그스촉그트 네 장군은 주군의 활과 화살, 검과 창, 방패를 갖고 준마를 이끌고 주군의 말꼬리에서 떨어지지 마시오! 수니드의 길루겐, 마그노드의 호일다르 두 장군은 주군의 대오의 후미를 지키도록 하시오. 젤메와 제브는 다이산, 침바이, 투무르, 알흐, 수흐, 하트 투무르, 홀보리, 바이진, 후데르 부스 이 여덟 명의 젊은 장수들을 이끌고 나를 따라 전군과 함께 가서 자로드의 백사성을 공격하시오. 보랄 장군은 촐론 장군과 매제 보토를 데리고 후군으로 가서, 강을 건넌 뒤 동쪽 강가에 있는 자로드의 군대 뒤를 막고 싸우시오."

모홀리는 임무를 모두에게 일일이 정해주고 태조를 모셔왔다.

많은 사람들이 강을 어찌 건널지 알지 못해 속으로 당혹해하며 태조 곁에서 준비하고 있을 때, 신호탄을 세 발 울리자 태조를 선두로 하여 모두 진군을 시작했다. 올리안강을 거슬러 올라가 50리 길을 가서 계곡 나루터에 도착해 살펴보니, 안돈 친이 초원의 버드나무로 몇백 대의 큰 뗏목을 묶고 있었다. 뗏목마다 네 마리 소를 매어놓고, 배가 감당할 수 있을 정도로 병사의 갑옷과 무기를 실어놓고 준비하고 있었다. 또 많은 병사들의 말을 1천 마리씩 연결해 모든 말을 하나로 묶어 단단한 끈으로 연결하고 커다란 신호 깃발을 잡고, 태조가 다가오는 것을 기다리고 서 있었다.

태조가 강가에 이르러 그 정경을 보고 곧 그 저의를 알고, 말 위에서 보가르지와 안돈 친에게 술을 한 잔씩을 내려 주었다. 그리고 아무 말도 하지 않고, 아무 말도 묻지 않은 채 '옥玉 야크'라는 이름의 용마를 채찍질하여 앞으로 내달아 강으로 뛰어 들어가게 하자, 보가르지가 서둘러 말을 채찍질하여 태조 앞으로 뛰어들었다. 이에 많은 신하들이 크게 두려워하며, 모두 말을 달려 강으로 뛰어 들어갔다. 태조의 이 옥야크라는 말은 천 마리의 암말이 종마 없이 인적 없는 초원에서 자라서 용과 교미하여 태어났다. 그렇기 때문에 물속에서 달리는 것은 물고기가 헤엄치는 것 같고, 물에 뛰어드는 것은 물뱀이 쏜살같이 움직이는 것과 같으며, 물이 등자 위를 넘지 않게 달리는 말이었다.

이에 안돈 친이 서둘러 신호탄을 발사시키자, 병사들이 일시에 함성을 지르며 3만 기마병이 함께 물속으로 들어가고, 갑옷을 실은 뗏목이 또 따라 들어갔다. 태조를 위시해 3만 명이 마른 육지를 가듯 0.5리 너비의 강을 일시에 건너 맞은편 강가에 이르러 점검해 보니 말 한 필,

갑옷 반쪽도 잃어버린 것이 없이 온전하자 뭇 장군과 신하들이 모두 태조에게 절하고 칭송했다.

"우리는 온 나라가 주군을 천자라 할 때 그것을 뚜렷이 알지 못했는데, 오늘에서야 그 표징이 뚜렷이 드러났나이다!"

사람들이 깊이 머리 숙여 절하자 태조가 말하기를, "이것은 준마의 능력이지, 내가 뜻하는 바로 무슨 대단한 이적을 나타내겠소!"라고 했다.

수많은 병사가 뒤에서 건조시킨 식량을 내려서 먹었다. 그리고 옷을 말리고, 갑옷을 입고 투구를 제대로 쓰고, 말안장을 손질한 뒤 준비를 끝내자 보가르지가 태조에게 고했다.

"주군의 귀한 옥체를 힘들게 한다면 어찌하나 했는데 이제 큰 강을 건너 위험한 지역으로 들어왔습니다. 완승을 거두든지 아니면 전멸하든지 둘 중에 하나가 될 것입니다. 군대가 지체하면 일을 그르치게 될 것이니, 주군께서 친히 명을 내려 주십시오!"

그러자 태조가 3개 군단의 병사들에게 몸소 명령을 내렸다.

"첫째, 전진해 들어가면 살 것이요, 뒤로 물러나면 죽을 것이다. 이제 앞에 적이 있고 뒤에 강이 있다. 오직 앞으로 진격하여 적을 누르면 살 것이요, 뒤로 물러나면 힘을 잃게 되니 생명을 다해 전진해 싸우라!"

보가르지는 보랄을 불러 5천 명을 병사를 내어주고, 귀에 대고 은밀히 이르기를 "아형께서 오늘 안에 진격하여, 강 앞쪽 편에 있는 강가를 지키는 솔롱고드의 병사를 포위하고 공격하세요. 그리고 뗏목을 모두 빼앗아 강가를 지키는 우리 병사들이 이쪽저쪽 다닐 것을 준비하고, 이를 주군께 보고하세요!"라고 하고 태조를 지킬 5천 명의 병사를 남겨주고, 태조의 뒤를 지키도록 하여 천천히 보냈다.

보가르지는 열 명의 장군과 2만 명의 병사를 이끌고 날듯이 말을 달려, 자로드의 백사성을 향해 질주해 들어가, 북을 치고 자로드성를 포위했다. 이때 자로드의 왕촉 칸은 큰 강을 온전히 믿고 마음을 놓고, 강가 나루를 지키고 있던 병사를 5천, 5천 명씩 교대하여 강가를 방비하라고 일렀다. 그리고 자신은 뭇 여인들을 데리고 밤낮없이 노래와 풍악으로 향연을 베풀며 희희낙락 향락에 빠져 지냈다.

신하 마시와 투르가 아무리 말해도 왕촉 칸은 그들의 말을 듣지 않았다.

“베데국의 병사들이 아무리 날개가 자라도 어찌 강을 건너겠소. 진정 말꼬리를 붙잡고 강에 뛰어들어 넘는다 해도 그같이 하여 몇 사람이나 강을 건널 수 있겠소? 우리 5천 명의 병사들이 무엇을 하고 있겠소? 어찌 그대들은 이리도 겁쟁이처럼 잔소리가 많은 것이오?”

왕촉 칸은 몇 번이나 야단을 치며 두 신하를 부끄럽게 만들어 내보냈다. 그러자 자로드의 수석 신하 마시와 투르가 참괴함을 느끼며 냉소하고 있을 때, 어느 날 갑자기 베데국의 대군이 와서 성을 포위하고 외치는 함성 소리와 북 두드리는 소리에 천지가 진동하자, 자로드 사람들이 성의 문을 닫으려고 했다. 그러자 왕촉 칸은 품에 안고 술을 따르며 마시라 재촉하는 사이한 솔 왕비를 밀어내고 서둘러 대전에 나가 18명의 천부장을 모아 논의해 말했다.

“베데국의 병사가 하늘에서 내려왔소. 이제 어찌하면 좋겠소?”

그러자 마시와 투르가 고했다.

"일이 이 지경이 되었으니, 케레이트의 자모하에게 속은 것이 이가 갈리지만 때가 이미 늦었습니다. 이제 이전에 약속한 대로 공물을 모두 바치고 벌을 받아들이고, 투항하는 수밖에 없습니다."

왕촉 칸이 "투항하는 것은 어렵지 않소. 다만 투항한 연후에 목숨을 부지하기 어려울 것 같아 걱정되오"라고 하자, 마시가 "신이 듣기로는 베데국의 군주는 투항한 사람들을 전혀 죽이지 않는다고 합니다. 그가 만약 투항한 모두를 전부 죽였다면, 현재 베데국이 어찌 이렇게 크게 될 수 있었겠습니까? 둘째, 투항하지 않겠다고 하시면 이 보르지기드의 군대가 깊은 강을 날아서 넘어왔는데, 우리의 이 작은 성을 넘어가는 것에 무슨 어려움이 있겠습니까? 베데국은 멀리 북쪽 러시아와 말을 교역해 왔기 때문에 분명 그들의 나는 방법을 배웠을 것입니다. 이제 투항하는 것 외에 달리 안전한 방법이 도무지 없을 듯합니다"라고 했다.

왕촉 칸이 머리를 기울이고 심히 괴로운 듯 생각에 잠겨 있을 때, 다른 16명의 천호장들이 모두 서둘러 말했다.

"우리 모두 대대로 주군께 큰 은혜를 입었는데, 이제 어찌 뒤로 물러설 수가 있겠나이까? 우리의 능력이 되는 대로 분투해 성을 지키겠나이다."

그러자 왕촉이 "지켜서 성을 수호할 수가 있다면 문제가 없지만, 만약 지킬 수 없다면 이제 모든 것이 무너지지 않겠소? 먼저 저 베데국의 병사들이 깊은 올리안강을 건너올 수 있었는데, 우리의 이 낡고 무너질 듯한 성을 부수고 쳐들어오지 말라는 법이 어디 있겠소? 그 다음으로는 우리 군대가 또 싸울 준비가 되어 있지 않소. 이 성시 안에는 병사가 1만 명도 되지 않는데, 그 인력으로 어찌 이 도시를 견고히 지켜낼 수가 있겠소?"라고 하며 여전히 두려움을 느끼며 신하들을 바로 보지 못하고 주저하고 있을 때 사방의 네 성문을 지키는 병사들이 와서 고했다.

"베데국의 병사들이 성 밖에 있는 인가의 삽과 곡괭이를 모두 모아서, 이 서쪽 야마토 강둑을 파내 우리 도성을 물에 잠기게 할 모양입니다."

그러자 왕촉 왕이 크게 두려워했다.

"우리의 이 성은 오래된 데다가 축대가 없는 곳이 상당히 많고 또 지대가 낮소. 서쪽 야마토강의 모래가 있는 지대가 높은데, 그것을 생각하면 우리 성을 물에 잠기게 하는 것은 매우 쉬운 일이오!"

왕촉 칸은 투항할 마음을 굳히고 몸소 성의 망루에 올라가 베데국의 보가르지와 만나 병력을 이끌고 온 이유를 묻자, 보가르지가 큰 소리로 욕설을 퍼부었다.

"신뢰할 수 없는 썩어빠진 칸, 음흉한 자로드 부족이 어찌 모르는 척하며 꾀를 부리는 것이냐? 우리 주군께서 이미 13세 때부터 군대를 조직해 사방으로 원정을 다니시며 다다른 곳에 항복하는 자들을 살려 주셨으나, 피하는 자들은 매가 고니와 거위를 잡듯 살육했다. 먼지를 일으키며 말발굽이 이른 곳에서 투항하지 않은 자들이 없었다. 당신은 원한을 품을 일이 없는데도 문제를 일으키고, 자모하와 작당하여 우리를 공격하자고 한 것을 우리 주군께서 우호적으로 지낼 것을 중시하시어 호의적으로 가서 사냥을 하자고 하셨다. 그런데 당신은 못된 생각을 품고 우리에게 가는 길에 군대를 매복시켰다. 우리가 그것을 알게 되어 죄를 묻는 자가 가자, 당신은 또 투항하겠다며 사신을 보내고는 강을 건너자마자 또 배반했다.

당신이 강을 믿고 배를 묶어놓았는데, 우리가 또 어떻게 강을 건너왔겠는가? 비록 음흉하고 거짓말을 하고, 잔꾀를 부려 사신이 돌아간 뒤 또 약속을 회피하는 재주가 있지만 우리 주군께서는 진정 천신의 도우심과 풍우신의 가호하심이 있다. 만약 네 놈이 이를 일찍 깨달아 벌을 달게 받고 공물을 바치고 따랐더라면, 너희들의 송아지 한 마리와 반 마리 새끼염소도 죽이지 않고 살려 주었을 것이다.

만약 또다시 어리석은 짓을 행하고, 자모하의 계략에서 물러나지 않는다면 닷새 이내에 보가르지 나는 당신의 성을 마유주처럼 치고 젓고, 차처럼 펴서 쏟아 내리며 완전히 끝장을 내버릴 것이다. 너희들 모두에게 죽음의 발자국을 딛게 하지 못한다면, 15세부터 주군을 따르며 위험한 오적五賊을 처치하고 용사라는 이름을 얻은 것을 너희 솔롱고드 나라에 버릴 각오가 되어 있다. 또 우리 주군께서 이번에 출격하신 것은 다만 너의 일개 나라 때문이 아니다. 너희 동쪽에 있는 보호차간 칸에게서 또 공물을 받기 위함이다. 죽고 사는 것을 스스로 잘 살펴 결정하라."

왕촉 칸이 생각해 보니 그의 말이 매우 지당했지만, 투항하면 자기를 끌고 갈 것이 두려워 반 시간이 지나 답변을 했다.

"당신들이 서쪽 야마토 강물을 끌어 우리 성으로 물로 흘러넘치게 한다고 하니, 내가 혼자 죽는 것이 무슨 대수겠소? 그러나 우리 시의 10만 명 이상의 어린아이와 신민들이 모두 죽는 것을 보는 것은 견딜 수 없는 일이오. 그렇기에 투항하고자 하는 마음이 십분 있소만 투항 후 이전에 협의한 것에서 돌아서서, 나의 권리를 빼앗을까 두렵소."

그러자 보가르지가 "다른 것을 나는 알지 못하오. 다만 그대를 죽이지 않을 것이고, 또 다른 곳으로 이동시키지 않을 것을 보가르지 내 코를 가리키며 분명히 확약하오. 그밖에 또 달리 자신의 권리를 원하는 것이 있소? 말해 보시오. 가능한 일이라면 내가 주군께 고해 보겠소. 우리 주군께서는 한 번 하신 말씀은 돌이키지 않으시는 신성이시오!"라고 하자 왕촉 칸이 그 말에 크게 기뻐했다.

"내가 간청하는 바는 첫째, 우리 성시에 병사를 들이지 말 것이며, 두 번째는 나를 그대의 나라에 데리고 가지 않는 것이고, 세 번째는 우리나라 백성을 잡아가지 않는 것이오. 이 세 가지를 모두 따라준다면 어떠한 힘든 공물이라도 기꺼이 바치며 따르겠소."

보가르지가 "그것은 그리 어렵지 않은 일이오. 우리 주군께서 어느 나라를 투항케 해도 나라의 주인을 그 신민들과 떼어놓지는 않으셨소. 다만 순순히 투항하지 않아 공격하게 된 경우는 달리 협의를 하오. 그런데 그대는 해마다 어느 정도의 공물을 바치려고 하시오?"라고 물었다.

그러자 왕촉 칸이 말하기를 "공물을 당신들이 결정하는 것을 받아들여야지, 내가 어찌 스스로 결정할 수 있겠소?"라고 했다.

"지금 우리 주군께서는 날쌘 병사 20만 명과 지역민 100만 명을 먹이시고 계시기 때문에 옷과 양식이 매우 필요하오. 당신들 지역은 옷

감과 곡물이 풍부하니, 이전에 정한 공물에 또 해마다 5천 수레의 쌀과 만 필의 오색 피륙, 만 다발의 포탄, 질 좋은 무쇠 1만 근 이것을 수대로 바치면 내가 주군 앞에 청해 보겠소. 그밖에 지금 곧 제공할 것은 비둘기 1만 마리, 매 1만 마리, 암고양이 1천 마리를 서둘러 바치시오. 우리는 동쪽 솔롱고스 국의 보흐 차간 칸을 정벌하기 위해 갈 때와 우네겐강을 건널 때 필요하오."

그러자 왕촉 칸이 그 조건을 기꺼이 수락했다.

"그건 그리 어려운 일이 아니오. 다만 그대는 나를 데려가서는 아니되며, 나의 성시에 병사를 주둔시키지 않는다면 이들 공물 이외에 내 또한 나의 외동딸 잘람 공주를 그대의 군주께 드려 혼사를 맺도록 하겠소!"

보가르지가 그 제안을 기꺼이 받아들이고 군대를 곧 철수시켰다. 그리고 젤메를 시켜 태조에게 고하자 태조가 이를 수락하고 몸소 성에 들어가 논의하기로 했다. 이에 왕촉이 크게 기뻐하며 사흘 안에 비둘기와 매, 암고양이를 수대로 정해 모을 것을 명하자, 도성 안에 많은 사람이 크게 기뻐하며 발에 먼지가 나도록 부지런히 모아 바쳤다.

그런 다음 왕촉 칸이 투항해야 하기 때문에 조정의 많은 신하를 모이게 해 말하기를 "이전 세대에 세운 왕위와 나라인데, 이제 북쪽을 향해 모래 부스러기 같은 냄새나는 부족을 어쩔 수 없이 모셔야 하게 되었소"라고 하며 눈물을 흘리자 많은 신하들이 모두 눈에 눈물을 떨구었다.

그러자 신하 마시와 투르가 "이러한 일들은 모두 케레이트의 자모하

개망나니의 수작에 빠져 이렇게 되었습니다. 진정 그렇다 해도 올봄에 협의한 대로 공물을 보냈다면 이처럼 수세에 몰리지는 않았을 것입니다"라고 하자 군신이 일시에 자모하를 비난하며 나가서 투항하기로 결정했다.

왕촉 칸은 내궁으로 들어가 17명의 아름다운 후궁들과 연회를 베풀면서 눈물을 흘렸다. 베데국에 투항할 것을 말하자 많은 부인들이 모두 크게 놀라며, 왕촉 칸의 목을 껴안고 팔을 잡는 자는 팔을 잡고, 무릎 위에 올라앉는 자는 올라앉고, 다리를 당기는 자는 당기며, 새끼거미가 어미를 그리워하듯 매달려 엉겨 붙었다.

"주군께서 만약 베데국에 투항하시면 우리는 모두 다른 사람의 종이 되어 핍박을 받지 않겠나이까!"라고 하며 울며 매달렸다.

왕촉 칸이 갑자기 회의가 들고 또 여러 아름다운 부인들과 떨어지는 것을 견디지 못해 당기는 술로 마음을 달래며 계속 퍼마시다가 만취해 버렸다. 나라의 군대에 관련된 일을 한쪽으로 밀어놓고, 많은 부인의 무리와 여인네의 숲에 떨어져 쓰러졌다[원주] 이것은 진실로 뼈를 갉는 주색으로 조정을 망치고, 나라를 패망케 하는 큰 적이 된 것이었다.

이에 보가르지는 성 밖에서 왕촉 칸을 기다리며 하루가 지나자, 참을 수 없이 짜증이 났다. 무슨 일로 아무 말도 없느냐고 재촉해도 성을 지키는 병사는 아무런 말도 고하지 않자, 보가르지는 크게 역정을 내며 또 하루를 기다렸다. 해가 지자 뭇 병사에게 소리를 질러 묻게 하자, 자로드의 성시를 지키던 일반 병사가 초조해져 남몰래 가만히 "장군님, 잠시 하룻밤만 기다려 주십시오. 우리 주군께서 괴로워하시다

술에 취해 누운 지 이틀이 되었습니다. 많은 비들이 그를 놓아주지 않고 있습니다. 장군께서 조금만 더 기다려 주시기 바랍니다!"라고 하자, 보가르지는 이 말에 불처럼 빠르게 성문 앞으로 가서 큰 소리로 욕설을 퍼부으며 소리쳤다.

"인간도 아닌 왕촉, 누구를 이처럼 가벼이 보고 법도 없이 마음대로 구는 것이더냐? 뭇 여자들의 궁둥이로 나라를 끝장내는 왕촉, 알랑대는 여자들의 궁둥이로 성시를 그슬리게 하는 왕촉, 도대체 어찌 이렇게 반복해 거짓말을 하고, 경솔히 행동하면서 신용도 없이 배반하는 것이더냐!"

그리고 몸소 큰 북을 두드리며 신호탄을 세 번 쏘고, 큰 깃발을 흔들며 10개 군단의 대군과 더불어 크게 함성을 지르며 진격해 들어가 성시를 포위하고 공격을 시작했다. 또 그제 받았던 비둘기와 매, 암고양이 등 모든 동물의 꼬리에 모두 불을 태우는 송진과 유황 등의 점화제를 녹여 발라 준비를 해 놓았기 때문에 이것들에 모두 불을 붙여 남문에 풀어놓고 들여보냈다. 그러자 매와 비둘기는 어두운 밤이라 모두 자신의 둥지를 찾아 게르와 건물의 처마 밑과 장막, 궁전의 들보로 파고 들어갔다. 암고양이는 꼬리가 뜨거워지자 사방으로 달리다가 성에 올라가거나 집의 창과 문으로 올라갔다. 또 하늘에는 일시에 셀 수없이 많은 불새가 이리저리 날고, 땅에는 불쥐가 미끄러지듯 달리자 위아래로 불이 타올라 큰 화재가 일더니 점점 불이 번져갔다.

그러자 자로드 백사성의 많은 사람들이 영문도 모른 채 멍하니 있다가 또 큰 소동이 일었다. 크고 작은 게르마다 불이 솟구쳐 오르고, 신령과 귀신이 베데국을 도와 하늘에서 불이 내려와 대지의 불과 서로 하나가 되었다. 투항하지 않으면 성시 전체가 끝장이 날 때까지 다 타서 죽을 것이라며 난리가 일어났다. 겁 많고 어리석은 백성들이 백사성의 사방의 문을 열어주자, 보가르지의 10개 군단의 대군이 사방의 네 문으로 물이 범람하듯 밀려 들어가 먼저 왕촉 칸의 중앙 궁전을 포위하고, 열 명의 장수가 각각 민첩하게 공격해 들어갔다.

이때 왕촉 칸은 이미 대취하여 꿀같이 달콤한 잠에 빠져 있었다. 부인들과 공주가 왕촉을 밀고 당겨 깨웠다. 그러자 왕촉 칸은 비시발리라는 이름의 작은 부인을 껴안고, 취해서 여러 부인에게 호통을 쳤다.

"당신들은 왜 염치없이 나를 이처럼 빼앗으려 드는 거요? 나는 몸이 하나뿐인데 그대들 모두를 만족시켜 줄 수 있겠소? 나가시오!"

그는 눈을 감고 소리를 지르며 질책했다. 여러 아내들이 성 가운데 불이 나고 병사들이 난리가 났다고 말했지만, 또 꾸짖으며 "정말 음란한 잔나비들 같으니라고! 성 가운데 불이 나면 병사들이 끌 터인데, 내가 몸소 나가 끄란 말이오? 썩 꺼지시오!"라고 호통을 쳤다.

그리고 자신이 누워있는 침상으로 올라가 소실 비시발리 비를 부서지도록 껴안고 입술을 한참 빠는데, 보가르지의 병사가 궁전 덮개문을 베고 쳐들어 왔다. 그러자 많은 비들이 자신의 칸을 버려두고 모두 도망쳐 북쪽 대군 진영의 움집과 수로에 들어가 숨었다. 이런 상황에서 자로드의 병사들은 큰 혼란에 빠져 있었다. 왕촉 칸은 비로소 무언가를 의심스러워하면서 머리를 쳐들고 물어보겠다고 하는데, 보가르지의 병사가 이미 궁의 여자들을 붙잡아 왕촉의 궁을 물어, 그 문을 베고 들어가 왕촉 칸을 비시발리와 이불 속에서 끌어내어 벌거벗은 몸으로 붙잡아 결박했다. 보가르지는 사방의 문을 지키게 하고, 왕촉 칸의 신하들을 모조리 붙잡아 들여 심문했다.

동이 터 날이 밝아지자 곧 한편으로 병사들에게 불을 끄게 하고, 다른 한편 태조를 모셔오기 위해 사람을 보냈다. 정오 때 쯤 태조가 당도하자 보가르지가 태조를 맞아 절했다. 태조가 왕촉 칸의 대전에 좌정하자, 보가르지를 선두로 많은 장군, 대신들이 절한 후에 비로소 왕촉 칸을 앞세워 18명의 대신들과 함께 등을 밀어 데리고 와서 무릎을 꿇리고 죄를 묻자, 왕촉 칸이 말하기를 "이미 투항하겠다는 생각을 굳혔는데, 생각지 않게 부인들에게 이끌려 술에 취해 이렇게 되었습니다"라고 머리를 가누지 못하고 울며 절했다. 그러자 태조가 한숨을 쉬며 냉소를 지었다.

"단 10마리 양을 가진 집주인이라도 한 집안 살림을 생각하고, 아침 저녁으로 애써 노력하거늘 왕촉 그대는 만 호를 이끌고 다스리는 한 나라의 지도자라 하면서 열 명, 스무 명의 썩어빠진 여자들과 주색잡기에 빠져 정사를 그르치는 것을 보니, 참으로 가정교육을 받은 모습이 조금도 없구려. 아내라는 것은 남자의 그릇인데, 그대는 도리어 아내에게 사용되는 그릇이 된 것을 보면 형편없는 일개 소인인 것을 내 알겠소. 원래 내가 사람을 죽이지 않는다고 약속했고, 그대가 비록 반복해 식언을 했소만 내 이미 한 말을 되돌리지 않을 것이오!"

그런 뒤 태조는 왕촉 칸의 목숨을 살려주게 하고, 신하들을 향해 "나쁜 군주를 만난 신민은 좋은 군주가 먹인 개나 새보다 못한 것이오!"라고 하며 왕촉 칸의 마시와 투르 두 신하 이외에 다른 18명의 대신을 모두 공로가 있는 신하들에게 나누어 주어 종으로 삼도록 상으로 하사했다.

이때 보랄은 강을 건너던 날 밤 올리안강 동쪽 강가의 자로드 병영을 공격해 100척 이상의 배를 빼앗았다. 또 자로드의 3천 명의 병사를 사흘 밤낮으로 추격하여 그 반을 죽이고, 그 반을 이끌고 와 부마 보토에게 1천 명의 병사를 내어 주어 강의 나루를 지키게 하고, 자신은 촐론과 함께 소식을 전하기 위해 태조 곁으로 돌아왔다. 한편 보가르지는 백사성을 장악했다.

태조는 성시에 들어가 나라의 창고를 둘러보고, 창고의 곡식을 꺼내게 하여 성안 또 성 밖에 있는 많은 백성에게 나누어 주라고 명했다. 곧 공을 세운 경축의 예법에 따라 대신들은 태조를 만나 절하고, 대 연회를 즐겼다. 또 자로드의 병사들을 점검해 보니, 원근의 괜찮거나 그렇지 않은 5만 이상의 병사들이 있었기 때문에 그들의 이름을 모두 기록해 문서로 작성했다. 그들을 10개 군단으로 나누어 지휘할 신하를 배치하고, 보가르지에게 전체 군대를 통솔하는 임무를 맡겼다. 또 왕촉을 보좌하게 하고, 그의 가솔들을 이동시키지 않자, 왕촉 칸은 마음속 깊이 태조를 신뢰하며 감사의 마음으로 100수레의 예물과 30명이 시녀, 1천 마리 말과 함께 열네 살 된 잘시아라는 이름의 여식을 태조에게 바쳤다.

태조가 그 여식을 보니 일반 여인네보다 열 배나 더 아름답고 단정하고 희디희었기 때문에 동생 부흐 벨구테이에게 이 잘시아를 주고자 했다. 이전부터 아름다운 아내를 얻어주겠다고 하며 케레이트에 몇 번이나 사람을 보내 솔롱고를 청하였으나 뜻을 이루지 못했기 때문에 부호 벨구테이를 불러 그녀를 보여주며 좋은지 어떤지 의견을 묻자 벨구테이가 말하기를 "수족과 같은 형제는 집안의 보배요, 공훈 있는 신하는 나라의 보배라 했습니다. 이번에 세 개 지역과 솔롱고드 대국을 패배시켜 얻은 것은 모두 보가르지 장군의 공훈입니다. 형님 주군께서 벨구테이 저를 형제라 하여 더 보살펴 주시며 여인을 제게 상으로 주시는 일로 인해 나라의 대사에 사력을 다해 충성을 바치는 장군들의 마음이 돌아서면 무슨 의미가 있겠습니까? 형님 주군께서 권세를 갖고 계신데 아우 벨구테이가 이보다 아름다운 여인을 얻는 것이 뭐 그리 어려운 일이겠습니까? 이 여인을 보가르지 장군의 공훈에 맞게 상으로 내리심이 옳은 듯합니다!"라고 했다. 그러자 태조가 이르기를,

> 등이 단단하다 하는데, 마음의 심지도 참으로 단단하도다
> 함부로 말을 하지만, 생각이 비할 데 없이 진실하도다
> 이웃 간에는 우락부락해도
> 나라의 먼 대사에는 진실로 충심을 가진 아우로다!

라고 하며 기쁨을 감추지 못하고 크게 칭찬했다.

부호 벨구테이는 잘시아를 장군 보가르지에게 상으로 내리게 했다. 보가르지는 크게 기뻐하며 그 은혜에 감사의 절을 올리고, 자신이 이미 30세가 되었기 때문에 잘쉬아를 그녀의 아버지에게 맡기며, "우리

가 혼인을 맺으려 하니 따님을 잘 지키고 계십시오. 우리 군대가 돌아갈 때 대례를 올려 신부를 맞이하도록 하겠습니다"라고 하며, 다섯 가지 종류의 예물을 아홉 개씩 하여 올리자 잘시아가 말하기를,

천자에게 합당치 않아
신하에게 상으로 주어졌나이다
성조에게 어울리지 않아
종에게 상으로 주어졌나이다
칸에게 내려질 수 없어
평민에게 상으로 주어졌나이다
군주에게 올려질 수 없어
권력 있는 심복에게 상으로 주어져
참으로 부끄럽게 되었나이다

라고 하며 남몰래 독약을 먹고 죽었다. 어떤 기록에는 태조가 잘시아를 취했을 때 죽었다고 하여 잘못 기록한 것이 있다. 이뿐 아니라 이름을 잘못하여 '잘하이'[1] 공주라고 한 것도 있다. 그러나 이런 것들은 모두 크게 잘못된 것이기 때문에 사실을 분명히 했다. 보가르지는 잘시아가 죽었다는 말을 듣고 크게 분노하여, 왕촉의 일을 태조에게 상소했다. 왕촉의 마음이 진실하지 못하니 이들을 반드시 나라에 데리고

1 '꾀가 있는', '간계가 있는'이란 뜻.

가서 여자와 아이들을 모두 종으로 삼게 하는 것이 옳을 것이라고 하자, 왕촉이 태조에게 머리를 조아려 울며 고했다.

"종이 비록 마음이 진실치 못하나 어떻게 자식을 알며, 어찌 차마 죽게 할 수 있겠나이까? 진정 알지 못했나이다. 이 모든 것은 종 왕촉 제 운명이 불운하여 이런 뜻밖의 화에 직면한 것입니다."

그러자 태조가 보가르지 마음을 진정시키며 말했다.

"왕촉의 말은 지당하오. 그 여식을 죽게 하여 그 자신과 가족에게 무슨 유익이 되는 것이 있겠소? 오히려 의심을 받지 않겠소? 그렇지만 여식을 장수 보가르지에게 아내 삼아 주었는데, 일이 이렇게 되어 의심을 받지 않기가 어렵게 되었으니, 왕촉 그대는 이제 무엇으로 믿음을 회복하여 자신의 나라에서 지내시겠소?"

그러자 왕촉이 여식의 장식품을 모두 태조의 병사들에게 나누어주고, 15세 된 우르군이라는 이름의 아들을 태조에게 인질로 바쳤다. 그러자 태조는 자로드의 한 부족을 포함시켜 예전에 논의한 대로 공물을 정했다. 또 여러 신하 가운데 누가 남아서 자로드를 다스리고 지킬 것이며, 봄가을 병사들의 갑옷을 바꾸어 주는 책임을 맡을 것인지를 묻자 사이한 소르탈트의 아버지 초출리가 남기를 원했기 때문에 초출리에게 1천 명의 병사를 내어 주어 남게 하기로 하고, 또 왕촉을 남게 했다.

그리고 태조가 돌아가는 날을 정하려 할 때, 베데국의 톡그통고 바타르와 수베데이가 와서 태조의 궁으로 들어가 절했다. 태조가 나라 안이 모두 무사한지 묻고 온 연유를 묻자 톡그통고와 수베데이가 함께 고했다.

"모홀리 총사령관이 주군께서 강을 건너셨다는 소식을 듣고 위험이 있을지 모른다고 하여 우리에게 1만 병사를 주어 보냈습니다. 강가에 이르렀을 때 부마 보쉬그트 보토에게서 주공께서 이미 대승하신 소식을 듣고, 다이산에게 병사들을 맡겨 회군시키고, 저희들은 주공께 경하드리고 고향의 소식을 알려드리고자 왔나이다."

위엄에 넘치는 태조의 얼굴에 기쁨이 가득 드러났다. 태조는 모홀리를 칭찬하고, 톡그통고와 수베데이 장군에게 후한 상을 내렸다. 특별히 초촐리와 왕촉 두 사람에게 뗏목을 만들게 할 것을 단단히 이르고, 수호기를 제의하고 풍악을 울리며 대군을 이끌고 차례대로 길을 떠나 국경으로 들어왔다.

그때 오이트 오칙과 오란 가촉이 두 번째 영접단으로 일행을 맞이하고, 주치와 차가타이를 데리고 와 경하의 예법대로 술을 올리고 절하며 태조를 맞았다. 일행이 보르한 갈돈에 이르자 토르곤 샤르와 모홀리 등이 태조의 작은아들인 우게데이와 톨리를 데리고 일행을 영접했다. 토르곤 샤르는 태조에게 한 나라를 투항케 한 경축의 술을 올리고 축사하며 절했다. 모홀리는 태조의 네 아들을 데리고 장수 보가르지를 위시해 하사르, 벨구테이, 보랄, 촐론, 보토, 젤메, 제브, 안돈 친 등에 이르기까지 술을 올리게 하자, 태조와 보가르지는 크게 기뻐하며 나라에 이르자마자 큰 잔치를 베풀었다. 나라를 지키고 태조를 따랐던 장수와 신하에게 그 공훈의 경중에 따라 다시 한 번 상을 하사했다.

베데국은 풍요로움이 차고 넘쳤으며, 나라 안에 있는 젊은 장수들 모두가 점차 든든한 재목으로 성장하자 베데국은 한 해가 매우 평온했다. 또 병사를 교대로 훈련시키고 사냥이 모두 길하고 순조로웠다.

신해년은 여기서 끝나고 임자년 태조의 나이 31세가 되었다. 송나라 12대 광종 그의 이름은 조돈으로 소희 3년, 금나라 6대 장종 이름은 완안경, 그의 명창 3년이었다. 이해 7월 15일 태조는 나라 안의 젊은 장수들과 새로 성년이 된 병사들을 뽑아 훈련을 시켰다. 큰아들 주치와 둘째 아들 차가타이, 그리고 대장군 모홀리의 아들 볼로와 장군 보가르지의 아들 울렌 치르비, 장군 촐론의 아들 오치르 알마스, 장군 보랄의 아들 보도란 등이 활과 말로 무예를 연마하는 것을 지켜보고 있을 때 갑자기 동쪽 케레이트국 변경의 수비군이 케레이트의 한 사신을 붙잡아 데리고 왔다. 그 사신은 무슨 이유로 그곳에 왔을까?

케레이트의 얍고와 자모하는 베데국이 솔롱고드의 왕촉 칸의 세 지역을 공격해 빼앗아 위세가 더욱 강성해지자 한편 이를 시기하고 두려워하며, 베데국을 일찌감치 공격하여 섬멸케 하자고 작당했다. 그러나 혼자의 힘으로는 힘이 미치지 못하자 솔롱고드 동쪽에 있는 나라 솔롱고스[2]의 다섯 지역을 지배하는 보호 차간 칸 그리고 나이만의 볼리, 타이얀 칸의 두 대국과 연합하여, 베데국을 공격하고 섬멸하여 그 지역을 나누어 갖자고 했다. 그러기 앞서 먼저 솔롱고스를 잘 달래고, 다음 나이만과 인척 관계를 맺어 포섭하자고 했다. 그렇게 해서 사신을 보내 서한과 예물을 전하게 했는데, 그가 돌아올 때 사신이 베데국의 정탐꾼에게 붙잡혔다. 그러자 모홀리는 사신의 몸을 수색하고, 안장깔개

2 이 저서에서 '솔롱고스'는 '고려'를 의미하지만, 여기서는 몽골의 동쪽에 있는 나라를 이르는 것으로 보인다.

밑에서 솔롱고스국의 보흐 차간 칸이 케레이트국에 보낸 답신을 찾아 내 태조에게 올리자, 오요트 세첸이 받아 그 서한을 읽었다.

“솔롱고스국의 군주가 예를 올립니다. 대 케레이트국의 귀하신 대왕 형님과 현명하신 공 아우님께서 조금 알 뿐인 지역을 생각나게 하시고, 수호기 아래 하나가 되게 했나이다. 베데국의 군주 테무진이라는 자는 첫째, 연원이 오랜 나라의 군주요. 둘째, 고귀한 가문인 키야드 종족이오. 셋째, 듣기로 테무진이라는 자는 드넓은 하늘 북극성의 가호를 받고 태어나 서기를 띤 흰빛이 하늘에 비쳤다고 합니다. 넷째, 그의 대신과 장군, 신민, 병사들은 상당히 현명하고, 용감하며 날렵합니다. 그와 가볍게 접전해서는 아니 될 것입니다. 저희와 인접해 있는 솔롱고드를 양을 덫으로 잡듯 공략했는데, 제가 어찌 불안하지 않겠습니까? 다만 이 근심을 없애기 위해서는 창공에 나는 콘도르가 독수리를 잡듯 억지로 힘을 쓰지 않아야 하며, 반드시 믿을 만한 덫이나 계략을 써야 가능할 것입니다. 진정 그런 좋은 계략 없이 오직 무력만으로 싸워 무너뜨리겠다고 하면 산에서 숲의 지배자인 사자와 호랑이를 잡듯이 많은 나라가 힘을 합해 포위하고 공격해 잡아야 합니다.

고귀하신 왕의 케레이트국을 위시하여 나이만의 타이얀 칸, 우리 솔롱고스, 마일즈 국의 토도, 또 북쪽 사르 사르톨국의 잘리트 술드 칸, 또 톡그목국의 수르투 멩겔레 칸, 또 서남쪽의 하르리오드국의 아르스란 칸, 고르로스의 나란 칸 등 이 9개 대국이 연합하여 사방에서 함께 공격하면 그때 비로소 승리할 가능성이 있습니다. 그밖에는 어떤 식으로든 범접할 수 없습니다. 괜스레 초원의 뱀 꼬리를 좋아하는 일이 되지 않기를 바랍니다. 참으로 이 아홉 국가를 연합시킬 수 있다면 제가 기꺼이 몇 명의 사신을 함께 보내 협상케 하겠습니다. 또 솔롱고드의 왕촉 칸이 반란을 일으킬 수 있습니다. 그러니 계략으로 취하고, 힘으로 뒤집어엎는 것은 왕 칸 아형께서 결정하시고, 답신이 왔을 때 기꺼이 일익을 담당하여 힘을 더하겠나이다. 이를 위해 깊이 숙고하여 답신을 보내드립니다."

태조가 이를 다 듣고 정색을 했다. 그리고 머리를 끄떡이며 보흐 차간 칸에 관심을 갖고 말했다.

"이자는 비록 나의 적이기는 하지만 그의 신중한 태도와 사려 깊은 태도는 대단하다 생각하오. 만 리를 공격하는 준마를 이끌 때는 타고난 체력을 생각해야만 하고, 테무진이라는 이름의 사내를 피로 씻는 데는 계획하는 능력과 복이 있는 자라야 할 것이오!"

그리고 태조가 토르곤 샤르, 모홀리, 장수 보가르지, 오리안한 젤메, 호드간 베히 등 뭇 대신들과 상의하자 신하들이 고했다.

"반드시 케레이트를 먼저 공격해 섬멸한 다음 솔롱고스를 공격하여 취하는 것이 좋을 것입니다."

그러나 모홀리만은 아무 말도 하지 않았다. 태조가 여러 대신을 향해 "케레이트는 이미 이 사건을 일으킨 장본인이지만 우리를 공격해 온 것이 분명히 드러나지 않았소. 이제 내가 먼저 전쟁을 일으켜 그들을 공격한다면 먼 곳에 있는 나라와 부족들에게 조롱감이 될 수 있소. 북쪽 지역의 속설에 '1천 마리 말을 가진 집은 문 앞에서 방목하지 않는다'고 했소. 케레이트의 케 왕은 비록 어리석지만 그리 악한 사람은 아니오. 다만 그의 아들 얄고가 있는데, 아들의 못된 행동을 그 아비에게 전가시켜서는 아니 될 것이오. 더욱이 이 솔롱고스와도 연합할 수 없었는데, 그 일곱 나라가 어찌 한시에 곧바로 연합할 수 있단 말이오! 또 이 아홉 나라가 연합하여, 우리 한 나라를 공격하는 이 계략을 처음 생각해 낸 것은 솔롱고스의 보호 차간 칸이지, 케레이트의 케 왕 토릴은 아니오. 옛말에 '죽이러 온 자들에게 화내지 말고, 계략을 일러주는 자를 미워하라'고 했소. 이제 이 아홉 나라가 연합하려고 일을 꾀하기에 앞서 우리가 먼저 솔롱고스를 겁주어 공격하면 다른 여덟 부족국도 자연히 미심쩍어 움직이지 않게 될 것이오. 이것은 많은 말 가운데 앞서 달려가는 선두 말 한 마리를 덫으로 잡는 방법이라 할 수 있소!"라고 하자 모홀리가 크게 기뻐하고 탄복하며 많은 신하들을 이끌고 절하며 고했다.

"주군께서 결정하여 말씀하신 바는 참으로 치밀하고, 멀리 내다보는 계략이십니다."

그러자 태조가 "좌우 두 눈의 눈곱을 어찌 제거하여 나라에 불안을 없앨 수 있겠소?"라고 하자, 모홀리가 무릎을 꿇고 왼손으로 자기 귀를 잡고, 오른손으로 칼을 잡고 절하며 말했다.

"험악한 원수는 혀로 제압하고, 강한 적은 검으로 맞서겠나이다."

태조가 미소를 지으며 그 말이 옳다고 했다. 다른 신하들은 주군과 모홀리가 무엇을 말한 것인지 깨닫지 못했다. 토르곤 샤르가 밖으로 나와 오리안한 젤메에게 물었다.

"주군과 총사령관께서 비유적으로 하신 말씀은 무슨 뜻입니까?"

"주군께서 말씀하신 좌우 눈꺼풀의 눈곱이라는 것은 동쪽의 케레이트, 서쪽의 나이만 두 나라를 말씀하신 것입니다. 총사령관이 왼손으로 귀를 잡고, 오른손에 칼을 쥔 것은 동쪽 케레이트는 말로 제압하고, 서쪽 나이만은 위엄으로 놀라게 하자는 말일 것입니다. 잘 보고 계세요. 시간이 지난 뒤에 비로소 제 말을 믿게 되실 것입니다!"

태조가 모홀리의 계략을 받아들였다. 그리고 젤메를 불러 케레이트의 케 왕에게 보내면서 그의 아들 신공 얄고가 은밀히 벌이는 일이 무엇인지 말하게 하고, 어찌하여 선의를 악으로 갚으며 잔악하게 구는지 묻게 하고, 사신을 따라간 사람들을 증인으로 삼게 했다. 또 예전과 마찬가지로 원한 없이 지내자며 서한과 예물을 전하도록 했다.

한편 친척인 안돈 친을 금나라 성 밖에 사는 태조의 가까운 친척인 샌 부흐 칸에게 보냈다. 그곳에 나이만의 타이얀 칸을 정벌할 거라는 소문을 퍼뜨리게 하고, 나이만 병사가 이쪽으로 올 때 병사를 보내지 말라고 서한을 보내 알리자, 토르곤 샤르와 호드간 베히는 주군과 총사령관의 생각이 부합하는 것에 놀라움을 금치 못했으며, 젤메를 크게 신뢰했다.

그때 모홀리가 전체 15만 병사를 선발하고 7만 병사라고 그 수를 줄여 소문을 내면서 병사를 엄청나게 준비하자 태조가 그 이유를 물었다. 그러자 모홀리가 "병사가 적으면서 수가 많다고 하면 위엄이 떨어지고, 병사가 많으면서 수가 적다고 하면 위엄이 높아지게 됩니다. 신의 생각으로 이번에 공을 이루는 것은 오직 진정한 위엄에 달렸다고 봅니다"라고 고했다.

"총사령관께서는 어찌 그것을 알았소?"

"그들이 케레이트에 보낸 서한으로 알게 되었습니다. 의심과 두려움을 갖고 있는지, 병력이 부족한지 알지 못했습니다. 이번에는 분명 야생마를 장대로 잡고, 말을 섬멸하는 계략에 빠질 것입니다!"

태조가 그 말을 듣고 빛나는 얼굴에 기쁜 표정을 드러내며 머리를 끄덕였다.

"대장군의 생각하는 바와 나의 생각이 부합하오. 다만 나의 생각에 대장군께서 나라를 지키고, 마일즈의 토도와 케레이트의 얄고, 나이만의 볼리가 이 세 강성한 부족이 침범해 오려고 분투하고 있으니, 나는 보가르지를 데리고 솔롱고스를 정벌하려고 하오."

그 말을 들은 모홀리는 서둘러 무릎을 꿇고 한 마디를 고했다. 어떤 말을 고했는지 그것은 다음 장에서 보게 될 것이다.

관대한 성인 태조의 법령은 분명하고
거짓 없이 솔직한 보가르지 장군의 포고령은 매우 뛰어나네
젊고 어리석은 왕촉 칸의 성격은 참으로 가소롭고
자로드 부족의 솔롱고드국은 사향과 여색에 빠져 무너졌네

【평언】

이 장에는 전체 세 이야기 단락이 있다. 첫째, 맹장 보가르지가 강을 건너 백사성을 불로 공격하여 쟁취한 것. 둘째, 태조가 왕촉 칸을 교훈하고, 목숨을 살려 주어 자신의 나라에 남게 한 것. 셋째, 총사령관 모

홀리가 몸짓을 보이며 솔롱고스를 공격할 전략을 결정한 것. 이 세 가지가 이 장의 중요한 내용이다. 그 외에 또 세 가지 세밀한 내용이 있는데 첫째, 태조가 여인 잘시아의 여색을 바라지 않고, 동생 부흐 벨구테이에게 상으로 내어준 것. 둘째, 벨구테이가 진실하고 정직하게 고해 보가르지의 공로에 여인을 상으로 내리게 한 것. 셋째, 보가르지가 왕촉 칸을 정죄한 일을 올바르게 생각하여 태조가 결단을 내린 것 이 세 가지이다.

앞의 세 가지 내용은 몸체라고 한다면, 뒤의 세 가지는 간이요, 폐, 심장이라 할 수 있다. 보가르지가 강을 건널 때 용기가 대단했던 것은 등애산을 넘을 때 전략을 사용하기 어렵기 때문에 백사성을 물로 공격할 것이라고 하다가 불로 놀라게 했는데, 이것은 고대 한신韓信이 길을 닦게 하여 창령 고개로 넘어간 것보다 치밀한 전략이다. 모홀리가 아홉 나라의 군대를 멈추어 세우고자 할 때 두 개 나라를 모아들인 것은 제갈량諸葛亮 무후가 세 나라에 맞서 물러가게 한 것에 뒤지지 않는다.

또 세 가지 세밀한 내용에 있어 태조가 여인 잘시아를 벨구테이에게 상으로 내어준 것은 제환공齊桓公의 지혜로운 면모가 나타난다. 벨구테이는 진실한 말로 여인을 고사하고, 나라에 공훈을 세운 자에게 양보한 것은 수레에 함께 탄 한나라 미주가 품에 안았는데도 동요가 없었던 노魯나라의 유하혜柳下惠[3]를 뛰어넘는 일이라 할 수 있다. 무엇보다

3 춘추시대 노나라 사람. 그는 어질고 덕이 있어 공자로부터 칭송을 들었다. 낯선 여자와 하룻밤을 지내고도 음란하지 않아 조행이 있는 현자로 불렸다(임종욱, 『중국역대인명사전』, 이회, 2010, 1342쪽). 좌회불란(坐懷不亂)의 고사.

태조가 왕족의 일을 처리한 것은 고대 주나라 문왕이 오기의 목숨을 생각한 것보다 조금도 못하지 않다. 고대 뛰어난 학자들은 모두 하나의 배움과 물음, 듣고 본받은 바가 있기 때문에 놀라움이 적고, 이들 군자의 이러한 태도는 모두 자신의 마음의 근본에서 저절로 생겨난 것이기 때문에 그들보다 더 놀랍다고 할 수 있다. 독자 제위께서 배우고 본받는 것과 저절로 우러난 이 두 가지를 살핀다면 필시 놀라지 않을 수 없을 것이다.

고대 당나라 태종 황제 이세민이 공신들과 연회를 벌일 때 자신은 실제 여색을 좋아하는 사람으로, 고대 여색으로 망한 그렇게 많은 황제들을 모두 색을 금기시한 자들이라고 했다. 그들은 모두 어떤 것을 배우고 들은 것이 있으며, 거만을 떨고 논쟁을 벌일 만한 이유가 있다. 다만 태조의 경우 전혀 그럴 이유가 없으며, 늘 자신의 진정한 대의에서 행동이 비롯되었다. 왜 그러한가? 먼저 동생에게 내어주겠다고 한 것을 볼 때, 다른 황제들은 문무 대신의 마음을 끌기 위해 이렇게 행동하는 것으로 이는 기만적인 자애요, 의롭지 못한 처사가 아니겠는가? 그렇기에 태조가 고대 현자보다 뛰어나다고 하는 것이다.

『대학』에는 "공부자께서 송사에 대해 들으시면 반드시 양편의 송사가 없게 해야 한다"라고 했다. 그것은 분명한 진실을 얻기 위함일 것이다. 그렇게 태조가 이 송사를 해결한 것은 또 지극한 진실을 찾았기 때문이다. 이것은 진정 천자의 현철함이라 할 수 있다.

제15장

오리안한 젤메는 조정에서 있었던 일을 비판하고 진위를 따져 물었네 솔롱고스의 공주가 역참 객사에서 이치를 따짐으로 한 여인이 부당한 누명에서 벗어났네

송나라 광종 소희 3년, 금나라 장종 명창 3년, 임자년壬子年, 태조의 나이 31세 때였다.

천손인 성조 태조의 지성은 태양과 같이 밝디밝고
듣자마자 그 뜻을 예측하는 모홀리의 깨달음의 지혜는 예리하네
학식이 뛰어난 대신 젤메는 일을 해 추진하는 관록이 대단하고
솔롱고스[1]의 공주 골 사란의 지성은 달처럼 밝고 투명하네

태조는 모홀리에게 나라를 지키라고 하고, 보가르지를 데리고 솔롱고스를 정벌하겠다고 하자 모홀리가 급히 무릎을 꿇고 고했다.

"솔롱고스, 솔롱고드, 솔롱고[2] 이 세 나라는 요나라, 금나라에서도

1 여기서 '솔롱고스'는 고려가 아닌 '솔롱고드'의 의미로 사용되었다.
2 이들 단어는 전체적으로 알타이어족의 단어로 "동쪽, 동편, 동쪽에 있는" 등의 의미를 갖는 '솔(сол)' 어근에서 기원한다. 투르크어에서 이 어근는 지금도 원래의 의미로 남아 있다. 이처럼 솔론, 솔롱고드, 솔롱고스 등의 명칭은 원래 하나의 뿌리를 가지며, 솔롱고

조금은 두렵게 여기는 나라입니다. 그들의 풍속은 모두 남쪽 중국의 풍속과 유사합니다. 그들을 멸시하거나 얕잡아 보아서는 아니 됩니다. 성을 돌격해 들어가 싸우는 능력은 신이 보가르지 아형에게 미치지 못하고, 때에 맞춰 변화를 주는 임기응변에는 보가르지 아형이 신을 따르지 못합니다. 신이 보가르지 아형께서 이루실 전공을 빼앗으려는 것이 아니라 공을 이루지 못할까 두려운 것입니다. 보가르지 아형께서는 위엄과 명예가 매우 크기 때문에 나라를 원하시는 대로 지킬 수 있을 것입니다. 신은 천 리 밖이라도 주군을 따라가지 않는다면 마음이 편치 않습니다."

그러자 태조가 크게 기뻐하며 "총사령관의 말씀은 참으로 곧고 진실하기 그지없소. 장군께서 뭐라 말할까 생각하고 있으면 내 마음속 생각에 바로 부합하는 말씀을 하오!"라고 하자, 보가르지가 또 무릎을 꿇고 고했다.

"신이 느리고 게을러서 총사령관의 말씀을 따르고 지지하는 것이 아니라, 총사령관께서 자신과 다른 이를 아는 바가 조금도 편파적인 점이 없기 때문에 이러한 능력에 신이 기꺼이 총사령관께 힘을 더해 드리고자 하는 것입니다. 다만 병사들이 원정을 감당할지 어떨지가 두려울 뿐입니다."

모훌리는 보가르지가 병법을 잘 안다고 크게 기뻐했다.

스나 솔롱고드는 '솔'의 어근에 복수접미사가 붙은 형태이다(https://mn.wikipedia.org/wiki/Солоон,_Солонгод). 여기서 솔롱고스는 대개 '고려'를 의미하지만 때로 그렇지 않을 경우도 종종 있다. 어떤 경우는 솔롱고드와 솔롱고스는 혼용하여 사용하기도 한다.

"아형의 말씀은 참으로 일리가 있습니다. 다만 시간을 잘 살피지 못하셨습니다. 올여름 비에 풀이 잘 자라고, 우리 병사들의 군마는 상당히 살이 올랐습니다. 지금은 말과 낙타를 점검하고, 체중을 조절하며 훈련시킬 때입니다. 그렇게 하지 않으면 내년 봄 분명 말의 다리가 탈구 되는 일이 생길 것입니다."

그러자 보가르지가 잠시 8월의 가을을 생각했다. 한편 군신은 마음이 하나가 되어, 장군은 병사들을 정렬하여 나라를 지키고 군대를 따라가는 문제를 수석 신하 토르곤 샤르와 모홀리 등이 총사령관의 장막에서 논의하여 명을 정하고 이를 선포했다.

"수석 신하 토르곤 샤르, 보가르지 장군은 사람들을 이끌고 나라를 지키시오. 주군과 모홀리는 장병들을 반으로 나누어 이끌고 솔롱고스를 공격할 것이오. 톡그통고 바타르와 수베데이 두 장군에게는 5천 명의 병사를 지휘케 하고, 와이진, 알라이진 두 장수를 내어줄 터이니 산을 만나면 길을 열고 물을 만나면 다리를 놓고, 초원을 만나면 진영을 준비하시오. 인가를 만나면 초병이 되시오!"라고 하며 선봉대를 먼저 출발시켰다.

또 하브트 하사르와 부마 보토, 오이트 오칙, 오란 가촉 네 사람에게는 2만 명의 병력을 내주어 첫 번째 군단으로 보내고, 모홀리 자신은 길구겐, 마그노드 호일다르 바타르, 알흐, 수흐 형제 등 전체 네 명의 젊은 장수들을 데리고 4만 명의 병력을 지휘하여 두 번째 군단이 되었다. 태조는 초 메르겐, 호드간 베히, 제브, 젤메, 사이한 소르탈트, 오요트 세첸, 오욘고, 투그스촉그트 등 10명의 젊은 장수들을 데리고 후군으로 출발하기로 했다.

부호 벨구테이, 장군 촐론, 장군 보랄, 나라의 외숙 호드락 바타르 네 사람은 5천 명의 병력을 이끌고 나라의 사방을 경계하고, 홍호탄의 멩릭, 아르고손 호르골즈는 5천 명의 병사로 나라의 진영을 수호하기로 했다. 내외적인 것이 다 준비가 되자 총사령관 모홀리는 8월 1일 수호기에 제의를 드렸다. 그리고 신호기를 한 번 흔들자 곧 군대 포성이 울리고, 네 군단의 병사들이 모두 행동을 개시하여 솔롱고스를 향해 진격했다. 대군이 진격하는 모습은 마치 산이 무너지고 강이 출렁이듯 엄청난 장관을 이루었다. 깃발이 하늘을 뒤덮고, 무기들이 웅장한 소리를 냈다. 색깔 있는 갑옷이 번쩍거리고 살진 말이 초원을 가득 메웠다.

도중에 자로드 부족의 솔롱고드를 거쳐 가면서, 젤메와 하사르에게 지난해 더 만들게 했던 3백 척의 뗏목을 가져오는 임무를 맡겼다. 올리안강을 따라 내려가 배를 우네겐강의 지류로 들여보내, 강 상류를 따라 올라가서 병사들이 건널 나루에서 기다리라고 했다. 원래 북방 지역에는 강에 뗏목이 매우 적었다. 때때로 봄, 가을에 큰 강물을 건너갈 중요한 일 일이 생기면 대부분 소의 생가죽을 굽은 나무에 씌워 펼쳐서 만든 뗏목으로 강을 건넜다. 그 뗏목은 두세 사람 이상을 태우지 못한다. 이제 자로드의 이 배라 하면 모든 배를 자로드의 큰 나무를 쓰러뜨려 만들었기 때문에 병사들이 강을 건널 때 배 하나에 몇백 명이 탈 수 있었다.

한편 태조의 군대는 솔롱고드의 병사 수를 더하여 조직하고, 지름길로 솔롱고스의 서부 지경에 있는 우네겐강에 이르러 5개의 진영을 구축했다. 병사들을 잘 먹이고, 사흘 동안 군대를 점검하고 훈련을 시키고 있을 때 많은 배들이 차례로 도착했다. 태조가 놀라 강가에 가보니 배마다 모두 가운데 돛대가 세워져 있고, 그 위에 말과 양, 염소 가죽을 접어서 만든 돛이 있었다. 요 며칠 동안 남쪽에서 순풍이 불어 배가 쏜살처럼 빠르게 달려왔다. 이러한 일들은 젤메와 안돈 친의 계략에 따라 이루어졌다. 태조는 크게 기뻐하며 모홀리가 인재를 얻어 적절히 사용했다고 후한 포상을 내렸다. 모홀리는 태조의 은혜에 절하고 돌아가서 곧 포상받은 것으로 "젤메를 위시하여 안돈 친 그대에게 태조께서 상을 내리셨소"라고 했다.

그러자 태조를 위시하여 일반 병사에 이르기까지 모두가 놀라며 모홀리의 처신에 탄복을 금치 못했다. 그때 모홀리가 또 젤메와 안돈 친을 데리고, 3백 척의 배로 빙 둘러 에워싸 하나의 커다란 물 진영을 만들고, 수호기와 일산, 깃발을 수없이 꽂아놓으니 멀리서 보면 몇천 척의 배처럼 무수한 배가 있는 것처럼 보였다. 그리고 주위를 빙 둘러 노끈과 나무말뚝을 연결하여 울타리를 치고, 젖은 가죽 가리개로 가리고, 푸른 풀더미로 막아 만반의 태세를 갖추게 했다. 그런 뒤 모홀리는 태조를 모셔와 물 진영을 보여주자 태조가 그것을 보고 크게 기뻐했다.

한편 태조가 모홀리에게 "장군께서는 강을 곧바로 건너지 않는 이유는 무엇이오?" 하고 조용히 물었다.

그러자 모홀리가 손가락으로 깃발을 가리켰다.

"주군이시여, 그것을 왜 고하지 않겠습니까?"

태조가 보니 깃발이 모두 남쪽에서 북쪽을 향해 매우 강하게 펄럭이며 날리고 있었다. 그러자 태조가 다시 물었다.

"분명 비가 올 것을 어찌 알았소?"

"주군께서는 천기가 말해주는 것을 보시기 바랍니다. 때가 아직 중추인데 이처럼 남풍이 부는 것은 분명 한 번의 큰비가 내릴 징조입니다. 둘째, 이 강의 남쪽 물줄기가 동남쪽 바닷물에 합류되기 때문에 약 보름 가까이 주야로 남풍이 불면 바다 물결이 돌아갈 수 없게 되어 이 강으로 물이 밀려들어 넘치게 됩니다. 그렇기에 이를 예방하여 이처럼 준비했습니다!"

그러자 태조는 마음속으로 모훌리의 신중하게 애쓰는 세심한 태도에 크게 놀라워했다. 과연 그날 밤 해시부터 우네겐강의 수위가 오르고, 강물이 크게 넘쳐흘렀다. 새벽이 밝아올 때쯤 정말 많은 비가 내리기 시작하고, 사흘이 되자 바람이 비로소 멈추고 강물이 차차 줄어들기 시작했다. 이에 많은 장수들이 "우리 총사령관께서는 앞날을 내다보는 천신과 같은 비범함이 있다"라며 소름이 끼치도록 탄복했다. 이로써 사람들이 군법을 더욱 힘써 지키며 따랐다. 비가 그치고 범람했던 강물이 줄어들자 태조가 모훌리를 등불 아래 불러들여 강을 건너는 일에 대해 상의했다.

그러자 모훌리가 고하기를, "주군께서 강을 건너시는 것은 잠시 서두르지 않으시는 것이 좋을 듯합니다. 신의 생각에 솔롱고스는 비록 우리 병사가 진격해 오는 것을 알고 있지만, 평상시에 생각지 않고 있던 일이기 때문에 보름 안에 병사들을 징집할 겨를이 없을 것이 분명

합니다. 그러니 주군을 대신하여 언변에 능한 유능한 사신을 보내 우리 두 나라가 원래 조금도 원한이 없었는데, 무슨 이유로 아홉 대국이 연합하여 우리나라를 정벌하여 무너뜨리겠다고 하는지, 사신을 보내 그 논의한 죄를 물으러 보내도록 하십시오. 그렇게 하면 그들은 분명 다시 죄를 회피할 것입니다. 그때 즉시 이 케레이트의 사신과 서한을 보여 주어 할 말이 없게 말들 것입니다. 이렇게 하면 그들에게 준비된 병사가 없기 때문에 그 입과 마음을 떨게 하여 검에 피를 묻히지 않고도 분명 그 나라를 복속시킬 수 있을 것입니다. 만약 그가 사태를 바로 깨닫지 못하는 어리석은 자여서 협상이 되지 않는다면 그때 쳐들어가 공격해도 늦지 않을 것입니다. 그렇게 되면 많은 나라의 수많은 지역에서 이 일을 들어도 잘못은 그들에게 있게 될 것입니다. 우리가 스스로의 위세를 믿고 자만하여 먼 나라에 와서 괴롭힌다고 하지는 않을 것이며, 훗날 먼 지역을 투항시키는 일이 쉽게 이루어질 것입니다"라고 하자 태조가 크게 기뻐하며 모홀리를 칭송했다.

지모가 탁월한 델게트 바얀의 아들
잘라이드 부족의 지혜로운 모홀리여
눕고 잘 때도 나라를 생각하고
먹고 마실 때도 군주를 생각하는 대신이여!

태조는 모홀리의 탁월한 계략을 받아들였다. 그리고 9경과 여섯 대신을 불러들여 이러한 일들을 모두 언급하며 물었다.

"이번에 사신으로 누구 가시겠소?"

그러자 많은 무리 가운데 오리안한의 멋진 젤메가 큰 몸집을 흔들며 늠름하게 나왔다.

"신이 가기를 원합니다."

"위험이 두렵지 않소?" 하고 태조가 묻자 젤메가 고하기를 "주군의 후한 은혜를 받고 진정 중요한 곳에 가지 않는다면 어찌 참되다 할 수 있으며, 불안에 주저하고 위험을 두려워한다면 신하로서 무엇을 하겠나이까? 신은 두렵지 않습니다!"라고 했다.

태조는 천신의 용안에 기쁨을 가득 드러내며, 그를 크게 칭찬하고, 곧 케레이트의 서한과 사신을 내어 주었다. 또 새벽이 밝아오자 손수 술을 따라주며 떠나보낼 때 모훌리가 케레이트의 사신을 데리고 와서 말했다.

"너는 하늘에 제의를 드릴 마소가 되거라. 진실을 말하면 집에 가서 부인과 자식들과 행복하게 살 수 있을 것이로되, 만일 말을 바꾸면 솥과 국자 안에 든 상한 국이 될 것이다. 죽고 사는 것은 네 자신의 냄새나는 혀에 달렸도다. 살고자 하느냐, 죽고자 하느냐?"

그 사신은 오직 죽지 않기를 바라며 두려워하고 있었기 때문에 이제 살길이 생긴 것에 너무도 기뻐하며 머리를 땅에 대고 천 번을 절했다. 그리고 모든 것을 사실대로 말하겠다며 모훌리의 말을 순순히 따랐다. 그러자 곧 족쇄를 풀고 사신을 젤메에게 넘겨주었다. 케레이트 사신과 젤메는 태조에게 절하며 존중의 예를 다하고, 10여 명의 기마병을 이끌고 두 척의 배를 연결해 넓은 우네겐강을 건너 하루에 수백 리를 가서, 다음 날 저녁 곧바로 솔롱고스 칸이 거하는 곡월성[원주] 북쪽 지역에서는 인마가 하루에 수백 리를 가는 것은 일상적인 일이다. 지금까지 이러한 일들은 여전하다. 특히 이 솔롱고스의 보호 차간 칸의 성은 북쪽 편에 진산이 있고, 남쪽 편 가장자리로 해자가 흐르고, 반달같이 지었기 때문에 '곡월성'이라 칭했다에 이르렀다.

한편 젤메는 성에 들어가 사건을 전하는 대전으로 올라가 차간 칸과 대면하고, 두 나라의 화친과 대립에 대해 상의할 일이 있다고 할 때 솔롱고스 전역에서는 베데국의 대군이 진격해 왔다는 소문으로 사람들이 크게 두려움에 떨었고, 솥이 들끓듯 웅성대며 큰 소란이 일어났다. 전령의 말이 하루에 십여 차례 달려와 급보를 전하자 보호 차간 칸은 혼이 나가 병사를 징집할 여유가 없었기 때문에 만 번을 생각해도 빠져나갈 방법이 없었다. 이렇듯 나라가 긴급한 위기에 처해 있을 때 수하의 신하들이 황급히 들어와 베데국이 화친을 논의할 사신이 왔다고 고했다. 차간 칸은 어쩔 도리 없이 궁전에 나가 젤메를 불러들여 대면하자 젤메는 조금도 예를 갖추지 않고 건들대며 서서 정색을 하고 큰 소리로 말했다.

"우리 주군의 서한을 전하고, 고귀하신 칸께 의향을 물으러 왔나이다. 우리 서북쪽 옛 베데국은 당신들의 동쪽 솔롱고스국과 서로 천 리 이상 떨어진 먼 거리에 있고, 또 원래 예로부터 분쟁을 일으킬 만한 원한이 전혀 없는데, 고귀하신 칸께서는 어찌 주변의 만 리나 되는 여덟 대국과 연합하여 단 하나 우리 베데국을 공격해 멸하고 뿌리를 끊어 재로 날려 버리자고 논의하셨습니까? 우리 베데국은 당신의 솔롱고스국의 말 떼를 장대로 잡지 않았고, 가축의 젖에 손가락을 담그지 않았건만 무슨 이유로 원한이 없는데도 분란을 일으키고, 앙심을 품을 만한 것이 없는데 먼지를 날리며 우리나라를 공격해 멸하자고 한 것입니까? 거기에는 분명 모종의 이유가 있을 것입니다. 그러기에 우리 신성한 주군께서 귀하신 칸께 공격을 받는 것에 대해 그에 합당한 잘못을 분명하게 알 수 없고, 아무리 생각해도 이유를 찾지 못하시어 몸소 오셔서 강의 먼 곳에서 설영하고 계십니다. 오죽하셨으면 수하 신하인 저를 먼저 보내 분명히 묻고 오라고 하셨겠습니까? 이런 이유로 저 젤메는 귀하신 칸의 만 개의 검과 천 개의 도끼를 피하지 않고, 그 이유를 묻는 바입니다. 진실로 우리 베데국을 공격한다면 그에 마땅한 대가가 주어질 것이니, 분명히 이유를 밝히시어 그 말이 사실과 부합하면 우리 주군께서 기꺼이 10만의 신민과 병사들을 모두 이끌고, 실을 것은 싣고, 당길 것은 당겨서 귀하신 칸 그대에게 죄를 인정하고 들어와 귀순하겠다고 하실 것입니다. 만약 우리나라를 공격하려 하면서 그에 합당한 이유를 분명히 말씀하지 않는다면, 마찬가지로 10만 대군을 이끌고 죽음을 불사하고, 일시에 돌격해 들어와 전투를 벌여, 단향 연기가 피어오르는 궁전과 옥 섬돌, 단단한 무쇠 대문이 있는 성의 주인이신 귀하신 칸의 기분을 전환시키고, 무료함을 풀어드리고자 합니다!"

이 말에 보호 차간 칸은 온몸에 힘이 빠지고, 다시 불안한 마음에 서둘러 "전혀 그런 일이 없소이다!"라고 했다. 젤메가 그 말을 받아 "보통 '칸의 말씀은 옥이나 바위같이 단단하고, 범인이나 종의 말은 검은 가축의 털과 같이 헤지기 쉽다'고 하지 않습니까! 귀하신 칸께서 진실로 그런 일이 없다고 하신다면 그 말씀을 분명하고 확실하게 해 주십시오. 그렇게 해 주시면 제가 돌아가 주공께 고하기에 좋을 것입니다!"라고 했다.

차간 칸은 이때 극도의 두려움에 휩싸여 안절부절못하고 있을 터라 그 말을 듣고 화해의 틈이 생겨 싸움을 멈출 수 있을지도 모른다고 생각하며, 진정 아니라는 말을 반복해서 분명히 했다. 그러자 젤메가 "나를 따라온 사신이 있습니다. 그를 불러들여 진정 그런 일이 없다는 말을 하면, 돌아가 주군께 말씀을 전하기에 좋을 것입니다"라고 했다.

그러자 군신들이 확실한 대화를 하여 화해의 길이 열렸다며 사신을 기꺼이 들어오게 했다. 사신을 용 형상이 있는 옥좌로 데리고 나가자, 젤메가 그 사람을 올라가게 하여 차간 칸의 앞 가까이 서게 했다. 그리고 차간 칸에게 물었다.

"칸께서 이 사람을 아십니까?"

차간 칸이 그 사람을 유심히 살펴보고 또 보았다. 그러자 그 사람은 케레이트의 왕 칸의 사신이었기 때문에 소스라치게 놀랐다.

그러나 자신이 한 말을 이미 되돌릴 수가 없었기 때문에 곧바로 모른다고 잡아떼자 젤메가 이르기를 "칸이시여, 폐하께서 모르신다면 이 자에게 물어 아시기 바랍니다!"라고 하며 그 사람에게 지시했다.

"지금 사실대로 말하지 않고 어떤 때를 기다리느냐?"

그 사신이 여전히 어찌할 줄 모르고 죽이면 어쩌나 두려워하고 있었기 때문에 한 마디도 빠뜨리지 않으려고 목을 꼿꼿이 세우고, 손발을 흔들며 전에 있었던 일을 조정에 가득한 대신들 앞에서 처음부터 끝까지 낱낱이 고했다. 또 자신의 가슴을 더듬거려 보흐 차간 칸이 왕칸에게 보낸 조언의 서한을 꺼냈다. 이에 젤메가 곧바로 그 서한을 받아서 많은 사람 앞에서 큰 목소리로 전부 읽어 들려주고, 차간 칸에게 물었다.

"이 서한이 귀하신 폐하의 서한이 맞지 않는지요?"

보흐 차간의 희디흰 낯빛이 시뻘겋게 변하자 옆에 있던 두 승상이 앞으로 나왔다. 한 사람의 이름은 아가르요, 다른 사람의 이름은 오돈인데, 그 두 사람이 동시에 앞으로 나와 젤메를 향해 부드럽게 말했다.

"우리 주군께서 비록 자비로움이 없어 부족한 점이 있지만 늘 우리의 하늘이요 주인이신데, 사신께서 이처럼 강압하는 것은 예의지국에서 오신 모습이 아니지 않습니까?"

그러자 젤메가 크게 웃으며 "승상의 그 말씀은 뭐라 하시는 말씀입니까? 범인이 칸 되시는 분을 누른다는 것이 세상에 어디 있을 법한 일입니까? 다만 칸이면서 일반 백성에도 미치지 못하는 일을 행한다면 그것이 어찌 가능한 일이겠습니까? 한 나라를 다스리는 자는 모든 백성의 옳고 그른 것을 구별하여 공평하게 다스리기에 칸이라고 한 것입니다. 또 먼 나라에서 온 평민의 말을 왜 자세히 살피지 않는 것입니까? 진위를 구별하는 것이 옳지 않습니까?"라고 했다.

아가르 승상이 그 말을 받아 "이 서한은 분명 이들 아랫것들이 장난을 쳐 거짓으로 지어진 것이며, 그대를 속이고 후한 상을 얻겠다고 우리 두 나라 사이를 이간하는 데 이르게 한 것입니다!"라고 하자 젤메가 껄껄 웃었다.

"아아! 속설에 '윗물이 맑아야 아랫물이 맑다'라는 말이 있습니다. 지체 높으신 승상께서는 한 나라의 우두머리 신하이십니다. 승상이라 하시면서 어찌 어린아이와 수다스럽고 못된 여편네들 같은 말씀을 하시며 긁어대시는 것입니까? 첫째는 당신들 모두 이 사신을 알고 있습니다. 둘째, 우리나라의 국경 수비대가 그를 붙잡은 것이지, 그가 스스로 온 것은 아닙니다. 셋째, 그가 이런 거짓된 서한을 전함으로 그에게 무슨 상과 이득이 있겠습니까? 오히려 그는 이 일에 크게 연루되어 끌려가게 되었습니다. 제 말을 믿지 못하겠다면 그 증거가 되는 족쇄의 상처를 보시지요"라고 하며 옷을 벗겨 보여주고 또 말을 이었다. "넷째, 우리가 그냥 가만히 있다가 단 한 사람에게 속아 나라 안팎의 백만 병사들을 움직여 천 리 밖에 전쟁을 벌이기 위해 찾아오는 법이 있겠습니까?"라고 하자 아가르 승상을 위시하여 조정의 모든 신하들이 입을 다물었다.

그때 젤메가 또 말하기를 "누가 좋고 나쁜 일을 했는지, 누가 진실과 거짓을 행했는지, 그 행한 사람의 마음에 모든 것이 명백할 터이니 조정의 여러분 모두 잘 생각해 보시기 바랍니다!"라고 했다.

보흐 차간이 생각해 보니 젤메의 말이 매우 옳았기 때문에 아무리 생각해 보아도 사실을 숨기기가 어렵게 되었다고 난처해하고 있을 때, 이 상황을 오돈 승상이 보고 앞으로 나가 젤메를 향해 말했다.

"옛말에 '주군을 부끄럽게 하면 그 신하는 죽어야 한다'라고 했습니다. 귀하신 사신께서도 역시 군신의 나라에 계십니다. 여러 신하 앞에서 주군께 위엄의 여지를 남겨 주시는 것이 옳지 않을까 합니다. 사신께서는 몸이 많이 피곤하실 터이니 잠시 저희 작은 나라에서 며칠 머무시면서 휴식을 취하시기 바랍니다. 우리 군신이 논의하여 결정하도록 하겠습니다."

차간 칸이 또 그 말을 이어 "곧바로 그렇게 하시지요. 제가 반드시 좋은 것은 많이, 나쁜 것은 적게 가져다드리겠소. 사신께서는 편히 쉬고 계십시오. 무슨 일이 있어도 해를 끼치지 않을 것이오"라고 했다.

그러자 젤메가 "저는 제 몸이 어찌 되어도 조금도 두렵지 않습니다. 두려웠다면 이곳에 오지도 않았을 것입니다. 그대들이 나를 해치는 것을 두려워했다면, 또 이처럼 말하지도 않았을 것입니다. 칸께서 정말 저를 죽인다 해도 저희 주군께서 또 원수를 갚아주실 것입니다. 우리 나라의 10만 대군은 요 몇 년 동안 나라와 부족을 찾아 정복 사업을 하지 않았기 때문에 많은 병사의 손발이 근질거리고, 군대 무기가 사람의 피를 찾아 마시지 못해 모두 목이 말라 스스로 헉헉거리고 있지요. 이처럼 병사들은 모두 싸우기를 갈망하고 있습니다"라고 하자 오돈 타이시가 말했다.

"그런 말씀 마십시오. 뭇 병사들이 싸우는 것을 좋아해 죽음을 자초하는 법이 어디 있단 말씀입니까?"

그러자 젤메가 말하기를 "그런 말씀 마세요. 죽는 것은 자신의 가문에 명예가 되고, 죽지 않고 살아남아 있는 것은 군대의 이익이 되죠. 죽는 자는 언제나 적고, 남는 자는 또 훨씬 많습니다. 천손이신 우리 주군께서는 전쟁에서 승리하신 때가 많고, 패배하는 일이 적기 때문에 일반 병사들 대부분이 전투에서 이익을 얻는 경우가 많습니다. 왜 내가 자만하는 것으로 생각하시는 겁니까? 사실대로 말한다면 우리 주군께서는 전투에서 매번 승리하셨소. 이와 같이 크게 강성해지지 못했다면 지체 높으신 칸께서도 우리나라를 섬멸하자고 앞뒤로 음모를 꾸미지는 않았을 것입니다. 진정 음모를 꾸몄다 했다 해도 우리는 또 천리 먼 당신들 나라로 진격해 올 힘이 없었을 것입니다"라고 했다.

그러자 오돈 타이쉬가 또 놀라 아무 말 없이 뒤로 물러나 서 있자 젤메의 기백이 더욱 용솟음쳐 다시 언급하기를 "지금 만약 내가 화해하고 돌아가면 우리의 많은 병사들이 도리어 자신들의 이익을 막았다 하여 나의 살을 뜯어 먹어도 성이 차지 않아할 것이오!"라고 했다.

이 말에 차간 칸이 대책 없이 궁지에 몰려 부드러운 말로 젤메를 진정시켰다.

"사신께서 우리 두 나라의 우호와 전투 사이의 일을 조정하시면서 너무 서두르다 일을 그르치지 않기를 바라오. 어찌 되었든 며칠 동안 머물며 좀 참고 기다려 주시오. 무슨 일이 있어도 비좁은 마음으로 대국의 혼란을 야기하지는 않을 것이오!"

젤메는 이 한 마디로 차간 칸이 생각이 깊은 사람이라는 것을 알고, '지나치게 몰아붙이다 보면 줄이 끊어지게 될지 모른다'고 생각했다.

"존귀하신 폐하의 명을 기다려 보겠습니다."

그러자 아가르와 오돈 두 승상이 크게 기뻐하며 젤메의 손을 잡고 지극한 존중의 예를 보이며, 객사에 머물게 하고 성대한 잔치를 벌여 극진히 예우했다.

차간 칸은 크게 심려하며 내궁에서 아가르와 오돈 두 승상을 비롯해

9경이라고 불리는 자문관들을 용으로 장식한 등잔불 아래로 모아들여 이 일을 논의했다.

"이 일의 단초는 원래 케레이트국의 케 왕에게서 비롯되었고, 또 그의 사람에게서 말이 나왔소. 이제 이 일로 인해 우리나라 조정에 눈썹을 태우듯 빠르게 어려움이 닥쳤소. 우리 군대는 준비가 되어 있지 않을 뿐 아니라 이미 준비가 되어 있다 해도 북쪽의 대군을 맞서 대항할 능력이 없소. 이제 곧 병사를 징집해도 나라 전체에서 병사를 한 달 안에 충원하기에는 역부족이오. 그 사이에 적이 우리의 성을 빼앗아 끝장이 나고 말 것이오. 요 몇 년 동안 자연재해로 국고의 곡식도 풍성히 거두어들이지 못해 병사를 징집해도 먹일 수 없는 형편이 되었소. 더욱이 베데국의 군신들에 대해 들어보면 모두가 천신들처럼 경이롭고, 테무진이라는 자는 진정 천자이기에 보이고 보이지 않는 것을 말하는 신통한 지식과 신령한 힘이 있다고 하니 쉽게 이길 수는 없을 것이오. 그러니 이제 이를 어찌하면 좋단 말이오?"

그러자 오돈 타이시가 고했다.

"이 일은 매우 쉽습니다. 내일 아침 주군께서 나라 전체 신하와 병사, 백성들을 월강의 드넓은 진영에 모이게 하여 많은 이의 생각을 물어본 연후에 결정을 하시지요. 이것이 곧 하늘의 뜻을 알 수 있는 지름길이라 사료되옵니다."

차간 칸이 그 말을 받아들이고, 다음 날 아침 대진영의 월궁에 올라가 나라 전체 병사, 백성들에 이르기까지 모두 모이게 하여 자신의 면전에서 베데국과 죽을힘을 다해 싸워 대항하는 것이 좋을지, 그렇지 않으면 그들의 말을 받아들여 투항하는 것이 좋을지를 반복하여 재촉해 묻자 뭇 백성들이 할 수 없이 각자 자신의 생각을 패에 써서 올렸다.

그때 오돈 승상이 패를 거두어 모아 보니 열의 일곱이 화해할 것을 원했기 때문에 차간 칸은 크게 두려워하며 하는 수 없이 길고 긴 한숨을 내쉬며 궁으로 돌아와 이마를 찡그리고 머리를 누르며 고민에 쌓여 있었다. 그때 차간 칸의 외동딸인 사란 공주가 웃으며 들어와 부왕에게 문안 인사를 드리면서, 부왕의 초조해하며 괴로워하는 낯빛을 보고 아연실색했다. 이 공주가 태어날 때 차간 칸은 대전 위로 큰 달이 솟아오르는 꿈을 꾸고 놀라 잠에서 깨어나니 궁전에 천상의 향기가 진동했다. 그러자 궁전의 내시가 와서 부인이 아가씨를 출산했다고 했다. 그런데 아이가 꿈에서처럼 대전에 뜬 달과 같다 하여 그 이름을 골린 사란[원주] 이 이름을 어떤 자료들에서는 잘못 기록되어 '골란 부인'이라고 한 것도 있고, '홀란 사란'이라고 한 데도 있다. 『성자정전(聖者正傳)』에서는 솔롱고스를 곧바로 솔롱고국으로 잘못 기록했다. 솔롱고스의 동남쪽 국경은 솔롱고국에 연접되어 있었던 것이 사실이지만 실제로 솔롱고국은 아니다. 대개 그 시대 솔롱 부족의 지역에 있었던 나라라 할 수 있다. 또 고려국에 가까웠기 때문에 곧바로 고려로 잘못 기록한 경우도 있다이라고 이름했다.

골린 사란 공주가 두 살이 되었을 때 그녀의 어머니가 세상을 떠났기 때문에 보호 차간 칸은 어미 없이 홀로 된 딸이라 하여 지극 정성으로 돌보며 애지중지했다. 더욱이 세상에 이 골린 사란의 자색과 지혜를 비길 자가 없었다. 세상에 드문 여아로 서너 살부터 글 배우기를 생각하고, 예닐곱 살이 되자 장기 두는 법을 배우고, 열 살이 되자마자 바느질에 능해 꿰매고 실을 잣고, 쓰고 그리기를 했다. 현악기, 가야금을 연주하고, 장기를 두는 등 이 모든 것에 능했다. 더욱이 열대여섯 살이 되자 자색이 꽃에 비유하자면 꽃보다 더 생기가 넘치고, 달에 비유하자면 달보다 더 향기로웠으며, 그 모습이 닳도록 문질러 닦은 옥 거울과 같았다. 둥근 얼굴에는 구불거리는 검은 먹과 같은 구름머리가 빛을 반짝이고, 지혜로움을 간직한 아름다운 둥근 두 눈썹에는 자비로움을 머금고 있었다. 총명함이 가득한 맑은 눈에는 신선의 지혜가 응결되어 있었다. 몸매는 진정 옥으로 된 대나무처럼 곧고 균형이 잘 잡혀 있었으며, 관절과 손가락은 연꽃 뿌리처럼 부드러웠다. 공주가 지내는 궁전에는 단향나무 향기가 은은히 배어 있었고, 걷는 길에도 향기로운 사향의 향이 여운처럼 발했다. 말을 나누면 아홉 명의 선녀와 같고, 살짝 웃으면 만 송이 꽃이 한꺼번에 일제히 피는 듯했다. 또 부끄러워하면 희디흰 옥 같은 얼굴이 보드라운 붉은색 분을 바르지 않아도 발갛게 붉어졌다. 그녀는 분명 천상의 궁에서 지상에 내려와 태어난 존재로, 선녀의 화신은 아니라 해도 복된 어머니 오다라야의 궁에서 천강하여 태어난 신성한 칸의 반려자가 분명했다.

골린 사란 공주가 여덟 살 때 그녀 밑에서 일하는 궁전 시녀가 물을 끓이는 데 한참 걸린다고 하여 훨훨 타는 불에 용기를 넣어 뜨겁게 하고, 나무로 끄집어낸다고 한 것이 그만 용기의 이가 빠져 흠이 생기고 말았다. 그러자 공주의 유모 할머니가 시녀가 돌에 용기를 떨어뜨려 흠을 내고서 거짓말을 한다고 화를 내며 욕하고 때리다가 멈추자, 그 시녀는 사실대로 용기가 불에 달구어졌는데, 그것을 끄집어내다가 깨졌다고 열심히 항변했다. 그래도 노파는 그 말을 사실로 여기지 않고 선 채로 어린 시녀와 입씨름을 하고 있자, 골린 사란 공주가 가까이 있다가 그 장면을 보고, 용기의 깨진 부분을 가만히 살펴보더니 할머니를 향해 말했다.

“저 아이를 때리지 마세요. 이 용기가 불에 타서 못 쓰게 된 것이 사실이에요.”

그래도 그 유모할머니는 심하게 화를 냈다.

“그렇게 두툼한 쇠 용기가 불에 달구어지자마자 깨지는 법이 어디 있어요? 아가씨가 또래 여자아이라고 두둔해 주시는데, 제가 때린 것이 잘못인가요?”라고 투덜거리자 골린 사란 공주가 웃었다.

“그게 뭐 그리 어려운 일이겠어요? 잠깐이면 진위를 밝혀낼 수 있어요!”

그리고 곧바로 그 시종에게 그 깨진 쇠그릇을 원래대로 불 위에 올려놓게 하고 붉디붉게 달군 뒤 골린 사란 공주는 즉시 그 여종에게 나무 막대기를 가져오게 했다. 노파 유모에게 막대기를 주면서 용기를 꺼내라고 하자 노파가 화를 냈다.

“쇠 주전자가 달구어져 깨지는 법이 어디 있어요?”

노파가 갑자기 몸을 홱 흔들고 가서, 곧 나무로 무쇠 용기 손잡이를 한 번 끌어당기자 힘이 더해져 무쇠 주전자의 손잡이가 확 빠지더니 대여섯 걸음쯤 멀리 튀어 떨어졌다. 노파는 크게 부끄러워하며 또 막대기를 용기의 주둥이에 넣고 한 번 끄집어내자 다시 한 번 흠이 나고, 두 번 끄집어내자 두 번 깨져 도무지 꺼낼 수가 없었다. 이에 노파가 크게 부끄러워하며 화를 냈다. 다시 반복해서 당겨 끄집어내다가 무쇠 용기가 불 속에서 산산조각이 나서 흩어져 형태가 점차 사그라지더니, 마침내 불과 용기가 서로 구별이 되지 않는 상태가 되었다.

그러자 사란 공주는 배꼽 빠지게 웃어댔다. 공주가 그 시종의 무릎에 앉아 웃고 있을 때 노파가 그 주전자를 다시 끄집어내려고 했지만 이미 용기는 조각이 나고 부서져 꺼낼 수가 없게 되자, 너무 부끄럽고 짜증이 나 불기 있는 막대기를 탕 소리가 나도록 땅에 던져 버리고 곧바로 저쪽으로 가더니 사라져 버렸다. 그러자 골린 사란 공주는 웃음을 참을 수가 없어 시종의 품에서 이리저리 구르며 웃고 있을 때 갑자기 부왕의 부름에 궁의 내시들이 그녀를 안고 갔다. 그럴 때도 공주는 웃음을 멈추지 못하자 차간 칸이 그 이유를 물어 비로소 일의 연유를 알게 되었다.

"여아인 네가 그 원인을 어떻게 알았느냐?"

그러자 골린 사란 공주가 웃으며 말했다.

"소녀가 그 깨진 파편 조각을 보니 똑바로 깨진 날카로운 날이 하나도 없고, 파편이 이가 빠지고 깨진 곳과 맞지 않았기 때문에 분명 그릇이 불에 녹아서 망가진 것이라는 사실을 알았습니다. 만약 돌에 닿아서 깨진 것이라면 분명 날카로운 부분이 있어야 하고, 사기그릇이 깨진 것처럼 조각난 것을 맞추어 보면 분명 딱 맞지 않겠어요?"

겨우 여덟 살 된 아이가 이처럼 일에 세심하고 주의 깊은 태도를 보이자 차간 칸은 공주를 더욱 사랑하여 한 시도 자신에게서 떼어놓지 않았다. 또 입에 물면 녹을까 손에 놓으면 구를까 걱정하여 공주가 밖으로 나가면 데리고 들어오곤 했다.

또 한 번은 공주가 열세 살 때 부왕이 천 명의 사냥꾼을 데리고 나라의 병사와 백성들을 순찰하며 갈 때 부왕을 따라가 한 큰 인가에서 묵게 되었다. 그런데 갑자기 한 노파가 길을 막고 울면서 "우리 며느리가 내 하나뿐인 아들을 독살시켰어요!"라고 외치며 송사를 했다. 차간 칸은 숙소에 와서 신하에게 그 사건을 심문하여 처리하도록 명했다.

그러나 며칠을 심문하게 해도 명확하게 시비를 가리지 못하자 노파가 또 길을 막고 소리쳐 울었다. 차간 칸이 크게 의심쩍어하며 몸소 사정을 물으니, 노파가 고하기를 "제 외아들은 저 며느리를 아내로 얻자마자 다음 날 집을 떠나 출정하여 적군에게 붙잡혀 간 지 3년이 되었습니다. 그저께 갑자기 도망쳐 집으로 돌아왔는데, 그때 저는 집에 없었습니다. 아들이 온 날 며느리가 즉시 제 아들에게 독을 주어 아들은 몸의 아홉 구멍에서 피를 쏟고 죽었습니다. 그렇게 해서 아들이 독살된 것을 알았습니다"라고 했다.

이번에 며느리에게 묻자 "제 남편이 갑자기 돌아와서 저는 너무도 기뻐하며 새 차를 끓이느라 정신이 없었습니다. 해가 따가운 때라 서둘러 가축의 젖과 타락을 가져와 그릇에 따라주자 남편이 그것을 마시고는 곧 죽었습니다. 아내인 저는 시어머님께 아들이 왔다는 말씀을 전하고, 한편 음식을 준비하는데, 남편이 갑자기 쓰러지더니 몸의 아홉 개 구멍으로 피가 흘러나오며 죽었습니다"라고 했다.

이에 차간 칸이 노파에게 물었다.

"할머니의 이 며느리는 보통 때 할머니를 잘 돌봐 주었소, 어땠소? 마을의 어떤 사람과 남모르게 만나고 다니는 것을 본 적이 있소, 없소?"

노파가 울며 말하기를 "저의 며느리는 비록 제 아들과 단 하룻밤 부부로 지냈지만 제 아들이 군대에 나가 적에게 붙잡혀 3년이 되도록 단 한 번도 부정한 일을 저지른 적이 없고, 친자식과 조금도 다름없이 늙은 나를 자상히 잘 돌보아 주었습니다. 또 평소에 마을의 젊은 남자를 향해 말도 하지 않는 정숙하고 용기 있는 며느리라는 것을 마을 사람들도 모두 다 압니다. 다만 무슨 이유로 내 아들에게 독을 먹여 죽였는지 알 수가 없습니다. 늙은 제 남편은 이미 하늘나라로 가고 또 하나뿐인 아들마저 이렇게 죽었으니, 이제 참으로 의지할 곳이 없게 되었습니다"라고 했다.

며느리에게 다시 묻자 그녀는 "시어머님의 말씀이 모두 사실입니다. 남편을 위해 기꺼이 목숨을 바쳐 벌을 받고 죽기를 바랄 뿐입니다!"라고 했다. 그녀는 흐느끼며 머리를 조아릴 때 독을 만든 이유를 조리에 맞게 말하지 못했다. 이에 왕과 대신은 이 사건의 사실관계를 찾지 못하게 되자, 그녀가 기꺼이 벌을 받겠다고 말한 바대로 즉시 단죄하고, 오욘 수예라는 이름의 며느리를 처벌하기 위해 끌어냈다.

이때 골린 사란 공주가 부왕 곁에 있었기 때문에 부왕이 공무를 마치고 대신들이 흩어진 다음 골린 사란 공주가 부왕에게 말했다.

"오늘 판결한 사건은 매우 의심스럽습니다. 여아인 제가 그 오욘 수예라는 며느리를 보니, 매우 지혜롭고 진실하며, 정직하고 선한 사람인 것 같았어요. 아무리 해도 자기 남편을 죽일 사람으로 보이지는 않았어요. 비록 그녀가 기꺼이 죽음의 처벌을 받아들였지만, 그 일에는 어떤 사연이 있는 것이 분명합니다."

"사건의 진상을 어찌 찾으면 좋겠느냐?"

"이 일은 아주 쉽습니다. 부왕께서 한 충직한 신하를 시켜 시어머니와 며느리 두 사람을 데리고 가서, 그의 남편에게 마시게 했던 타락을 만든 통을 가지고 오라고 하세요. 분명 타락과 그것을 만든 그릇에 원인이 있는 것 같습니다."

그러자 차간 칸이 크게 놀라는 한편 기뻐하며 다시 북을 치게 하여 많은 대신을 불러 모았다. 그리고 다시 나와 사란 공주를 옆에 세우고, 곧 몇 명의 심복 대신을 보내 그 시어머니와 며느리를 데리고 가서 타락을 만든 단지를 가져오게 했다. 그러자 그릇에 들었던 타락을 만든 항아리 안에는 붉은 목과 푸른 몸을 가진 작은 독사가 온몸이 터지도록 부어서 죽어 있었다. 그렇게 해서 타락과 뱀을 다 가져오자 차간 칸이 분명 이 독사가 타락에 빠져 그 독으로 인해 사람이 타락을 먹어 죽는 것이다. 이러한 연고로 그 며느리를 처벌하는 것은 부당하니 벌을 면해주라고 했다.

그러자 사란 공주가 사건 진행을 잠시 멈추게 하고, 그들 집에 있는 개 한 마리를 끌고 오게 하여, 그 타락을 먹이자 그 개가 타락을 빨아 먹다가 곧 깽깽거리며 쓰러졌다. 그리고 몸의 아홉 개 구멍으로 피를 쏟으며 죽었다. 그러자 군신들이 모두 놀라 이구동성 분명 원인은 뱀의 독이라고 했다. 사란 공주는 확실히 주의를 기울이게 하려고 많은 병사와 민간의 사람들에게 그 뱀을 보여주며, 이와 같은 뱀을 찾아 가지고 오면 한 냥을 상금으로 주겠노라고 했다. 그때는 아직 7월이었기 때문에 병사들이 오래지 않아 몇 마리씩의 뱀을 가져왔는데, 생긴 모습이 같은 것도 있었고 다른 것도 있었다.

그때 다른 신선한 타락을 가져오게 하여, 그 몇 마리 뱀 머리를 그 타락 안에 담그게 했다. 그러자 오래지 않아 그 붉은 목을 가진 뱀이 몸부림을 치며 꿈틀대다가 보고 있자니 온몸이 부어서 죽었다. 검고 흰 얼룩 뱀은 전혀 영향을 받지 않았다. 그때 그 타락을 다른 개에게 먹이자 이전 개처럼 똑같이 죽었다.

그 시어머니와 며느리가 그것을 보고, 분명한 원인을 알게 되자 시어머니가 곧 바로 "제 며느리가 참으로 부당하게 되었으니 죄를 사해 주십시오!"라고 울며 머리 숙여 간청했다.

그러자 며느리가 안 된다고 하며 고하기를 "제가 비록 의도적으로 죽인 것은 아니지만 저의 손에서 남편이 죽었습니다. 특히 열일곱에 시집을 와서 하루가 되자마자 남편은 죽음의 전쟁터로 나갔고, 3년이 되어 돌아와 나와 만나자마자 또 독으로 죽었습니다. 그러니 아내인 제가 살아간다는 것은 이미 생각할 수 없는 일이 되었습니다. 만약 제 마음대로 죽으면 시어머님을 보살필 사람이 없기에 효성이 없는 며느리가 될 것이니, 나라의 법으로 죽고자 하나이다. 비록 제 죄를 사해 주신다 해도 저는 또 죽어야지 살 수가 없습니다!"라고 했다.

차간 칸은 참으로 효성이 지극한 며느리라 칭찬했다. 그리고 친척 가운데서 원하는 아이를 택해 오욘 수예 며느리에게 키우게 하고, 남편의 제사를 잇게 하라고 했다. 또 국고에서 1백 냥의 은자와 소 20마리, 10명의 장정이 농사를 지을 수 있는 전답을 그녀에게 상으로 내리고, 시어머니를 봉양할 것이며 만일 명을 어기고 죽으면 모든 재물을 회수할 것이라고 명했다.

이 일을 판결할 때 골린 사란 공주의 나이는 겨우 13세에 불과했다. 이 일로 나라 전체가 사란 공주를 크게 자랑스러워하고 우러르게 되었으며, 공주는 현명하다는 명성을 크게 떨치게 되었다. 차간 칸은 국사이긴 하지만 공주와 나랏일을 상의하곤 했다. 이제 열일곱 살이 되어 자색이 뛰어나 세상에서 비할 데 없이 아름답게 성장하자, 차간 칸은 자신의 나라와 다른 지역의 부족 군주들 가운데서 사위를 택하겠다고 했다.

그러자 사란 공주는 반은 농담, 반은 애교를 부리며 부왕에게 "소녀에 관한 일은 서두르지 마십시오. 사려 깊지 못한 사람에게 약속하지 마셔요. 소녀는 옥과 바위같이 지도력이 뛰어난 칸이 아니면 시집을 가지 않을 것입니다. 제가 말씀드릴 때까지 기다려 주세요!"라고 했다. 차간 칸은 딸을 너무도 사랑했기 때문에 곧 그녀의 말을 존중해 기다리기로 했다.

작금 베데국의 군주가 몸소 십만 대군을 이끌고, 죄를 묻고 싸우기 위해 와서 먼저 사신을 보내 안부를 전하게 하고, 서로 싸울 것인지 화친할 것인지를 타진하게 했다. 만일 화친하겠다고 하면 꼬박꼬박 그 나라를 섬겨야 하고, 싸우겠다고 하면 그 나라에 패할 것이 분명했다. 이렇게 이 둘 사이에 압박을 받으며, 결단을 내리기 어려운 커다란 번뇌에 빠져 있었다. 또 솔롱고드국의 왕족 칸이 작은 사고를 쳐서 목숨을 잃을 지경에 이르고, 자신의 나라가 거의 패망에 이르게 되었다고 생각하며 편전에 잠시 누워 쉬었다.

왕촉 칸이 식사도 하지 않고, 견딜 수 없는 괴로움에 빠져 있을 때 대왕 아래 여러 빈과 비, 환관들이 서둘러 사란 공주에게 가서 이 상황을 고했다. 사란 공주가 급히 부왕에게 아침 문안을 드리러 오자 차간 칸은 딸을 보자마자 근심의 반이 사라지는 듯했다. 공주가 문안 인사를 하고 나자, 차간 칸은 딸의 손을 잡고 자기 옆에 앉혀 응석을 부리게 했다. 사란 공주는 곧 부왕의 가슴에 파고들어 아버지가 무슨 이유로 평안해야 할 마음을 지치게 하는지, 음식을 왜 들지 않는지를 물었다.

그러자 차간 칸은 딸이 매우 지혜롭다는 것을 알고 있었기 때문에 이 일에 대해 상의해 보리라 마음먹고 베데국에 관한 일을 모두 다 이야기해 주었다. 사란 공주가 한참 웃더니 한 가지 계략을 제안하여, 차간 칸은 나라를 평안하게 지킬 수 있었다. 어떤 계략인지 알기를 원하는 독자는 다음 장에서 그 내용을 보게 될 것이다.

【평언】

이 장에는 여러 가지 사건이 전개되는 것은 아니며, 네 가지 종류의 중요한 내용이 있다. 이 네 가지가 무엇인가 하면 첫째, 태조가 모홀리와 보가르지에게 누가 나라를 지키고 누가 병사를 이끌 것인지를 묻고 논의하여 결정하는 부분이다. 그것은 대외적인 일을 조정하는 깊고 먼 전략이요, 천 리 밖에 나가 만 가지 전쟁을 수행할 계략을 궁의 내실에서 결정하는 것으로 이것은 고대 『손무자孫武子』[3]의 용병술에 상응한다.

---

3 『손무자』는 춘추시대 제나라의 손무(기원전 544~기원전 496 추정)가 쓴 병서(兵書)로 군사학 분야뿐 아니라 국가 통치와 관련된 모든 전략전술의 지침서. 손무는 춘추시대 제

둘째, 모홀리가 솔롱고스의 우네겐 강가에 이르러 가을에 남풍이 불고 절기에 따른 빗물과 강물이 상류로 넘칠 것을 미리 예견하여 안 일이다. 이는 병서를 보지 않고도 병법을 깨닫고, 또 상대의 정황을 알았던 것이다. 위엄이라는 이름만으로 솔롱고스를 점령하겠다고 한 것은 그가 천부적인 예지력을 가진 사람이라는 것을 말해준다!

고대 삼국시대 제갈무후가 호로곡葫蘆谷에서 위연魏延으로 하여금 사마의司馬懿를 이끌어 들이도록 하여, 둘을 함께 불태워 죽이려고 했다. 그런데 때마침 큰비가 내려 타오르던 불이 모두 꺼져버린다. 그러자 제갈량은 천수天數를 생각지 못한 것을 알았다. 제갈량은 학식과 지략을 모두 갖춘 인물이었지만 그 당시의 기상학을 생각하지 못했다. 그러나 모홀리는 모래땅의 무지한 사나이였지만 이번에 천기와 강물이 상류로 넘치는 지리학을 알았고, 또 솔롱고스가 두려워하는 인간의 마음 등 천지인天地人 모두를 함께 생각해 낸 것은 참으로 놀라운 일이 아닌가? 제갈량이었다면 놀랍지 않았을 터인데, 모홀리이기에 놀라운 일이다. 식자가 아는 것은 놀랍지 않으나 범인이 아는 것은 놀랍지 않은가? 이것이 두 번째 부분이다.

또 세 번째는 오리안한의 젤메가 비록 9개 나라의 말을 배웠지만, 여섯 가지 문자를 조금 안다고 말한다. 한편 19세에 태조를 따른 이래로 오늘에 이르기까지 태조에게서 한시도 떨어지지 않았기에 더 익힐

나라 낙안 사람. 『손무자』는 손자병법으로도 불리는데, 단순한 국지적인 전투의 작전서가 아니라 국가경영의 요지, 승패의 기마와 인사의 성패 등에 이르는 내용을 다루고 있다(임종욱, 『중국역대인명사전』, 이회, 2010, 790쪽).

여유가 없을 뿐 아니라 오래되어 잊어도 잊었을 것인데, 이번에 사신이 되어 솔롱고스에 혼자 몸으로 가서 그들의 만 개 검과 천 개 도끼를 조금도 두려워하지 않았다. 솔롱고스의 군신을 풀처럼 가벼이 보고, 어린아이들을 꾸짖듯 호통쳐 말한 것은 그의 가슴에 지식이 없었다면 어찌 그처럼 대담하고 용감무쌍할 수 있었겠는가? 그는 고대 진나라에 가서 진귀한 옥을 껴안고 잃지 않은 조趙나라 재상 인상여藺相如[4]와 한나라 조에게 가서 변하지 않았던 장자방張子房[5]보다 뛰어나다 할 것이다. 이와 같은 협조자요, 지혜로운 대신이 있는데 성군 태조께서 진실로 무슨 걱정이 있겠는가?

네 번째는 보호 차간 칸의 골린 사란 공주가 어린 나이에 집 안팎의 사건에 대해 결판을 내리고 두 가지 송사를 해결한 것은 비록 작은 일이지만 화장으로 얼굴을 치장하는 여인네들 가운데 매우 드문 일이라 할 수 있다. 고대 진 문공의 아내, 제나라 양 씨, 또 한나라 종왕,[6] 오나라의 송부인[7] 등의 수준의 여인네들이 모두 지혜와 현명함에 있어 뛰

4 전국시대 조(趙)나라 대신. 그가 보필하던 혜문왕이 초나라로부터 화씨지벽(和氏之璧; 옥)을 얻었으나 진나라가 이를 탐내 15개 성과 바꾸자고 제의한다. 명을 받고 진나라에 사신으로 간 그는 진나라가 구슬만 빼앗고 성을 내놓지 않을 조짐을 보이자 목숨을 다해 구슬을 되찾아 가지고 온다(이병갑, 『중국역사사전』, 학민사, 2006, 396쪽).

5 이름은 장량(張良, ?~기원전 186) 서한의 개국공신. 자는 자방(子房). 선조는 전국시대 한나라에서 대대로 높은 벼슬을 함. 진 말 농민전쟁 때 유방에게 투신하여 중요 모사(謀士)가 되었다. 해하(垓下) 항우의 군대를 초위했을 때 '사면초가'의 계책을 건의했으며, 서한 성립 후 각 제후를 봉하고 장안으로 천도하도록 상주했다(위의 책, 408쪽).

6 누구인지 불명확함.

7 후한 말 인물. 손권의 여동생이며 유비의 후처. 손권이 유비를 두려워하여 정략결혼으로 여동생을 바쳐 동맹을 강화했다. 손부인은 재주가 있고 성품이 굳세고 사나우며, 남성의 풍모가 있었다고 한다(임종욱, 앞의 책, 791쪽).

어나지만, 어느 누가 사란 공주에 미칠 수 있겠는가? 모두가 자기 부부의 일을 생각하지 나라의 일을 전혀 생각하지 않는데, 이 사란 공주는 어린 나이에 동갑내기들과 같지 않았고, 다만 나라 전체를 생각하여 자신이 직접 나라의 첫 번째 예물이 되어 아버지의 근심을 나누고, 나라의 어려움을 해결하여 진실로 유교의 네 가지 덕목과 오상五常을 이룰 수 있었다. 이러한 덕목을 이룬 것은 다음 장을 열자마자 곧 알게 될 것이다.

제16장

솔롱고스의 사란 공주는
한 번 웃고 나라를 구했네
고르로스의 나란 칸은
작은 잘못으로 나라를 빼앗겼네

송나라 광종 소희 3년, 금나라 장종 명창 3년, 임자년壬子年. 태조의 나이 31세 되던 해였다.

크나큰 복을 지닌 태조 성군이 향한 곳에는 저항이 없고
조심성 많은 차간 칸이 두려워한 것은
참으로 마땅한 일이었네
효성이 지극한 사란 공주의 지략을
먼 곳에서도 찬탄했네
인자한 세첸 왕비의 관대한 자애로움은
참으로 크나큰 경외심을 낳네

보흐 차간 칸은 딸 골린 사란 공주가 근심하는 이유를 묻자 갑자기 깜짝 놀라며, 딸과 상의해 보리라 마음먹었다. 그리고 곧바로 케레이트의 사신이 베데국에 붙잡혀 사건이 들통 난 것과 베데국의 군왕이

몸소 대군을 이끌고 와서, 우네겐강 서쪽편에 군대를 주둔시키고, 사신을 보내 당혹스럽게 여러 가지 것을 추궁한 것을 모두 이야기했다. 현재의 상황으로 화친을 하거나 전투를 벌이는 것이 모두 어렵게 되었으니, 이제 어찌하면 좋을지를 물었다. 그러자 골린 사란 공주가 살프시 웃으며 부황께 고했다.

"소녀가 오늘 아침 동이 틀 때쯤 꿈을 꾸었는데 꿈에 우리나라 서쪽편에서 한 붉고 둥근 태양이 떠올라 우리 성시 위에 멈추는 것을 보았어요. 그 빛이 찬란하게 빛나며 소녀의 몸을 비추고 감싸자 제 몸에서 빛이 황금빛처럼 퍼져나가고, 가슴이 유리 수정처럼 투명해지는 것이 보였어요. 저는 깜짝 놀라 잠에서 깨어났는데, 이제 아버님께서 하시는 말씀을 들으니 상황이 바로 이 꿈과 부합하는 듯합니다. 이 꿈을 통해 보면 이번에 온 베데국의 군주는 아무리 생각해도 범인은 아닌 듯합니다. 아버님께서는 반드시 잘 살피시고 신중하게 화친하시고, 우호적으로 지내는 것이 좋을 듯합니다!"

차간 칸은 딸의 태양 꿈 이야기를 듣고 갑자기 깜짝 놀라 자신이 꾼 꿈이 생각났다.

"아! 사실 아비가 오늘 새벽꿈에 북쪽 별자리의 일곱 개 별에서 한 선녀가 내려오는 꿈을 꾸었단다. 그 선녀는 내게 깃이 있는 노란 비단 델을 주어 입게 했는데, 그 델의 양쪽 어깨에 해와 달이 황옥으로 수놓아져 있었다. 그것을 보고 있는데, 그것이 진짜 태양이 되어 빛을 비춰 깜짝 놀라 잠에서 깨어났단다. 우리 딸도 역시 그런 꿈을 꾸었구나. 우리 부녀의 꿈이 같으니 화친하여 우호적으로 지내는 것이 옳겠구나.

다만 어찌 화친을 하면 좋을꼬!"

골린 사란 공주가 잠시 생각하더니 부왕에게 고했다.

"그것은 그다지 어렵지 않은 일입니다. 만약 화친하겠다고 협의를 하려면 반드시 이쪽에서 사신을 보내야 합니다. 부왕께서는 원래 다른 사람의 얼굴을 살펴 그 말의 진위를 알아내는 능력을 잘 익히셨으니, 부사신의 예법대로 부사신으로 꾸며 몰래 성에서 나가 사신과 함께 가셔서, 그 베데국의 군주를 눈으로 한 번 살펴보시면 곧 전에 들었던 말의 진위를 알아낼 수 있을 거예요. 만약 정말 그 장군과 병사들이 모두 고르게 용맹스럽고, 군주가 천자의 위엄과 인품을 지녔다면 곧 화친하기 위해 가고, 만약 그가 그저 평범한 범인이요, 장군과 병사도 모두 공연한 허세였다면 앞서 간 사신을 그곳에 남기고, 이런저런 핑계를 대고 화친하겠다고 하면서 날짜를 끄세요. 그 사이에 병사들을 징집하고 군대를 조직하면 곧 두려움이 사라질 것입니다. 그렇게 하면 양단간에 일이 마무리되지 않겠어요?"

공주의 말에 차간 칸은 답답했던 마음이 풀리자 크게 기뻐하며, 딸의 손을 잡고 기분이 좋아 딸을 크게 칭찬했다.

"내 생명과 같은 우리 딸의 생각과 지혜가 바람보다 빠르구나!"

곧 딸과 함께 웃으며 식사를 마치고, 조정에 나가 오돈과 아가르 두 신하와 이번 일의 계책을 논의하고 마음을 정했다. 오돈 타이시가 정사신으로, 차간 칸이 부사신으로 가기로 했다. 아가르 승상은 남아서 태자 호톨와 함께 주야로 나라의 병사들을 서둘러 징집하기로 했다. 그때 오돈과 아가르가 젤메의 객사에 와서 여기서 회답을 논의할 사신이 갈 것이니, 그 사신이 돌아올 때까지 그대는 여기서 잠시 머물러 달라, 그에 앞서 한 사람을 보낼 수 있겠냐고 물었다.

젤메가 그 말을 듣자마자 크게 웃으며 "귀하신 그대들의 이 계략을 이미 나는 알고 있었소. 당신들이 가서 일을 이룰 수 있으면 이루시오. 만약 일을 그르치면 돌아와서 나를 죽여 수호기에 제의를 드리고 싸우시오. 이번에 가서 그대가 일을 이루면 분명 빨리 돌아올 것이요, 만일 일을 그르치면 오래 걸릴 것이오. 협상할 때에 이르면 내가 따라가는 것이 옳겠지만 특별히 나를 여기에 남겨놓고, 나 이외에 다른 사람을 인도자로 데리고 가는 것은 이미 당신들의 생각을 드러낸 것이오. 그뿐 아니라 그대가 나를 한 번 죽이지 않고 수만 번 도막 쳐 죽여도 나는 두렵지 않소. 두려웠다면 이곳에 오지도 않았을 것이오. 당신들이 이제 조금의 진실이든 거짓이든 대답을 하러 간다고 하니 나는 결코 나쁜 말을 하지 않을 것이오. 나에게 남으라 하면 나는 곧 남을 것이오. 또 나에게 사람을 내달라고 하면 나는 곧 사람을 내어줄 것이오"라고 하고 수행원 가운데 한 사람을 내어 주어 보냈다.

그때 다른 수행원이 젤메가 남을 거라는 말을 듣고 크게 두려워하며 들어와 말했다.

"이곳에 남는 것은 너무 위험한 일이 아닙니까?"

그 말에 젤메가 크게 웃었다.

"그대가 무엇을 알겠소? 불안을 견디고 넘기면 그때 비로소 평화가 찾아오는 것이오. 그뿐 아니라 우리 주군께서는 진실로 천자의 지혜로움이 있으시고, 또 우리 총사령관께서는 분명 지상의 명철함이 있어,

내가 이곳에 남았다고 들으시자마자 일을 이루실 것이오. 혹 잘못된다 해도 이곳에 사신 중 한 명이 남으면 분명 그곳에도 남기실 것이오. 나를 보지 않고서는 무슨 일이 있어도 놓아주지 않을 것이오. 보기에 비록 내 몸이 사자의 입에 누워있는 것 같지만, 사실은 내 마음은 곧바로 성산을 의지한 듯 든든하오."

차간 칸은 부사신의 예대로 치장을 하고, 오돈 타이쉬를 주사신으로 하여 성시에서 몰래 빠져나가 강을 건넜다. 먼저 젤메의 수행원을 보내 정황을 모홀리에게 고하게 하자, 모홀리가 크게 기뻐하며 서둘러 와이진과 알라이진 두 젊은 장수에게 그들을 영접하여 데리고 오도록 했다. 한편 영접 예식을 준비하고, 다른 한편 젤메의 수행원에게 "그대 주인을 그곳에 남겨두었다는데, 주인은 무어라 말씀하시던가?" 하고 묻자, 수행원이 젤메의 말을 사실대로 모두 고했다. 모홀리가 그 말을 듣고 낯빛에 희색을 띠며 고개를 끄떡였다.

"그대 주인이 내게 무엇을 말하고, 그들 사신 중 한 사람을 남겨두라고 하지 않던가?"

그러자 수행원이 "종 된 저희에게 그런 지시는 하지 않으셨습니다. 주인께서 말씀하신 것은 그것은 이미 정해진 일이요, 대장군께 말씀드릴 필요는 없다고 특별히 말씀하셨습니다"라고 하자 모홀리가 기뻐하며 웃었다.

"용모와 재능을 모두 갖춘 오리안한의 젤메 아형께서는 늘 신중하게 처신하는 나를 깊이 알고 계시는 것이오."

이윽고 솔롱고스의 두 사신이 당도하자 모홀리는 호랑이 가죽 장막에서 내려와 사신을 정중히 맞아 절하고, 사신을 윗자리에 앉게 했다. 아홉 가지 보석을 박아 장식한 찻잔에 일곱 가지 재료를 배합해 만든 차를 대접한 후 귀빈각에 사신을 모셔 잔치를 배설하며 몸소 대접했다. 모홀리는 차간 칸을 몇 번이나 유심히 보며 탄복해 마지않았다.

"귀하신 사신께서는 한 곳을 다스리시는 군주의 풍모가 있으십니다. 현재 어떤 지위에 계십니까?"

그러자 차간 칸이 소스라치게 놀라며 서둘러 "소인의 직함은 서쪽 지역의 부태사입니다"라고 하자 모홀리가 또 자세히 응시하며 머리를 흔들었다.

"맞지 않습니다. 맞지 않아요. 정수리 이음새에 진주가 박힌 뼈가 있으며, 이마에 백옥의 광채가 빛나며, 두 귀에는 먼 지역의 이름난 자개가 반짝이고, 두 눈썹에는 고귀한 기운이 서려 있습니다. 분명 제가 잘못 살핀 것이겠지요. 이상합니다. 참으로 이상합니다."

그러자 차간 칸와 오돈 타이시가 크게 놀라며 탄복했다. 곧 성대한 연회가 끝나고, 밤에 모홀리가 태조의 중군 대진영에 들어가 두 군신이 대화를 나눌 때, 국사나 전투에 관한 것은 전혀 논의하지 않았다. 다만 "흰 코끼리, 흰 코끼리!"라고 말하자 대신들이 모두 그 말을 듣고 그 뜻을 헤아리지 못했다.

태조가 미소 짓자 모홀리가 웃으면서 즉시 밖으로 나갔다. 다음 날 진시에 모홀리가 말을 타고 와서 두 사신을 데리고 배로 만든 물 진영 뒤로 돌아서 나가자, 생가죽 방패 위로 사람의 머리와 투구의 술이 빗살처럼 가지런히 대오를 이루고 있었으며, 무기는 늑대 갈기처럼 삐죽 삐죽 나와 있었다. 그런데 육지 진영과는 매우 다른 한 가지 특별한 모종의 위엄이 서려 있었다. 그 안이 어찌 되어 있는지 밖에서는 보이지 않았다. 차간 칸이 크게 놀라 주의를 기울여 살펴보면서 5개 진영의 바깥쪽으로 구불구불 가다가 태조의 중간 대진영의 문이 보이자 말에서 함께 내려 걸어갔다. 차간 칸이 주위를 유심히 살펴보니 주위에는 5개 진영이 둥글게 연이어져 있었고, 4, 50개 아치형 문이 동심원을 그리며 들어서 있었다.

그리고 다섯 진영 모두 문마다 깃발이 오색으로 빛나는 비단과 펠트로 만들어져 있었기 때문에 참으로 눈이 부셨고, 무지개구름처럼 기막히게 멋진 풍경이 펼쳐져 있었다. 병사는 아무리 못해도 10만 이상이요, 그 이하는 아닌 듯했다. 전체적으로 태조의 대진영을 보면 모두 여덟 개 문과 열여섯 개 모서리가 있고, 문마다 모두 여덟 개 작은 진영이 안팎으로 향해 있었고, 뒤쪽으로 함께 거주하는 숙소는 모두 문을 닫아 내리고 있었다. 문마다 이쪽저쪽 두 장수의 수호기가 꽂혀 있었으며, 수호기마다 그 아래 한 사람의 장수가 서 있었다. 장수마다 그 아래로 여덟 쌍의 병사들이 있었는데, 그들은 푸른 표범 가죽 갑옷과 투구를 쓰고, 전통과 검을 차고, 긴 창을 짚고 대오를 이루고 서있었다. 또 그 아래 갑옷을 입은 36명의 친위대가 양쪽으로 서 있었는데, 여러 가지 새의 깃을 꽂은 투구를 쓰고 있었다. 모두 단도와 몽둥이를 허리에 차고, 말을 타지 않은 채 북과 나팔을 지키고 있었다.

그 가운데 있는 붉은 모전으로 된 중간 진영에는 네 개 문이 있고, 문마다 호랑이 수호기가 꽂혀 있었으며, 양편에 두 개 비단 깃발을 나란히 세워놓았다. 수호기 아래 표범 가죽으로 된 전통을 맨 병사들이 30명씩 대열을 이루고 있었고, 모두 북과 나팔을 쌍으로 정렬해 놓았다. 그 가운데 푸른 모전 장식을 한 장막 안팎을 향하게 하여 두 줄로 천막 아랫부분을 붙여서 짓고, 장막마다 두 개 붉은 모전 기를 꽂음으로 불의 도시처럼 정렬시켜 놓았다. 또 사이마다 다섯 자 정도 높이의 호랑이 머리가 그려진 방패가 세워져 있고, 병사의 뒤쪽에 보이지 않게 투구의 장식술과 긴 창날이 용처럼 계속 이어져 있었다.

그때 모홀리가 두 사신을 데리고 대진영의 동쪽 문에 이르자, 문을 지키는 장수가 그들을 맞아들이며 큰 북을 한 번 울렸다. 그와 동시에 여덟 개 문의 소식을 알리는 64개 북이 울리며 천지가 진동하듯 웅장한 소리를 냈다. 그것은 참으로 사람의 심장을 뛰게 했다. 대열을 이루고 서 있는 병사들은 일제히 연속해서 함성을 질렀다. 세 겹으로 된 문으로 들어가자 일제히 세 번 나팔을 불고 북을 치고, 동시에 병사들이 세 번 함성을 질렀다. 청동 징과 피리 소리가 울려 퍼지는데, 그 소리가 선명하고 일정했기 때문에 차간 칸은 심장이 두근거렸다. 모래언덕에 앉은 새로운 지역에 이처럼 대단한 위엄과 질서가 있는 것을 보고 자신의 성과 궁전에서 사는 것이 너무도 부끄럽게 생각되었다. '나는 이 베데국이 이 정도로 대단하리라고는 조금도 생각지 않았다. 이 같은 모습을 보면 그 군주가 분명 만만한 범인은 아닐 것이다. 잘 살펴 조심하지 않으면 아니 될 것이다'라고 생각하면서, 모홀리를 따라 세 번째 진영의 문에 이르자 중앙 문을 지키던 하사르가 나와 그들을 맞았다.

그러자 그 양쪽에 대오를 짓고 서 있던 병사들이 장막의 먼지가 흩날릴 정도로 함성을 외쳤다. 하사르와 모훌리는 서로 예를 갖춰 인사를 나눴다. 하사르가 모훌리에게 "이 사람들이 분명 솔롱고스의 귀한 사신이란 말씀입니까? 차를 좀 마시고 나서 주군 가까이 들어가는 것이 좋겠습니다. 그렇게 해야 말씀을 고할 때에 숨이 차지 않을 것입니다"라고 했다.

그러자 곁에 병사가 보석이 박힌 잔에 차를 따라 올리자 솔롱고스의 군주와 대신은 불안한 마음으로 잔을 들고 차를 마시는 사이에 접견실 뒤쪽 문으로 안을 들여다보니, 안쪽 진영 가운데 대장막의 동산 아래 아홉 가지 색의 갑옷과 투구를 쓴 병사들이 자신들이 찬 검의 손잡이를 아래로 누르고, 안쪽을 향해 일렬로 서 있고, 사자 가죽으로 된 대장막의 반대편에 커다란 호피 차양 양쪽으로 제비 날개같이 양편으로 대오를 이루고 있었다. 검과 도끼를 쥔 병사들이 소매를 걷고, 옷자락을 늘어뜨린 채 날렵하게 서 있는 모습은 참으로 위엄이 대단해 보였다.

이윽고 안에서 전갈이 전해지고 솔롱고스 사신을 들이라고 북을 치며 큰소리로 외치자 모훌리는 곧 서둘러 두 사신을 인도하여 들어가게 하고, 자신은 엄호물 밖에 서서 델과 모자, 허리띠를 바르게 하고, 옷소매를 내리고, 얼굴을 닦고서 비로소 사신을 인도해 들어갔다.

그때 두 사신이 동산 위에 올라 장막 문밖에 이르러 머리를 들어 태조의 용안을 보니, 태조의 용 같은 눈은 별과 달처럼 밝아 사람의 마음속을 훤히 들여다보는 듯했고, 호랑이의 위엄을 가진 태양 같은 용안에서는 붉은빛이 번쩍이며 퍼져나갔다. 태조에게는 진정 사람이 바로 쳐다볼 수 없는 천둥과 같은 위엄이 서려 있었다. 차간 칸은 간담이 오그라지며 천만 가지 생각이 구천을 향해 날아가 흩어졌다. 신하들과 논의하여 결정한 일은 단번에 사해四海에 던져지고, 오로지 진정한 경외심만이 느껴졌다. 그는 문밖에서 쿵 소리가 나도록 두 무릎을 꿇고, 두 눈에는 한 쌍의 눈물이 흘려내렸다.

"대왕께서는 진실로 천자가 분명하십니다!"라고 몇 번을 말하자, 태조가 은근히 미소를 지으며 모홀리에게 일렀다.

"이국 대왕의 사신을 일으키시오!"

모홀리가 또 서둘러 부사신을 부축하여 일으키려고 하자, 사신의 우두머리인 오돈 타이시가 어디 이같이 행할 수 있느냐며 어쩔 줄 몰라 하릴없이 바라보고 서 있었다. 그에 반해 차간 칸은 서 있지 않았을 뿐 아니라 연신 고개를 박고 절하며 모든 것을 솔직하게 사실대로 낱낱이 이야기하자, 오돈 타이시가 속이려 한 일이 오히려 부질없고 또 전혀 가당치 않는 일이 되자 차간 칸을 따라 무릎을 꿇었다. 그로써 부사신이 곧 보호 차간 칸 자신이라는 것을 태조가 듣자마자 서둘러 사자 보좌에서 내려와 차간 칸을 손수 부축해 일으키려 했다. 그런데 왠일인지 차간 칸은 일어나지 않고 기꺼이 투항하려는 연유를 말했다.

그때 모홀리가 앞으로 나가 차간 칸을 부축하며 말했다.

"고귀하신 칸께서 진심으로 귀순하시어 저희 주군의 의구심을 가라앉히고, 예로서 경의를 표하는 것은 마땅하오나 무릎을 꿇고 절하실 필요는 없습니다"라고 하며 그를 일으켰다.

잔치를 배설할 때에 차간 칸은 골린 사란이란 이름의 하나뿐인 공주를 나라의 가장 으뜸되는 선물로 태조에게 드려 인척 관계를 맺고 귀순하고자 하는 생각을 모훌리를 통해 자세히 고했다. 태조는 그 말을 듣고 탐탁히 여기지 않았다. 그리고 많은 신하를 향해 "나라마다 사람들이 모두 내게 여색으로 속임수와 계략을 쓰려고 하는 것은 대체 무슨 생각인 것이오?"라고 하자 모훌리가 서둘러 무릎을 꿇고 고했다.

"계략에 걸려들지 말지, 속임을 당할지 말지에 대한 권한은 주군의 권한과 재량에 있지 범인들의 계략에 있지 않습니다. 색을 탐하는 것은 다른 나라 사람들이 원하는 바입니다. 한 여인을 거두어들이는 일은 작은 일이요, 다섯 지역을 지배하는 것은 큰일입니다. 양털 하나가 떨어졌다고 솥 가득히 든 누런 버터를 어찌 버릴 수 있겠습니까? 미색이 있는 여인이라 즐거워하는 것이 아니라, 진실한 마음으로 자신의 여식을 바치는 것이기에 기뻐하는 것이 마땅한 일입니다. 고귀한 가문의 무한히 큰 자비심을 가지신 주군께서는 이를 살펴 혜량하여 주시기를 바랍니다."

모훌리가 많은 장군을 데리고 머리 숙여 절하며 이를 상기시키자, 태조가 생각해 보니 모훌리의 말이 매우 지당했기 때문에 솔롱고스의 차간 칸을 사흘 동안 지내며 기다리게 하고, 나흘째 되는 날 아침 결연히 이르기를,

> 위풍당당한 사내가
> 부인을 얻는 것에 비록 문제가 없어도
> 군주로 지내는 자가 여인을 탐하면

그 위엄에 어긋나지 않을까 생각하였소
귀국의 모든 군신이
순순히 귀순하는 것을 받아들이겠노라 했는데
이를 거절하여 자비를 보이지 않고
대립해 싸운다면 병사들이 고통을 받을까 두렵소!

라고 하며 차간 칸의 제안을 허락하고, 양측에서 혼인 잔치를 베풀 것을 약조했다.

그러자 모홀리가 차간 칸을 극진히 예우하고, 오돈 타이시는 혼례에 관해 상의한다고 남게 했다. 그리고 찬드간 세첸을 신부 쪽에 보내, 그쪽 의례를 젤메를 중심으로 상의하라고 했다[원주] 이러한 명은 모홀리가 용의주도하고, 또 지혜로우며 조심스러운 면을 보여준다. 그는 참으로 그릇이 큰 사람이었다.

차간 칸은 매우 기쁜 마음으로 자신의 성시로 돌아와 잔치를 벌여 젤메를 후히 대접하고, 또 한편 베데국 군주에게 골린 사란 공주를 주어 혼약을 맺어 귀순하겠다고 약조한 것을 딸에게 말했다. 사란 공주는 화들짝 놀라며 나이 차이가 많아 정말 싫었지만 어쩔 수 없이 위로 부왕을 생각하고, 아래로 많은 백성을 생각하여 눈의 눈물을 닦으며 말했다.

"아, 자식의 일은 원래 부모님이 아십니다. 그뿐 아니라 소녀는 외동딸의 몸으로 위로 부황을 위시하여 조정의 모든 신하들에 이르기까지, 아래로 신민에서 차례로 모든 백성에 이르기까지 모두를 지키며, 싸움과 전투를 멈추게 하기 위해서라면 아버님께서 저를 뿌리 있는 베데국의 군주에게 내어 주시는 것은 말할 것도 없고 작은 부족의 백성에게 준다해도 억울하지 않습니다. 한 평범한 소녀의 몸으로 만인을 죽음과 고통에서 벗어나게 하는 대업에 필요한 존재가 될 수 있기에 저는 불만이 없습니다. 공명정대하신 부왕의 명을 따르겠나이다. 사란은 선하신 아버님의 뜻에 따르겠나이다."

그러자 부녀가 울면서 혼인을 결정했다. 일주일 동안의 나라 잔치를 끝내고, 차간 칸은 대신과 병사, 백성들을 거느리고, 다섯 부락의 가신과 여덟 종류의 호랑이 가죽으로 된 게르 궁, 100명의 여종, 1천 경頃의 옥답沃畓을 혼수를 보내오자 젤메와 찬드간 세첸이 양쪽 대오의 대장이 되어 우네겐강을 건너가니 그곳에서 모홀리가 대오를 이루고 있었다. 3개 조의 영접단이 모두 잔치를 벌이며, 진주로 장식한 사란 공주의 수레를 태조가 거주하는 내원으로 들여보냈다. 공주의 아버지는 사란 공주를 호위하여 장막에 들어가 태조에게 절하게 했다. 태조가 사란 공주를 유심히 살펴보니, 참으로 강이 달빛에 빛나고, 환한 밤에 꽃이 피어있는 듯했으며, 맑고 투명한 아름다움은 이 세상에서 비길 자가 없었다.

태조는 그녀의 속내가 어떠한지 한 번 시험해 보자 하고 곧 "그대는 그대 부친이 칸이면서 다른 나라의 군주에게 정복당하고, 생명과 같은 딸 사란 공주 그대를 이렇게 보냈는데, 그대는 부끄럽고 싫은 마음이 들지 않는가?" 하고 물었다.

골린 사란 공주는 태조의 묻는 음색이 청동의 종소리와 같자 크게 놀라 고개를 들어 태조의 일월과 같이 위엄과 광채가 가득한 얼굴을 보자마자 천신을 본 것 같았다. 그 순간 그녀의 비가 내렸던 우울한 마음이 말끔히 씻어지고, 붉은 태양이 떠오르는 듯 마음이 기쁨에 북받쳐 올랐다. 그녀는 한 번 미소를 짓고 다시 절하며 천천히 고했다.

밝은 하늘에 빛나는 태양을
비록 누구나 보고 싶어 하지만
평범한 운명의 범인이
어찌 곁에 이를 수 있을까 생각하오며
나라와 백성을 위해 온 소녀는
홀연히 천상의 밝디밝은 용안을 만나
밝아오는 시대의 빛을 발견한 것처럼 생각하온데
어찌 후회하고 한하는 마음이 생겨날 수 있겠나이까!

그러자 태조는 그녀의 속과 겉이 범상치 않음에 깊이 관심을 갖고, 그녀를 대견히 여기며 비단으로 된 내궁으로 들이게 했다. 그리고 차간 칸의 군신과 병사, 백성들 모두에게 성대한 잔치를 베풀어주고, 두 나라 전체에 경사의 예법대로 상과 술을 내릴 때 젤메를 선두로 하여 축사했다.

죽음도 두려워하지 않고 크나큰 공을 세웠도다
진실로 대단한 충신
쓰러지는 것을 피하지 않고

앞서 분투하여 공을 이루었네

멀리 내다보는 지략 있는 나의 친지여!

태조는 젤메에게 손수 술을 따라주고 후한 상을 내렸다. 그날 밤 태조는 사란 공주의 순결하고 맑고 순수함을 깊이 알고 흡족해 했다. 다음 날 아침 게르 천창 덮개를 당기게 하고, 궁의 깔개를 손질하게 했다. 그리고 목 장식을 주고, 예복을 입게 하고, 비로 삼아 옆에 가까이 두고 애지중지했다. 그러자 두 나라 신하들 모두가 모여 술잔을 올리고 함께 태조를 축복하며 절했다. 동생들과 가까운 대신들에게는 새 부인에게 절하게 하지 않았다.

사흘 동안의 잔치가 끝나고, 차간 칸은 나라의 창고를 열어 그 반을 내어 태조의 병사들에게 상으로 내려주고, 태조를 주군이라 불렀다. 그러자 태조는 그의 병사들에게 후한 상을 내린 공이 있다 하여 그의 칸의 칭호를 거두지 않았다.

그리고 또 9월에 태조는 몸소 군대를 이끌고 솔롱고스의 동북쪽에 있는 고르로스의 나란 칸이라는 자에게 먹혔던 300리 이상의 땅을 반은 우호적으로 반은 위협적으로 협상해 솔롱고스가 되찾도록 해 주었다. 이 나란 칸이라는 자의 정실부인은 태조의 동생 부흐 벨구테이의 큰딸인 알탄 고르갈다이로 태조는 그녀를 양녀로 삼았었는데, 바로 이 나란 칸의 부인이 되었다. 그러나 그녀는 나란 칸에게 시집와서 일 년 남짓 되었을 때 죽었다. 나란 칸은 그녀를 그리워하다가 미치기 시작하면서 많은 여자를 취했다. 사방에서 소요가 일어나던 때라 태조는 반은 호의적으로 반은 위협적으로 그가 빼앗았던 솔롱고스의 땅을 되찾았다. 그 나라에도 어느 정도의 공물을 바치도록 정하고, 사위의 우의를 생각해 칸의 칭호를 폐하지는 않았다.

그리고 또 초겨울부터 시작해 임진년에 강을 건너 고르로스의 동북쪽에 있는 개머리 나라와 그 동쪽에 있는 여면국을 시작으로 공격을 개시할 때, 태조가 많은 대신들에게 이르기를 "지혜롭고 현명한 사내는 주변국을 공격하지 않는다고 했소. 그러기에 내가 케레이트과 나이만을 다시 다시 지나치는 것은 그런 생각 때문이오. 다만 나를 찾아와 공격하면 어쩔 수 없이 그에 응수하지 않을 수 없기에 응수를 하다 보니 상당히 많은 나라가 항복했소. 솔롱고스와 고르로스 그리고 이 개머리국과 여면국이라는 나라는 모두 먼 나라라 해서 투항케 하여 조공을 받지 못할 일이 없으니 내일 아침 모두 힘써 분발하기 바라오!"라고 하고 고르로스와 솔롱고스 두 나라로부터 1만 병사를 징발해서 길을 안내하게 해 먼저 개머리국을 향해 진격해 들어갔다.

이 개머리국은 파라수국이라고 했다. 이 나라 사람들은 정말 개머리를 한 것이 아니라 지리적으로 남자의 모습은 대부분 입이 좀 뾰족하고 길며, 아낙네들은 우리 지역의 여인네와 거의 유사하다. 남녀는 대부분 가무를 즐긴다. 또 가옥과 마당, 전답이 있다. 그런데 8월 15일 밤에는 사람들이 모여 대나무 조각과 상아를 서로 쥐고 부귀를 소망하며 놀이를 한다. 지금 동쪽 고르로스 지역의 동북쪽에 오룡강을 건너면 곧 개머리국의 변경에 이른다.

또 이 여면국은 한자로 여목국女目國이라고 한다. 그 나라의 습속은 남자는 수염을 기르지 않기 때문에 대개 여자 같은 모습을 하고 있다. 또 성시가 있고 사람들이 밀집해 살고, 곡물과 감자, 소와 말이 모두 있다. 먹고 입고 착용하는 것이 북방 지역과 같다. 이 나라에서 동북쪽으로 아주 먼 바다 섬에 이르면, 그곳엔 여인의 나라라 하여 우물을 들여다보고 아이를 낳는 여인국女人國이 있다. 그밖에 곧바로 동쪽에는 장백산長白山이 있는데, 몽골어로 오르트 마일손 산장백산이라고 부른다.

그 산의 아래쪽의 압록이라는 강 상류에는 금이 나며, 그곳에는 여국女國이라는 나라가 있다. 거기서 갈라져 나온 것이 곧 그 당시 아골타의 완안 부족의 금나라이다. 그곳에는 또 다른 군주가 다스리며 살고 있었는데, 금나라가 지배했던 것은 아니다. 그 나라는 다만 뿌리가 그곳에서 나왔기 때문에 나라 이름을 '금진'이라 했다. '여국女國'이라는 했던 것은 그곳의 사람들이 늙으면 수염을 깎기 때문인데, 다른 나라 사람들이 이를 멸시하여 여국이라고 했다. 그 나라 이름 역시 금나라라고 한다.

이렇게 다소 차이가 있는 여女 자가 들어가는 세 나라가 있다. 이들 나라 가운데 이 여면국과 개머리국 두 나라만을 이번에 공격하여 투항케 했다. 개머리국의 군주 이름은 타힌 또는 탄힌이라고 했다. 또 여면국의 군주 이름은 사인이라고 하는데, 그 두 사람은 태조의 위세가 막강한 것을 크게 두려워하여 차례로 태조를 맞아 귀순하고, 해마다 지역 특산물 500바리와 그 지역 말 5천 필을 수대로 바치기로 약조했다. 태조도 여면국의 사람을 여인국과 또 여국에 보내 협상할 것을 전하게 했다. 따로 개머리국으로 하여금 관흉국貫胸國에 사신을 보내 화친할 것인지 싸울 것인지를 묻게 했다. 또 그 사람에게 몇 사람을 데리고 와 자신이 대면할 것을 준비하라고 명했다. 여면국에서 새해 명절을 지내고 장병들에게 상을 내렸다.

임자년이 여기서 끝나고 계축년이 시작되었다. 태조는 이해 32세가 되었다. 송나라 광종 소희 4년, 금나라 장종 명창 4년이었으며, 계축년이 시작되었다. 계축년 음력 1월 20일 수호기를 다시 돌려 출발하여 춘삼월 초하루에 솔롱고스국에 이르렀다.

베데국에서 수석 신하인 토르곤 샤르와 가신인 아르가손 호르골즈가 주치와 차가타이 두 작은 주군을 데리고 달려오고 있다고 멀리 있는 정탐꾼이 와서 고했다. 모훌리를 비롯해 많은 신하와 병사들이 그 연유를 몰라 크게 놀라며, 나라에 무슨 사건이 생겼냐고 물었다. 모훌리는 사람들에게 잠시 태조에게 고하지 않도록 하고, 자기 아들인 볼로와 보가르지의 아들 울렌 치르비 두 사람에게 20여 명의 기마병을 주어 두 작은 주군과 두 대신을 맞이하고 나라의 평안을 묻기 위해 보내자, 수행원들과 함께 와서 평안의 인사를 나누었다. 토르곤 샤르와 모훌리는 은밀히 몇 마디를 속삭였다. 큰 공로를 세운 축하연의 예법대로 채단을 걸고, 토르곤 샤르를 위시하여 주치, 차가타이, 호르골즈 등을 불러 태조에게 술을 올리고 축원을 말을 고하며 절하게 했다.

태조가 나와서 나라 밖에서 새해 명절을 지낼 때, 사악한 케레이트의 얄고 역시 자모하를 내보내 가까이 있는 대부분의 나라의 항복을 논의하고 있는 베데국을 정탐하게 했다. 보가르지는 병력을 강화해 나라를 지키고, 토르곤 샤르는 모르는 척하며 두 작은 주군을 데리고 나라를 대표해 태조에게 와서 새해 인사를 했다. 또 세첸 주순 부르트겔진 왕비를 대신해 가신인 호르골즈를 보내 집안을 대표해 태조에게 새해 인사를 고한다고 나왔지만 사실상 케레이트가 전쟁을 일으키는 것을 경계하여 태조를 모시러 온 것이었다.

그때 모홀리가 케레이트의 일을 고하는 것을 잠시 멈추게 하고, 집안이 평안하고 바깥일이 무사하며 새해 인사를 하기 위해 토르곤 샤르와 호르골즈, 그리고 두 작은 주군이 왔다고 고했다. 태조는 빛나는 얼굴에 희색이 만면하여 묻기를, "내가 나라 밖으로 나와 한 해가 되었소. 고령의 어머님께서 옥체는 평안하신지 확실히 듣고자 하오"라고 했다.

호르골즈가 서둘러 무릎을 꿇고 고했다.

인자하시고 자비로우신 우진 국모를 비롯해
주순 왕후 다음으로
비와 공주, 작은 주군들과
나라의 모든 신민에 이르기까지
가호하시는 주군의 크나큰 위엄과 복에 의지하여
바윗돌같이 든든한 마음으로 평안히 잘 지내고 있나이다
함께 안부를 고하러 나오는 길에
좋은 노래 하나를 익혔나이다, 제가

태조는 그의 생각을 전해 듣고, "즉시 소식을 고하도록 하시오. 내 듣도록 하겠소"라고 허락했다. 호르골즈는 즉시 아름다운 말로 시화하여 유려하게 노래했다.

숲속 나무에 송골매가 알을 낳는다네
숲의 나뭇잎을 뚫고 들어갈 수 없다 믿었는데
부엉이의 탐욕스런 마음이 꿈틀거려
숲속을 들여다보며 나뭇잎 먹을 방법을 궁리했네
갈대숲이 있는 호수에 고니가 알을 낳는다네
깃들인 붉은 가지와 싹이 든든하다 믿었는데
악한 새가 못된 마음을 먹고
호시탐탐 날아다니며 알 먹을 방법을 궁리했네
침향나무에 나이팅게일이 알을 낳는다네
무성하고 빽빽한 가지를 믿었는데
얼룩 새가 시기하는 마음을 품고
살금살금 다가가 알 먹을 방법을 궁리했네
커다란 나무에 공작새가 알을 낳는다네
안팎으로 울창한 숲을 믿었는데
능에가 빼앗을 마음을 품고
주변을 배회하며 알 먹을 방법을 궁리했네

태조가 은근히 미소 지으며 뭇 신하들을 향해 말했다.

"호르골즈의 이 노래는 다른 나라가 우리나라를 침범하지 않기를 바라며, 나에게 빨리 나라로 돌아가라는 뜻을 드러낸 것이오. 내 생각지 않은 것은 아니나 일단 출정했는데 공을 세우지 않고 어찌 돌아가겠소? 나라 밖에 나와 손을 놓고 즐거움을 누렸던 것은 아니며, 외방의 네 나라를 정복했소. 손에 전리품이 가득하고, 발이 땅을 밟아 공을 세우고 원하는 바를 이루었소. 이제 돌아가는 일이 중요하게 되었소. 그대 뭇 대신들 가운데 누가 나라에 먼저 돌아가서, 연세 많으신 우진 어머니께 평안의 문안을 여쭙고, 아들이 있는 먼 곳을 그리워하는 마음을 편히 해드리겠소. 또 주순 왕비의 안부를 묻고, 이곳의 자세한 정황을 알리겠소?"

그러자 모훌리가 태조의 생각을 알고 먼저 앞으로 나와 고했다.

"신이 먼저 나라에 돌아가 집 안팎을 살피겠나이다. 제가 선두 부대를 이끌고 가겠나이다!"

태조는 모훌리가 호르골즈의 시화된 노래를 듣고, 전투의 조짐이 있음을 의심하는 것을 알고 속으로 은근히 기뻐하며 모훌리의 뜻을 받아들였다. 그리고 대군을 둘로 나누어 선두 부대에 병사의 반을 내어 주어 보내고, 남은 한 부대는 전체를 5개 조로 나누어 조직했다. 그런 뒤 첫 번째 조를 시리 호톡에게 지휘케 하고, 두 번째 조를 하사르, 세 번째 조는 태조가 여러 장수를 데리고 지휘하고, 네 번째 조는 젤메, 다섯 번째 조는 장군 촐론이 지휘했다. 그 뒤를 이어 대군이 차례대로 출발하고, 가장 끝에 솔롱고스의 보호 차간 칸이 5개 지역의 백성과 1천 수레의 물건을 싣고, 예물과 함께 딸 사란 공주를 데려다주기 위해 갔다.

모훌리는 수호기를 들어 올리고 많은 병사를 이끌고 길을 재촉하여 먼저 나라에 돌아가, 우겔룬 우진께 문안인사를 올리고 일의 내력을 고했다. 그리고 세첸 주순 부인의 궁에 이르러 문밖에서 무릎을 꿇고 절할 때 궁전에서 홍고르졸을 비롯해 시종들이 반짝이는 비단 주렴을 높이 걸어 올리자 기분 좋은 단향 향기가 궁안에 진동했다. 그때 모홀리는 안으로 들어가 태조께서 솔롱고스국에서 사란을 부인으로 맞아들였다고 고했다. 아마도 주순 왕비가 주인된 자의 성정에 따라 시기심이 들어 분명 속으로는 꽤 편치 않을 거라 생각하고, 곧바로 여섯 번을 절하며 고했다. 그와 관련된 보고의 말은 이러했다.

위엄이 충만하신 우리 주군께서 몸소
세우신 나라를 위해 고군분투하실 때
베데국의 국경 밖으로 진군하시어
얕잡았던 솔롱고스의 다섯 지역을 정복하셨을 때
득의만만하던 권력자 차간 칸이 두려워하며
싸우지 않고 공주를 주군께 드리고 투항하겠다고 하였나이다
정의로우신 우리 주군께서 진노하시며
미색으로 꾀여 나를 속이려고 한다며
절멸할 때까지 모든 것을 공격하겠다 하실 때
싸움하는 데 이르면
계속해서 두 나라 장병들이
부서지고 깨지며, 천만의 사람들이 죽기에
크고 작은 대신과 신하, 하인들이

예법대로 투항하는 것을 거두어들이자고
땅에 머리를 대고 절하며
여러 번 간곡히 고하며 어려움을 상기시키자
관대하신 주군께서 어찌할 수 없이
그곳에 있던 많은 장병이 해 입는 것을 벗어나게 하시고
성의 솔롱고스 공주를 취하시고
매우 큰 다섯 지역의 솔롱고스국을 귀순시키셨나이다.
아름다운 여색을 크게 좋게 여겨 취하신 것이 아니라
당신 스스로 종과 신민들을 가엾이 여기신 까닭입니다
관대하시고 지혜로우신 주순 왕비께
모든 연유를 자세하고 분명히 고하라 하여
종 된 모훌리 저를 말을 달리게 하여 보내셨나이다.
존귀하신 주순 부인께서 넓으신 아량으로 가납하여 주시기 바라나이다
모름지기 여색을 탐하여 취한 것이 아니라
어쩔 수 없이 나라와 백성들을 위해 맞으신 것입니다
욕정으로 맞으신 것이 아니라
신민과 나라 전체를 긍휼히 여기시어 맞으신 것입니다.

이렇듯 두운을 맞추어 낱낱이 고하며 "쿵!" 소리가 나도록 머리를 땅에 박고 절하자 세첸 주순 부르트겔진 부인이 꽃이 새겨진 보좌에 앉아 위엄 있는 자태로 미소를 띠었다. 그녀는 모훌리를 새롭게 일깨우며, 그의 말에 응대하여 화답했다.

왕비는 칸의 부인입니다
칸은 만민의 주인입니다
평민도 세 명의 첩을 두는데
칸과 대신들은 말해 무엇하겠습니까?
타국의 다섯 지역의 신민을
사랑과 자비로 귀속시킨 일에
왕비인 내가 한없이 기뻐하면서
평민들에게 비웃음을 당할 만한
태도를 드러낼 수 있겠습니까?
왕자王子의 부인이 되어
어찌 시기하는 마음을 품겠습니까?
고귀한 지위의 군주의 아내가 되어
아, 어찌 소인의 마음을 좇을 수 있겠습니까?
어렸을 때부터 왕자와 인연을 맺었는데
그릇된 말을 모를 리가 있겠습니까!
부인과 자식들은 왕과 대신들의 옷차림과 같은 것
비록 많다 해도 진정 좋은 것이 아닙니까?
갈대밭이 있는 호수의 많은 고니와 거위를
제어하고 활을 쏘는 것은 사내의 능력!
세상의 복된 운명을 가진 여인들을
거두어 데리고 가는 것은 군주의 능력
길들이지 않은 말에 안장을 얹고

부인 아래 부인을 맞는 것은
자고이래로 있었던 일
이에 무슨 장애가 될 일이 있겠습니까?
옛말에 '평안함은 많아도 나쁘지 않고
질병과 괴로움은 적을수록 좋지 않은가'라는 말처럼
주군의 옥체가 평강하시면 그것으로 족합니다!
아내를 취한다는 것도 얼마나 중요한 일입니까!
사내가 열 명의 아내를 부리고
아내는 한 사람의 남편을 섬긴다는 것은
오랜 세월 굳어진 귀한 일이건만
그것이 무슨 대단한 일이라고
공신이신 총사령관 그대를 보내시어
이렇듯 사소한 것을 일삼아 전하게 하셨을까요?
돌아가시면 주군의 귀하신 옥체의 안부를 묻고
이러한 말들을 반드시 낱낱이 고하여 주세요!

그러자 모홀리는 이러한 당부의 말에 털이 주뼛 설 정도로 놀라움을 금치 못하고 진심으로 탄복했다. 그는 여섯 번 절을 올리고 나가 부인의 당부를 붉은 주사 펜으로 잘 기록하게 했다. 그리고 대군을 사방에 주둔하게 하고, 자신은 몸소 두 번째 영접단의 아즈나이 메르겐과 함께 말을 달려 돌아가서 국경 밖 엘레 하르라는 지역에서 태조를 맞아 절하고, 우겔룬 우진 어머니의 평안과 또 주순 부인께서 잘 지내고 있음을 고했다. 그리고 이어 주순 왕비의 자애로운 말이 담긴 서한을 올렸다. 태조가 그 서한을 펼쳐 보더니 희색이 용안에 가득했다. 그 서한을 뭇 대신들에게 주어 보게 하고, "이 서한을 나라 전체의 부인이 있는 집에 배포하여 그 품행을 배우게 하라!"고 명했다.

부모님께서 정해 주신 부인이요
지치고 힘들 때 함께 한 자애로운 주순이라네
어린 시절부터 인연을 맺은 온유한 부인이요
일의 성패를 함께 한 능력 있는 주순이라네
아버님께서 축복하신 영원의 반려
어머니께서 아끼시고 인정하는 주순이라네
이렇게 온 나라 사람이 존중하는 부인이요
나라의 모든 신민들에게 자비로운 주순이라네
이 몸이 지칠 때 함께 힘들어했던 부인이요
이 몸이 괴로울 때 함께 괴로워하며 보살펴준 주순이라네
아이들을 훈육하는 데 온 힘을 다해 애쓰고
오늘에 이르러 또 이런 말을 하였네
능력과 자애 있는 훌륭한 군주는 나라의 보배
지모 있는 양신良臣은 왕정의 보배
온유하고 현명한 양처는 집안의 보배
효성 있는 착한 자식은 영원한 보배라네

이렇게 칭송한 것을 오요트 세첸, 사이한 소르탈트 등이 주필朱筆로 푸른 서책에 기록하고, 또 많은 사람에게 전파하여 교훈으로 삼았다.

한편 국경에서 부호 벨구테이가 태조 일행을 세 번째로 영접하고, 보랄이 네 번째 영접단으로 일행을 맞았다. 보가르지는 보르한 갈돈에 올라 다섯 번째 영접단으로 두 어린 주군인 우구데이와 톨리를 데리고 태조를 영접하고 절을 올렸다. 태조는 산과 초원제를 지내고 궁으로 돌아와 우겔룬 우진 어머니께 절하고, 솔롱고스, 고르로스와 개머리국 또 여면국 등의 나라를 정복한 일을 두루 고하고, 골린 사란 부인에게 아홉 가지의 예물을 9개씩 올리고 절하게 했다.

태조가 "솔롱고스의 다섯 지역을 비롯해 선물로 맞은 며느리입니다"라고 하자 우겔룬 우진이 기뻐하며 바라보니, 그녀의 모습이 참으로 천상의 선녀와 같았고 너무도 아름다웠기 때문에 지극히 애지중지하며 자애로운 마음으로 상을 내렸다. 그리고 부르트겔진 세첸 주순 부인에게도 9*9가지 예물을 올리고 절하게 할 때, 주순 부인이 일어나 몸을 굽혀 인사에 답례했다. 또 아홉 가지 선물 가운데 네 가지 선물을 돌려주게 하고, 태조에게 사란 부인을 둘째 부인으로 봉하자고 하자 태조가 이를 탐탐히 여기지 않았다.

"고리국[1]을 정벌할 때 귀순할 것을 약속하고 내어 준 골린이요, 솔롱고스국을 정벌할 때 말에 함께 태워 데리고 온 골린이오. 나라가 망하는 것을 두려워하여 절을 올리고 따랐던 여인이요, 성이 무너질 것을

1 '고리국'과 '솔롱고스'는 모두 '고려'를 의미하나, 내용을 보면 실제로 고려인지 명확하지 않다.

두려워하여 항복하러 온 여인이었소. 부인이 그와 같이 존중하여 대하는 것은 무슨 까닭이요?"

그러자 주순 부인이 고했다.

고리국을 정벌할 때 투항한 것은
골린 사란이 총명하기 때문입니다
솔롱고스국을 공격할 때 투항한 것은
배우고 자란 사란이 지혜롭기 때문입니다
나라가 망할 것을 생각해 투항한 것은
은빛 사란[2]의 연민 때문입니다
성이 함락될 것을 생각해 투항한 것은
지혜로운 사란의 궁휼이었습니다
고개 숙여 절하고 투항했지만,
영원한 주군의 옷자락에 감싸 안기게 되었나이다
찾아와 투항했지만, 권세 있는 주군의
품에서 만나게 되었나이다
쳐들어가 항복케 했지만,
높은 하늘의 인연으로 만났나이다
공격해 투항케 했지만
당연히 정해진 운명으로 만난 것이 아닙니까?
비록 작아도 아버지에게 효를 다하니

2 '사란'은 '달'을 의미하기 때문에 '은빛'으로 묘사했다.

참으로 효심과 연민의 마음이 있지 않습니까?
비록 나이가 어려도 부왕에게 효를 다하는 것은
참으로 보살핌과 사랑이 있다 할 것입니다
나이가 비록 연소하나 나와 같은 동년배이니
친절을 베푸는 것은 마땅한 일입니다
말이 비록 비천하나 나와 위치가 같으니
궁휼히 보는 것이 마땅합니다

태조는 주순 부인의 높은 지위와 관대하고 인자한 태도에 속으로 남몰래 탄복했지만 아무 말도 하지 않았다. 그로부터 몇 달이 지나도 세첸 주순 부인이 사란을 질투하는 눈으로 보지 않을 뿐 아니라, 마음으로 사랑하고 자애로움을 베푸는 것이 참으로 진정인 것을 보고, 사란 부인은 코를 훌쩍이며 눈물을 흘렸다. 그녀는 주순 부인을 진심으로 존경하며 무릎을 꿇고 절했다. 그리고 주순 부인의 곁에 서서 거리낌없이 그녀를 받들고 모시며, 모든 일에 힘쓰고 한없는 믿음을 보였다. 그러자 사랑이 많은 주순 부인이 그녀를 자애롭게 대할 뿐 아니라 칸의 신분을 가진 태조 역시 사란 부인을 마음속으로 기특히 여겼다.

이때 태조는 동쪽의 네 나라에서 포로로 잡아 온 속민과 전리품을 나라를 지키고 있던 병사들에게 후하게 상으로 나누어주고, 나라 밖으로 출정한 병사나 고국에 남아 나라를 지킨 자들에게도 그 공로의 경중에 따라 모두 공평하게 상을 나누어 주었다. 한편 차간 칸은 자신의 나라로 돌아가 고르로스와 개머리국, 여면국 세 나라를 다스렸다. 그로써 베데국은 상당히 풍요로워졌다.

나라에 별일이 없고, 케레이트에서 들리는 소식도 잠잠해졌기 때문에 태조는 또 병사와 군마를 훈련시키기 위해 1만 병사를 대동하여 타이치오드 지역과 타리아트 초원, 타이토강 등의 지역에서 대규모 사냥을 할 때, 타이치오드부의 옛 군주로 도망쳐 사라졌던 지도자 칠게르 부흐라는 자가 다른 나라에서 한 무리의 적병을 이끌고 와 이 타리아트 초원의 사냥에 또 하나의 사건을 일으켰다. 그것이 무슨 일이냐 하면 다음과 같다. 원래 케레이트의 얄고는 나이만 대국과 연합하여, 베데국을 일찌감치 정벌하여 없애 버리겠다고 하다가 우연찮게 서한을 전하는 사신이 붙잡혀 일이 발각되고, 도리어 태조가 솔롱고스, 고르로스, 개머리국, 여면국 네 대국을 투항시켜 조공을 받기에 이르자, 얄고는 이를 갈며 분해 견딜 수가 없었다. 그래서 자모하를 보내 남은 일곱 대국과 논의하여, 태조가 자기 나라에 없는 새를 틈타 일시에 용의주도하게 쳐들어가려고 하고 있을 때 또 생각지 않게 이러한 계획이 베데국에 탐지되고 말았다. 그러자 사람이 태조의 뒤를 쫓아가 이 일을 고해 태조가 다시 나라로 돌아가는 어쩔 수 없는 상황이 되었다. 이로 인해 이전의 침략을 논의했던 몇 나라들은 참으로 난감한 상황에 빠지게 되었다.

얄고가 또 자모하와 이제 어떻게 할 것인지를 상의하자, 자모하가 이르기를 “이제 솔롱고스의 보호 차간 칸이 이미 테무진에게 딸을 바치고, 종이 되어 투항했기 때문에 논의를 해도 소용이 없게 되었습니다. 제가 보기에 이 몇몇 대국의 군주들 가운데 그래도 사르 사르톨[3]의 사르락국의 군주인 잘트 술드 칸이 지략과 지모가 있습니다. 성격도 과단성이 있고 또 강단이 있어 그와 논의할 수 있을 듯싶습니다. 또 고르로스의 나란 칸은 지금은 비록 수모를 당해 이를 갈고 있지만, 첫 번째 지리적으로 거리가 멀고, 둘째, 얼마 전에 투항했기 때문에 이미 담력이 꺾여 가능치 않습니다. 또 서요의 나이만국의 타이얀 칸은 우리와 또 화목하지 않아 앞날의 일을 말할 때 입으로는 비록 함께 하자고 했지만, 마음속에 다른 생각을 품고 있다는 것을 부정하기가 어렵습니다. 그렇기 때문에 도움이 되지 않습니다. 톡그목국의 계략이 출중한 술드 칸은 사내대장부이면서 영웅적인 힘을 갖고 있으니, 사르락과 톡그목 두 나라를 연합시키면 이 일을 이룰 수 있을 것입니다!"라고 하자 얄고는 크게 기뻐했다.

"진정 아형 그대 말고 누가 가서 이 계략을 성취시킬 수 있겠습니까! 존귀하신 아형께서 어찌 그냥 계실 수 있겠습니까? 이제라도 이전의 엔구드, 자로드와 논의했던 일처럼 미리 알려져 의심받는 일이 없도록 해야 할 것입니다!"

그러자 자모하가 목이 막힌 듯 큭큭대며 크게 웃었다.

---

3 사르톨은 호라즘을 이르는 것으로, 서부 투르크메니스탄의 아무다리야강 하류의 지역에 살았는데, 몽골인들은 이 나라를 사르톨이라고 했다. 1215년 무함마드는 칭기스 칸에게 사신을 보내 서로 우호적으로 지낼 것을 약조하고, 서로 교역을 하기로 한다. 그러나 그 뒤 무함마드는 칭기스 칸이 보낸 사신을 살해함으로 두 나라의 우호는 깨지고, 1219년 칭기스 칸은 몸소 군대를 이끌고 호라즘과 전투를 하기 위해 출정한다. 무함마드는 몽골 병사에 쫓겨 필사적으로 도망쳤으나 카스피해 한 궁벽진 섬에 숨어들어 있다가 1220년 12월에 사망한다. 칭기스 칸은 1219년 호라즘을 정벌하기 위해 원정을 떠나 1225년 2월에 고국 톨강의 궁으로 돌아온다(Л.Жамсран бусад, *Монголын түүхийн бага нэвтэрхий толь* III, Орбис, 2002, pp.15~16).

"어찌 소인을 이런 거사에 사신으로 삼으려 하십니까?"

이신왕 얄고는 즉시 잔치를 베풀고 그를 배웅했다.

자모하가 "왕이시며, 이번에 가서 협상하는 것을 보십시오!"라고 했다. 그리고 후한 예물을 준비해서 스무 명 정도의 기마병을 상인 차림으로 변장시키고, 사르락국을 향해 길을 떠났다. 도중에 예물의 반을 가지고 보름 가까이 가서, 사르락국의 지마 촐론 성에 이르렀다. 자모하는 이중의 성채로 된 성시의 내빈관에 들어가 전령사에게 인사를 하고 자신이 온 연유를 고했다. 그리고 가지고 간 선물을 바치자 사르락의 군주가 자모하를 불러들여 접견했다.

그런데 이 일이 어떻게 펼쳐질지 알 수 없다. 이를 읽는 독자 제위는 사건이 어떻게 전개되는지 서둘러 알고 싶다면 사관인 인잔나쉬 내가 몇 잔의 술을 마시는 것을 기다린 연후에야 보게 될 것이다!

그릇된 시기심을 가진 왕족의 딸의 식견은 참으로 일천하고
지모 있고 지혜로운 사란 공주의 덕은 참으로 크도다
성인 태조의 신중함은 진실로 천자의 자질이요
하늘의 명을 받은 세첸 부인은 천신과 같도다!

【평언】

이 장에서는 생각지 않게 천지와 일월, 성신, 음양, 구름과 비, 무지개와 빛, 진실과 거짓, 유와 무, 인의, 예지 이 10가지가 자연히 서사의 쌍을 이룬다. 설명하자면 다음과 같다. 천지는 성군 태조와 부르트겔

진 부인이다. 일월은 성조 칭기스 칸과 사란 부인을 이른다. 성신은 모훌리와 오리안한 젤메 등이다. 음양은 개머리나라와 여면국이다. 구름과 비는 태조가 사란 부인을 취한 일이요, 무지개와 빛이라는 것은 베데국 병영의 위엄을 이른다. 진실과 거짓이라는 것은 차간 칸과 사란 공주 두 사람의 꿈과 신기루를 이른다. 인과 의는 태조의 일이요, 솔롱고스가 투항한 일이다. 예와 지智는 주순 부인의 말과 사란 부인의 경외심이다.

또다시 자세히 설명하자면, 태조와 지혜로운 부인을 말한다면 진정한 천생배필의 칸과 부인이기에 베데국과 몽골이 시작되는 천지세상가 아니겠는가! 성군 태조는 실제로 천자이기에 태양과 같은 존재인데, 사란달이란 이름의 부인을 얻은 것은 진실로 우리 몽골의 태양과 달이 아닌가! 천지의 기운이 조화를 이루면 또 구름과 비가 되어 만물이 영양을 얻어 널리 퍼지기 때문에 진정 천자가 골린 사란 부인을 만나 맺어진 것은 천지의 기운이 조화를 이루어 비와 구름이 된 것과 같지 않은가?

태조의 위엄을 또 군대의 위엄으로 높이고 지키는 것은 천상의 색, 무지갯빛처럼 천상의 경이로움을 드러낸 것과 같다고 할 수 있다! 차간 칸과 사란 공주의 꿈과 신기루가 거짓에서 진실이 되자 나란 칸, 오돈 타이시, 아가르 승상이라는 이름[4]이 모두 진실에서 도리어 거짓이

4 '나란' 칸의 '나란'은 '태양'을 의미하며, 오돈 타이쉬의 '오돈'은 '별', '아가르' 승상의 '아가르'는 '공기', '공중'을 의미하는 것으로 모두 천상적인 것을 의미하나 실제로는 그렇지 않다는 의미를 띤다.

되지 않았는가! 성군 태조는 진정한 태양이요, 사란 부인은 진정한 달이며, 또 천자를 보필하고 따르며, 그렇게 살아간 신하들은 성신星辰과 같이 진실하지 않았던가? 그렇게 이름은 있었지만, 명성이 없었기에 유이면서 무요, 무이면서 유가 아니었던가!

개머리국과 여면국은 서로 수만 리 떨어져 있건만 어찌 그리 못나게 태어나 개머리 나라라는 명칭을 얻고, 또 어찌 그리 아름답게 태어나 여면국이라고 이름하게 되었을까! 이는 곧 양이라고 하면 음이요, 음이라고 하면 양으로, 음양이 멀어지고 합해져 있는 것이 이처럼 나타나며, 아름답고 못난 차이는 이와 같기에 이 두 흥미로운 나라는 음양이 되는 것이 아니겠는가!

태조가 솔롱고스를 우호적으로 인척 관계를 맺고 투항하게 했으며, 지혜로운 부인 사란을 가슴 아파하며 긍휼히 여긴 것, 이 모든 것은 지극한 자비로움이라 할 수 있다. 젤메가 죽음을 회피하지 않고 곧바로 솔롱고스에 사신으로 간 것과 모홀리가 먼저 나라로 돌아가 군대를 준비하고 나라를 지킨 것, 또 주군 집안의 화목을 생각하여 세첸 부인에게 절하며 상황을 고한 것, 태조가 세첸 황후의 서한을 보고 이전의 좋았던 일을 잊지 않고 많은 신하 앞에서 주순 황후를 칭찬했던 이 모든 것은 지극한 의라 할 수 있다. 이것은 참으로 중요한 인의가 아닌가! 태조가 동생들과 대신, 비들에게는 절하게 하지 않았으나 특별히 사란 부인에게는 세첸 황후에게 예를 갖추어 절하게 한 것은 지극한 예禮라 할 수 있다. 세첸 부인은 몸소 자신을 낮추고 사란 부인을 동년배라 하여, 편안히 대한 것 역시 지극한 예라 할 수 있다. 또 세첸 부인이 사란을 진정으로 가엾이 여기고, 태조를 기쁘게 하고, 사란을 긍휼히 여기고 존중하도록 한 것은 지극한 현명함이 아닌가! 이 모든 것이 자연히 이루어진 예요, 지혜가 아닌가? 이 가운데 배우거나 좇아서 한 것이 전혀 없다.

제17장

우겔룬 우진 태후는 늘 감싸고 보호하는 자애로움을 드러내고, 주순 부인은 비할 데 없이 크나큰 자비와 관대함을 보였네

송나라 광종 소희 4년, 금나라 장종 명창 4년 계축년癸丑年, 태조의 나이 32세 되던 해였다.

황금색으로 빛나는 백천신 천부께서 나타나시어
자애로우신 우진 태후, 세상의 어머니에게 꿈을 꾸게 했네
위대한 힘을 지닌 성군 영웅 칭기스 칸을 비호하시고
크나큰 지덕을 갖춘 세첸 주순 부르트겔진 부인은 기뻐했네

자모하는 사르락 성시에 이르러 자일트 칸[1]에게 절하며 선물을 올리고, 말솜씨 있는 주둥이를 놀리며 머리 숙여 고했다.

"우리의 이 북방 지역은 우리가 지내는 모래언덕 밖의 소바륵시, 이 귀한 나라에 이르기까지[원주] 이 모래언덕이라는 것은 할하의 북쪽 지경에 이르면 곧 멈추고, 그 너머로는 또 모두 흙으로 된 지역이다. 양질의 흙으로 된 지역에 모두 성이 건설되고 농사를 지었다. 세계

1 꾀, 지략이 있는 왕이란 뜻.

전도를 보면 모래 지역은 하나의 가는 줄로 표시되어 있는 것이 사실이며, 이 사르락이라는 나라는 북쪽 러시아와 국경이 접해 있기 때문에 지기가 우리의 남쪽 지역의 지기와 비슷하다 예로부터 오늘날에 이르기까지 남쪽 중국에 지배를 받지 않았기에 각 부족국들이 모두 자기 자신의 삶을 영위하며, 유제품을 먹고 맛있는 술을 마시며 평화롭고 행복하게 지내왔습니다.

그런데 베데국의 예수헤이 바타르의 아들 테무진이 빠르게 성장하여, 최근 20년 동안에 나라마다 모든 부족에 흠을 찾아내 싸우고, 발로 짓밟고 결점을 찾아 공격해 검을 휘둘러 죽이면서, 크고 작은 75개 부족 가운데 공격하거나 유인하여 60개 이상의 부족국을 거두어들이고, 이제 남은 나라는 이 대 사르락국의 대칸 주군을 비롯하여 인접국인 톡그목국의 지략이 있는 멩겔레 술드 칸, 마일즈 부족의 수장 토도, 나이만의 군주 타이얀 칸, 서남부 지역의 아르스란사자 칸, 또 마지막으로 우리 케레이트국 이 몇 나라가 남았습니다. 그 외에 와이란 부족, 살지오드 등의 몇몇 작은 부족들은 어찌 남은 나라 수로 칠 수 있겠습니까? 크고 작은 이 10개 정도의 나라 그 이상 남은 나라가 없습니다. 또 저 서남쪽의 아르스란 칸의 하르릭국은 아주 멀고, 또 솔롱고스, 솔롱고드, 고르로스도 테무진에게 패해 투항했습니다.

그밖에 남은 우리 이 몇몇 나라가 또 비우호적이고, 심사가 서로 같지 않기 때문에 조만간 또 그 같은 방식에 맞이 들려 무자비하게 상대를 점령하는 테무진의 밥그릇 안의 먹이가 되는 것에서 어떻게 해도 벗어날 수 없을 것입니다. 그렇기 때문에 우리 주군 왕 칸과 또 태자 이신왕께서 신을 보내 대칸께 책략을 구할 수 있으면, 모두 연합하고 힘을 모아 베데국의 테무진을 제거하고, 부족마다 아무 걱정 없이 다리를 쭉 뻗고 잘 수 있을 것이라 하셨습니다. 최소한 가까이 있는 귀사르락과 또 톡그목 그리고 우리의 보잘것없는 케레이트 이렇게 세 나라가 연합해 베데국을 공격해 섬멸하고, 나라를 동등하게 나누어 모두 함께 행복을 누리자고 하십니다. 이러한 연고로 지모가 뛰어나신 알탄 게렐트 칸 군주께 지략을 구하고자 왔나이다."

자모하가 말을 마치고 절하자 속언에 '가져본 사람의 손은 부드럽고, 맛본 사람의 입은 부드럽다'고 하듯 지모 있는 사르락 칸이 한참을 곰곰이 생각하다가 갑자기 큰 소리로 호탕하게 웃었다.

"짐승을 죽일 때는 그 심장을 뽑고, 방법을 모색할 때는 합당함을 견주어 본다고 했소. 이제 많은 병사를 출병시키지 않고, 먼 나라의 병사를 동원하지 않고 베데국을 바싹 압박하는 한 가지 좋은 계략이 있소. 작년에 베데국이 타이치오드 부의 많은 지역을 정복할 때 타이치오드의 한 부족의 수장인 칠게르 부흐라는 자가 우리 지역으로 숨어들었소. 그 칠게르 부흐는 충직한 용사요, 민첩하고 지략이 있는 자이니 곧바로 그를 보내 베데국에 거짓으로 투항하게 하고, 죽이지 않은 것에 은혜를 갚는다고 하고 베데국 군주가 나와 사냥할 때에 맞추어 한 가지 은밀한 계략을 써서 테무진을 없애 버리면 비록 1만 명의 모홀리가 있다 해도 별 소용이 없을 것이오.

그때 우리의 이 몇 나라가 연합하여 사방에서 포위해 공격하면 상처가 나고 마른 피부가 베껴지듯 베데국 전체가 우리 몇 나라의 것이 되지 않으면 어찌 하겠소? 다만 테무진이 살아있는 한 다른 나라의 군주들이 두려워하여 우리와 연합하려 들지 않을 것이고, 어느 나라든 모두 매를 두려워하는 참새처럼 될 것이오!"

그러자 자모하가 기쁨을 감추지 못하고 곧바로 모자를 벗고 날갯짓하며 절했다. 그리고 칸을 칭송하고 비위를 맞추며 말했다.

> 모든 계략은 칸에 미치지 못하고
> 가장 좋은 계략은 폐하의 계략을 넘어서지 않는다는 것이
> 이를 두고 하는 말입니다

그러자 자일트 칸은 곧 타이치오드에서 도망쳐 온 칠게르 부흐를 불러서 일렀다.

"내가 그대에게 한 가지 중요하고 치밀한 계략을 일러주고, 그대의 나라와 부족을 베데국으로부터 찾아주겠다고 했소. 그대는 이번 기회에 최선을 다해 힘을 바치겠소, 어찌하겠소?"

칠게르 부흐가 날아갈 듯 기뻐하며 곧바로 무릎을 꿇었다. 그리고 연거푸 머리를 조아려 절하며 고했다.

"부족을 빼앗기고, 나라가 찢겨진 칠게르입니다. 가정이 짓밟히고 아내를 강제로 빼앗긴 부흐 제가 부족을 회복하고, 나라를 찾고, 가정을 되돌려 아내를 품에 안겨 주시겠다고 하는데 어찌 생명을 다해 분투하지 않겠습니까?"

그러자 자일트 칸이 웃으며 "그러하다면 일단 그대에게 어느 정도 병사를 내주어 도울 것이오. 상대편을 속일 자세한 계략을 일러주고,

건장하고 우수한 병사 5백 명을 내어주겠소. 그 밖에 또 내가 주술적인 힘을 가진 저주꾼, 몰래 숨어드는 자, 부정한 신술을 행하는 자 이렇게 세 명의 주술사 처자 가운데 몰래 숨어드는 능력을 가진 여인을 데려다주겠소. 그대는 이들을 데리고 다섯씩, 열씩 나누어 사냥꾼으로 가장하고, 또 창고에서 때깔 좋은 비단 게르 궁 열 채를 가져가 베데국에 들어가서 그들을 속일 이런저런 계략을 쓰시오"라고 하며 자세한 방법을 일러주고 곧 떠나보냈다.

칠게르 부호는 계략을 지시받고 가서, 베데국 국경의 정찰대를 만나 벌을 받으러 왔다고 말했다. 그리고 10여 명의 기마병을 이끌고 정찰병과 함께 보르한 갈돈의 발가 지역으로 가서 모홀리에게 절하고, 벌을 받고 투항할 것을 말하자 대장군 모홀리가 눈을 들어 그를 보니 새 면상에 걸음걸이는 토끼 걸음걸이요, 키는 작달막하고 눈은 짝짝이 눈으로 간사하고 안정감이 없는 사람이었기 때문에 속으로 기분이 그다지 좋지 않았다.

"우리나라에는 그대 같은 사람이 부족하지 않소. 그렇지만 대국의 예법에 피해 들어온 자를 낙망시키지 말라는 말이 있소. 그러니 그대는 잠시 다른 곳에 가서 머물고 계시오. 우리 주군께서 궁에 계시지 않으니, 돌아오신 연후에 고해 보겠소. 그대는 오직 진실한 마음을 다하고, 다른 지역으로 가지 말기 바라오!"

칠게르 부호는 하늘이 자신에게 공을 얻게 해 주었다고 크게 기뻐하며 절하고 나가 멀찍이 가서 머물면서 은밀히 상황을 엿보았다. 그런데 태조가 바로 그의 타이치오드 지역과 타리아트 초원, 타이토강 등의 지역으로 사냥을 하러 간 것을 알고 참을 수 없이 기뻐했다. 몇 사람을 숙소에 남겨두고, 자신은 은밀히 다른 사람들을 모아서 즉시 타리아트 초원으로 갔다. 그곳 깊고 궁벽진 곳에 숨어서 작은 천막을 치고 머물렀다. 그리고 태조가 어느 산에서 사냥을 하고, 어느 곳에서 숙영하고 언제 사냥을 마치는지, 어느 길로 돌아가는지 등을 모두 탐지해 알아내고, 즉시 타리아트 초원의 올라와르트 언덕의 보르 토홈이라는 골짜기 아래서 태조가 돌아가기를 기다렸다. 그 사이 길가에 서너 자 너비와 8, 9자의 깊이로 두 개 큰 구덩이를 파고, 그 구덩이 아래로 10, 20개 창을 면도날처럼 날카롭게 갈아서 넣고, 모두 두툼하고 짧은 손잡이가 있는 창의 아래쪽 반을 모두 땅에 단단히 묻고 잘 두드려 다져서 땅을 단단히 하고, 구덩이 위에 사르락에서 가져온 비단 장식이 있는 게르 궁을 세웠다.

그리고 구덩이 바로 위에 반달 모양의 크고 둥근 탁자를 놓고, 그 탁자 중앙 가운데 자리에 또 깔개 너비 정도의 구덩이를 파고 또 큰 모전을 그 구덩이 정도로 뚫어, 구덩이에 새 낙타 털을 푹신할 정도로 넣었다. 그리고 두꺼운 비단 깔개 밑에는 초원의 가는 버드나무의 어린 가지를 종횡으로 몇 번 꼬아서 고정시켜 놓았다. 의자의 구멍 위는 덮어두고, 뒤쪽에 또 용무늬가 있는 비단 지지대를 세워 게르 궁을 받치게 해 놓고, 앞에는 술과 차를 놓는 큰 탁자를 비치해 두었다. 그렇게 매트에 앉자마자 모두 그 창칼이 있는 구덩이에 떨어지도록 준비했다. 또 달아날 때 자신을 엄호할 사르락의 장신의 병사 5백 명을 곧바로 언덕 아래 숲에 매복해 있게 했다. 또 질 좋은 차와 멋진 잔치를 준비하고, 궁 안에 있는 것들을 화려하게 치장했다. 그리고 단향나무 향을 피우면서 태조가 그 길로 지나가기를 기다렸다.

바로 그날 태조가 대규모 사냥을 끝내고 산에서 내려와 타리아트 초원의 대 숙영지에 이르자, 보르한 갈돈에서 강 초입까지 표시를 위해 깃을 꽂은 수행원 투그스촉그트가 와서 문안 인사를 고했다. 태조가 말고삐를 당겨 말을 멈추고, 우진 어머니의 안부를 묻자 투그스촉그트가 서둘러 우겔룬 우진 어머니의 서한과 세첸 부인이 준비한 음식을 올렸다. 태조는 어머니의 편지라고 하자 곧 말에서 내려 서한을 보니 도입부에 당신이 평안히 지내고 있음을 언급하고, 그다음 아들에게 당부하는 말이 쓰여 있었다.

> 사냥을 갈 때 몸조심하고, 아침저녁 주변을 잘 살피고, 사냥이 끝나면 곧바로 돌아오도록 하거라. 이 어미는 이방의 여덟 대국이 연합하여 우리나라를 공격할 거라는 풍문을 들어 마음이 편치 않았는데, 네가 돌아온다고 하니 비로소 마음이 놓이는구나. 이번에 우리 아들이 사냥을 떠난 이유가 무엇인지 모르겠으나 내 마음은 네가 전투를 위해 적진으로 떠난 것보다 더 마음이 편치가 않구나.
>
> 또 어젯밤 한 이상한 꿈을 꾸었다. 원래 너를 잉태할 때 꿈을 꾸었던 그 흰 빛으로 빛나는 천신이 금시조를 타고 와서, 너를 피 우물에서 낚아채 구하는 꿈을 꾸어 내 마음이 참으로 편치 않다. 총사령관과 수석 신하 등에게 말해 병사들을 보내는 것 외에 앞서 이 일을 알려 조심시키려고 사람을 보냈다. 우리 아들 조심하여 길을 가고, 네 명의 아우들에게 지시하여 몸을 잘 지키도록 하

거라. 어느 해 나이만의 타이얀 칸 볼리가 8천 명의 병사를 대동하여 사냥터에서 서요의 군주 야율직로고[2]를 붙잡아 나라를 빼앗지 않았더냐? 부디 사냥을 갈 때 적병을 잘 방비하도록 하거라. 옛 속설에 '독사를 가늘다고 붙잡지 말고, 거짓말과 도둑질이 사소하다고 얕잡지 말라'는 말이 있다. 부디 조심하며 지내도록 하거라!

태조는 이 서한을 보고 크게 의심스러워했다.

"내가 어린 시절부터 사방으로 병사를 이끌고 출병할 때 우진 어머님께서 내가 집을 떠나는 것에 대해 한 번 당부하시고 나면 마음이 든든했는데, 이번에 집을 떠난 것은 전투의 일이 아닌데도 우진 어머님께서 이렇듯 기이한 꿈을 꾸신 것은 분명 내 신상에 큰 화가 이른다는 것을 천부께서 계시로 보여 주어 어머님을 통해 경계케 하신 것이니 조심하지 않으면 아니 될 것이다!"

태조가 또 이르기를 "아우 하사르는 콘도르 깃을 꽂은 전통을 매고, 나의 왼쪽 아래로 가까이 가라. 벨구테이는 지혜의 빛으로 빛나는 검을 차고, 내 오른쪽 아래로 가까이 따라가고, 아우 오치은 많은 말을 끌고 내 뒤쪽 말꼬리 가까이에서 가고, 아우 가촉은 강철 창과 신이한 새를 매고 나의 말머리 앞 가까이에서 가거라. 6위 대신들은 대열 가운데로 가시오. 아홉 장수는 검과 무기를 준비하여 잡고 나를 에워싸

---

2 야율직로고(1153?~1213) : 서요의 3대 황제이자 마지막 황제. 그는 나이만의 왕자를 사위로 맞는 등 나이만과 우호적이었지만 나이만 왕자에 의해 왕위를 찬탈당하고, 칭기스 칸에 의해 최후를 맞게 된다(https://ko.wikipedia.org/wiki/야율직로고).

고 가시오. 300명의 정예군은 구두와 옷처럼 발아래서 떨어지지 말고 가라. 일만의 수렵 병사들은 어디에 있는가? 빨리 가서 각 숙영지로 돌아가게 하라. 집에 돌아갈 때까지 나의 명령을 따르기에 힘쓰도록 하라!"라고 명하고, 적황마에 훌쩍 올라타 열지어 가며 타리아트 초원의 대 숙영지로 갔다.

가는 도중에 보르 토흠 아래로 지나가면서 보니, 올고워르트[3] 기슭 아래쪽 텐쉬 우브스 초원에 한 무리의 장막이 있었는데, 그 가운데 몇몇 장식이 있는 장막 궁이 세워져 있었다. 태조가 가다가 그 장막 앞에 이르렀을 때 장수들이 무언가를 막 물으려 하는데, 갑자기 어떤 사람이 길가에서 불쑥 나타나 무릎을 꿇고 머리를 땅에 박고 거듭 절을 했다. 태조가 보니 타이치오드부의 옛 군주요, 타르고다이, 탈보다이탄과 한패가 되어 지내던 칠게르 부호였다.

그때 태조가 말고삐를 당기며 그가 무릎을 꿇는 이유를 묻자 첼게르 부호가 고했다.

"벌을 받고 투항하러 왔는데, 총사령관께서 지시하시길 주공께서 돌아오신 연후에 어찌할지 알 수 있겠다고 하여 장막에 머물게 하셨습니다. 주군과 대면하여 절할 수 없으면 어쩌나 하고 이곳에 은밀히 와서 절하고, 사실을 고하고자 했나이다."

태조가 미소를 지으며 고갯짓을 하고 막 가려고 하니 칠게르 부호가 귀가 달린 모자를 벗고는 잽싸게 무릎을 꿇고 몸을 떨며 절했다. 그리

3 여기서 '올고워르트'는 일반명사처럼 사용되었지만 내용상 지명으로 보았다.

고 큰 소리로 진정한 마음인 양 고했다.

성조 주군의 어린 시절
못된 우리가 무정하게 괴롭히며 지냈나이다
덕 있는 주군의 소시적에
우리 모두 늘 괴롭히며 지냈나이다
진실된 주군의 아주 어린 시절
우리는 아침저녁으로 늘 못살게 굴며 지냈나이다
지성이 있는 주군이 예전에 힘이 약할 때
못된 우리는 항상 주군을 찾아다니며 괴롭혔나이다
이제 주군께서 가시는 쪽에 다른 나라가 없고
당신은 분명 하늘에서 점지하신 천자이십니다
등 돌리고 도망친 신의 없는 칠게르 부흐 제가
돌아와 사죄하고 슬피 울며 용서를 구하나이다
권세 있는 주군께서는 자비로운 마음으로 옛 원한을 잊으시고
어여삐 용서하시어, 저의 이 목숨을 살려주소서
먼지 속에서 당신의 섶과 옷자락을 걷어 올리시고
머리를 남겨두어 어린양처럼 먹이시며
살려 주시기를 바라나이다!

이렇게 간곡히 말하며 모래에 머리를 박고 갖가지 허풍을 떨며 태조를 추켜세웠다. 태조는 그 모습에 연민의 마음이 들어, 몸을 돌려 은근

히 미소를 지으며 말했다.

말로는 감사한다고 하나 참으로 악질적인 타이치오드
겉으론 평안한 것 같지만 격렬히 공격하는 타이치오드
말은 멋드러지게 잘해도 신의 없는 타이치오드
대대로 기회를 엿보며 괴롭혔던 타이치오드
오늘 또 어찌 찾아왔는가?
아, 또 어찌 그런 불쌍한 모습을 보이는가?
천하를 지배할 큰 뜻이 없었다면
이러한 헛된 말을 하는 짐승을 일찌감치 없애 버렸을 터인데
옛 죄를 구차히 일일이 고하며 용서를 구하니
소인배 같은 그대의 죄를 용서해 주면 되지 않겠는가!

그리고는 말고삐를 당겨 지나가려 하자, 칠게르 부호가 몸을 떨며 무릎으로 기어가서 일부러 우는 듯한 표정을 지으며 태조의 말 앞으로 가서 무릎을 꿇었다. 그리고 땅에 머리를 박고 절하며 슬픈 목소리로 태조를 우러르며 고했다.

제 목숨을 살려 주시고
돌보아 주시는 천부시여!
죽음에 처한 육신을 살려 주신
은혜로우신 성조 주군이시여!

죽이지 않고 남겨 주신
인자하고 신성하신 아버지시여!
노하지 않으시고 넘기시는
크나큰 자비를 베푸시는 아버지시여!
종의 진실된 믿음을 마음에 새겨 주시고
정결한 게르에 왕림하시어
맛있는 차를 맛보십시오!

이렇듯 온갖 감언이설로 알랑대고 회유하며, 앞뒤로 뒤집었다 엎었다 하며 마음을 맞추고 다시 다시 절하며 고했다.

태조가 해가 질 때까지 사냥하여 마침 갈증이 날 시간이 되었고, 또 그가 고하고 절하는 바가 참으로 가엾기도 하여, 태조는 고삐를 당겨 말을 멈추고 미소를 지으며 큰 소리로 말했다.

"그대의 마음이 진심임이 분명하니 내 곧 차 한 잔을 마시겠소!"

태조가 게르 궁 문에 이르러 말에서 내려 게르로 들어갔다. 게르 궁 안은 사방으로 채색 비단천이 쳐져 있고, 금사 은사로 짠 비단 술이 늘어져 있었다. 또 비단으로 게르 안을 빙 둘러 장식하고, 거울을 가득 달아놓았다. 게르 외부 벽채는 양탄자로 덮고, 위쪽에는 채색 천으로 장식하고, 모직 천으로 만든 끈을 당겨 묶고, 정교한 모직으로 천창 덮개를 만들었다. 태조가 게르 궁으로 들어가 이러한 장식을 보고, 마음 속으로 이상한 생각이 들었다. '약탈당해 궁핍한 타이치오드, 자신의 힘이 다한 칠게르 부호에게 무슨 능력이 있어 이런 물건으로 장식한

걸까? 이 게르 안에는 다른 중요한 계략이 있음이 분명하다.'

태조가 자리로 걸어가 의자에 앉아 생각해야지 하면서 막 한 걸음 앞으로 내딛었을 때 태조의 동생 오란 가촉이 태조의 창과 무기를 받아 뒤따라 들어갔다. 그와 함께 갔던 태조가 아끼는 여러 마리 새들이 있었는데, 그 가운데 태조가 개명해 준 오르시그츠라는 자가 잡아 온 황금 깃털이 있는 매가 밖에서 게르 궁으로 따라 들어와 곧바로 태조를 앉히려고 준비한 용무늬가 있는 비단 깔개에 앉았다. 그러자 오란 가촉이 크게 두려워하며 서둘러 태조의 창을 게르 궁의 모전 벽채에 기대어 놓고 황급히 의자에 달려와 그 매를 두 손으로 안으려고 했다. 그리고 새를 안아 올리자 그 매의 발톱이 자리에 놓여있던 깔개에 끼어 그 비단 깔개가 새의 발톱에 따라 위로 벗겨졌다. 그러자 아래쪽에 뚫린 구멍이 우물처럼 시커멓게 나타났다.

태조가 그 구멍을 보고 소스라치게 놀랐다. 그리고 금방 사태를 파악하고 크게 분노했다. 온몸에 식은땀을 흘리며 한걸음에 의자에서 내려와 창을 낚아채 잡고, 단숨에 궁 밖으로 뛰어나갔다. 이때 칠게르 부호는 벌써 차를 가지고 나와 밖에 서 있었다. 태조가 갑자기 분노하며 외치는 소리를 듣고 일이 들통 난 것을 알아채고, 칠게르 부호는 찻그릇을 내던지고 말이 있는 쪽으로 있는 힘을 다해 달려갔다. 태조가 달려 나가 보니 칠게르 부호가 이미 말 묶는 끈을 베고, 한 발을 등자에 딛고 있었다. 태조는 뒤쫓아가 찌를 여유가 없음을 가늠해 알고, 세 걸음 앞으로 달려가다 발을 멈추고 창을 던졌다. 그 창이 바로 칠게르 부호가 땅에 디디고 서 있던 오른쪽 다리 정강이를 맞추고 무릎을 뚫고 나왔다. 칠게르 부호가 무릎을 구부리며 뒤로 넘어지자 태조의 동생과 신하들이 솥에 물이 끓듯 술렁거리며 칠게르 부호에 모여들었다. 그리고 그의 몸에 창 위에 창, 검 위에 검을 대고, 그를 내리찍으며 쓰러뜨려 포박했다.

많은 사람이 보니 칠게르 부호의 말의 네 다리에 하브트 하사르의 화살촉이 박혀있었다. 그것은 하브트 하사르가 칠게르 부호를 붙잡을 겨를이 없음을 두려워하여 먼저 말 다리를 쏘았던 것이다. 그때 풀숲에 숨어 있던 칠게르 부호의 10여 명의 동료들이 준비해 놓은 신호탄을 발사하자 포성에 산과 초원이 진동했다. 포성 소리와 함께 보르 토홈의 올라와르 숲에 숨어 있던 사르락 병사들이 모두 함께 일어나 산기슭으로 달려 내려갔다.

그때 태조의 신변을 보호하는 300명의 병사 외에 일군의 병사들은 이미 전진하여 사냥을 지휘하는 대장 보가르지를 따라 대 숙영지로 갔기 때문에 사르락의 500명의 병사는 태조의 병사 수가 적은 것을 보고 크게 자만하여 밀고 내려오자, 앞쪽 편 풀숲에 숨어 있던 10여 명의 병사가 그들을 맞아 함께 함성을 지르며 태조의 군신, 장군, 병사를 둥글게 포위했다. 이에 태조의 네 아우와 여섯 명의 대신들이 태조를 지키며 밖을 향해 대열을 지었다. 젤메는 칠게르 부호를 말 위에 높이 올리게 하고, 사르락 병사 쪽을 향해 큰소리로 외쳤다.

"너희들의 군주 칠게르 부호는 이미 생포되었다. 너희들도 죽으려고 찾아왔느냐?"

그러자 사르락 병사들이 분명 태조가 구덩이에 빠졌다고 생각하고 칠게르 부흐를 지키려고 왔는데, 태조는 빠지지 않고 도리어 칠게르 부흐가 붙잡혀 있는 것을 보고 대경실색했다. 사르락 병사들이 달아나려 하자, 베데국의 군대 가운데서 나팔 소리가 울렸다. 그와 동시에 병사들이 양편으로 갈라져 공격하며, 사르락 병사들 사이를 뚫고 돌진해 들어갔다. 또 한 번의 나팔 소리가 들리자 양 군단의 병사들이 양쪽으로 날개를 만들어 사르락 병사를 포위하며 공격하자, 사르락 병사들이 빠져나갈 수 없는 상황에 이른 것을 알고 마음을 단호히 먹고 필사적으로 항전하기 시작했다.

이번 싸움은 절박한 상황에서 교전하는 것이기 때문에 양쪽 병사들의 창과 검이 서로 맞부딪쳐 챙챙거리며 엄청나게 요란한 소리가 났다. 사람과 말이 밀착되고 등자가 부딪치고, 이쪽저쪽 화살이 날아가며 사람의 간담을 서늘케 했다. 또 해가 떨어져 어두워지자 사르락 병사들이 도망칠 수 없었기 때문에 "모두 흩어져 철수하라" 하고 큰소리로 외쳤다. 병사들은 쇠공처럼 하나의 힘으로 뭉쳐 동서로 구르고 싸우면서 조금도 틈을 보이지 않았다.

그때 날이 어두워지자 많은 신하들이 태조가 몸소 앞으로 나가 싸울지도 모른다고 두려워했다. 모두가 태조를 둥글게 에워싸고 지키며 싸우지 말기를 설득하며 말리고 있었다. 그때 태조 앞을 막고 서있던 장군 오란 가축의 말이 갑자기 발을 쳐들고 제멋대로 날뛰다가 태조의 말을 걷어찼다. 태조는 오른쪽 등자가 채이자 자신의 다리를 다칠까 염려하여 바로 다리를 들어 올렸다. 그때 태조의 오른쪽 등자의 가죽끈에 누군가의 도끼가 닿아 은 등자가 떨어져 나갔다.

그러자 태조를 비롯해 벨구테이 등이 몸을 숙여 보니 검은 얼굴의 한 여인이 몸에 가벼운 갑옷을 입고 머리에는 검은 천을 감고, 손에는 짧은 손잡이가 있는 도끼를 쥐고, 많은 말의 발아래로 기어들어 가 태조의 오른발을 날카로운 도끼로 치는 순간 마침 태조가 발을 들어 올렸기 때문에 등자의 가죽만을 쳐 도끼날이 안장깔개를 찍었다. 벨구테이가 그것을 보고 대경실색하여 서둘러 말에서 뛰어 내려 그 여자를 잡아채려고 가자, 그 여자는 급히 몸을 돌려 말 아래로 기어들어 갔다. 벨구테이가 쫓아가 그녀의 오른쪽 종아리를 짓밟고, 또 다리를 잡고 끌어내어 도끼를 쥔 오른손의 손목을 잘라 버렸다.

그때 사르락의 병사가 많고, 베데국의 병사의 수가 적었기 때문에 사르락 병사들은 승승장구하며 사방에서 나와 대적하자, 하사르와 벨구테이 등이 서둘러 태조를 호위하여 타리아트 대초원의 숙영지를 향해 달려갔다. 한편 칠게르 부흐의 동료 10명이 태조를 제거하겠다며 80여 명의 기민한 병사들을 이끌고 다른 무리에 훨씬 앞서 태조의 뒤에서 번개처럼 빠르게 추격해 갔다.

하사르와 톡그통고 바타르는 젤메에게 주군을 호위하며 가라고 하고, 뒤에서 추격해 오는 병사를 맞아 시위에 화살을 메겨 앞서가는 세 사람을 쏘아 쓰러뜨렸다. 그러자 남은 병사들은 또 쉴 새 없이 추격하여 조금도 지체함 없이 날듯이 달려왔다. 하사르 등은 그들이 멈추지 않을 것을 알고, 서둘러 뒤에서 태조를 지키기 위해 달려갔다. 그때 사르락의 병사와 맞붙어 싸우고 있던 장수와 병사들은 사르락 병사들이 반으로 나누어져 태조를 추격해 가는 것을 보고, 크게 두려워하며 잇

달아 태조의 뒤를 좇아 달려갔다. 그러자 사르락 병사들은 틈을 얻어 4개 조로 태조의 뒤를 좇아 돌격해 들어갔다.

젤메가 보니 많은 장수 가운데 멀리 있는 자들은 태조를 지키는 데 어려움이 있었기 때문에 서둘러 태조의 붉은 보개를 자기 위로 들게 하여 사르락 병사들과 맞서 싸웠다. 제브는 촐론과 만나 사르락 병사를 맞아 싸우며 갈 때 알호, 수호, 울렌 치르비, 볼로 등도 주군을 찾으며 다가왔다. 젤메는 신속히 가서 주군을 보호하라며 이들을 보내고, 그곳에서 적을 맞아 싸우고 있을 때, 사르락 병사가 태조의 붉은 보개를 보고 젤메 등을 겹겹이 포위했다.

태조를 아는 병졸들은 앞서 추격해 간 병사들과 함께 태조를 추격하고, 하브트 하사르, 부호 벨구테이, 톡그통고 바타르 등을 포위했다. 여전히 몇몇 무리들이 떼를 지어 서로 엉겨 맹렬히 싸우고 있을 때, 홀연히 한 무리의 병사들이 몰려 왔다. 하르 히루, 호르치 바이르, 시리 호톡 세 장수가 젤메를 에워싸고 싸우고 있던 병사들을 뚫고 들어가 주군을 찾아 헤매며, 주군이 어디 있는지 소리쳐 불렀다. 어느 누구도 태조를 지킬 수 없는 상황에 이르자 당혹감을 감추지 못했다. 보르 토홈 가운데 있는 베데국의 병사들은 뒤로 밀리며, 사르락 병사들에게 패해 여러 방향으로 달아났다.

그러자 또 저쪽 편에서 사르락 병사들이 "우리 주군 칠게르 부호께서 도망쳐 왔다. 이번에 잘 싸워 테무진을 어떻게든 놓치지 말라!"라고 하자, 태조의 여러 장수들은 극도로 초조해졌다. 젤메가 간신히 적진을 뚫고 나가 태조를 찾으며 갈 때, 사르락 병사들이 태조를 추격해 보르 토홈에서 격렬하게 싸우고 있었다. 모두 다섯 무리로 떼 지어 싸우며 화살이 빗발치듯 날아다니는데, 그것은 마치 회오리바람과 폭풍이 미친 듯이 휘몰아치는 것 같았다.

그때 이미 날이 어두워지고, 그믐께라 달도 뜨지 않았기 때문에 양편의 병사들이 더욱더 서로를 알아보지 못했다. 다만 베데국 병사들이 "주군께서는 어느 무리에 계십니까?" 하고 소리치면서, 9경과 여섯 명의 대신, 네 명의 아우가 앞뒤에서 태조를 찾아다녔다. 때때로 서로 맞붙어 싸우기도 하면서, 소리로 식별하며 태조를 찾아다녔다. 계속해서 5개 군단의 병사들이 또 한 줄로 줄지어 서서, 양편의 병사들이 서로 치열하게 교전을 했다. 날이 이슥해져 신호기가 완전히 보이지 않게 되자, 다만 무기 부딪치는 소리가 무섭게 챙챙거리며 요란한 소리를 내고, 불이 일어 번쩍거리는 빛이 보였다. 군신, 부모, 형제가 소리쳐 외치며 서로를 찾아 헤맸다. 혼란스러운 대열의 병사들 가운데 머리 없는 사람이 놀란 말에 앉아 달려가고, 사람이 타지 않은 안장 얹은 말들이 위아래로 정신없이 달렸다. 사람 머리가 말발굽 아래서 뒹굴고, 말 안장 아래 병사가 숨어들어 빈 안장이 가기도 했다. 귀신이 울고 신이 소리쳤다. 사람이 아우성치고, 말이 울고 개가 짖고, 새가 죽은 사체를 낚아채는 아비규환을 방불케 했다. 피바다가 들끓고 태산이 폭발하듯 큰 소동이 일었다.

그때 서남쪽에서 한 발의 포성이 나더니, 갑자기 천지가 진동하듯 엄청난 굉음이 울렸다. 그러자 동북쪽에서 또 북소리가 나고, 양쪽에서 바닷물이 밀려 들어오듯 2개 군단의 대군이 밀려 들어와 다섯 무리의 병사를 이미 포위하고 가운데를 에워쌌다. 산협에 큰불을 일으키고, 그 불빛에 베데국의 수호기를 세우고 “빨리 주군을 내놓으라!”라는 함성 소리에 산이 진동했다. 이 소리를 동북쪽의 병사들이 듣고 갑자기 바라를 치며 응답하여 외쳤다.

“주군께서 병사들 가운데서 나가 우리 대오에 들어오셨소. 사르락 병사를 놓아주고, 공연히 죽이지 마시오!”

양편의 격렬했던 전투가 어느 정도 소강상태에 접어들자 하사르와 벨구테이, 오칙, 가촉 네 아우가 태조를 호위하고, 젤메와 톡그통고는 끝의 두 번째 조에 있던 태조에게 절하고 앞길을 열었다. 제브와 촐론은 뒤에서 따라오며 후방을 살피고, 곧바로 그곳을 뚫고 대 수호기 아래 이르러서 보니, 모호리도 수호기 아래로 달려와 수렵 대장 보가르지에 대해 물었다. 그리고 보니 보가르지는 벌써 모홀리의 병사와 함께 와 있었다.

모홀리는 앞서 보가르지가 전하는 말을 듣고, 몹시 두려워하며 “태조께서 이미 대오에서 나와 피하셨소. 사르락 병사를 공연히 죽이지 마시오!”라고 한 것은 잠시 여유를 갖기 위한 전략이었다. 그렇게 해서 태조는 그 틈에 대 수호기 아래로 올 수 있었다. 모홀리는 보가르지의 병사를 어떻게 알고 정확히 때를 맞춰 그곳에 이르렀던 것일까?

모홀리는 칠게르 부호가 온 것을 의심하고, 사람을 보내 알아보니 그가 숙소에 보이다가 없어졌다고 하자, 상황을 바로 인지하고 태조의 뒤에 사람을 보내려고 했다. 그때 갑자기 우진 태후가 그곳에서 “불길한 꿈을 꾸었으니, 서둘러 대장군께서 직접 병사를 이끌고 태조의 뒤를 따라가세요"라고 명을 내렸다. 모홀리는 태후의 꿈이 자신이 의심하는 바와 정확히 맞아떨어진 것을 알고, 곧바로 수행원 투그스촉그트 뒤에서 병사들을 이끌고 달려가 태조를 맞으려고 했는데, 바로 이때 만났던 것이다.

또 수렵 대장 보가르지를 비롯해 보랄, 찬드간 세첸, 호드간 베히가 수렵 대군을 이끌고 먼저 대 숙영지에 가서 돌아갈 채비를 하고 태조를 기다리고 있을 때, 동북쪽 산부리에서 태조의 음식을 책임지고 있던 신하 사이한 소르탈트가 앞서 달려왔다. 그때 뒤에서 울리는 포성 소리를 듣고 고개를 돌려 먼 곳을 보니, 올라와르 가운데서 병사들이 나타나 태조를 에워싸는 것을 보고 보가르지 쪽을 향해 소리를 질러 말했지만 듣지 못하자 서둘러 목이 있는 구두를 벗어들고, 머리 위로 돌리며 "일이 거꾸로 되었습니다, 거꾸로 되었어요" 하고 신호를 보냈다.

보가르지는 여전히 주군을 멀리서 보고 있다가, 이 신호에 서둘러 북을 치고 5천 명의 병사를 이끌고 달려가자, 이로 인해 양편의 병사가 갈라지게 되었다. 그러자 모홀리는 서둘러 태조를 다른 쪽으로 모시고 갔다. 사람들은 태조의 붉은 사자 가죽 보개를 보고 크게 기뻐하며 모두 말을 타고 달려왔다. 모홀리도 당도해 있었기 때문에 모두 기쁨의 함성을 지르면서 뭇 병사들이 또 모두 나왔다. 보가르지는 곧 화살을 마구 쏘아 사르락의 병사를 한 명도 남기지 않고 몰살시켜 버리겠다고 하자, 모홀리가 황급히 제지했다.

"아니 됩니다. 방금 내 주군께서 빠져나오실 때 더 나은 계략을 생각하고, 이미 죽이지 말라는 명을 내리셨소. 만약 이제 신의를 잃으면 군법을 신뢰할 수 없게 됩니다. 먼저 상대에게 알려 항복하게 하고, 만약 이를 거부하면 그때 몰살시켜도 늦지 않을 것이오!"

그리고 다시 바라를 치고 명을 알리자, 사르락 병사들이 이미 몇십 겹으로 포위되어 스스로 날개가 자라나 있어도 날 수 없게 된 상황을 알고, 죽임을 당하고 남은 병사들은 갑옷과 무기를 벗어던지고 무릎을 꿇고 항복했다. 그들을 10명 20명씩 압송하여 데리고 가자, 보가르지는 분을 삭이지 못하고 모두를 죽여 버리겠다고 했다.

그러자 태조가 "적을 죽이면 사내대장부의 이름이 욕되고, 공포한 것을 되돌리면 용사와 병사들의 마음을 잃게 되오"라고 일렀다.

그러자 모홀리가 그 말을 이어서 말하기를 "사르락의 병사를 하나도 남김없이 모조리 죽이는 일은 작은 일이요, 우리의 아름다운 신의에 위배되는 일은 큰일입니다"라고 하자 보가르지가 그 말을 인정했다.

"진실로 저는 주군과 대장군의 도량에 미치지 못합니다. 보가르지 제가 직접 주군을 따라와 이처럼 불안을 야기시킨 것은 진실로 저의 잘못의 소치입니다!"라고 하며 주군과 모홀리에게 무릎을 꿇고 죄를 시인했다.

태조가 "이 위험은 나 스스로 자초한 것이고, 장군과는 무관합니다!"라고 했다.

그러자 모홀리가 또 말했다.

"미심쩍은 칠게르 부호를 보고 있다가 경계하지 않고 이곳에 오게 하는 상황에 이르게 한 책임은 실제로 저에게 있습니다!"

세 군신이 잘못을 서로 자기 책임으로 돌리려고 옥신각신하고 있을 때 하르 히루가 칠게르 부흐의 견갑골에 구멍을 뚫어 고삐에 연결해 말에 묶어 데리고 왔다. 그때 태조가 "'놓쳤다!'고 소리쳤던 것은 무슨 의미인가?" 하고 묻자 하르 히루가 고했다.

"그것은 사르락의 병사들의 마음을 자만케 하고, 많은 사람을 자극하게 만드는 전략이었습니다. 진정 신은 칠게르 부흐가 붙잡히면 그의 머리를 베어 버리겠다고 이미 준비를 하고 있었습니다. 그런데 칠게르 부흐가 발을 절고 돌부리에 걸리며 달려가는 것이 신의 말보다 더 빨랐습니다. 진실로 죽음을 두려워하는 놈이었습니다."

그러자 군신이 모두 웃으며 징을 쳐 병사들을 모아들일 때 초 메르겐이 그 검은 얼굴의 여자를 포박해 끌고 왔다. 태조가 대신과 장병들을 살펴보니 모두 좋아 보였는데, 다만 벨구테이의 손등에 화살촉을 맞은 상처가 나 있었다. 또 젤메의 왼쪽 엄지손가락이 어지럽게 날아드는 창을 피하려다 조금 상처가 났고, 다른 장수들은 모두 무사했다. 병사들도 사상자가 경미했으며, 다만 몇십 명은 갑옷 위로 상처를 입고, 십여 명은 죽었기 때문에 태조는 몸소 가서 손수 술을 뿌려 올리고,[4] 시신을 관에 묻어 주었다. 또 그 부인과 자식들에게 후히 포상을 내리라고 명했다. 그리고 모홀리를 보내 칠게르 부흐의 숙소와 구덩이, 탁자를 살펴보게 하고, 대 설영지에 이르자 동쪽 편으로 새벽이 밝아왔다.

다음 날은 병사들에게 하루를 쉬게 하고, 사르락의 남은 300명의 병사들을 이끌고 가다가 모홀리가 도중에 태조를 맞아 칠게르 부흐가 했

4 조의를 표하는 행위.

던 기묘한 계략을 자세히 고하자, 태조가 하늘을 향해 손을 모으고 축사했다.

> 돌아보니 내게 이러한 죽음이 있었던 것을
> 지고하신 천부께서 건져내 주시고
> 자애로우신 어머님께 꿈꾸게 하여 일깨우셔서
> 불초한 자식 테무진 나를 구해 주셨네

많은 아우와 신하, 장군, 병사들 모두가 놀라고 한편 무사한 것을 기뻐하며 태조에게 절했다. 모훌리는 태조를 구한 매를 황금 고리로 장식하여 찬미했다. 도중에 선두 영접단인 운두르 세첸은 주치를 데리고 태조 일행을 맞이하고, 두 번째 영접단으로 토르곤 샤르가 차가타이를 대동하고 일행을 맞이했다. 세 번째 영접단으로 나라의 장인 데이 세첸 그리고 그의 두 아들 아지니 메르겐과 호다르가 바타르가 태조의 두 아들 우게데이와 톨리를 안고 태조를 맞았다. 태조는 장인에게 두 잔의 술을 올리며 인사를 나누고, 보르한 갈돈에 이르러 말에서 내려 우겔룬 우진 어머니를 찾아뵙고 절했다.

> 황금빛으로 세상을 비추시는 천부와
> 더없이 자애롭게 돌보시는 우진 어머니
> 먼 곳에서 가호하심으로 살피시며
> 위험과 죽음에서 제 목숨을 구해 주셨나이다, 어머니

진실로 빛으로 펴지는 백천신 아버지와

자애로움이 무한하신 우진 어머니께서

언제나 보이지 않는 곳에서 보우하고, 은혜로 지키시며

죽음과 재난에서 제 생명을 구하셨나이다, 어머니!

태조는 엎드려 절하며 서로 상봉의 기쁨을 나눴다. 그리고 모홀리를 비롯해 장인 데이 세첸과 토르곤 샤르 등을 데리고, 4명의 아우, 4명의 장군, 6명의 대신 9경 등의 공훈자에게 공훈의 경중을 구별해 후하게 포상을 내렸다. 그밖에 칠게르 부호의 귀에 화살촉을 꽂고, 견갑골에 불등을 켰다. 또 숨어드는 여자의 허벅지에 걸쇠를 찌르고 검은 살을 베어내고, 7일 밤낮으로 심한 고문을 하여 모든 일에 자백을 받아냈다. 또 칠게르 부호를 사방으로 펼쳐 여러 도막으로 잘라 죽이고, 숨어들었던 여자를 세 도막으로 베어 죽였다.

그런 뒤 사르락의 투항한 병사들 가운데 돌아가고 싶어하는 자가 있느냐고 묻자 돌아가고 싶다고 하는 자가 100명 이상이 되었고, 돌아가고 싶지 않다는 자가 200명 이상이 되었다. 남아 있고 싶어했던 이유는 베데국의 병사들은 먹고 입는 것이 그들 병사들과 비교하면 천상의 병사와 같이 매우 풍족했기 때문이었다. 사르락 병사 열 명을 먹이고 입히는 정도가 고작 베데국의 병사 한 명에 소요되는 것과 맞먹었기 때문에 아내와 자식이 없는 병사들은 모두 고국으로 돌아가는 것을 좋아하지 않았다. 그들 가운데 고국으로 돌아가고 싶어하는 병사들을 불러 모홀리가 일러 말했다.

"우리 주군께서는 그대들을 죽이려 하지 않았을 뿐 아니라 오히려 되돌려 보내 부모와 아내, 자식들을 만나게 해 주셨다. 그대들은 이 은혜를 마음 깊이 새기고 돌아가라. 그대들 군주에게 우호적으로 지내자는 한 가지 선물을 보내니, 그대들은 잘 가지고 가서 그대들 군주에게 올리도록 하라. 예로부터 원한이란 것이 조금도 없는데, 굳이 군대를 동원해 살육을 자행하는 것은 어찌 된 일인가? 이런 말씀을 잘 드리도록 하라. 우리가 조만간 그대들 나라에 갈 것이니, 돌아간 그대들은 그때 이 은혜를 갚도록 하라!"

뭇 병사들이 기쁨의 눈물을 흘리며 고국으로 돌아갔다. 그리고 아무 소득 없이 패한 것을 주군께 고하고 베데국의 선물을 올리자, 자일트 칸은 크게 후회하며 그 선물을 열어보았다. 그런데 갑자기 칠게르 부호의 머리와 검은 얼굴의 여자 손이 툭 떨어져 소스라치게 놀랐다. 콧구멍으로 악취가 확 풍겨오자 칸은 정신을 잃고 쓰러졌다.

그때 케레이트의 자모하가 좋은 소식을 들으려고 대전에 나가 보니, 칠게르 부호의 잘린 머리가 대전 한 가운데 있고, 사람들이 기절한 자일트 칸을 업고 들어오자 자모하는 흥이 다 깨져 버리고 말았다. 며칠이 지나 자일트 칸이 정신을 차리고 깨어난 뒤 베데국을 섬멸하고 말겠다고 탁자를 내리치며 맹세했다. 그리고 곧 자모하를 사신으로 하여, 북쪽 톡그목국의 계략에 능한 멩겔레 칸과 서쪽 나이만의 타이얀 칸, 동쪽 고르로스국의 괴팍하기 그지없는 나란 칸, 또 서북부 마일즈 부족의 점잖은 토도, 그 외에 와일란 부족, 사마르칸 부족 등 많은 부족들에게 모두 사신을 보내 우호적으로 지낼 것을 논의하게 했다.

태조의 네 명의 아우와 네 명의 장군, 여섯 명의 대신과 9경이 모두 태조가 위험에서 벗어난 것을 경축하는 큰 잔치를 안팎으로 베풀었다. 둘째날 세첸 주순 왕비가 또 큰 잔치를 베풀어 축하할 때 네 아들 주치, 차가타이, 우게데이, 톨리 등이 술을 올리고 축원하며 태조에게 절했다. 마지막에 주순 왕비가 손수 태조에게 술을 올리고, 그 기회를 타서 "밖에서 애쓰시는 주공을 생각하면 집안사에 도움이 되어야 하는 것이 마땅할 것입니다. 우리 부부 아래서 봉사하는 비들을 보면 주스트, 주스릭[원주] 위의 부족의 대 조로라는 귀족의 두 딸이요, 그의 오라버니는 투그스촉그트이다 두 사람은 정직하고 온유하며, 어려서부터 힘을 바쳐 지금까지 사건 사고 없이 열심히 애썼으니, 주공께서 어여삐 여기시고 그에 합당한 몫과 지위를 주시어 서궁의 부인으로 봉하셨으면 합니다! 또 솔롱고스의 골린 사란은 비록 힘을 바친 지 오래되지는 않았지만 원래 한 나라 군주의 공주였고, 또 나라에 다섯 지역의 신민을 데리고 투항한 공이 있습니다. 사람됨이 진중하고, 지혜로우며 손재주가 있고 또한 생각이 원대합니다. 주공께서 어여삐 여기시고 그에게 몫과 지위를 하사하시어, 동궁의 부인으로 삼으시기를 바랍니다!"라고 청하자 태조가 정색을 했다.

"옛말에 '사람은 옛사람이 좋고, 옷은 새 옷이 좋다'고 했소. 이제 막 부린 작은 부인들에게 진정 무슨 공덕이 있겠소! 나라의 부인은 하나이지 둘이 아닙니다. 일단 옆의 부인이라고 하면 일반적으로 나라의 왕비의 반열에 들게 되는 것입니다. 나라의 왕비를 얻으면 보통 신민과 나라에 골칫거리가 될 뿐 아니라 멀리 있는 나라에서 들으면 잘못

음란하게 여겨져 대국을 이루는 데 장애가 됩니다. 부인께서는 너무 서두르지 마십시오!"

태조는 자식들에게 술을 따르게 하고, 손수 부인에게 술을 따라 주었다. 주순 부인은 태조가 허락하지 않는 것을 보고 서둘러 앉은 자리에서 일어나 예를 올리며 간청했다.

"경애하는 주공이시여, 아주 어려서부터 우리가 맺어진 것을 생각하시어 부인인 부르트겔진 제 체면을 한 번 세워 주십시오!"

그러자 태조가 할 수 없이 "주스트, 주스릭 두 사람은 예전부터 수종을 들었기에 부인께서 비로 봉하시고자 하면 봉을 해도 좋소. 다만 골린 사란은 작년에 와서 그 공이 뚜렷이 드러나지 않았고, 또 햇수가 오래되지 않았으며, 그가 공주라고 해도 그의 나라에서 공주이지 테무진 나에게는 그저 주워온 첩에 불과하오"라고 했다.

이에 대해 주순 왕비가 답해 말하기를 "골린 사란이 온 지는 그리 오래되지 않았지만 나라에 다섯 지역의 신민들을 데리고 온 공이 있습니다. 주공께서 모름지기 함께 은혜를 베풀어 주시기 바랍니다!"라고 했다. 이렇듯 몇 번이나 말했지만, 태조가 허락지 않자 주순 부인은 궁으로 돌아가 시녀 홍고르졸에게 일러 말했다.

"내일은 길한 날이니 골린 사란으로 하여금 주군의 은혜에 절을 올리게 하고, 자리에 앉히도록 하거라!"

다음 날 아침 일찍 사란 부인에 대해 고하기 위해 우진 어머니 곁으로 가서, 골린 사란이 나라의 공훈을 있음을 낱낱이 고하고, 주스트, 주스릭 두 부인과 함께 나라의 동서 궁의 부인으로 각각 봉하자고 한 것을 태조가 주스릭, 주스트 두 부인에 대해서는 허락을 하였으나 다만 골린 사란은 온 지 그리 오래되지 않았다 하여 허락하지 않는다는 것을 고했다. 그리고 기회를 봐서 우진 어머니께서 그 세 사람을 불러 데려오게 하여 동서 궁의 부인으로 봉하고, 주공에게 함께 말씀을 했으면 한다고 간곡히 고하자 우진 어머니는 그녀의 생각을 기꺼워했다.

"내게도 이미 그런 생각이 있었다. 그렇지만 너희 부부가 이 일을 스스로 알아서 하지 않겠는가 생각하고 말하지 않았다. 이제 주순이 고하는 말이 매우 지당하다. 사란은 비록 새 사람이지만 그의 공로가 적지 않고, 다섯 지역의 한 나라를 이끌고 투항하게 했다. 또 한 나라의 군주의 딸이고, 세 번째는 사람됨에 있어 근면하고, 사람을 대하는 데 있어 온화한 사람이다. 내 눈에 보이는 바대로 마음이 편안한 사람이요, 매우 다감하고 따뜻한 사람이다. 마음이 아프고, 가엾게 여겨지는구나. 또 내 몸의 걸치는 세밀하고 부드러운 옷가지는 모두 그 아이가 지어준 것이다. 참으로 손재주가 놀라울 정도로 섬세하고 뛰어난 아이다. 내 이미 마음에 두었던 일이다. 이달 5월 15일은 길일이고, 내 또한 너희 부부를 비롯하여 공신과 신하, 돌보아주는 먼 친척과 병사들을 불러 옛 원수를 갚고, 새로운 적을 누른 복된 잔치를 베풀려고 했는데 바로 그 날에 날짜가 맞추어지니 참으로 길하게 되었구나!"

그리고 곧 지시를 내려 주스트, 주스릭, 골린 사란 세 사람을 앞으로 불러오게 하여 나라 왕비의 예관과 예복, 목걸이 장식, 가슴 앞에 다는 긴 띠[원주] 이 띠에 가슴에서 옷자락 아래까지 닿는 띠로, 그 위에 산호와 터키석 등으로 생활에 필요한 것들을 만들어 장식하는데, 효심 있는 며느리가 시부모를 성심껏 돌볼 준비가 되어 있다는 의미를 지닌다. 그것은 부모에게 효성을 다하는 것을 가르쳤던 표식이다 장식과 그밖에 특별한 비옷의 허리띠 등을 하사했다. 주스트, 주스릭 두 사람을 서궁의 부인으로 삼고, 골린 사란을 동궁의 부인으로 봉하였으며, 이를 조정의 신하들에게 알렸다.

【평언】

사르락의 자일트 술드 칸이 생각해 낸 간교한 계략은 또 몇 배의 놀라움을 자아낸다. 고대 춘추시대의 오나라 공자[5]는 자객 전제를 써서 오왕 희요姬僚를 죽일 때 물고기 잔치를 벌이는 술수를 사용했는데, 여기서는 한 마리 매로 인해 계략이 드러나고 사건이 들통난다. 칠게르 부호와 무녀가 모두 붙잡히고, 병사들은 패해 투항했으며, 자일트 칸은 정신을 잃고 쓰러졌다. 진정 맹약했던 바는 하늘의 때를 거슬러 일이 어렵게 되었다. 특히 보르 토홈에서 깜깜한 밤이 되자 태조는 난군에 의해 포위되고, 때마침 모홀리의 군대가 와서 주군이 포위된 것을 알았으며, 태조는 제때 위험에서 피해 나올 수 있었다.

모홀리가 사르락 군대를 놓아 주었다고 한 것과 또 주군을 찾고, 앞서의 명을 되돌리지 않고 신의를 보인 것, 사르락 병사를 죽이겠다는 보가르지를 제지하고, 사르락 병사들의 힘을 쉽게 약화시키고, 그 마음을 되돌린 것 또 그들의 살길을 찾도록 일깨운 것, 또한 태조가 사르

---

5 오나라 공자는 합려(闔閭, ?~기원전 496)를 이른다. 춘추시대 오나라 왕. 이름은 광(光). 초나라에서 망명 온 오자서(伍子胥)와 함께 자객 전제의 힘을 빌려, 오왕 요(僚)를 살해하고 즉위했다. 초나라를 쳐서 위세를 크게 떨쳤으나 후에 월왕 구천에게 패해 죽었다(이병갑, 『중국역사사전』, 학민사, 2006, 544쪽).

락 군대를 찾을 생각을 끊게 한 것 등을 통해 보면 모홀리는 진실로 천부적으로 타고난 대장군의 그릇이라 할 수 있다. 이러한 것들은 고대 위나라 무제 조맹덕趙孟德[6]이 대군이 목말라 하자 살구나무를 가리킨 것을 뛰어넘는 일이다.

어두운 밤 격렬한 전투 속에서 한마디 말을 하지 않은 가운데 태조에 대한 불안이 매우 컸을 것이다. 그런데 어찌 그렇게 쉽게 두 나라의 군대를 구별할 수 있단 말인가! 후에 원래 공포했던 것에서 말을 바꾸지 않고, 적병을 풀어주게 한 이 한 가지 것으로 저자 인잔나쉬 나는 곧 모홀리가 분명 큰일을 이룰 수 있는 자라는 것을 알았다. 세상에 드러내 알리기 어려운 것이 신의이다. 신의를 병사들에게 보일 수 있다면 병사들의 마음은 곧 무쇠와 돌처럼 확고해져 승리를 거둘 수 있다. 다른 이를 구한 것이 아니라 상황을 다스린 것이요, 사르락을 생각한 것이 자신의 뜻을 드러낸 것이라 할 수 있다. 남을 해치는 악한 자들에게도 거짓을 말하지 않는 것을 보면 참으로 자신에게 진실하다는 것이 확실하지 않은가? 이런 자가 어찌 이기지 않을 수 있겠는가?

특히 보가르지와 모홀리, 태조 세 사람은 서로 위험한 사고가 발생한 원인이 자신 때문이라며 서로 자신이 죄를 떠안으려고 했다. 이것은 나중에 더욱 힘쓰고 경각심을 갖는 것으로 나타났다. 이러니 어찌 백전백승하지 않을 수 있겠는가! 이것은 곧 군신의 힘과 지혜가 합해져 다른 나라를 공격하고 싸우는 기본이 되는 것이라 하겠다.

---

6 맹덕은 조조(155~220)의 자. 위무제(魏武帝).

밖으로는 이와 같은 문무 대신들이 있고, 안으로는 주순 황후 등의 부인과 자녀들이 있으니, 태조는 모든 것을 갖춘 천자라 할 수 있다. 고대 왕조의 가르침에 아녀자의 시기를 가장 금기시했다. 마음으로부터 시기하지 않는 태도를 아녀자 마음속에 있는 남성이라고 했다. 여장부는 두 가지로 구별된다. 하나는 마음 깊은 곳으로부터 시기하지 않는 것이고, 또 한 가지는 학습을 통해 알고 애써 따르는 것이 있다. 이밖에 시기심이 없는 두 가지 경우가 있는데, 하나는 자기 남편을 지나치게 사랑하기 때문에 남자가 좋아하는 것을 따르면서 시기심을 갖지 않는 경우가 있다. 또 하나는 남편을 지나치게 두려워하기 때문에 남자가 하는 대로 따르면서 시기하지 않는 경우가 있다. 이 두 가지는 상황에 부유하는 거짓이며, 변하고 돌아설 가능성이 있다. 태조의 부인 세첸 주순 부르겔진의 이것은 마음으로부터 우러나온 것이며, 그녀의 시기하지 않는 태도는 진실한 마음에서 표출된 것이다.

그것을 어찌 아는가? 태조는 모름지기 비교하는 것과는 거리가 멀다. 특히 연륜이 오랜 것을 추구하면서, 예전의 애쓰는 바를 언급하는 것은 비록 집안의 일이라도 나라의 법이 있음을 알게 한다. 이렇듯 거짓이 있을 수 없다는 것이 분명하니 세첸[7] 주순 부인이 다른 부인들을 이끌며, 질시를 행하지 않은 것이 분명하지 않은가! 세첸이란 칭호가 그냥 헛된 것이 아니라는 것을 알 수 있다.

7 '지혜롭다'는 뜻.

제18장

천자의 친우들이 모이자, 천부께서 감로수를 내리셨네 타타르의 야보가의 말이 과하자, 성조 주군께서 진노하여 쫓아냈네

송나라 광종 소희 4년, 금나라 장종 명창 4년, 계축년癸丑年, 태조 나이 32세였다.

> 천부께서 성조 테무진을 하늘의 뜻으로 태어나게 하시고
> 반역적인 원수를 일망타진하여 깨끗이 쓸어 없애고
> 신성한 가문의 모자母子와 벗들이 모두 모여들자
> 천신께서 옥잔에 비할 데 없는 감로수를 내리셨네

태후 우겔룬 우진은 수석 신하 토르곤 샤르와 모홀리 등에 지시하여 태조에게 명을 전하게 했다. 그러자 태조가 그 소식을 듣고 어쩔 수 없이 우진 어머니의 은혜에 절하고, 즉시 그날 우겔룬 우진 어머니의 무릎 아래 네 명의 아우와 네 명의 부인 그리고 네 아들과 외딸을 모두를 데리고 길하고 복된 축하연에 좌정했다. 우진 노모는 손수 태조에게 술을 따라주며, 옛일을 회상하고 오늘을 칭송하며 축사했다.

증조, 고조와 나에게 이르기까지
이렇게 5대의 원한을 씻을 수 있었네
권세 있는 천신의 현현을 만나 잉태한
신성한 수메르산처럼 위풍당당한 나의 아들은
부모, 형제, 처자, 벗, 친지에 이르기까지
이들 다섯 관계 모두를 행복하게 할 수 있었네
휘도는 듯한 흰빛이 집안에 가득하여 얻은
젖 바다같이 위엄있는 나의 아들이
예로부터 5대에 걸쳐 온갖 것으로 괴롭혔던 원수
호전적이고 반역적인 타이치오드부를 끊어낼 수 있었네
영원히 빛나는 수호신과 만나 얻은
자애와 효성, 부귀를 고루 갖춘 나의 아들이
쫓아다니며 5대에 걸쳐 괴롭히며 싸움을 걸었던 원수
온갖 악을 자행하는 타이치오드부를 종식시킬 수 있었네
자비로운 지고의 수호신을 꿈꾸어 얻은
지식과 자비, 지략과 용맹함을 두루 갖춘 나의 아들이
오늘 원수의 뿌리를 뽑은 것을 경축하는 날에
이 어미가 평화의 감로주를 내리리다!
이로써 주공의 위엄이 남쪽 바다를 넘어 그 명성을 떨치고
이와 더불어 세상을 평화롭게 다스리기 바라리다!

여기에 이르자 우진 노모는 자신도 모르게 눈에 눈물이 흘러내렸다.

태조는 어머니의 이러한 축원의 말을 들으면서 어린 시절 과부 어머니, 아버지 없는 아들로 온갖 고난과 수모를 겪었던 일, 또 다른 나라에 짓밟히고 핍박을 당하고, 자신의 종이 배반했던 일들을 생각하며 자신도 모르게 또 눈물을 흘렸다. 두 모자가 진정한 마음으로 눈물을 흘리자 텅 빈 하늘에 갑자기 천둥이 치고, 32한의 흰 게르 궁의 위쪽 천창 덮개 구멍으로 한 줄기 붉은빛이 내려와 옥 그릇을 덮으며 태조의 오른손에 비쳤다.

이 대목에 이르러 사가인 내가 이를 쓰면서도 마음에 진정 회의가 들고 믿을 수가 없어, 이 부분을 쓰지 말아야겠다고 생각했다. 그러나 이 저서에 분명히 있었던 사실을 끊어내 생략하는 것이 적합지 않으며 벌 받을 일이라 생각되었다. 그대로 써야겠다고 해도 도무지 황탄무계한 거짓 같아 마음이 양쪽으로 갈렸다. 그래서 몇 번 붓을 들고 또 몇 번 붓을 던지기를 반복했다. 이렇게 며칠을 주저하며 지체하고 있을 그때 사가인 나의 꽃 핀 정원에 몇 명의 문우들이 찾아와 꽃을 완상하고, 종달새 우는 소리에 귀를 기울이며, 푸른 물결이 이는 정자에 앉아서 함께 봄 술을 마셨다.

나는 문우들에게 고민하고 있는 문제를 토로하며 어찌하면 좋을지 논의하자, 친구 소곡이 이르기를 "이 일은 티베트 경서에도 또 분명히 있는 일이며 확실히 있는 사건이오. 특별히 그런 황탄무계한 믿을 수 없는 일이 원나라시대에만 그렇게 나타나는 것은 아니며, 나라마다 늘 있어왔소. 그런 일들은 『통감』과 『강목』 등에도 엄청나게 많은데, 저자는 그것을 없애지 않고 모두 기록하고 있소. 예를 들면, 고대 주나라

시대 소공석이 나라를 순찰할 때 옹현 지역에 이르러 산의 호랑이와 초원의 들꿩, 세상의 살아있는 사람 셋이서 함께 가는 것을 보았는데, 이 일을 믿을 수 있겠소, 없겠소? 만약 신비한 신령의 일을 예로 들어 본다면, 주나라 무왕이 상나라를 공격할 때 병영에 있었는데, 배로 맹나루에 나왔을 때 (홀연히 여덟 자 남짓한 은빛 물고기 한 마리가 배에 뛰어 들어왔다는 이야기가 있소).[1] 밤에 또 몽골 게르의 남쪽 하늘에서 한 줄기 붉은 빛이 내려와 문 앞에서 한 마리 새로 변해 게르로 날아 들어가더니 홀연히 붉은색 옥으로 변해 떨어졌는데, 그것을 쳐보았더니 호박琥珀 소리가 났다고 하오. 또 주나라 목왕은 곤륜산의 왕모王母 난랑娘娘을 만났고, 또 당명황唐明皇[2]은 월궁月宮에 들어가 천상의 화음을 지상에 전해 주었으며, 진나라 목공의 딸 농옥弄玉[3]은 봉황을 타고 천상에 갔으며, 또 장건張騫은 두우궁斗牛宮에 들어가 천상의 직녀와 상봉했다고 하오. 또 유직이 남쪽 바다의 수궁으로 들어가 수신의 딸을 취했는데, 이들은 모두 사실이오. 그런데 대원제국을 처음 개국한 칸에게 어찌 이런 일이 없다고 단정할 수 있겠소?"라고 했다. 그 말을 듣고 나는 곧 원래대로 그 내용을 인용해 썼다.

그러자 태조는 놀라는 한편 기뻐하며 그 옥그릇을 보니, 그 그릇 안

---

1 몽골 현대문인 키릴 문자로 옮긴 본문에 원문의 내용이 빠져있어 내용을 보충해 넣었다.

2 당 현종. 당나라 제6대 황제. 당명황은 그의 별호.

3 농옥(弄玉, ?~?) : 춘추시대 진목공의 딸. 소사라는 자는 진 목공 때 사람으로 통소를 잘 불어 능히 공작과 흰 학을 뜰에 이르게 할 수가 있었다고 한다. 농옥이 소사를 좋아하므로 짝을 지어주고, 매일 농옥에게 봉황의 울음소리를 불 수 있도록 가르쳤다. 몇 년 뒤 봉황의 울음소리와 비슷해졌고, 봉황이 그 집에 와서 머무르자 목공이 봉황대를 만들어 주었다. 부부가 봉황대에 올라가서 수년 동안 내려오지 않았는데, 어느 날 봉황을 따라 함께 날아가 버렸다(임종욱, 『중국역대인명사전』, 이회, 2010, 236쪽).

에 둥근 수정처럼 맑고 진주같이 반짝이는 물이 들어있었다. 태조는 그것이 좋은 것인지 나쁜 것인지 알지 못했기 때문에 감히 우겔룬 우진 어머니께 올리지 못하고, 먼저 자신이 그 물맛을 조금 보니, 꿀처럼 달고 버터를 넣은 것 같은 맛에 가축의 젖 같은 영양이 있었으며 술처럼 진했다. 그 맛과 영양, 향과 질이 참으로 비할 데가 없었기 때문에 분명 좋은 것임을 알고, 우겔룬 우진 어머니께 올렸다. 또 그 성수를 한 그릇 떠서 하사르, 벨구테이에게 주고, 또 한 그릇을 떠서 세첸 주순 부인에게 주었다. 그 그릇 안을 보니 여전히 성수가 있었기 때문에 태조는 천신의 경이로움을 깨닫고 곧 작은 은잔을 가져오게 하여, 네 명의 아우와 네 명의 충신, 네 아들과 여섯 대신, 9경, 동서궁의 세 부인, 두 인척 모두에게 한 잔씩 떠서 상으로 나누어 주었다. 그리고 그릇 안을 보니 겨우 3잔 정도 줄어든 듯하여 모두가 마시고, 대연회를 벌이며 즐거워했다.

그런데 한 가지 놀라운 점은 이 감로수의 맛을 우겔룬 우진과 주순 부인, 특별히 태조의 네 아들 가운데 우게데이, 톨리 이외에는 아무도 그 맛을 알지 못했다는 것이다. 그들이 하는 말은 입에는 들어갔는데, 목구멍 그 이상으로는 들어가지 않았다고 했다. 그때 태조가 음식을 담아 먹는 옥그릇에 담긴 성수를 마시고 바닥에 조금 남았을 때 태조의 셋째 아우 하브트 하사르가 마음에 불만이 있어 다시 무릎을 꿇고 또 한 잔을 달라고 했다. 태조가 미소를 지으며 그릇 안에 남은 것을 다시 그의 잔에 따라 주자, 하사르가 크게 기뻐하며 그 은혜에 절하고 잔을 받았다. 그리고 입에 쏟아부으며 마시자 또 처음처럼 입에 들어간 것 같았지만, 목구멍 그 이상으로 넘어가지 않았기 때문에 크게 놀라며 탄복했다. 하사르는 많은 이를 데리고 안팎이 가득하도록 무릎을 꿇고 스스로 높고 유려한 리듬으로 축원했다.

권세 있는 천부시여!
성조 주군 형님께
옥그릇에 성수를 내리셨는데
우리가 그릇되이 질시하는 마음으로 그 성수를 받아 마셨으나
입에 들어가도 목으로 넘어가지 않았나이다
이것을 보면 주군 형님께서는 천자가 분명합니다
이후로 동생이라고 다시는 만용을 부리지 않고
모름지기 성심을 다해 힘을 바치겠나이다, 우리가!

하사르는 이렇게 고하고 절했다. 위아래, 안팎으로 대연회를 베풀고, 나라 전체가 우진 국모의 깊은 은혜에 감사하고, 취하도록 마시며 잔치를 즐겼다. 벨구테이, 하사르, 오치, 가촉 네 아들과 네 명의 손자 주치, 차가타이, 우게데이, 톨리 그리고 그 밖에 손자들을 우진 태후 앞에 나가게 하고, 공로가 있는 네 장군, 6명의 대신과 9경, 두 명의 수석 신하, 나라의 인척인 데이 세첸과 부마 보토 등에게 술을 따라 주었다. 호수와 바다같이 차고 넘치는 술, 산과 초원처럼 풍성한 고기로 보르한 갈돈에서 더할 나위 없이 즐거운 천상의 잔치를 즐겼다. 이날은 바로 5월 15일로 천부께서 국모 우겔룬과 태조에게 성수를 하사하고

잔치를 베풀게 해 주었기에, 오늘날 성조 칭기스 칸 하제夏祭를 이 날 드리게 되었다.

대연회가 끝나고 태조는 앞장서서 많은 사람을 이끌고 천신제를 지내고, 그 은혜에 감사하며 절했다. 또 우겔룬 우진 어머니께 술을 올리고 축원하며 그 은혜에 절했다. 태조는 마음껏 취하고, 궁에 돌아올 때 보니 하사르가 자신을 부축하고, 젤메가 따라왔으며 네 아들이 자신을 에워싸고 가고 있었다. 태조는 자신의 궁 오른쪽 문의 비단 장막에 이르러 야생영양의 뿔 장식의 탁자 앞에 앉아 차를 마셨다. 그때 보니 차가타이는 성수를 마시던 옥잔을 잡고, 주치는 금으로 된 차 덤버[4]를 들고 있었다. 태조가 곧 그 옥잔으로 차를 마시겠다며 잔을 들고 보니, 밑에 또 몇 방울의 성수가 남아있었기 때문에 갑자기 하사르의 말을 떠올리며 손으로 또 금잔을 들고, 금잔에 성수를 붓고 하사르와 젤메를 보며 이렇게 말했다.

> 천부께서 천자 테무진 내게 주셨기에
> 분명 이것은 나의 온전한 성수이니
> 이것을 내 손으로 마시게 하면,
> 분명 목으로 넘어갈 것이니
> 그 몸에 맛있는 성수가 스며들기를 바라노라!

---

4 전통 주전자.

태조가 자신의 손으로 그 황금잔을 들고 하사르와 젤메에게 나누어 마시게 하자, 정말로 입속에 흘러 목으로 넘어가며 비할 데 없는 향과 맛이 느껴졌다. 그러자 하사르와 젤메가 함께 무릎을 꿇고 그 사랑과 은혜에 경배하고 우러르며 절하자 태조는 양손을 하사르와 젤메의 어깨 위에 얹고 축원했다.

천상의 성수를 고루 나누어 받을 수 있는 그대들은
온전함을 이루는 자손들이 영원히 번성하고
테무진 나의 자손들과 어깨를 나란히 하여 지내며
3천 년 동안 일곱 번 흥성하기를 기원하네!

[원주] 이 저서에서 말한 것은 태조가 천상의 성수를 신성한 군주의 손으로 마시게 하고, 존귀한 입으로 이렇게 축복함으로써 오늘날 하브트 하사르의 자손들은 동부 호르친 10개 기旗, 서부 청해, 알락샤와 총 45기, 특별히 젤메의 자손들은 세 하르친, 동 투메드와 전체 4개 기에 널리 퍼져있다. 그들은 태조의 170개 기의 자손들과 동일하게 혼인은 맺고 지냈는데, 이것은 성수를 지존의 손에서 받아 맛보고, 특별히 진심으로 하신 이 축복의 말씀으로 인한 것이라고 했다. 어쩔 수 없이 이렇게 원래대로 기록한다.

그런데 베데국은 이 소소하고 작은 적을 제압하고, 왜 이렇게 큰 향연을 베풀었을까? 여기에는 매우 깊은 뜻이 있다. 그 의미를 분명히 드러내 설명하지 않으면, 이 책을 읽는 독자들이 의미를 모르고, 상황을 이해하지 못하기 때문에 자세히 설명하려고 하니 잘 듣기 바란다. 이제 이를 위해 단번에 100년 가까운 세월을 거슬러 올라가야 한다. 태조의 4대 조상 때부터 언급할 필요가 있다.

태조의 증조부 이름은 하볼 칸이요, 이 하볼 칸은 8개 지역의 베데국을 다스리며 왕위에 있었다. 이 하볼 칸에게는 모두 7명의 아들이 있었으며, 가장 맏아들의 이름은 바르탐 바타르인데, 이 바르탐 바타르의 셋째 아들이 곧 예수헤이 바타르이다. 그때 타이치오드 부족의 수장 갈바가이[5]라는 자에게는 10명의 아들이 있었다. 그에 관해 말하면 하볼 칸이 죽고 베데국의 위세도 약해지고, 바르탐 바타르의 세력 또한 약해지자 타이치오드부와 다른 부족 사람들을 이끌고 몰래 배반하여, 13명[6]의 아들을 데리고 밤에 몰래 바르탐 바타르의 진영에 들어가 갑자기 나팔을 불고, 돌연히 습격하여 바르탐 바타르의 형제 일곱의 가족들을 죽이기 시작하자 이들 가운데 불과 5명만이 도망쳤다. 바르탐 바타르의 여섯 명의 동생들은 모두 죽임을 당하고, 그는 자신의 세 아들을 데리고 싸웠는데, 그때 태조의 아버지 예수헤이 바타르는 불과 13세에 지나지 않았다. 그는 쇠줄로 된 활과 힘 있는 강철 화살촉으로 타이치오드의 쇠 갑옷을 입은 완전무장한 대장의 가슴을 찔러 쓰러뜨리고, 그 말을 빼앗아 타고 싸우러 나갔기 때문에 바타르영웅라는 칭호를 얻었다.

그때 베데국의 여덟 지역의 신민들을 타이치오드의 갈바가이에게 모두 빼앗기자, 예수헤이 바타르는 수년 동안 나라 없이 다른 부족에

5 **[몽골 현대문 역주]** 『몽골비사』에 언급한 바로는 하볼 칸 이후 셍굼 빌게의 아들 암바가이가 몽골의 여러 부족을 지휘하고 있었다. 그에게는 10명의 아들이 있었다.
[역자 주] 하볼 칸에게는 일곱 아들이 있었는데 자신의 숙부 센굼 빌게의 아들 암바가이를 전체 몽골의 왕으로 삼도록 했다고 한다(Х.Лхагвасүрэн бусад, *Чингэс хааны нэвтэрхий толь*, Чингэс Хаан дээд сургууль, 2004, p.13).
6 10명을 잘못 전사한 것으로 생각된다.

서 고통스럽게 지내다가 비로소 군대를 조직하고, 17세에 자신의 나라를 되찾고 타이치오드와 타타르를 누를 수 있었다. 이렇게 타이치오드와 몇 대를 걸쳐 원한 관계에 있었다. 그렇기에 태조는 이날 타이치오드의 이전 수장 칠게르 부호를 붙잡아 죽일 수 있었고, 옛날의 갈바가이의 자손들을 없앨 수 있었기에 "오랜 원수를 사타구니에 처넣을 수 있었고, 숙적을 발아래 밟았네. 끊어 버리리라 맹세했던 타이치오드의 자손을 끊어지게 했고, 타르왁그타이의 타이치오드의 뿌리를 날려 버렸도다"라고 하며 잔치를 벌였다. 그렇기에 다른 축하연보다 더 성대한 잔치를 베풀었던 것이다.

한편 태조는 하사르와 젤메에게 손수 성수를 내려주고, 내궁의 흰 게르로 돌아와 앉아 있자, 세첸 주순 부인이 주흐트, 주스릭, 골린 사란 세 부인을 데리고 와 인사를 나누고, 세 부인으로 하여금 태조에게 절을 올리게 했다. 그리고 주순 부인 자신도 태조에게 몸을 굽혀 예를 갖추었다. 세 부인 역시 세첸 주순 부인에게 절하자, 세첸 주순은 반절로 응수했다. 태조는 세 명의 부인에게 붉은 단향나무 탁자를 선물로 하사하고, 장막 궁과 몽골 게르, 게르 궁에 모두 붉은 모전과 장식 리본, 게르 덮개와 양탄자로 두르고, 봉황 문양을 걸게 하고, 단향 보좌의 깔개와 등받침을 모두 봉황이 있는 비단으로 만들고, 또 궁전의 휘장과 덮개문, 천창 끈, 깔개 등을 모두 짙은 붉은 금사로 짠 비단으로 바꾸어 사용하게 했다. 그리고 네 아우와 네 장군과 6명의 대신, 9경 이외에 다른 사람들은 세 왕비에게 절하게 했다.

세 명의 왕비는 이와 같이 귀하고 크게 되자 세첸 주순 부인의 자비와 은혜에 모두가 감격하고 그녀를 깊이 경외했다. 특히 골린 사란 부인은 세첸 주순의 태도에 진실로 탄복하며, 주순 부인에게 다시 절하며 고했다.

하늘같이 높으신 주군께서 진실로
대지와 같이 후덕하신 부인을 만나신 것에
오늘 비로소 그 진실과 경이를 보았나이다
주군과 왕후의 길하신 행복이 장구하기를 원하옵고
지고하신 만국의 어머니가 되셔서
평화로운 세상을 돌보아 주시기 바라나이다

그러자 주순 부인은 활짝 미소 지었다. 그리고 골린 사란 부인의 손을 잡고 일으켜 옆에 있는 작은 의자에 앉히고 차를 따라 주었다. 주순 부인은 사란에게 자애롭게 이르며 가엽게 여겼다. 그 두 사람은 늘 일상사에 대한 한담을 나누곤 했다. 여기에 이르러 저자는 시 한 수를 읊는다.

질시의 마음이 없는 자애로운 어머니
지혜와 관대함이 넓디넓은 바다와 같으며
황금빛 온 세상의 주인을 위해
분명 하늘에서 내려 오셨네

베데국은 별다른 일 없이 무사태평했다. 태조는 사르락이 침범해 온 것에 대해 생각할수록 분이 치밀어 병사들을 데리고 공격하겠다고 하자, 수석 신하 토르곤 샤르와 모홀리 등이 병사들의 갑옷을 좀 더 쉬게 하고, 군마들도 잘 먹여 체력을 보강시키는 것이 좋겠다고 했다. 태조가 그 말을 받아들이고, 다만 많은 병사를 교대로 훈련시켰다. 오래지 않아 또 해와 달이 바뀌며 세월이 빠르게 흘러, 가을에 거두어들이고 겨울에 먹을거리를 저장했다.

계축년이 여기서 끝나고, 갑인년이 여기서 시작되었다. 이때는 남송의 광종光宗 소희 5년[7]으로, 태조 나이 33세가 되는 해였다. 오래지 않아 먼지 날리는 봄이 지나고, 빛나는 여름도 지나고, 맑고 빛나는 가을이 왔다. 초가을이 되자 활이 단단해지고 말이 살지고 병력을 점검할 때가 되자, 태조는 하명하여 수많은 병사를 톨강의 대초원에 모이게 해 10만 병사의 무예를 시험했다.

그때 서남쪽 변경의 정탐꾼이 와서 고하기를 "동남쪽 사르락의 남쪽에 있는 차간 탕구트의 쇼다륵 칸이 도르돈이라는 노욘에게 100여 바리 짐을 이끄는 병사들을 내어 주어 예물을 전하는 사신으로 보냈는데, 그 사신이 도착했습니다. 그래서 그 병사들을 변경 밖에 남아있게 하라고 하자 선두에 선 사신 도르돈이 가져온 공물이 모두 병사들의 짐에 있다고 하면서 병사들에게서 떨어지려 하지 않기 때문에 변경 수비대 잠발 수장께서 그들을 잠시 지체시키고 먼저 일을 고하기 위해

7 본문에는 명창(明昌) 5년이라고 되어 있으나, 명창은 금나라 장종(章宗) 때 연호이다.

저를 보냈습니다"라고 했다.

모홀리가 그 병사에게 후한 상을 내렸다. 또 변경 수비대 수장이자 태조의 숙부인 사인 부호 칸의 아들 잠발을 칭찬하고, 태조에게 고해 그에게 준마를 상으로 내리고 먼저 말을 달려가게 했다. 그리고 태조와 논의하기를 "탕구트의 사신이 온 것은 분명 또 사르락의 자일트 칸의 계략일 것입니다. 신이 먼저 직접 가서 정황을 살펴보겠습니다"라고 했다.

태조가 그렇게 하도록 했다. 모홀리는 곧 100명 이상의 병사를 이끌고, 탕구트의 사신을 맞기 위해 서남쪽으로 길을 떠났다. 이 탕구트의 쇼다륵 칸이 왜 가만히 있다가 갑자기 베데국에 공물을 바치겠다고 왔을까? 한 가지 소문이 나돌았는데, 그것은 금나라 남쪽에 있는 송나라의 혼란이 한 이유라는 것이다. 탕구트의 쇼다륵 칸이 이를 듣고 두려워했던 한 가지 이유가 있다. 이에 대해 설명하는 것을 들어보기 바란다.

전체적인 정황을 보면 태조가 요 몇 년 사이 사방을 공격하여 그 위력을 크게 떨치고, 그 명성이 수많은 지역에 알려지자 중국, 티베트, 탕구트, 위구르, 회회, 서역, 사르탁그친 등의 많은 나라가 모두 불안해했다. 사방에서 정탐꾼이 와서 베데국이 어느 쪽으로 공격할지를 정탐할 때, 베데국이 사르락을 공격할 대군을 뽑아 훈련시키고 있다는 소식을 듣고, 어느 쪽으로 가야할지 모르는 나라들은 크게 불안에 떨었다. 또 서쪽의 하국과 송나라도 꽤 사이가 좋지 않았다. 서하의 군주의 성은 이씨요, 이름은 순우純祐[8]이다. 그가 북쪽에서 병사를 빌려 송나라를 정벌하겠다고 큰소리친 적이 있는데, 바로 이때 또 송나라 12대 황제 조돈趙惇 광종[9]이 춘화궁이라는 궁에 칩거하여 많은 후궁, 첩들과 주야로 음주가무, 주색잡기에 침혹되어 나라의 정사를 돌보지 않았다.

그러자 집정대신 한탁주韓侂冑와 우무, 이리라는 자 이들 셋이서 3경卿의 권한을 장악하고, 내궁의 권력을 잡은 궁전 태감 장송이라는 자와 넷이서 상의하고, 권력을 다투는 많은 동료를 끌어들여 모두 함께 정사를 논의했다. 그런즉 광종의 태자 조확趙擴이 심약하고 무능한 것을 보고, 그를 황제로 앉히면 네 사람이 나라의 권력을 완전히 장악할 수 있기 때문에 곧바로 여러 신하에게 죄를 덮어씌워 유연하게 모반을 꾀했다. 또 허울 좋은 핑계를 대며, 황제가 나이가 많아져 섭정을 할 수가 없어 국사가 지체된다 하여 황제의 태자 건왕 조확을 천거하여 보위에 앉히고, 옛 군주인 광종 조돈은 태상황이라고 하고 곧 춘화궁에 유폐시켰다.

그제서야 비로소 광종은 크게 놀라 상황을 깨달았지만, 일이 이미 늦었기 때문에 어쩔 수 없이 하늘을 향해 장탄식하며 무성한 꽃그늘 아래서 머리를 흔들며 슬퍼했다. 그는 나라를 승계하는 옥새와 장식술 등을 모두 건왕 조확에게 전하게 했다. 이에 외성에 있는 몇몇 충성스

---

8 서하 환종(桓宗), 제6대 황제.

9 송광종(宋光宗, 1147~1200) : 송나라 제3대 황제. 효종의 셋째 아들. 황후 이 씨가 가왕 조확을 태자로 세울 것을 건의했지만 효종이 이를 불허한다. 그는 황후 이 씨의 말에 현혹되어 효종에게 황제를 폐할 뜻이 있다고 의심하여 이때부터 효종에게 조회를 하지 않았다. 효종이 죽자 병을 이유로 나가 상례를 주관하지 않았으며, 태황태후 오 씨가 조여우의 요청을 받아들여 조확을 즉위시키고, 조돈을 태상황으로 올렸다(임종욱, 앞의 책, 806쪽).

런 장수들은 조정의 혼란스러운 상황을 알게 되자 분함을 견디지 못하고, 조정을 장악한 한탁주와 우무, 이리, 태감 장송을 처치하고 말겠다고 다짐했다. 이 네 사람은 금나라, 서하 그리고 북쪽의 베데국과 연합하고 작당하여, 황제를 쫓아내고 정권을 빼앗고 권력을 장악했으니, 이 네 명의 간계한 신하를 쳐 제거하는 것이 마땅하다고 했다. 그래서 이 네 사람의 죄상을 낱낱이 드러내 세상에 이름 없이 포고문을 부쳤다. 비록 일은 성사되지는 않았지만, 이 일에 대해 널리 소문이 퍼져나갔다.

탕구트는 동남쪽으로 송나라에서 변경이 가까웠기 때문에 이 소식을 사실로 생각하고, 베데국을 정탐하니 대군을 훈련시키는 것이 진짜 사실로 드러났다. 그러자 탕구트의 신술을 배워 주술을 행하는 쇼다륵칸은 여러 신하와 상의하며 말했다.

"우리 탕구트는 원래 북송에 공물을 바치며 평화롭게 지냈는데, 느닷없이 금이라는 나라가 나타나 송나라를 남쪽 항주杭州시로 쫓아 버리고, 중원을 차지하고 또 그 나라에 공물을 바치기에 이르렀소. 이제 또 북쪽 사막 지역에 베데국이 등장하여 군신인 테무진과 모훌리라는 자들이 명성을 떨치고 있소. 대송국도 그들에게 암암리에 굴복하고 있는데, 이를 보면 우리나라는 아주 가까우니 그들이 우리를 분명 그대로 두지는 않을 것이오! 또 베데국의 군주 테무진이 태어날 때 북극성의 자미궁에서 빛이 내려왔다고 하여 천문을 살피는 관청이 있는 대부분의 나라는 그를 두려워하지 않는 나라가 없소. 그러니 건기에 수로를 정비하여 모두가 평화롭고 행복하게 지낼 것을 생각하고, 조속히 사신을 보내 어느 정도 예물을 보내는 것이 좋을 듯싶소."

그러자 탕구트의 수석 태사 바얀 사르트와히라는 자가 조정의 많은 신하를 데리고 와 무릎을 꿇고 고했다.

"신하인 저희 모두는 진실로 신성하신 주군의 원대하신 책략에 이르지 못하나이다"라고 하며 절하자, 쇼다륵 칸이 곧바로 태사 바얀 사르트와히의 큰아들 도르돈이라는 자를 사신으로 삼아 그 지역에서 나는 토산품과 금, 비단, 옥과 진주, 터키석과 산호, 구리, 철 종류를 100바리를 준비하여 도르돈에게 내어주고 베데국으로 보냈다. 그런데 이것은 사르락의 계략으로 간 것은 아니었다.

한편 베데국의 모홀리는 탕구트의 사신 도르돈을 만나 그가 온 이유에 대해 자세히 물어 실상을 파악하고, 또 자기 나라의 정황을 말했다.

"남송이 우리와 관련하여 내부적으로 항복했다는 말은 참으로 거짓된 말입니다. 사신께서는 지금 실수를 하고 계신 것이오. 우리에게 이러한 예물을 바치고 돌아가신 연후에 귀 군주께서 진실을 아시면 실수로 재화를 잃었다고 하실 터인데, 그대로 있었던 것만 못한 일이 아니겠습니까? 선물로 가져오신 물건들은 도로 가져가시는 것이 나을 듯싶습니다. 위엄의 측면으로 말한다면 현재로는 진정 병사를 쓸 뜻이 없고, 우호적인 면에서 말한다면 할 말이 꽤 있습니다. 돌아가실지 좀 일찍 화의할지 귀 사신께서 스스로 결정하시지요!"

도르돈 노욘은 한참을 생각에 잠겨 있다가 겸손하고 온화한 모홀리에게 위압적인 모습이 없고, 하는 말이 진실되고 범상치 않았기 때문에 무력적인 위세로 싸우는 것보다 화친하는 것이 나을 거라고 하며 곧 모홀리를 따라 베데국에 이르렀다. 이 나라는 물자가 풍성하고 군대가 강하고 무기와 군마가 풍부했다. 게르가 산과 초원을 덮고 있고, 가축들이 인가 마을에 가득한 것을 보고, 도르돈 노욘은 말없이 마음속으로 크게 놀라며 탄복했다.

다음 날 모홀리는 도르돈을 인도하여 태조에게 절하게 했다. 태조는 3겹으로 둘러싸인 성시 안에서 지내고 있었는데, 그가 거하는 장막 궁은 매우 견고하고 섬세한 비단과 모전, 양탄자로 되어 있었다. 장막궁이 놀랍도록 빛나고, 또 문마다 장병들이 깃발의 위엄을 드러내고 서 있는 것을 보고, 심장이 두근거리며 진정 찬탄을 금치 못했다. 도르돈 사신은 태조의 사자 장막 앞에 와 무릎을 꿇고 절을 했다. 그리고 머리를 들고 태조가 불과 별같이 빛나는 밝은 두 눈으로 위아래를 훑어보는 것을 보자마자 탕구트의 사신은 혼비백산하여, 하체까지 몸이 마비되듯 저릿해 왔다. 흠칫 놀라 몸을 흔들고 몇 번을 끙끙대며 말을 하려고 했지만, 혀가 굳어서 한마디 말도 하지 못한 채 자신의 군주가 보낸 서한을 바쳤다.

그러자 태조 곁에서 사이한 소르탈트가 황급히 받아, 금을 입힌 밀랍으로 밀봉한 서한을 뜯어 크고 높은 소리로 서한을 읽어 나갔다. 그 서한은 북쪽 지역에서 사용하는 위구르 문자로 쓰여 있었다.

서부 탕구트란 작은 나라를 다스리는

쇼다륵 저는

전 베데국을 다스리시는 군주의

재능과 지성을 듣고
권세와 덕이 범상치 않다는 것에 늘 놀라며
신령의 자손임을 알고
어느 정도 공물을 바치고 투항하리라
이미 전부터 생각했지만
이런저런 연유로 지체되고
틈을 얻지 못하여 만나 뵙지 못했나이다
이제 주군의 귀한 이름은 남쪽
송나라에 이르기까지 널리 회자되고
주군의 용맹스러우신 위엄은 출렁이는 바닷가에까지
널리 퍼졌기에
쇼다륵 저는
주군의 오른팔이 되어 따르리라 마음먹고
사신 도르돈에게 예물 100바리를 바치도록
보냈나이다
아픈 몸이 좋아지면 반드시 찾아가
주군을 만나 절을 올리고 따르겠나이다
올리는 예물을 너그러이 가납하여 주셔서
저의 작은 마음을 받아 주시고
힘들고 긴요한 때 저를 오른팔로 삼아
주시기를 바라나이다!

태조는 듣기를 마치고 기꺼이 이리 답한다고 하며 또 두운을 맞추어 일렀다.

노여움이 매우 많아 받아들이기 쉽지 않은 내게
모름지기 무슨 온유하고 좋은 것이 있겠소!
화친하고자 불원천리 머나먼 곳을 찾아왔으니
의당 존중의 예로써 대함이 마땅할 것이오

태조가 황금잔에 아르즈를 따라 주며 일렀다.

사신을 모시고 가서 가장 좋고 맛있는 음식으로 환대하시오!
감사하고 기쁜 이 마음을
사신께 충분히 잘 설명해 드리시오!

태조는 모훌리에게 이국의 사신에게 후하게 상을 내리고 잔치를 베풀어 대접할 것을 지시했다. 그리고 그를 안측 객사에 머물게 하고, 정해진 며칠 동안 지내게 하라고 명해 내보냈다. 태조는 술과 차를 담당하는 신하 야보가라는 자에게 탕구트의 사신을 잘 대접할 것을 명하고, 자신을 대신해 잘 살피도록 했다. 야보가라는 자는 타이치오드를 공격할 때 귀순한 사람이었다. 그는 타타르 사람으로 아첨에 능하고 교활했기 때문에 태조에게 붙잡혀 투항할 때 검으로 자신의 어깨를 베어 맹세하고 투항했다. 태조는 그 모습을 주목하지는 않았지만 일에 단호한 모습에 미소 짓고, 그의 빼앗긴 아내 뭉굴런고라는 여인을 병사들에게 명하여 도로 데려다주도록 했다.

그렇게 하여 그 야보가를 측근 신하로 삼아 차와 술을 담당케 했으며, 야보가에게 명해 오늘 온 탕구트국의 사신을 잘 대접케 하고, 보르한 갈돈의 산천과 초원, 초지, 부락과 이동 생활 그리고 병사와 갑옷, 말, 가축, 창고를 둘러보게 하면서, 두 사람은 며칠 동안 함께 다녔다. 그때는 날씨가 맑은 가을 8월이었는데, 10, 20대 수레가 연달아 달려왔다. 그것은 우진 어머니가 며느리와 부인들을 데리고 보르한 갈돈산에 올라가 산신제를 지내고, 말경주와 씨름을 보기 위해 가는 행렬이었다.

야보가가 서둘러 무릎을 꿇고 우진 어머니와 나라의 부인들의 수레가 지나가기를 기다리자, 탕구트의 사신 도르돈도 서둘러 야보가를 따라 뒤에서 무릎을 꿇었다. 우진 어머니의 낙타수레와 네 부인의 산호와 터키석을 박은 붉은 모전 덮개 수레가 지나갈 때 하나하나를 보니, 태조의 네 부인과 여러 제수와 여인들의 보화를 박은 특별한 수레는 참으로 눈이 부셨다. 이윽고 부인들의 행렬 마지막에 호랑이 채찍과 표범 창을 든 호위대가 온 후에 비로소 자리에서 일어났다.

밤에 한담을 나눌 때 탕구트의 사신 도르돈이 야보가에게 "그대의 주군의 타고난 상에는 우리 주군보다 100배 이상의 위엄과 빛이 있지만, 부인들 가운데 우리 주군의 왕비와 같이 얼굴에 빛이 나는 부인은 한 사람도 없습니다. 우리 주군의 큰부인 구르웰진고 황후께서는 그 밝은 얼굴 빛으로 밤에 문의 창호지가 빛이 날 정도입니다"라고 하자 야보가가 화통하게 웃으며 말했다.

"이 세상에 피와 살로 이루어진 살아있는 사람에게서 밝은 빛이 퍼져나가는 일이 있단 말입니까? 그 말을 누가 믿겠습니까?"

그러자 도르돈이 답답해하며 말했다.

"제가 아무 일 없이 가만히 있다가 다른 사람에게 조롱을 받겠다고 거짓말을 지어낼 일이 뭐가 있겠습니까? 저 혼자만 아는 사실이 아니라 저희 나라 사람 모두가 아는 일입니다. 우리나라는 모두 건물로 된 집에 살기 때문에 높은 누각이 많고, 저희 주군의 구르웰진고 부인께서 밤에 어떤 누각에 계시면 신이한 붉은 빛줄기가 그 누각의 창과 문을 바른 종이를 투과하여 퍼져나가지요. 보통 그것은 초나 기름 등잔의 불빛과는 다는 빛깔을 띱니다. 우리의 구르웰진고 부인은 하늘의 선녀이십니다. 그녀를 키운 아버지의 성은 오씨요, 이름은 장아라고 하는데, 딸 구르웰진고는 항가이 어떤 산의 북쪽, 하탄 강가에 있는 깊은 숲속에서 붉은빛을 발하며 발견되었죠. 그렇게 해서 10여 살이 되자 백발의 '호'라는 노파를 따라가서 1, 2년만에 변신술과 주술을 배웠는데, 따라간 유모도 저주하는 노파로 주술을 행할 수 있습니다.

그렇게 해서 그녀가 이름이 났는데, 우리 주군께서 보시고 크게 놀라 궁에 있게 하고 작은 부인으로 삼으셨지요. 그리고 곧바로 나라의 먼젓번 황후께서 갑작스럽게 병으로 돌아가시고, 곧 이 구르웰진고 부인이 그 자리를 차지하셨지요. 그런데 참으로 놀라운 것은 부인께서 밤에 잠이 드시면 붉은빛이 엄청나게 비치는데, 그 옆에 있는 사람은 느끼지 못하고 창밖에 있는 사람에게 그 빛이 보인다는 점입니다. 이것은 우리나라 전체가 다 아는 일반적인 일이지요. 또 부인께서 예전에 말씀하신 바로는 자신은 이미 불로장생의 신술을 얻었다고 하셨습니다. 우리나라 대부분의 사람들은 우리 황후께서 분명 선녀라고 말합니다. 제가 볼 때 비록 선녀는 아니라 해도 분명 수신의 딸이나 아니면 뭐라 해도 범인은 아닙니다. 당신의 주군께서 우리의 황후를 만나신다면 정말 당신 주군의 위용과 빛에 적합할 것입니다!"라고 하자 야보가가 크게 탄복했다.

사관인 내가 이 글을 쓰면서 이 한 부분에 이르러 어쩔 수 없이 몇 마디를 적는다. 고대 상나라 중기에 나라 명을 은殷이라고 바꾸었다. 그런데 은 주왕紂王 역시 그에게 경국지색의 여우 악귀가 깃든 소달기蘇妲己라는 황후가 있었다고 하는 것에 내가 놀라 의아해하면서, 이 탕구트의 쇼다륵 칸에게 또 지상에 내려온 빛을 발하는 선녀 구르웰진고 부인이 나타난 것에 참으로 놀라움을 금치 못했다. 아, 이 선녀는 어찌 그리 우둔한가! 이미 하늘에서 내려왔다면 이제 실제로 서로 짝이 될 천자인 태조를 찾아가 도우며 온전한 행복을 누리는 것이 마땅했을 터인데, 어찌 그 쇼다륵 칸을 찾아간 것일까? 아니면 이 선녀는 무자비하거나 알랑거리는 바 없이 하층민을 도우려는 생각을 갖고 있었는지도 모른다. 웃기는 것은 이 구르웰진고 부인을 많은 이들이 하늘의 선녀가 하늘에서 하강했다고 하는데, 탕구트의 사신은 수신의 딸이 아니었을까 하고 말한 점이다. 이것은 그의 주군이 부인 구르웰진고가 강에 사는 천 년 된 물뱀이라는 것을 알고, 고의적으로 우회하여 말한 것은 아닐까? 특히 쇼다륵 칸은 실제 그의 이름처럼 매우 성품이 곧은 사람인지라 바로 그 뱀 요괴에게 미혹되어 나라를 패망케 했다.

어리석은 나는 다만 고대 상나라의 소달기와 유강공의 세 미인, 또 주나라 유왕의 포사褒姒, 제양공의 여동생 문강文姜, 초나라 무왕이 빼앗아온 서비 한궁의 작은 비 이희, 제장공의 처 수 씨, 오왕 부차夫差[10]의 서자서시, 수나라 양제의 장, 윤, 초의 세 명의 비, 당나라의 측천무후와 양귀비楊貴妃, 송나라 초기 채세영의 처 두문희 등 이러한 아름다운 미색의 여인들이 중국에 태어났다고 생각할 때, 이 몽골 기록에 탕구트 지역에서도 그런 기이한 여인이 나타났다고 하는 것은 참으로 흥미롭지 않은가? 옛날에 양귀비가 날듯이 춤을 추면 그 춤사위에 그녀의 체취가 바람에 실려 가객 하감何戡의 모자에 이르자, 그의 모자에 향기로운 냄새가 스며들어 사라지지 않았다고 한다. 이를 통해 보면 이 구르웰진고 부인에게도 일종의 기이한 주술적 능력이 있었는지도 모른다!

다음 날 탕구트의 사신 도르돈은 태조의 후한 상과 은혜를 받고 공손히 절하고 돌아갔다. 야보가가 태조의 지시를 수행하고 태조를 따라 대규모 사냥을 나갈 때, 그는 금으로 된 차 주전자를 가져갔다. 하루는 사냥의 대반전을 이루어 호랑이 5마리, 표범 9마리, 사슴과 산양 수백 마리를 사냥하자 사냥 영지에서 큰 축하연이 벌어졌다. 태조는 몸소 두 마리 호랑이를 쫓아 활을 쏜 것을 말할 수 없이 즐거워했다. 밤에

---

10 부차(夫差, ?~기원전 473) : 춘추시대 오나라 왕. 합려(闔閭)의 아들. 합려가 월나라에 패해 전사하자 원수를 갚기 위해 월나라로 쳐들어가 월나라 군사를 대파하고, 월왕 구천(句踐)을 신하로 삼았다. 그러나 오자서(伍子胥)의 구천을 죽여 후환을 없애야 한다는 충간을 물리치고, 월나라에 대한 방비를 게을리한 데다 총희 서시(西施)에게 빠져 와신상담했던 구천에 의해 나라를 잃고 자살했다(이병갑, 『중국역사사전』, 학민사, 1006, 171쪽).

여러 장수들이 흩어졌지만, 태조는 잠을 이루지 못하고 측근 대신들과 가벼운 담소를 나누며 차를 마실 때, 야보가는 차를 올리는 한편 태조가 즐거워하는 틈을 타 말참견을 하며 가벼운 이야기를 하다가, 사냥이 잘 된 것을 칭송하며 말이 길어져 곧 탕구트의 도르돈 사신의 말을 고했다. 또 알랑거리며 태조를 기쁘게 해 체면을 세우려고 또 말을 이어갔다.

"우리 신령한 주군께서 어느 땐가 탕구트를 공격하시어, 그 절세미인 구르웰진고를 취하심이 어떠하신지요?"

그의 저급한 말이 다 끝나기도 전에 태조의 낯빛이 갑자기 어둡게 변하더니 위엄에 가득한 목소리로 크게 꾸짖었다.

"주둥이에서 나오는 더럽고 상스러운 말을 능력이라고 말하는 것이더냐? 패역하지 않은 칸과 노욘들을 부추겨 망조에 들게 하는 일은 빈대 같은 이러한 소인에게서 나오니 이후로 내 눈에 띄고 귀에 들리는 가까운 곳에 있게 하지 마시오. 서둘러 내쫓아 다른 곳으로 보내도록 하시오. 내 음식을 준비하는 궁에 발을 딛지 못하게 하시오!"

곧 멩릭 대신에게 명해 끌어내어 사냥 부대 대장 보가르지에게 넘겨주게 했다. 이에 여러 대신과 신하들이 이 일을 들었고, 토로곤 샤르와 모홀리는 많은 병사를 데리고 사냥하던 초원에 가득히 무릎을 꿇고 이마에 두 손을 모으고 절하며, 기쁜 마음으로 고했다.

황족이신 주군께서
비할 데 없이 현명하시기에

우스갯소리 하는 야보가를 징벌하시어
악인을 제거케 하셨나이다
달콤한 말은 귀에 듣기 좋지만
그 이면에 독이 있음을
순간 명확히 하신 것은
우리 신민들의 행운입니다!

이로써 측근에 쓸데없이 교활한 아첨꾼이 있어도 이 일이 있은 후로 두려워서 감히 간계함을 써서 태조의 환심을 사려고 하지 않게 되었다. 한편 탕구트의 사신 도르돈 노욘은 자기 나라에 도착해 성의 관저로 가서 쇼다륵 칸에게 절하고 갔었던 일을 상세히 고하자, 쇼다륵 칸이 크게 후회하며 말했다.

"내가 경솔했소. 도르돈 그대가 떠난 후에 나라의 외삼촌인 오장아에게 들으니, 베데국의 군주가 송나라 신하들과 연합하여 그 정권을 빼앗겠다고 한 말은 근거 없는 거짓말이었소. 아깝게도 100바리의 예물로 북쪽 지역의 축생에게만 좋은 일을 했소. 내가 생각해도 조그만 베데국이 어찌 쉽지 않은 중국을 침략할 수 있겠소! 구르웰진 왕후가 아니었다면 생각이 짧은 나는 지금까지 그것을 진짜라고 믿고 있었을 것이오!"

그는 다시 반복해서 탄식하며 후회해 마지않았다. 그러자 도르돈 노욘은 아무 말도 하지 않고, 흥을 잃고 풀이 죽어 궁에서 나와 집으로 돌아갔다. 그때 자신을 따르는 마음에 맞는 여러 벗에게 말하기를 "내가 베데국의 군주를 보니 놀라운 위광이 서려 있었소. 그는 군계일학의 천자가 분명하오. 누가 보아도 그 위엄에 두려움을 느끼고, 10거리 밖에서도 그 풍모가 빛을 발하는 그런 군주였소. 아, 애석하게도 우리 주군께서는 필시 득이 될 좋은 기회를 놓치신 것이오"라고 했다.

베데국과 탕구트에 대한 것은 언급하지 않겠다. 그다음 자일트 칸은 베데국이 어찌 되었든 그대로 가만히 있지 않을 것을 알고, 자모하를 각 지역의 여러 나라에 사신으로 보냈는데, 그가 돌아와 각 나라에서 모두 2천 명의 병사를 얻었다고 했다. 병사를 모두 합치면 수만 명에 이르렀기 때문에 자일트 칸은 마음의 결심을 했다. 또 탕구트의 쇼다륵 칸에게 지원병을 요청하고, 자모하를 사신으로 보낸 것에 대해 쇼다륵 칸이 여러 대신들과 논의할 때 수석 타이시 바얀 사르트와히 노욘과 그의 아들 도르돈 노욘 등이 이를 저지했다.

"주군이시여, 우리는 이미 만 냥의 예물을 없앴습니다. 테무진과 우호적으로 잘 지내게 되었는데, 자신의 분수를 모르고 무사안일한 사르락과 연합하여 베데국과 척을 지는 것은 옳은 일이 아닌 듯합니다. 특히 그 베데국의 군주 테무진이라는 자는 탁월한 천자의 풍모를 지니고 있습니다. 그들의 병력은 비할 데 없이 용맹스럽고, 그들 병사 한 사람의 군량은 다른 나라 병사의 10명의 분량과 맞먹습니다. 그들 병사는 모두 기꺼이 자신의 목숨을 바칠 준비가 되어 있습니다.

특별히 베데국의 군주는 평소에 상을 내리고 공훈자에게 포상하며 격려하는데, 그것은 친형제나 자기 자손들과 똑같이 살펴준다고 합니다. 죄나 잘못을 저지른 자에게 징계하고 처벌하는 것은 친자식을 훈계하는 것과 같이하여, 그 잘못을 깨닫게 한다고 합니다. 훗날 북방 지역을 혼자 거두어들여 지배할 것이 분명합니다. 주군께서 멀고 길게 보는 이전의 전략으로 행하심이 옳을 듯합니다. 굳이 많은 번잡함을 일으키면서 나라의 백성들을 움직이게 할 필요가 있겠나이까! 이 사르락의 사신은 오만불손한 태도로 주군께 아뢰고 나가지 않았습니까? 그 거만한 말투가 참으로 걱정스럽습니다. 어찌 되었든 베데국을 제거할 수는 없습니다. 베데국의 전군 총사령관 모훌리라는 자는 지략과 불굴의 용맹함을 함께 지니고 있고, 신령과 같이 보이고 보이지 않는 것을 꿰뚫는 자입니다. 절대 베데국를 쉽게 무너뜨릴 수 없습니다. 주군께서는 우리와 무관한 사르락을 위해 우호적으로 잘 지내게 된 베데국과 반목하는 것이 우리에게 무슨 유익이 되겠습니까?"

쇼다륵 칸은 머리를 누르며 말없이 내궁으로 돌아갔다. 이 말을 사르락의 사신으로 온 자모하가 듣고 서둘러 구르웰진고 왕비의 양아버지 오장아의 장막으로 들어가 어느 정도 뇌물을 사용하여 러시아산 흰 담비가죽 두 쌍을 주자, 오장아는 그것을 받고 몰래 자모하를 요녀인 구르웰진고에게 들여보내 주었다. 구르웰진고는 원래 뱀 요괴로 탕구트를 전복하기 위해 왔기 때문에 빼어나게 아름다운 푸른 눈썹을 찡그리자마자 한 가지 계략을 생각해 냈다. 그 계략을 알고자 한다면 다음 장에서 그것을 보게 될 것이다.

수렵 진영에서 한 아첨꾼을 벌함으로
모든 험담을 불식시킬 수 있었네

죽이고 살리는 이 같은 명증함으로

천하의 권력을 장악했네

【평언】

이 장에서는 태조가 4대에 걸친 원수를 제거하고, 네 명의 동생과 네 명의 맹장, 네 황후와 네 아들, 넷씩의 보호막이 이루어지자, 상천에서 빛이 퍼지며 성수가 내려온 것은 모두 하늘에서 자식들을 일깨우기 위함이었다. 그것은 그때 여러 친인척, 신하, 백성이 한마음으로 태조를 존숭하며, 하나로 뭉치게 하는 동기가 되었다. 이 한 가지 사건으로 태조가 천자가 분명하다는 것을 알 수 있다. 또 고대 신성한 칸에게 반드시 네 명의 부인이 없어서는 아니 된다고 했다. 네 부인이란 1명의 후后, 1명의 비妃, 2명의 빈嬪을 말한다. 태조의 네 부인이 된 것은 어떠한 배움으로 어떤 것을 따라 모방한 것이 아니라 자연히 이루진 것이기에 또 이들은 모두 하늘의 별들임을 알 수 있다.

특히 그 천상의 성수를 우겔룬 태후, 부르트겔진 부인, 또 우게데이, 톨리 형제 이렇게 네 사람 이외에 다른 사람의 목에 넘어가지 않은 것은 진실로 천상의 부모와 아내, 자식 외에는 다른 사람에게는 가능치 않았던 것이다. 우게데이는 후에 칸의 보위를 계승했다. 톨리는 비록 칸의 보위를 잇지는 못했지만, 톨리의 큰아들 뭉흐와 넷째아들 쿠빌라이 세첸이 모두 대칸의 보위에 올랐다. 우게데이 자신은 칸이 되었다. 톨리는 두 명의 칸의 아버지가 되었다.

또 태조가 하사르, 젤메 두 사람에게 손수 성수를 마시게 함으로써 하사르의 자손들은 다른 세 명의 동생들보다 많은 40여 개의 기旗에서 번성했으며, 몽골의 동서 양끝 지역을 차지했다. 젤메는 성수를 받음으로써 태조 당대의 인척 가운데 유일하게 그의 자손들은 오늘날 네 호쇼에 부마가 되어 그 수가 늘어나고, 왕과 후候가 나온 것에 또 차이가 있다고 할 수 있다. 그 당시 젤메 이전의 인척과 젤메보다 공을 많이 세운 신하들 가운데 누구의 자손들이 이에 이를 수 있겠는가? 이들은 모두 실제로 천자께서 손수 천상의 성수를 내려 주어, 그것이 흡수된 힘이라고 말하는 것은 그리 거짓된 것이라 할 수 없다.

특히 하늘처럼 높은 현명하신 주군과 대지와 같이 두텁고 관대한 부인이 만나, 모든 아녀자의 선봉이 되고, 시기하거나 인색하지 않은 것을 몽골인들의 법으로 남기게 했다는 것은 진실로 천상의 문화임이 분명하다. 옛말에 "사람을 찾아가 공격하지 않는 것은 쉽지만, 다른 사람이 찾아와 공격할 때 대응하지 않는 것은 어렵다"라고 했다. 태조가 사르락을 잊지 않은 것은 실제로 일을 성취하는 사내대장부의 강인함이라 할 수 있다.

또 속설에 "지나간 것을 평가하는 자를 지자知者라 한다면, 앞서 미리 알고 파악하는 자를 현자賢者라 한다"고 했다. 모훌리가 쇼다륵 칸을 살피는 것 이상의 말을 했던 것은 진실로 그가 큰 그릇이었음을 보여준다. 또 쇼다륵 칸의 어리석고 편파적인 성향은 그때부터 드러났다. 후에 나라가 망할 때 이러한 말들은 모두 적중했다. 또 송나라와 금나라가 베데국에 공물을 바칠 거라는 예조는 이때 알 수 있었다. 특히 탕구트 사신 도르돈이 자신의 나라가 베데국에 미치지 못한다는 것을 알았던 것은 또 칭찬할 만하다.

이러한 사건들은 모두 그저 놀라운 것이 아니다. 한 가지 매우 놀라운 것은 태조가 차와 술을 책임지는 신하 야보가에게서 조금의 그릇된 분위기가 나타나자마자 순간 천둥 같은 위엄을 알리며 단호히 벌한 것은 진정 당 태종이 뽕나무를 따라 칭송한 아첨꾼 신하를 부끄럽게 했던 것보다 더 대단한 일이다. 나라를 세우고 사직을 여는 백성과 칸들의 천상의 예리한 지혜가 경이로움을 낳는 것은 이미 정해진 일이다. 이를 살피지 않으면 어찌하겠는가!

제19장

자일트 칸은 아홉 나라의 병사를 규합하여 보르지기드를 공격할 준비를 했네 성군 태조는 다섯 호장虎將을 선발하여 오만방자한 사르락을 평정했네

송나라 광종 소희 5년, 금나라 장종 명창 5년, 태조의 나이 33세 되던 해였다. 갑인년甲寅年이 이 장에서 바뀐다.

강인한 군주, 능력 있는 대신은 나라를 세울 때 귀한 보배
엄격한 군법과 즐거운 포상은 병사들을 다스리는 위엄
충직한 총사령관과 용맹한 장수는 상대 적을 이기는 근본
예리한 검과 강력한 활은 역량을 아는 요체

탕구트의 쇼다륵 칸이 내궁으로 들어가 이틀 동안 벌어진 연회에서 전혀 즐거워하지 않자 뱀의 요괴인 구르웰진고 왕비가 이미 뇌물을 먹고 자모하와 서로 말을 맞추었기 때문에 곧 연회에 술잔을 올리며 말했다.

"옥과 바위와 같은 주군께서는 그제부터 용안이 어둡고, 근심하시며 즐거움이 없으신데, 정사에 무슨 좋지 않은 일이 생겨 견디고 계신 듯

왜 그러시는지요?"

그러자 쇼다륵 칸은 직선적이고 아름다운 구르웰진고 왕비를 누런 비단옷 품에 안고, 사르락과 베데국의 일에 대해 모든 것을 말했다. 그는 두 나라 사이에서 괴로워하며 "사르락국에서 병사를 내어주지 않겠다고 하면 사르락은 다른 여덟 개 비교적 큰 나라에서 수만 명의 병사를 얻었기 때문에 갑작스럽게 베데국을 공격한 후 연속해서 우리를 공격해 올 것이오. 또 그들 나라는 우리나라와 매우 근접해 있으니 걱정이오. 사르락에 병사를 내주자니 바얀 사르트와히 타이시 부자가 고하는 바에 의하면 베데국은 사르락보다 용사들이 월등히 뛰어나며, 사르락은 무슨 수를 써도 베데국을 이길 수 없다고 하오.

만약 정말 그러하다면 베데국이 승리하게 될 때 우리가 예전의 우호적으로 지내자 했던 말을 어기고 많은 나라와 연합했다 하여, 우리를 받아들이지 않고 분명 대군을 출동시킬 것이오. 이 두 가지가 모두 쉽지 않은 일이라 결정을 내리지 못하고 주저하고 있소. 도르돈은 베데국의 군주 테무진이라는 자는 특별히 천자임에 분명하다고 말하고 있소. 보시오. 이 일을 어떡하면 좋겠소?"라고 하자 무릎에 앉았던 아름다운 구르웰진고 부인이 살풋이 웃으며 아름답게 지저귀는 나이팅게일 같은 목소리로 "인자하신 칸께서 소인의 꾀에 빠져 있으신 것입니다!"라고 했다.

쇼다륵 칸이 그 이유를 묻자, 그녀가 말했다.

"주군께서는 진실로 정직하시고 마음이 곧으십니다. 그 도르돈은 우리의 후한 예물을 베데국에 가져가서, 주군의 것으로 베데국과 우호적인 편이 되어 베데국에서 매우 후한 포상의 은혜를 받고 두 쌍의 명마를 가져와 그의 아버지 바얀 사르트와히에게 주었습니다. 이들 부자는 우리나라를 팔고, 베데국을 의지하여 부귀를 얻겠다는 것입니다. 주군께서 만약 그들을 신뢰하신다면 도르돈이 베데국에서 포상으로 받은 선물을 가져와 보이는 데 있어, 만일 그가 만약 잘못이 없다면 받은 물건들을 주군께 왜 모두 고하지 않았겠습니까?

또 처음 베데국의 군주가 암암리에 남송과 결탁했다는 소문이 난 것도 이 두 부자가 퍼뜨린 것입니다. 그들 부자의 말처럼 베데국이 그와 같이 힘이 있다면 그들과 국경을 접하고 있는 케레이트와 나이만 등의 나라들을 왜 지금까지 정복하지 못했을까요? 우리나라는 케레이트와 나이만 등의 나라와 비교하면 10배 20배나 크지 않습니까? 베데국이 무어 그리 두렵다는 말입니까? 또 바얀 사르트와히, 도르돈 부자에게 베데국의 군주가 분명 천자라는 것을 분명히 알게 된 무슨 증거라도 있단 말입니까? 이것은 곧 그들 부자가 딴마음을 품고 있다는 것을 알 수 있는 것이 아닙니까?"

그녀의 말에 쇼다륵 칸은 취한 술이 확 깨고 꿈에서 깨어나는 것 같았다. 그는 곧 사르락에 2천 명의 정예군을 내어주겠다고 하고, 자모하를 위해 연회를 베풀게 했다. 자모하는 크게 기뻐하며 쇼다륵 칸에게 예를 갖추어 절하고, 탕구트의 수도 투렘기 성시에서 나와 사르락에 이르러 병사를 얻은 공훈을 고했다. 이 일이 내전에서 뒤바뀐 것을 바얀 사르트와히와 도르돈이 듣고 자신을 따르는 동료 노욘들에게 말했다.

성은 오씨요, 이름이 장아인 중국인이 실세를 얻었네
말주변이 좋은 구르웰진고 부인이 권력을 잡았네
성심이 있는 우리 칸을 믿게 하여
비할 데 없는 고통의 뿌리를 내렸네

사르락의 자일트 칸이 생각하니, 자신의 다섯 지역의 병사와 다른 아홉 나라의 지원병을 합치면 전체 6만 9천7백 명 이상의 병력이 되었다. 이에 반드시 10만의 병력을 채우겠다고 생각하다가 한 가지 계략이 떠올랐다. 그러자 기백이 충천해져 곧 싸울 전략을 생각할 때, 케레이트의 자모하가 들어와 그의 귀 가까이에 대고 이러쿵저러쿵 속닥거리며 북방 지역의 따뜻한 봄을 기다리도록 했다.

베데국은 사방의 정탐꾼들에게 후한 포상을 내리고, 다시 소식을 정탐하기 위해 보냈다. 그리고 여러 신하들과 논의할 때, 태조는 토르곤샤르와 모홀리 등에게 자신의 네 명의 아들과 여러 사촌, 대신과 신하, 친척의 자녀들에게 법령과 병법을 배우게 하고, 가르칠 자를 정해 선생으로 삼을 것을 논의하여 정하라는 명을 내렸다. 그러자 많은 이들이 태조의 지시에 따라 서로 상의해 선생을 정했다. 법전을 가르치는 선생은 태조의 가까운 친족인 금나라 성 밖 귀화성을 다스리는 사인부흐 칸의 둘째 아들 잠발로 정했다. 그는 베데국의 서남쪽 변경의 수비를 담당하고 있으면서 멀리 중국을 다녔기 때문에 몇 가지 문자에 매우 능하고, 몇몇 나라 언어에 깊이 통달해 있었다. 또 금나라, 송나라, 중국어를 힘써 배워 중국어, 티베트어, 황문자, 위구르어 등 이 네 언어를 모두 습득한 인물이었다. 그에 앞서 그를 수비대에서 데리고 오게 했으며, 그 아래 사이한 소르탈트를 함께 일하도록 명하고, 작은 주군들에게 친구삼아 법령을 가르치게 했다.

또 병법을 가르치는 일에는 톡그통고 바타르의 아들 안돈 친으로 결정했다. 태조의 친족인 톡그통고 바타르의 가계는 윗대부터 병법에 뛰어났고, 18가지 무술 가운데 능하지 않은 것이 없었다. 그의 아들 안돈 친은 나이가 어리고 몸이 여리지만 용맹과 지략을 겸비했으며, 특히 수베데이 바타르와 함께 이들은 많은 사람 가운데 뛰어나기 때문에 작은 주군들에게 친구삼아 함께 지내게 하고, 작은 주군들에게 병법을 가르치게 했다. 또 활을 쏘고 사냥하는 것은 주군의 셋째 아우인 하브트 하사르에게 가르치도록 하고, 용기 있고 민첩하게 싸우는 것은 또 주군의 둘째 아우인 부흐 벨구테이로 하여금 가르치게 했다.

그리고 법전과 병법 수업에 참여시킬 태조의 많은 친족 자녀들의 이름을 모두 작성했다. 즉, 주군의 네 아들인 주치, 차가타이, 우게데이, 톨리, 주군의 아우 벨구테이와 하사르의 장자인 야보부흐와 토조, 또 주군의 매제 보토의 큰아들이자 나라의 외손자인 난사르, 주군의 종실 사위 젤메의 큰아들 지브게 체첵. 그리고 주군의 장인 가족 아즈나이 메르겐의 큰아들 볼로가드, 또 주군의 처남 호다르가 바타르의 큰아들 조릭그트, 또 종실 외삼촌 리데르 세첸, 우르루게 노욘의 손자들인 토그토흐 베히, 오치르 베히, 주군의 친척 동생 잠발의 큰아들 아하이, 이 친척과 13명의 노욘들을 위시하여, 그 아래 9명의 일반 공훈자의 자제들의 명단을 다음과 같이 작성했다.

수석 신하인 토르곤 샤르의 막내아들 침비, 모홀리의 큰아들 볼로, 작은아들 수르트, 장군 촐론의 큰아들 오치르, 둘째 아들 알마스, 장군 보가르지의 큰아들 울렌 치르비, 둘째 아들 알리아, 장수 보랄의 큰아들 보도란, 둘째 아들 오고타이, 멩릭의 큰아들 알호, 둘째 아들 수호, 또 멩릭의 아우 멩게트의 아들 탕고트, 초 메르겐의 큰아들 호보라이, 둘째 아들 쇼보라이, 시리 호톡의 큰아들 안드, 작은아들 소보디, 제브의 큰아들 하트 투무르, 둘째 아들 돌가 투무르, 찬다간 세첸의 큰아들 와이진, 둘째 아들 알라이진, 호드간 베히의 큰아들 후데르 부스, 둘째 아들 후렐 부스, 하르 히루의 큰아들 우드, 둘째 소드, 호르츠 바이르의 큰아들 보가소 고아, 둘째 아들 알락 토갈, 운두르 세첸의 아내에게서 태어난 세 쌍둥이 가운데 큰아들 볼릭그트 바르스, 둘째 실리그트 바르스, 셋째 테스겔 바르스 이 세 형제, 우넨 투르의 외아들 도르지, 오요트 세첸의 외아들 욜린 메스, 오욘고의 큰아들 온지가이, 둘째 손지가이, 수베데이 바타르의 동생 아라샨, 길루겐 바타르의 동생 톤도이 치르비, 또 모홀리의 막내동생 보고 등 이들은 소중한 관계를 맺고, 남아로 성장한 이들 36명의 아이들을 함께 문무 수업에 포함시키려 한다고 고하자 태조가 이를 윤허했다.

이해는 밖으로 병사들이 원정을 나가지 않았다. 안으로 자녀들에게 문무의 지식을 가르치고 교육을 시켰다. 진영을 정돈하고 푸른 풀밭에서 통에 아르즈, 호르즈를 증류하고, 용사들을 위시하여 대국의 병사와 백성들이 모두 즐겁고 행복하게 지냈다. 밖으로는 병사들의 전투력과 민첩함을 훈련시키고, 힘을 키우면서 움직이고 멈추는 전투 기술을 가르쳤다. 그 역량에 따라 후한 상을 내리고, 병사와 군마를 잘 먹이고, 모든 사람이 원근의 변경 전체에서 사르락을 경계하며 준비태세를 갖추었다.

시원한 가을이 지나고, 겨울이 되어 오래지 않아 일 년이 지났다. 이 장의 갑인년이 여기서 끝나고, 을묘년이 시작되었으며, 태조 나이 34세가 되었다. 이때 송나라의 이전 황제인 조돈趙惇 광종이 이전해 6월 서거하자, 그의 아들 조확趙擴이 등장해 상을 치르지 않고 곧바로 보위에 올랐다. 이해 연호는 경원慶元 원년으로 바꾸었다. 이 조확은 곧 송나라 13대 황제 영종寧宗이다. 그가 효를 행하지 않아 웃음거리가 된 것이 주자의 『강목』 제18권 제2책 제11, 12항에 자세히 기록되어 있으며, 이전 황제의 부인인 태후가 나와 상을 끝낸 것을 언급했다. 이때는 금나라 6대 황제 장종章宗 완안경의 명창明昌 6년이었다. 이 완안경은 명창 6년이 되어, 연호를 승안承安으로 바꾸었다. 다시 승안 5년에 태화泰和라 하여 이 연호를 8년 동안 사용했다. 장종은 세 번 연호를 바꾸었으며 19년 동안 보위에 있었다.

이 무렵은 처음 연호인 명창 6년[1]이 되던 때이다. 그리고 이듬해 곧 승안으로 연호를 바꾸었다. 저자가 이렇게 설명하지 않으면 연호가 바뀐 것을 보고 황제가 바뀌었다고 생각하고, 그렇게 되면 내용이 분명치 않게 된다. 한 황제이면서 연호가 몇 번 바뀌는 경우도 있고, 오래도록 한 가지 연호를 사용하는 경우도 있다. 대략적으로 말하자면, 그

1 본문에는 명창 3년으로 되어 있으나, 사실상 명창 6년(1196)이 되어 승안으로 연호가 바뀌었다.

황제의 시기가 나쁘거나 전란이 끊이지 않으면 연호를 바꾸는 것은 예로부터 있어 왔던 일이다. 일반 인가에서 자연재해가 일어나면 어떤 시기이든 때를 가리지 않고 모두 이야기를 나누며 힘들다고 하듯, 그 한 해를 넘기면 그 재난도 지나간다는 생각이 있었다. 이들은 모두 국력이 약해져 가면, 노파들의 이상하고 거친 성질을 닮아가게 된다.

좋지 않은 일, 특히 이해 3월 초하루에 송나라 『강목』에 일식을 자세히 기록하고, 송나라 영종이 자신의 본령을 잃고 불효한 일, 의와 예를 내던지고 교활한 신하 한탁주韓侂胄를 기용한 일로 인해 일식이 있었다고 했다. 일반적으로 북쪽 지역의 백성들이 소요를 일으키는 동기가 된 것은 아닌가 하고 기록했다. 주자의 『강목』 18권 2책 23항 앞부분 말미에 이러한 내용을 언급했다. 이것은 또 일반적인 평가이다.

그렇다면 고대 요, 순, 우, 탕 등의 성왕들의 시대에는 일식, 월식이 전혀 없었단 말인가? 일식, 월식이라는 것은 만물의 일반적인 기운이 만들어내는 일종의 탁한 기운으로 해와 달과 마찬가지로 우주에 떠돌아다닌다. 티베트 경전에는 그 탁한 기운의 응집체를 '라후羅睺'[2]라고 이름했다. 돌아다니다가 그것에 해와 달이 가려지게 되는 것을 일식, 월식이라 했다. 세상이라는 것은 엄청나게 광대한 것이다. 그와 같은 일개 소인배적인 영종 황제가 덕을 잃어 일식과 월식의 변화가 생길 수 있단 말인가? 송나라 영종보다 위대한 황제들이 세상에는 헤아릴

---

2 몽골 신화에는 이 동물은 하늘에 사는데 9개 머리와 엄청나게 큰 배와 그 배 위에 집채만 한 커다란 구멍이 있으며, 뱀 꼬리를 하고 있었다고 한다. 이 동물은 오래전의 원한으로 해와 달을 삼키게 되었다고 말한다(Д.Цэрэнсодном, *Монгол ардын домог үлгэр*, Улсын хэвлэлийн газар, 1989, p.153).

수 없이 많다. 어떤 황제가 덕을 잃으면 해와 달이 그처럼 신호를 보여준다면 이해는 이제 무엇을 보여주기 위해 일식이 있었던 것일까? 그렇기 때문에 일반적으로 이러한 진부한 비평은 질적으로 믿을 만한 것이 못 된다. 태양이라는 것은 양기가 극한 응결의 묘妙라고 한다면, 달은 음기가 극한 응결의 묘라 할 수 있다. 라후라는 것은 그 사이 기운의 극한 응결-탁한 기운의 묘는 해와 달처럼 우주를 떠돌아 다니지만 빛이 없기 때문에 그 움직임을 한인들은 정확히 규정하지 못한다.

서양 회회국의 남회인[3]이라는 자가 대청의 강희제 성조시대 비로소 일식과 월식의 분명한 날짜를 가리켜 정할 수 있었다. 그러니 그것이 어찌 사람을 위한 일식, 월식이겠는가! 그것은 응결된 탁한 기운이 해와 달과 섞여 돌다가 사방의 황제를 만나게 되는 것인지도 모른다. 해와 달이 어두워지고 가려지는 자세한 일을 알고자 하는 사람들은 나의 『쇼다륵 바트 호로』의 『능운보-도는 구름이 머무는 곳』이라는 저서에서 그 내용을 볼 수 있다.

그 사이 금나라에서는 또 한 가지 사건이 일어나는데, 그 일은 베데국과 관련이 있다. 예전에 태조의 저항 세력이었던 타타르부의 군주 메게진 세르와 메게진 술이라는 형제 두 사람 가운데 메게진 세르가 살해되고, 메게진 술은 금나라로 도망쳐 들어가 여러 가지 형태로 자신의 신분을 바꾸고 다니면서 형에게서 나누어 받은 재물을 사용하여,

3 페르디난트 페르비스트(Ferdinand Verbiest, 1623~1688) 벨기에 출신의 로마 가톨릭 사제로 예수회 선교사이다. 중국명은 남회인(南懷仁)이다. 1659년 전교 차원에서 포르투갈령 마카오를 통해 중국에 입국하였으며, 강희제의 신임을 얻어 흠천감(欽天監) 감정(監正)에 임명되었다(https://kangxi.fandom.com」wiki」페르디난트-페르비스트).

금나라 내부 권력을 장악하고 있던 참지정사정무를 함께 맡아보는 실세 관원 지국이라는 자의 문하에 몰래 들어가, 베데국에 원수를 갚을 방법을 찾았다.

이때 금나라 군주 완안경은 이비李妃라는 비에게 지나치게 침혹되어 6년간 주색에 빠져 지냈다. 이 지국이라는 자는 매우 간사하고 아첨을 잘하는데, 모름지기 지혜로운 계략을 가진 사람이었기 때문에 이비 수하의 불구인 하인에게 후한 뇌물을 써서, 이비와 결탁하여 그녀의 환심을 샀다. 온갖 술수를 써서 국정을 장악할 때 완안경은 이미 주색에 빠져있었기 때문에 이비의 색으로 지국을 조정의 내무정사로 들여 보냈다. 그러자 지국은 수하의 측근들에게 모두 나라의 중책을 맡기고, 정권을 쥐게 했다. 이들은 국법을 저버리고, 매관매직하는 등 부정을 일삼자 금나라의 황족이자 충신이요, 평장정사를 보좌하는 완안수정이 이러한 상황을 보고 황제에게 그들을 비난하는 말을 했다.

그러나 내부에서 이비와 지국을 비호하면서 지국의 오만함이 과도해지자 완안수정은 나라가 쇠해질 것을 미리 알고 장탄식을 하며, 그 해 11월 평장정사 직위에서 물러났다. 이러한 상황 속에서 지국의 권세가 날로 더해져 군사에 대한 권력도 그가 잡게 되었다. 그러자 메게진 술이 기회를 틈타 변경을 순찰하는 병사들을 데리고 나가 몰래 베데국으로 들어가 닥치는 대로 약탈하며 돌진해 갔다. 그때 병사와 국경을 순찰하는 장군 촐론과 마주치게 되자 순간 겁에 질려 겨우 목숨을 건지고 황급히 금나라로 돌아갔다. 촐론은 변경 수비에 관해 수비대 신하들에게 자세히 이르고 전리품을 싣고 돌아올 때, 나라 안 병사들에게 알리는 신호용 화살이 메뚜기 날듯이 날아들었다.

사르락의 자일트 칸은 봄이 되자마자 곧 자신이 몸소 가서 나라 안에 있는 15세 이상 75세 이하의 백성들을 모두 병사로 징집했다. 그리고 자신이 직접 서북쪽의 톡그목국의 멩겔레 칸에게 가서, 머리 숙여 절하며 지원병을 요청했다. 그렇게 해서 2만 명의 병사를 빌리고, 또 케레이트 자모하를 보내 이신왕 얄고에게서 5천 명의 병력을 더해 데리고 와 병사가 총 12만 4천6백 명이 되자 자일트 칸은 크게 기뻐했다. 이번에는 베데국을 조금도 어려움 없이 섬멸할 수 있을 거라고 굳게 믿으며, 베데국을 공격할 날짜를 정해 보낼 때, 신하의 무리 가운데 바얀이라는 이름난 공훈 대신의 13세 된 어리고 작은 신하가 나와 베데국을 쉽게 침략해서는 안 된다고 말했다. 천지의 기운이 베데국에 모여 있다며 공격을 제지하자 그것을 어린아이가 말하기 좋아서 하는 말이라고 대수롭지 않게 여기며, 자기 분수도 모르는 어린 자식이라고 야단쳐 돌려보냈다. 그리고 사신을 베데국으로 보냈다.

한편 사신이 베데국에 이르러 전쟁 포고문을 가지고 있자 그를 인계해 국경으로 들어오게 했다. 그런 뒤 그에게 직접 포고문을 올리게 했다. 그 내용은 다음과 같았다.

사르락국의 자일트 술드 칸의 포고문 : 베데국 군주 테무진 조무래기에게 보낸다. 자신의 분수에 넘게 행동하는 테무진 너의 죄를 묻는다. 테무진 너는 이 20여 년 사이에 자신의 위세에 자만하여, 크고 작은 충직하고 성실한 나라와 부족들을 압박하고, 죽이고 항복케 하는 일이 부지기수였기에 나는 이제 많은 이들을 대신하여 너의 죄를 물을 병사를 조직하려 하고 있는데, 테무진 너는 간땡이가 부어서 감히 나의 상인들을 길에서 죽이고, 금은보화를 노략질했을 뿐 아니라 살해된 사람의 머리와 팔다리를 내게 보내왔다. 이는 참으로 극악무도한 일이며, 우리 북방 지역의 최고의 역적은 바로 테무진 너이다. 그렇기에 너를 제거하여 많은 사람들이 마음 놓고 편히 살게 하기 위해 나는 여러 나라에서 규합한 병사 20만을 이끌고 테무진 너를 공격하여, 북방 지역을 깨끗이 씻어 버리고 뭇사람들의 고통을 없애고자 한다. 테무진 네가 진정 예수헤이 바타르의 아들이라면, 네 작은 머리를 언제 베게 할지 사신을 보낼 때 분명하게 말하라. 네 작은 심장이 떨고 목을 움츠리며 네 우리에 기어들기 바란다!

태조가 포고문을 다 보고 나서 천둥 같은 진노의 기색을 드러내자, 모훌리가 서둘러 목소리를 가다듬고 신호를 보냈다. 태조가 모훌리를 바라보니 모훌리가 구석 쪽을 향해 고개를 돌리고 신호를 하자, 태조가 그의 생각을 깨닫고 분노를 다시 가라앉히고 가볍게 말했다.

"사람들 모두 각자 자신이 생각하는 바가 있소. 사람들 사이에 다리를 놓으며 다니는 사신에게 이일에 무슨 관련이 있겠소? 이 사신을 후히 대접하고 후한 상을 내리시오. 며칠 안에 답장을 줄 것이오!"

이렇게 지시하자 모훌리는 크게 기뻐하며, 사르락의 사신을 데리고 나가 잔치를 베풀어 풍성하게 대접했다. 밤에 모훌리가 젤메와 호드간 베히를 데리고 태조 가까이 들어가 무슨 이야기를 나누었는지는 모르겠다. 다만 사르락국과 우호적으로 지낸다, 싸운다 등의 말을 논의하고 나오자마자 또 밤에 천 마리 낙타에 바리바리 선물을 싣게 했다. 다음 날 사르락국의 자일트 칸에게 잘못을 인정하고, 화해를 요청하는 서한을 쓰게 해서 젤메와 호드간 베히에게 내어주고, 100명의 병사로 천 마리 낙타를 끌게 하여, 사르락국의 사신과 함께 출발하게 했다. 찬드간 세첸과 야보가로 하여금 탕구트의 쇼다륵 칸에게 지역 가까운 곳에서 병사를 파병하여 돕게 하도록 일러 보냈다.

모홀리와 보가르지는 톨 강가에서 대군을 점호하고, 태조에게 장수를 시험하라고 고했다. 태조는 대군의 진영에 이르러 높은 언덕 위에 준비한 사자 장막에 앉아서 보니, 연병장 안에 아홉 개 장막을 마련하고, 많은 병사들이 전투에 나가는 물결처럼 대오를 이루고 있었다. 신하들이 절하기를 마치자, 총사령관의 장막 앞에서 나팔소리가 크게 울리고, 모홀리가 높은 망루에서 병사들에게 동작을 알리는 깃발을 흔들자마자 갑자기 수많은 병사가 쥐 죽은 듯이 조용히 멈추어 섰다. 그것은 여름 엄청난 폭풍에 장대비가 갑자기 멈춘 것과 같았다. 그러자 모홀리가 망루에서 15개 현이 있는 대궁大弓 하나, 또 100근이 되는 한 쌍의 대검을 내리게 하고, 연병장 한가운데 호랑이 가죽을 깐 커다란 단에 놓게 하여, 많은 병사의 천부장들에게 명했다.

"이 15개 줄이 있는 대궁을 당길 수 있는 자에게는 백은 5냥, 흰색 피륙 다섯 필을 모두 상으로 주고, 직위를 한 등급 격상시켜줄 것이오. 만약 활의 시위를 끝까지 당길 수 있는 자에게는 백은 20냥, 흰색 피륙 20필을 상으로 주고, 직위를 2등급 격상시켜 줄 것이오. 만약 이 활에 두툼한 쇠 화살을 시위에 매겨 쏠 수 있는 자에게는 백은 50냥, 채단 10필을 상으로 주고, 직위를 3등급 높여줄 것이오. 만약 이 활과 화살로 500보 거리 끝의 가죽 과녁을 쏘아 3번을 연속해서 맞추면 백은 100냥, 금사로 된 비단 10필을 상으로 주고, 곧 주군께서 손수 술을 따라주실 것이오. 또 네 장수와 여섯 대신과 동등한 반열에 오르게 할 것이고, 좌우익의 장군 등의 직위로 추대될 것이며, 군대의 선봉장 직책을 수행하게 될 것이오.

특히 이 100근이 되는 한 쌍의 검을 두 손으로 잡고 들어 올릴 수 있는 자는 직위가 한 계급이 올라갈 것이요, 만약 검을 잡고 들어서 사용하며 다닐 수 있는 사람은 두 계급이 올라갈 것이오. 만약 이 검을 가지고 보통의 검처럼 부릴 수 있는 사람은 세 계급이 격상될 것이오. 만약 이 검을 가지고 보통의 검처럼 부리면서 말을 타고 위아래로 공격하며 싸울 수 있는 자는 네 계급이 격상되고, 고관대작과 편장偏將의 반열에 들게 될 것이오.

이러한 무예를 겨룰 자로는 주군의 네 명의 아우, 네 아들, 네 명의 장수, 여섯 명의 대신과 9경을 제외하고, 그밖에 대소 신료를 위시하여 장수, 병사, 평민, 종, 한인 종에 이르기까지 모두 시합에 나와 겨루어 보시오! 주군께 충성을 다하는 데는 권력이 필요 없으며, 시합에 힘을 다하는 것 이외 금하는 것이 없소. 능력 있는 사람들을 이끌어내고, 기예 있는 사람을 찾아내어, 주군을 보필하게 해야지 능력 있는 자를 숨어있게 해서는 아니 될 것이오. 어떤 부족의 수장이나 지도자들이 하층민들을 두렵게 하거나 억압하고, 능력을 겨루게 하지 않고 짓누르면 색출해 내어 준엄한 주군의 법으로 참수하여 많은 이에게 그렇게 해서는 아니 된다는 본을 보여줄 것이오. 능력이 없어도 나와서 겨루어 보는 것도 괜찮소. 그러나 능력 있는 사람을 숨기고, 드러나지 못하게 한다면 마땅히 그 죄를 논할 것이오!"

모훌리가 이렇듯 호령하자 장수와 병사들이 펄쩍 뛸 듯이 기뻐하며 일제히 "예!" 하고 우렁차게 화답하는 소리에 강과 초원이 진동했다.

큰 검과 활, 화살 옆의 언덕 위에 있는 한쪽이 터진 천막에 토르곤샤르와 보가르지가 서 있고, 큰 탁자 위에는 장수의 갑옷과 투구를 비롯해 델,[4] 모자, 허리띠, 구두와 금사로 된 비단, 은괴, 빛깔 좋은 피륙 등의 상품을 산처럼 쌓아놓았다. 태조의 중앙 천막 아래와 왼쪽 옆으로 천막 하나를 세우고, 가장 선두에 서는 장수들을 세울 준비를 했다. 오른쪽 옆으로 또 천막을 세우고 태조의 네 명의 아우와 네 명의 장군, 네 작은 주군들을 세울 준비를 했다.

이렇게 시합을 위한 모든 것들이 준비되자 높이 세운 총사령관의 천막 앞에서 대포의 포성이 울리고, 큰 북소리가 울려 퍼지기 시작하자 각 대오에서도 북을 함께 쳤다. 그러자 서쪽 편의 푸른 기 앞에서 한 장수가 나왔다. 키가 훤칠하고 허리가 가늘고, 회색말을 타고 쇠 창을 들고 있었다. 그가 날듯이 달려 나와 연병장 가운데 이르러 말에서 훌쩍 뛰어내리더니 고삐 끈을 허리춤에 끼우고 창을 어깨에 메고 걸어 나와 큰 활을 잡더니 번쩍 들었다. 그리고 쇠 화살을 시위에 메겨 500보 거리 끝의 큰 사슴 가죽으로 된 과녁을 차례로 세 번을 맞추어 나갔다. 이에 총사령관의 천막 앞에서 모훌리 자신이 북을 두드리자, 그 장

4 몽골 전통의상.

수가 활과 화살을 놓고, 두 개 대검을 쥐고 한 번 돌리더니 자신의 겨드랑이에 끼고 말을 탔다. 그리고 위아래로 달리며 보통의 검을 사용하듯이 자유자재로 휘둘렀다.

그러자 모훌리가 장막 앞에서 다시 쌍북을 울리고, 많은 병사가 모훌리를 따라 징과 북, 나팔과 피리를 연주하기 시작했다. 그때 보가르지와 보랄이 서둘러 태조 쪽을 쳐다보니, 태조는 천막 앞에서 비단 사자 깃발을 흔들며 장수의 칭호를 하사하라는 신호를 했다. 두 사람이 급히 상품과 투구를 가지고 장막 아래로 달려가 은과 비단을 내려주고, 그에게 예관禮冠을 씌웠다. 그리고 양쪽 겨드랑이를 잡고 주군의 높은 사자 천막 앞에 데려가 주군 가까이에 있는 호랑이 가죽 깔개 위에 무릎을 꿇게 했다. 많은 사람이 보니 그는 주르헨 부족이 줄게데이 바타르였다.

이에 태조가 크게 기뻐하며 이르기를 "나의 네 명의 장군 이외에 또 이처럼 출중한 사내가 있다는 것은 천부께서 진실로 테무진 나를 보살펴 주시는 것이오"라고 하며 그에게 나이를 묻자 이제 갓 열여섯이라고 했다. 태조가 기뻐하며 더욱 크게 칭찬했다. 그리고 줄게데이에게 용사의 칭호를 내려주고, 호랑이 꼬리로 된 큰 기旗와 호랑이가죽 외투, 호랑이가죽 깔개를 포상으로 하사하고, 손수 세 잔의 아르즈를 따라 주었다. 그런 뒤 태조의 은혜에 절하게 하고, 동쪽 편 편장의 천막으로 데리고 가서 서 있게 했다.

다음으로 또 한 장수가 동쪽 편의 푸른색 기 앞에서 돌진해 나왔다. 신장이 크고 어깨가 넓으며, 얼굴빛이 솥 바닥처럼 검고, 눈은 달걀 표면처럼 툭 튀어나오고, 두 귀의 위쪽은 노르스름한 색깔을 띠고 있었다. 머리털은 위로 자라나 있었으며, 입가는 피를 흘리는 듯이 붉고, 나이도 스무 살이 되지 않아 보였다. 그는 검은 쇠 투구를 쓰고, 검은 쇠로 된 가슴을 보호하는 방패막이 옷을 입고, 검은 말을 타고, 손에 소머리 만한 쌍 곤봉을 쥐고 있었다. 그는 회오리바람처럼 달려 나와 말 오른편으로 펄쩍 뛰어내리더니 무쇠 곤봉을 허리에 꽂고, 큰 활을 낚아채 잡고 쇠 화살을 시위에 메겨 몸을 앞으로 구부려 팔이 닿자마자 활을 번쩍 들었다. 그리고 활을 쏘자 화살이 "휙!" 소리를 내며 날아가 가죽으로 만든 표적을 뚫었다. 활을 쏘아 연달아 세 번을 명중시키고, 화살이 100보 너머로 날아갔다. 이에 모홀리가 큰북을 울리자, 그는 또 몸을 돌려 두 개의 검을 단 한 손으로 낚아채 잡고, 단번에 말에 훌쩍 오르더니 달려나가 연병장을 돌면서 새춤을 추는데, 그 모습이 마치 나무 검을 가지고 노는 것 같았다. 그러자 모홀리가 쌍북을 울리고, 장막 난간에서 보가르지와 보랄이 내려와 앞서와 같이 예모를 씌우고 상을 내렸다. 그리고 태조 앞에 데리고 가 무릎을 꿇게 했다. 태조가 그자를 보니 수니드 부족의 길루겐 바타르였기 때문에 특별히 더 칭찬하고, 크게 기뻐했다.

"이 아이가 이같이 출중한지 나는 진정 생각지 않았소. 세상에 오직 한 사람의 용사라 해도 무방할 것이오!"라고 하며 칭호를 내리고, 호랑이 꼬리로 된 수호기와 호랑이 가죽 외투, 호랑이 가죽 깔개를 하사했다. 그리고 손수 술을 따라주고, 왼쪽 천막의 줄게데이와 함께 서 있게 했다.

이때 또 포성이 울리고, 북을 두드리자 오른편 흰색 기 앞쪽에서 한 장수가 나왔다. 많은 사람이 보니, 9척의 장신에 허리 너비가 3뼘이나 되고, 낯빛은 고니처럼 희고, 얼굴은 호랑이 가슴보다 컸다. 표범 가슴에 곰과 같은 등 꼬리, 눈은 별과 같고 눈썹은 누에 같았다. 그의 모습은 진실로 하늘의 신령처럼 위엄과 빛이 있었으며, 풍모가 실로 대단히 훌륭했다. 나이는 17, 8세가 되지 않았는데, 몸에 은으로 된 갑옷과 투구를 쓰고, 가슴에는 진귀한 구리 거울이 묶여 있었다. 손에는 마법의 쇠 방망이를 쥐고, 밝은 회색말을 타고, 허리에는 쇠공을 찼다. 등 뒤 쪽에는 사슴뿔을 묶어 놓았다. 그가 누구인가 보니 주르치드의 수베데이 바타르였으며, 많은 사람이 그를 알아보았다.

그때 수베데이 바타르는 "쌩!" 소리가 나도록 달려 나와, 회색말 목 위로 몸을 돌려 훌쩍 날듯이 뛰어내렸다. 몽둥이를 오른쪽에 정갈하게 차고, 큰 활을 들고 긴 화살을 시위에 메겨 왼손으로 활을 밀고 오른손으로 당기자 열다섯 줄의 두툼한 활이 꽉 찬 보름달처럼 둥글어지자 열여섯 뼘의 긴 쇠 화살촉을 끝까지 당겨 쏘았다. 그러자 세 발의 화살이 날아가 차례로 모두 가죽 과녁 한가운데 붉은 태양을 명중시켰다. 그러자 위아래 사람들이 모두 탄성을 지르며 칭송했으며, 그 소리에 장막의 먼지가 날렸다. 모홀리가 몸소 쌍북을 치자, 병사들이 일제히 북을 두드리고 악기를 불었으며 그 소리가 주위를 진동시켰다. 수베데이 바타르는 벌써 대검을 잡더니 검 하나를 입에 물고, 다른 하나는 오른손에 쥐고는 한 번 몸을 뒤집어 껑충 뛰어 말 엉덩이 쪽으로 올라탔다. 왼손으로 자신의 긴 손잡이가 있는 마법의 늑대 몽둥이를 꺼내 들\고, 세 개의 무기를 똑같이 번갈아 사용하는데, 위아래로 치고 돌리며 함께 춤추듯 부리는 모습이 세 개의 공을 가지고 노는 것 같았다. 그렇게 연병장을 한 번 돌아오자 태조도 탄복해 마지 않았다.

그러자 토르곤 샤르가 몸소 내려와 의례용 투구를 씌우고, 태조 앞에 데리고 가자 10만 병사들이 즐거운 환호성을 지르고, 바라와 북, 피리와 징을 웅장하게 세 번 치고 불었다. 악기 소리, 포성, 사람들의 왁자지껄하는 소리는 바다가 들끓고, 말이 흥분하여 달리는 듯했다.

태조는 무릎을 치고 미소를 지으며 "내 수하에 이같이 능력을 고루 갖춘 용사들이 있는데, 이 세상을 평정하는 데 무슨 근심이 있겠는가!" 라고 하며 수베데이에게 '대단한 용사'라는 칭호를 내리고, 호랑이 꼬리 수호기와 호랑이 가죽 외투, 호랑이 가죽 깔개를 포상으로 하사하고, 또 손수 술을 따라 주어 마시게 했다. 그리고 자신이 끼고 있던 순금 반지를 빼서 그의 손가락에 끼워주고, 입을 열어 축원했다.

열다섯 줄의 활과 엄청나게 무거운 검을
대단케 여기지 않고 보통의 것처럼
들어 휘두르고
사슴가죽 과녁의 정중앙을
세 번이나 명중시켰네
평화로운 시기 사람들의 선봉이요
금나라를 정벌하는 데 큰 인연이 있는 자
먼 금나라를 금 깍지처럼 토벌하여
손아귀에 쥐고 평정하세

이 축원대로 후에 금나라의 변량성을 무너뜨리고, 금나라의 마지막 황제 애종哀宗 완안수서를 섬멸할 때 가장 앞장섰던 장수가 바로 이 수베데이 바타르였다. 이는 태조의 예조가 이루어진 것임을 알 수 있다. 수베데이 바타르는 태조의 은혜에 절하고, 새로 선발된 장수들 자리의 위쪽 편에 섰다. 그다음 또 포성이 울리고 북이 둥둥 울리자 서편의 태조 친족의 수호기 앞의 아래 또 하나의 붉은 깃발이 움직이더니 대장수 한 사람이 나왔다. 많은 사람들이 보니 그는 태조의 친족이자 작은 주군의 병술 교관인 톡그통고 바타르였다. 그는 30세 가까이 되었으며, 신장은 9척에 이르고, 낯빛은 대추 같았으며, 눈썹은 넓은 누에 같았다. 눈빛은 금성이 빛나는 것 같고, 커다란 얼굴은 꽉 찬 보름달 같았다. 멋지게 기른 3가닥 수염이 허리띠에 닿았고, 수려한 두 귓불은 어깨에 닿았다. 상체가 높고 등이 넓었으며, 허리는 두툼했다. 몸은 살집이 있고, 붉은 비단옷 위에 갑옷을 입고 투구를 썼으며, 붉은 절따말을 타고 있었다. 등에는 쇠공과 쏠 쇠 화살, 신기神機인 활을 매고, 손에는 언월도偃月刀를 쥐고, 대오 가운데서 천천히 나오더니 날쌔게 말에서 내려 두툼한 활과 긴 화살을 잡고, 다시 날쌔게 말에 올라탔다. 그리고 갑자기 세 번 채찍을 쳐 빠르게 말을 달리며 측면에서 한 번 활을 쏘아 아래쪽 과녁의 붉은 태양을 맞추고, 또 갑자기 말을 돌리더니 반대쪽으로 달려가 두 번째 화살로 과녁의 가운데 붉은 태양을 맞추었다. 그리고 옆으로 달려가다 다시 돌아서 달려가 5백 보 끝의 깃발 아래 이르더니, 갑자기 몸을 뒤로 돌려 활을 쏘자 화살이 위쪽 과녁의 붉은 태양을 관통했다.

그러자 모홀리의 장막에서 두 북을 울리고, 많은 병사가 함께 함성을 지르고 펄쩍펄쩍 뛰며 칭송하고, 모든 악기를 치고 불었다. 태조도 앉아있지 못하고 자리를 박차고 일어나 크게 칭찬했다. 사람들의 기뻐 외치는 소리에 천지가 진동했다. 그때 톡그통고 바타르는 말 위에서 큰 활을 던지고, 즉시 등 뒤에 메고 있던 언월도를 들고 곧바로 말을 타고 언월도로 대검 하나를 한 번 치자 대검이 위로 치올라갔다 내려오는 것을 왼손으로 받아 입에 물고, 다시 한 번 다른 하나의 검을 잡고 위로 쳐 올렸다 오른손으로 받아 붉은 절따마를 타고 한 줄기 붉은 먼지를 내며 앞으로 질주해 갔다.

많은 사람들이 그 광경을 보니 톡그통고 바타르가 세 개 큰 검을 차례로 바꾸어 가면서 위로 쳐올리고, 아래로 돌리고 뒤로 뒤집었다가 앞으로 뒤집으며 연병장을 세 번 돌았다. 그 모습은 마치 붉은 불용의 쇠비늘이 빛을 번쩍거리는 것 같았다. 그 광경에 많은 병사가 손을 흔들어대고 펄쩍펄쩍 뛰며, 한바탕 큰 소란을 일으키며 놀라움에 함성을 질러댔다. 그 소리는 사람의 뇌를 울리고, 마음을 술렁이게 했다. 모홀리도 말할 수 없이 기뻐하여, 급히 손발을 움직여 군악대의 기를 흔들고, 총사령관 모홀리를 맞이하는 나팔을 불어 맞이하게 하여, 태조의 천막으로 데리고 갔다.

그러자 태조가 자리에서 일어나 참을 수 없이 기뻐하며 칭찬하여 말하기를 "나의 친족 가운데 이처럼 신기에 가까운 무예 실력을 가진 자가 있는 것은 진정 천부께서 그대를 세상에 내려 보내 나를 돕게 하신 것이오"라고 하며 호랑이 꼬리 수호기와 호랑이 가죽 외투, 호랑이 가죽 깔개를 상으로 하사했다. 그리고 톡그통고 바타르에게 '최강의 영웅'이라는 칭호를 내려주고, 자신이 마시는 황금잔에 축하주를 손수 세 번을 따라주며 마시게 했다. 그리고 자신의 몸에 차고 있던 러시아제 5색 진주가 박힌 황금 대검을 빼어들어 톡그통고 바타르에게 차게 하고 축원하며 칭송했다.

신성한 근본을 가진 타의 추종을 불허하는 용사
황금 가문의 비할 데 없는 용사
보르지기드 가문의 복된 용사
숭고한 부족의 가늠할 수 없는 최고의 용사

이렇게 칭송하고 친족 전체의 장으로 추대하고, 동쪽 천막 위쪽에 서게 했다.[원주] 이것은 분명 그 당시 황족의 수장인 다 타이지, 다 타브난(부마) 등의 예법일 것이다.

또 연병장에서 몇 번 북을 쳤지만, 태조의 친족, 신하와 관료의 무리 가운데서 나오는 사람이 없었다. 그러자 모홀리가 할 수 없이 붉은 기를 거두게 하고, 군대의 푸른 기를 흔들고 북을 치고 시합을 시작하게 했다. 시합에 나온 사람 가운데는 큰 활시위의 굄목을 겨우 뗄 수 있는 사람이 있었고, 어떤 사람은 활의 시위를 당길 수 있었고, 어떤 이는 화살을 시위에 메기고 쏠 수 있었다. 또 어떤 이는 활을 쏘기도 했는데, 사슴가죽으로 된 과녁 가까운 곳에 화살이 이르거나 그것을 지나치기도 했다. 또 검에 대해 말하자면, 검을 들어 올리거나 검을 힘껏 돌리고, 검을 휘두를 수 있는 사람도 있었다. 또 어떤 이는 두 개 검을 함께 사용할 수 있었지만, 이것을 할 수 있으면 저것을 할 수 없었다. 한 가지를 할 수 있으면 그와 동시에 피리와 북이 울리고, 비록 선두에 이르지는 못했어도 1, 2, 3등을 하는 사람들도 적지 않았다.

이처럼 사흘 동안 기예를 겨루며 차례로 상을 내리고, 가장 마지막 날 가장 끝에 북을 세 번 치자 더이상 나오는 사람이 없었기 때문에 모홀리는 이제 시합을 종료하는 포를 쏘겠다고 했다. 그때 한 빛바랜 가죽 갑옷을 입고, 쇠 투구를 쓴 병사 한 사람이 나왔다. 그는 쇠 화살과 두툼한 활을 낚아채 잡고, 시위에 활을 메겨 끝까지 당긴 뒤 단숨에 15발의 화살을 쏘아 여덟 발의 화살을 과녁에 명중시켰다. 위아래 사람들이 깜짝 놀라 그 사람을 보니, 얼굴은 갈색 청동으로 두들겨 펴서 무쇠를 부어놓은 듯하고, 느릅나무 가지, 숲[5]의 그루터기 같았다. 비록 북쪽 지역이지만 그처럼 흉하고 못생긴 사람은 흔치 않았다. 양쪽 턱 밑에는 푸른 반점이 있고, 그 위에는 한 뼘의 붉은 털이 곧게 자라나 있었다. 두 눈의 흰자위를 위아래 굴리면 엄청나게 무서운데, 갑자기 보면 검은 오랑우탄처럼 두려움을 느끼게 했다. 이에 모홀리는 일반 병사들 가운데서 이같이 뛰어난 용사가 나온 것에 참을 수 없이 기뻐하며 서둘러 악기를 울리게 하고, 스스로 뛰어나가서 큰 북의 채를 흔들며 천둥이 치듯 힘껏 내리쳤다.

그 대단한 사내는 크게 기뻐하며 자신의 100근짜리 언월도와 이 200근이나 되는 한 쌍의 대검 3개를 낚아채 잡고 동시에 오른쪽 겨드

---

5 본문에는 '땔감'으로 표현되어 있으나 '땔감'이란 단어는 주로 '숲'의 의미로 쓰였으며, 여기서는 '숲의 그루터기'로 해석하는 것이 적합해 보인다.

랑이에 끼고, 평평한 곳에서 훌쩍 말에 올라타니 무기와 사람의 3, 4백 근 하는 무게가 갑자기 말 등을 치는 것처럼 실리자, 그 말은 보통의 군마였기 때문에 등이 우지끈 부러지더니 픽 하고 쓰러졌다. 이 말은 이날 바꿀 때가 된 것이었다. 이에 모홀리는 크게 놀라는 한편 기뻐하며 천막에서 펄쩍 뛰어 내려와 자신이 타는 '제왕의 송골매'라는 이름의 검은 간자말을 스스로 끌고 와서 그에게 타게 했다.

그러자 사내는 뛸 듯이 기뻐하며 모홀리에게 절하고 말 위에 펄쩍 뛰어 올라타고는 위아래로 달리며 300근이나 되는 검을 칼등을 맞대어 단 한 손으로 함께 움켜잡고, 위아래로 움직여 돌리거나 아니며 턱에 대고, 또 검 하나는 입에 물고 남은 하나는 손가락에 끼우고 돌리며 춤추듯 하는 것이 종이로 된 검을 가지고 노는 것 같았다. 태조를 비롯해 이를 본 모든 사람이 감탄하며 탄성을 지르자 모래 초원이 진동하며 파동을 일으켰다. 이에 사내는 더욱 분발하기 시작해 일시에 회오리바람, 불 바퀴처럼 검을 돌렸다. 그리고 준마를 얻게 되자 호랑이에 날개가 달린 것처럼 신명이 나서 검을 춤추듯이 놀리기를 마치고, 세 개 검을 또 왼쪽 겨드랑이에 끼고 돌진해 가서 한 번 몸을 기울이는 동시에 자신의 죽은 말을 낚아채 가지고, 오른팔 겨드랑이에 안장과 멍에를 끼고 "내가 신고를 겪을 때 함께 한 나의 유일한 준마여! 어려움을 함께 한 측대말이여! 공을 이루려다 너를 죽게 했도다. 목적을 이루려다 너를 죽게 했도다"라고 하면서 연병장 밖에 사구 언덕 위에 데려다 놓고 말에서 내려 안장과 멍에를 벗기고 세 번 절하고 돌아왔다.

그러자 모홀리와 토르곤 샤르, 세 장군이 함께 들어가 갑옷을 입히고 상을 내렸다. 그리고 그를 태조의 장막에 데리고 가 절하게 하자, 태조가 말할 수 없이 기뻐하며 그에게 누구인지 물었다.

그 사내가 "저는 마그노드 부족의 호일다르라고 합니다!"라고 하자, 태조가 "나의 일반 병사들 가운데 이 같은 용사가 있다는 것은 진정 하늘이 태무진 나를 돕고 대업을 이루시게 할 징표라 할 수 있소"라고 하며 호랑이 가죽 깔개를 하사하고 '신령한 용사'라는 칭호를 내렸다. 그리고 선봉장의 직위에 봉하고, 새로 선발된 네 명의 용맹스러운 장수들 아래 서게 했다. 그러자 모홀리가 무릎을 꿇고 벌을 청했다. 무슨 이유일까?

【평언】

이 장은 사계의 기운으로 구성된다. 사계의 기운을 하나 하나 비유하여 자세히 설명하여 알려줄 것이니 자세히 들으라! 여기서 4의 수는 무엇을 이르는가? 첫 번째 하나는 베데국이다. 두 번째는 탕구트요, 세 번째는 금나라, 네 번째는 사르락이다. 이 네 나라가 이 장에 함께 나오지 않았는가? 먼저 베데국의 군신들은 천지의 기운을 얻고, 위아래 뜻을 맞추어 향해 간 곳에서 저항을 하지 않는다. 날이 갈수록 아름다운 색이 더해지고 달이 가면 더 좋아진다. 그리고 나라 전체가 기백이 솟아오를 때이니 3월 봄 만물이 널리 성장해 가는 때와 무엇이 다른가? 그렇게 베데국은 봄을 차지한다고 했다.

둘째로 탕구트의 남녀가 왜곡된 궤계에 빠져 안팎으로 몽매해지고 얼빠진 행동을 하며, 뜨거운 사랑이 승하는 때라 주야로 향락에 취하고, 심사가 어지러워져 많은 백성이 모두 거짓에 속임을 당하고도 신봉하는 때이니 실제 삼복더위에 사람이 모두 땀을 흘리는 여름과 무엇이 다르겠는가?

셋째로 금나라의 치리와 법령, 음양의 법칙이 뒤바뀌어 안팎이 이미 혼란해졌다. 그때 위아래로 물질을 다투며 싸우고, 더욱 음란한 것을 중시하고 마음에 보기 좋은 것을 원하고, 많은 백성은 모두 기회를 찾는다. 그것은 곧 약해지고 꺾일 조짐이니, 이제 차가운 가을의 온갖 동물들이 동면을 위해 숨는 가을이 아니겠는가?

넷째로 사르락은 분노와 운명에 맞서 원근으로 일을 벌이고, 들뜬 마음으로 오만하게 굴면서 자기 무덤을 파며 여러 가지 사건에 말을 더하고, 유리하고 좋은 쪽에 서는 것을 좇고, 나라의 군주가 아직 자리에 누워 잠을 자며 즐겁게 생각하는 때이기에 엄동설한의 만물이 막히는 겨울과 같다 할 수 있지 않은가?

그렇게 해서 베데국은 키우고 성장하는 봄의 계절을 점했고, 탕구트는 색이 더하는 여름, 금나라는 서늘한 가을철, 사르락은 만물이 어는 겨울철을 점했다. 자라고 성장하는 봄철은 그 성장의 힘을 약화시키기 어렵고, 여름철 색이 들 시기에는 일깨우기가 어렵고, 가을의 서늘함은 따뜻하게 하기 어렵고, 겨울의 얼어버린 9*9추위[6]는 녹이기 어렵다.

---

6 동지부터 시작되는 9*9추위. 9일씩 9번 추운 단계를 거치면 봄이 오는 것을 이른다. 그런데 본문에서는 3*9추위라 했는데, 이것은 9일씩 3번을 한 단위로 하여, 처음 추위는 어린아이 추위, 그다음은 젊은이 추위, 마지막 추위는 늙은이 추위를 이른다.

이처럼 모두 자신들의 때와 수량, 계절이 있다. 하늘이라도 이를 어찌할 것인가? 봄철의 아침 한때의 차가운 비로 어찌 여름철의 만물을 얼게 할 수가 있단 말인가? 여름철 하루의 밤바람으로 어찌 만 가지 열매를 익힐 수 있겠는가? 가을철 한낮의 따뜻한 대기로 어찌 만 가지 꽃을 피울 수 있겠는가? 또 겨울철 하루의 따뜻함으로 어찌 동면하고 있는 만 가지 동물을 움직이게 할 수 있단 말인가? 비유하자면 발전하고 흥하는 베데국을 하늘이 돕고, 탕구트가 몽매해지는 것을 천신이라도 일깨우기 어렵다는 것이다. 금나라가 향락에 탐닉하는 것을 성인이라도 가르치기 어렵고, 사르락의 어리석고 오만해지는 것을 부처님이라도 구원하기 어렵다.

베데국의 일개 고집스러운 야보가가 어찌 할 수 있겠는가? 탕구트의 일개 충신 도르돈이 어찌 할 수 있겠는가? 금나라의 일개 의인 완안수서가 어찌 할 수 있겠는가? 사르락의 일개 현자 바얀이 어찌 할 수 있겠는가? 고대 춘추시대 혼란을 의로운 대 성인 공부자도 평정할 수 없었다. 특히 마그노드 호일다르가 말 위에서 울었던 충의를 이제 누가 본받을 수 있을 것인가! 이 장의 네 나라의 사계절 비유를 훗날 독자 제위들은 천천히 그리고 깊이 생각하게 될 것이다.

제20장

만인 앞에 법을 엄중히 하는 모홀리가 자신의 손을 묶게 했네 오리안한 젤메는 나라를 위해 자신의 몸을 바쳐 어깻죽지를 베었네

송나라 영종 경원慶元 원년, 금나라 장종 명창 6년, 을묘년乙卯年, 태조의 나이 34세 되던 해였다.

친족을 그릇되게 생각지 않는 지성 있는 성조에 놀랄 때
뭇 사람들 앞에서 자신을 묶는 사려 깊은 모홀리를 어찌하리!
나라를 위해 자신의 어깻죽지를 베는 오리안한 젤메를 보니
뜻을 가진 선인이 세상에 태어나 국정을 보필했네

모홀리는 일반 병사의 무리에서 마그노드 호일다르 선봉을 발견해 크게 기뻐하며 서둘러 그를 데리고 가서 상을 내리고 직위를 봉하고, 곧바로 태조에게 무릎을 꿇고 절하며 고했다.

"종이 주군의 한량 없는 은혜를 입어 전군 총사령관의 직책에 있으면서, 제 수하에 이와 같은 자가 있는데도 돌아보지 않고 많은 날을 일반 병사들 가운데 묻어두며 지냈나이다. 이것은 진정 종 된 저의 불찰

입니다. 원컨대 주군께서 엄중히 죄를 물으심이 옳을 것입니다. 그렇게 하옵시면 훗날 대신들이 재능 있고 유능한 인재를 숨겨놓지 않게 하는 좋은 본보기가 될 것입니다."

모홀리가 죄를 자청하자, 태조가 기뻐하며 미소 지었다.

"총사령관께서 그렇게 인재들이 묻혀 있는 것을 두려워하여 용사들을 겨루게 했던 것이 아닙니까? 그런데 무슨 죄를 거론하시는 겁니까?"

"실제 총사령관의 법에 따르면 밤낮으로 병사를 자신의 아이, 손자를 살피듯 살펴야 하는데 병사들 가운데 이같이 특출난 용사들이 있는데도, 이들의 재주를 드러내어 사용하지 않은 것은 저의 신중하지 못한 소치입니다. 종이 진심으로 저의 불찰에 대한 벌을 기꺼이 받고, 벌금으로 이 마지막 시합 날에 큰 잔치를 베풀어 많은 이에게 규범이 되고자 하오니 주군께서는 가납해 주시기를 바랍니다."

그러자 태조가 그 말을 흥미 있게 듣고 기뻐했다.

> 다른 이들이 나무라기 전에 자신을 책하고
> 명을 내리기 전에 어려움을 먼저 생각하는 것은
> 지략과 지혜 있는 자가 많은 이를 다스리는 방법이니
> 덕 있는 총사령관의 뜻대로 하기 바라오!

그러자 모홀리가 태조의 은혜에 절하고, 힘센 장수와 병사들이 경합을 벌이는 마지막 날 큰 잔치의 비용을 모두 자신이 담당했다. 나라의 위아래 사람들은 호수와 바다처럼 풍성한 잔치를 즐겼다. 사흘째 되는

날 가장 우수한 용사가 다섯 명, 1등한 자가 600명 이상, 2등한 자가 1천4백 명 이상이 나왔다. 이들을 차례로 포상하고, 세 집단으로 나누라고 명했다. 그리고 다섯 명의 최우수 용사들을 다섯 '호장虎將'으로 봉하고, 3등급의 병사를 연합시켜 8천 '강철부대'라 명했다. 민병들에게도 같이 상을 내려, 호장을 조직한 경사를 축하했다. 그리고 수호기에 대제를 올리고, 일반 백성들에게도 후한 상을 내렸다.

계춘 30일 사르락과 화친하기 위해 출발할 것이라고 알렸다. 먼 길을 떠날 5만 명의 병사를 선발했다. 그 사이 탕구트에 간 베데국의 사신 찬드간 세첸과 야보가는 차간 탕구트국의 투렘기성에 들어가 일을 전하는 관아에서 자신들이 온 이유를 고하던 그때 쇼다륵 칸은 새봄의 춘경을 즐기기 위해 성시 밖 홀스트 호수가 있는 넓은 정원에 가서 구르웰진고 왕비와 술을 마시고 곤드레만드레 취해 같은 수레에 앉아 돌아오고 있었다. 그러다 베데국의 사신이 왔다는 소식과 그 연유를 듣고, 갑작스레 마음이 편치 않아져 궁으로 돌아갈 때 구르겔진고 부인이 옆에서 냉소했다.

"어찌 그러십니까? 친하게 지낸다 하다가 억압을 받게 되고, 우호적으로 지낸다고 하다가 지배를 받게 되기에 이르렀네요. 동물의 제왕 사자와 북방의 군왕인 테무진에게 어떤 자라도 가까이 다가가면 그 사람은 먹히게 되어 있습니다."

그녀의 생각이 바로 쇼다륵 칸의 생각과 일치하고, 또 술에 취해 술기운에 즉시 조정에 나가 비틀거리며 자리에 앉아 베데국의 사신을 부르라고 명해 찬드간 세첸과 야보가를 불러들였다. 그리고 서한을 보자마자 잠시 멈칫했다가 이렇게 말했다.

그대들 군주 테무진은
많은 나라 모두를 지배하는 군주가 아닌데
한 나라 백성의 권세 있는 군왕인 나를
수족에 비유한 것은 무슨 까닭이오?
동물의 제왕인 사자와
북방 지역의 군주 테무진 그에게
어찌 내가 벗이 되어야 한단 말이오!
벌린 입을 다물라 하시오!

쇼다륵 칸은 주정을 부리며 다시 궁으로 들어가려고 했다. 그러자 찬드간 세첸이 피가 끓어오를 듯이 화가 치솟아 정색하고, 역정을 내며 소리쳐 말했다.

인간도 아닌 탕구트의 군주 그대는
변덕이 죽 끓듯 하는 여인네처럼 가증스럽구려
발의 땀이 되겠다고 하더니
어찌 술에 취해 말을 생각 없이 하시는 겁니까?
아버지의 은혜를 갚는 아들이라면
이제 나를 즉시 죽이시오!
그대 목숨을 지킬 수 있을지, 없을지

차차 보게 될 것이오, 쇼다륵!

양편에서 서로 불편한 심기를 드러내자, 조정의 신하들이 자신의 군주를 제지했다. 그러자 야보가가 찬드간 세첸을 끌고 나와, 나라로 돌아와서 이러한 정황을 태조에게 고하자 태조가 잠시 크게 진노했다. 또 사르락국에 군대를 출병시켜 도왔던 일을 듣고, 불에 기름을 더한 것처럼 분노해 이를 물고 맹세했다.

언제든 이 목숨이 끊어지고 끊어질 때까지
사악한 탕구트를 베어 없애지 못한다면
나의 자손들이 종놈 너를 베어버릴 것이요
결코 내가 너를 그대로 내버려 두지 않을 것이다!

그러자 태조의 장인 데이 세첸의 동생 오치르 세첸이 태조 옆에 있다가 서둘러 무릎을 꿇고 제지하며 고했다.

"신성한 주군께서 그와 같은 소인배의 유치한 말에 어찌 이런 말씀을 쏟아내시는 것입니까? 분노를 잠시 가라앉히십시오. '자식들이 나라를 다스릴 때까지, 둥근 등자 걸이가 흠이 날 때까지, 만민을 평정하여 평화를 회복할 때까지, 나이가 들어 늙어질 때까지'라는 등의 맹언을 하시어 진노하시는 것은 옥체를 힘들게 하고, 산과 고개는 그것을 넘는 말을 힘들게 합니다."

황금 가문이 오래도록 공고하기를 바라나이다!
악한 적이 쓰러져 사라지기를 바라나이다!
신민과 나라가 더욱 번성하기를 바라나이다!
주군의 명성이 산과 바다를 넘어
멀리 퍼져나가기를 바라나이다!

이 일을 모훌리가 듣고 말하기를,

찬드간 세첸이 중요한 일을 이루지 못하고
분노를 낳게 했네
능력 있는 신하를 부끄럽게 한 것이 아닌가?
혈기가 너무 왕성하면
번다한 일이 많아질 뿐 무슨 도움이 되겠소!

라고 하며 더 이상 사신을 보내지 않고, 야보가를 가리켜 말했다.

말이 많아 미움을 산 야보가
무엇을 위해 따라간 것인가, 그대는!
무슨 일에든 도움이 되는 것이 마땅하거늘
어찌 소란만 일으키다 돌아왔는가, 그대는!
아아, 내가 어떻게든 구제하고 싶어도
늘 내리막을 걸어

어떠한 길도 없으니, 그대는

서둘러 서부 수비대로 가시게!

내 천천히 그대를 불러올 터이니!

그리고 야보가를 서남쪽 변경의 수비대로 보냈다. 상부에서 산 미움을 아랫사람에게 미치지 않게 하는 이것은 발전하는 나라의 군신의 태도였으니, 참으로 이처럼 분투하는 것이 놀라울 뿐이다.

한편 태조는 모홀리가 선발한 5명의 용맹스런 호장虎將들과 태조의 신변을 보호하는 하사르, 벨구테이 두 동생 또 알호, 수호 형제 그리고 오욘 세첸, 오욘고, 투그스촉그트, 사이한 소르탈트, 볼로, 울렌 치르비 등을 데리고 중군에 들어갔다. 모홀리는 9경, 다섯 용사, 장수들과 8천 강철 부대, 5만 명의 대군을 통틀어 지휘했다. 보가르지와 보랄 두 장군은 남은 병사들을 인계받아 사방에 주둔시켜 나라를 수호했다. 토르곤 샤르는 두 동생과 네 명의 작은 주군들을 데리고 지역을 지켰다. 장군 촐론은 양편에 지원병 1만 명을 지휘하고, 양국 국경에 주둔하기 위해 준비했다.

그때 모홀리는 호장 호일다르를 대군 앞에 선봉으로 세우고, 끝에 수니드의 호장 길루겐 바타르을 군대를 지키고 가는 정찰대로 삼고, 8천 강철부대를 다섯 명의 호장들에게 나누어 지휘하게 했다. 또 호일다르 선봉과 길루겐 바타르에게 일러 말했다.

"그대 두 사람은 새롭게 은혜를 입어 곧바로 직위가 격상되었으니, 반드시 힘을 다해 분투하고 목숨을 다해 싸우기 바라오. 이번 임무는 요지에 쳐들어가 핵심적인 곳을 찾아 무너뜨리는 것이오. 이번에 5만 병력은 적의 오기를 불러일으키고, 경계태세를 약화시킬 병사들이고, 실전에서는 8천 명의 병사 이외에 다른 병력을 사용하지 않을 것이오. 이번의 중점적으로 믿는 것은 그대들 두 사람이오. 그대 두 사람이 다섯 호장에 포함된 것은 톡그통고 바타르와 수베데이 바타르처럼 원래부터 장수의 뿌리를 가진 사람이 아니기 때문이오. 주군의 크나큰 은혜를 입었으니 진정 죽음을 불사하고 분투하는 것이 마땅할 것이오.

내 생각에는 이번에 두 사람이 최선을 다해 분투한다면 분명 큰 공을 세울 것이라 사료되오. 무슨 일이 있어도 나의 책략에 위배되는 행동을 하면 아니 될 것이오. 군법이 엄하다는 것을 모르지 않을 것이오. 우리나라가 흥하느냐 아니냐 하는 것은 모두 이번 전투에 달려 있소. 만약 이번에 우리가 패하면 이로써 많은 나라의 군주들이 서로 연합하는 일이 생겨나기 시작할 것이오. 만약 이번 전투에서 승리하면 이로써 야심가들이 스스로 꼬리를 내릴 것이고, 두려워 떠는 저항 세력이 스스로 귀순할 것이오!"

그러자 호일다르 선봉장과 길루겐 바타르가 함께 무릎을 꿇고 고하기를 "인애하신 총사령관께서는 마음을 놓으십시오. 우리는 불과 물, 무기 그 어떤 것에라도 죽음을 불사하고 뛰어 들어갈 것입니다. 그런 상황에 이르렀을 때 대장군께서는 그것을 보시기 바랍니다!"라고 하며 기꺼이 그의 명을 받들었다.

한편 을묘년 춘삼월 30일 인시寅時에 모홀리의 장막 앞에서 커다란 포성이 울리고, 총사령관의 큰 깃발이 세 번 흔들렸는데, 태조의 큰 깃발이 흔들리지 않자 모홀리는 대경실색하여 급히 첫 번째 포를 쏘게 하자, 태조의 중군 진영의 첫 번째 나팔 소리가 들리지 않았다. 그러자 모홀리는 낯빛을 잃고, 급히 신호용 화살을 보내 네 명의 작은 주군들을 데리고 와 오른편에 나란히 세우고, 총사령관의 인새印璽와 군기軍旗, 검 세 가지를 내어 주었다. 그리고 수석 신하 토르곤 샤르에게 총사령관의 기를 내어주고 곧 몸을 일으켜, 자신의 맨 위의 산호석이 박힌 귀한 투구를 벗어 태조의 넷째아들 톨리에게 주어 들고 있게 하고, 곧 갑옷을 벗고 곁에 있는 병사에게 큰소리치며 자신을 묶게 하고 뒤쪽을 향해 무릎을 꿇었다. 그러자 많은 장군들이 크게 두려워하며 낯이 흙빛이 되었다.

이 소식을 벌써 태조의 장막에서 듣고, 오요트 세첸이 급히 들어와 태조에게 고하자, 태조가 크게 놀라 이르기를 "군법을 자신의 목숨처럼 지키라고 했는데, 이것은 군주인 나의 잘못이오!"라고 하며 서둘러 일어나 거친 옷을 입고 수호기 앞에서 뒤를 향해 무릎을 꿇고, 천지에 향을 피워 올리고 보가르지에게 모홀리의 장막에서 가서 "내 죄를 정해 가지고 오라"고 하며 보냈다.

그러자 모홀리는 머리를 조아리며 말하기를 "주군의 마음을 근심스럽게 하면 그 신하는 죽는 것이 마땅한데, 누가 감히 주군을 정죄하겠나이까? 주군께서 스스로 말씀하시어 결정하신다면, 신하인 우리는 애쓰며 살아갈 길로 나갈 수 있을 것입니다"라고 하자 태조가 이르기를

총사령관이 중시하는 법은 엄격하고

군대를 통솔하는 주인인 내가 스스로 잘못을 저질렀소
병사들의 천 가지 죄를 더하게 하였으니
병사들에게 상으로 천 마리 군마를 내어줄 것이오! 내가

라고 하며 자신의 집안 재물 가운데 1천 마리 말을 내어, 군 진영에 내어주고 공을 세운 자에게 상을 주게 하고, 몸소 와서 모홀리의 포승줄을 손수 풀어 주었다. 그리고 원래대로 이 일을 되돌리자 모홀리는 격하게 울며, 태조의 은혜에 절하고 일어나 큰 북을 치고 많은 장수를 모아들여 선포했다.

능력 없는 총사령관이 잘못을 저질러 주군을 염려케 했네
중요한 군법을 엄격히 하여 주군께서 당신을 징벌하셨네
병사들이 모두 피 같은 마음으로 분투하기를 바라며
모홀리 나도 100마리 군마로 나 자신을 벌하겠노라!

그리고 자신의 가산 중에서 100마리 말을 내어 자신을 벌했다. 그날 진시辰時에 비로소 대군을 이끌고 출발하여 사르락을 향해 진군했다. 이것은 태조와 모홀리 두 군신이 이미 모의하고 결정한 일로, 군법을 더 엄격히 하여 그 상과 벌을 고르게 하려는 계략이었다.

사관이 이 저서를 쓰면서 여기에 이르러 마음속으로 깜짝 놀라 어설프나마 몇 자 시를 써서 기록한 것은 다음과 같다.

지략과 용기를 두루 갖춘 대장군 모훌리는 얼마나 놀라운가?

황금 가문의 천자 성조 칭기스 칸은 얼마나 지혜로우신가?

인의를 중히 여기는 능력 있는 신하 얻기가 어려운데

선견지명을 갖춘 태조와 같은 군주를 얻기란 진정 어렵지 않겠는가?

여기서 태조의 병사들이 사르락국을 향해 가는 것은 잠시 언급하지 않겠다. 다만 이전에 사르락국에 화친하기 위해 갔던 베데국의 사신 젤메와 호드간 베히는 100명의 병사에게 1천 마리 낙타 짐을 끌게 하고, 사르락의 국경 수비대에 이르러 후한 선물을 올리며, 잘못을 인정하고 화해의 뜻을 말했다. 그리고 함께 사르락국의 소론척이라는 이름의 성에 이르러, 병사와 낙타 짐을 성 밖에 머물게 했다. 산처럼 쌓여 있는 선물을 사르락국의 아홉 부족의 12만 병사들이 보고 매우 오만해져, "우리가 출병도 하지 않았는데, 베데국이 투항하지 않는가?"라고 하자, 이들 물건을 끌고 온 사람들이 "이들 1천 바리의 선물은 모두 당신들 아홉 나라에 상으로 줄 물품과 은, 피륙, 가죽제품이오. 또 이어서 우리 주군께서 친히 병사를 이끌고 오셔서, 그대 나라의 주군의 은혜에 보답할 것이오!"라고 했다.

그러자 그 소문이 일파만파 퍼지며, 얼마 지나지 않아 성 밖의 26개 진영에 빠르게 퍼져나가기 시작했다. 이때 젤메 일행은 이미 성에 들어가 자일트 칸을 만나 절하고 화해를 청했다.

"우리 주군께서 잘못을 아시고 크게 후회하시며, 1천 바리의 은과 피륙, 모직, 가죽 등의 물품을 선물로 바치게 하고, 용서를 구하게 하셨나이다. 또 주군께서 직접 만나 사과를 할 것이라고 하시며 앞서 친서를 올리게 하셨나이다."

젤메가 친서를 올리자 자일트 칸은 서한을 펴 읽게 했다. 그 내용을 들으니 또 화친을 내용으로 하고 있었기 때문에 명하여 이르기를 "귀 군주께서 이미 자신의 죄를 알고 용서를 구하러 온다 하니 마음을 결정하는 동안 잠시 기다리도록 하시오!"라고 했다.

자일트 칸은 사신 젤메를 객사에 돌려보냈다. 그리고 아홉 나라의 대군들이 베데국의 병사들이 퍼뜨린 소문을 듣자니, 자일트 칸이 선물을 받지 않고 죽기를 불사하고 싸울 것이라며 베데국에서 온 사신을 내쫓았다는 것이다. 그러자 아홉 나라의 병사들이 서로 상의해 말하기를 "자일트 칸은 예를 알지 못하는 게 아닌가. 이제 우리 정도의 다른 나라 병사들을 연합시킴으로 위세가 커지니 베데국의 병사들이 두려워하고, 그 군주가 추앙하여 이처럼 1천 바리 후한 선물을 바치게 하고, 또 몸소 화친하고 귀순하기 위해 온다고 하지 않는가? 이렇게 좋은 일을 또 받아들이지 않고, 특히 우리로 하여금 죽음을 불사하고 싸우게 하려는데, 우리가 누구를 위해 생명을 버리면서 분투하겠는가!"라고 하며 뭇 병사들이 자일트 칸에게 불만을 품고 불평을 했다.

자일트 칸은 베데국의 사신 젤메와 호드간 베히를 내보내자마자 자기 수하의 참모 대신을 불러 모았다. 대신 중 한 사람은 사르, 또 한 사람의 이름은 타르바, 나머지 사람은 한드가이, 오한트였다.

이 네 대신과 의논하기를, "베데국의 군주 테무진이 우리가 아홉 대국을 불러 모아 우리의 대군과 연합한 것을 듣고, 매우 두려워하여 이제 1천 바리의 많은 예물을 바치고, 또 자신이 몸소 대면하여 절하고 화친하기 위해 오는 것은 의심의 여지가 없소. 그러나 우리가 곧바로 그들의 요구에 따라 정말 화친을 하는 것이 좋겠소? 아니면 화친한다고 그들을 속이고 예물을 받고 베데국의 군주가 온 뒤에 불시에 공격하여 제거해 버리는 것이 좋겠소?"라고 묻자 사와 타르바와 호한트 대신이 크게 기뻐하며 함께 고했다.

"주군의 계략은 참으로 현명하신 방법입니다. 그렇게 하면 그들이 가져온 물건도 얻고 또 권세도 차지할 것이며, 남쪽과 북쪽이 모두 우리 것이 될 것입니다."

그러자 옆에 있던 한드가이라는 신하가 머리를 흔들었다.

"이 일은 참으로 의심스러운 점이 있습니다. 베데국의 군주는 이미 1천 바리의 많은 선물을 바치고, 그 선물을 우리 장수와 병사들에게 상으로 주게 하고 항복의 뜻을 크게 드러냈습니다. 그런데 특별히 베데국의 군주가 몸소 와서 맹약을 하고 연합하겠다고 하는 것은 무슨 생각이겠습니까? 베데국 군주가 다른 나라 국경에 깊이 들어오기 때문에 무슨 일이 있어도 병사들을 대동하지 않고 오지는 않을 것입니다. 그는 우리가 모은 병사들에게 상을 주면서 우리 병사들의 마음을 변화시키고, 또 그가 몸소 군대를 이끌고 온다는데, 어찌 이를 의심하지 않을 수 있겠습니까?"

그러자 사르, 타르바, 오한트 세 사람이 동시에 말했다.

"이 일에 무슨 의심할 것이 있단 말입니까? 그가 진정 우리와 싸우겠다고 하면 곧바로 공격해 들어와 싸우면 끝날 일인데, 이처럼 후한 선물을 바쳐 무엇을 하겠다는 말입니까? 베데국의 군주가 몸소 오는 것은 그가 많은 선물을 보냈기에 이에 우쭐하여 우리 주군을 만나 인사를 나누고, 우호적으로 지내자는 것을 확고히 다지자는 것이겠지요. 그가 경계심을 갖지 않는 이번 기회를 타서 곧바로 그를 죽이는 것이 어찌 아니 되는 일이겠습니까? 또 우리에게 온 사신에게 물어보니, 그 군주를 따라오는 병사의 수는 2만을 넘지 않는다고 합니다. 우리 병사의 10분의 1도 되지 않으니, 우리 병사가 싸우기는커녕 그들을 잡아먹는다 해도 그 수가 충분치 않습니다!"

이에 대신 한드가이가 말하기를 "이제 베데국이 보내온 1천 바리의 선물은 일반적으로 어떠 어떠한 것들입니까?"라고 묻자, 세 사람이 "금은, 비단류, 끈과 모전, 피륙과 가죽, 차와 버터, 소금과 과실주, 쌀과 곡물, 치즈 유제품 등에 이르기까지 남쪽 북쪽 지역의 옷가지, 먹을거리 등이 모두 들어있습니다. 오늘은 조금 늦었으니 내일 보도록 합시다. 이것은 의심할 필요가 없습니다"라고 했다.

대신 한드가이의 한 개뿐인 입이 그들 세 사람의 여섯 개 입술을 당해낼 수가 없었다. 그리고 자일트 칸도 여러 사람의 말을 받아들이고, 한 사람의 생각을 듣지 않았으며, 한드가이에게 호의적인 모습을 보이지 않았다. 한드가이는 할 수 없이 속으로 냉소하며 나왔다. 이 소식을 벌써 케레이트의 자모하가 듣고, 깜짝 놀라 크게 의심하며 서둘러 군진영에서 달려나가 소론촉 성시로 들어갔다. 그리고 조정으로 나가 자일트 칸을 배알하고 절하며 고했다.

"베데국의 사신이 와서 투항하여 화친하겠다고 한 것은 무슨 일이 있어도 신뢰할 수 없는 일입니다!"

그러자 자일트 칸이 묻기를 "그대는 그것을 어찌 알았소? 그대가 확실히 의심할 만한 사항을 분명히 가리켜 말한다면 내가 곧 선물을 돌려주고 전투를 결정하겠소. 이런 일이 있을까봐 내가 그들을 성 밖에 머무르게 하여 기다리게 했소"라고 하자, 자모하가 서둘러 고했다.

"그 선물은 돌려주지 말고 그대로 받으십시오. 그리고 그들의 마음을 푹 놓게 하고, 그들의 유연한 계략에 대응하는 전략을 써서 베데국의 군주를 오게 하여 맹약의 잔치를 베풀고, 그때 그를 죽이면 이 두 가지를 다 이루는 계략이 되지 않겠습니까?"

그러자 옆에서 사르와 타르바, 오한트 세 대신이 "어떻습니까? 우리가 생각했던 것이 아닙니까?"라고 했다. 자일트 칸이 또 그 계략이 자기 생각과 부합하자 흔쾌히 웃으면서 고개를 끄떡여 그 말을 수용했다. 그리고 곧 세 사람의 대신으로 하여금 자모하에게 잔치를 베풀어 대접하게 했다. 또 잔치자리에서 베데국 사람들을 대접하고 없애는 연성과 경성 계략, 세밀하고 대략적인 두 가지 계략을 사용하는 것에 대해 결정한 뒤 또 선물을 받아들이겠다고 하고 명을 내렸다.

그리고 비로소 풍악을 울리기 시작하고, 내궁으로 다시 들어가려고 할 때 대신 한드가이는 자모하가 조정으로 갔다는 말을 들었다. 자모하가 아첨을 잘하는 간사한 사람인 것을 보고 나갔기 때문에 대사를 그르칠지 모른다 하여 서둘러 조정으로 갔다. 그리고 자일트 칸이 다시 들어갈 때 몸집이 작은 신하 바얀과 함께 뒤쫓아 들어가 내궁 문에 이르러, 서둘러 뒤에서 칸의 옷자락을 잡고 무릎을 꿇었다.

"자모하라는 자의 말을 믿어서는 아니 되십니다!"

한드가이 대신이 간곡히 설득하자, 자일트 칸은 분명 그가 자모하의 공을 시기하여 이렇게 말한다고 생각하고 버럭 소리를 지르며 질타했다.

"시기하는 마음을 거두지 않고, 무엄하게 내 몸에 손을 대는 것이오? 베데국의 의심되는 사항을 분명히 가려내지 못하면서 어찌 이리 와서 애쓰는 자모하를 또 시기 하는 것이오? 쥐새끼 같은 바얀은 무엇을 안다고 자꾸 내게 와서 어물쩍거리는 것이더냐? 이들을 즉시 내보내 그 신하의 직을 박탈하고, 궁전 문을 지키게 하라!"라고 하며 그들을 내보냈다. 그러자 나이 든 한드가이와 젊은 바얀은 크게 탄식해 울며 나갔다.

"안타깝도다! 온 나라를 헤매고 다니며 망조를 들게 하는 자모하 놈의 손에 우리 사르락 대국이 무너지게 되었도다."

한편 자모하가 세 명의 대신과 연회를 벌이며 상의해 말하기를 "나에게 한 가지 계략이 있습니다. 어느 해 남쪽 나이만 국의 타이얀 칸의 원수元帥 곡설오라는 자가 차차르산의 알락그타이 하르라는 곳에서 베데국과 불로 싸워 일시에 승리한 일이 있습니다. 그 일이 있은 후 베데국은 무슨 일이 있어도 마른 나무와 풀이 있는 곳에 병사를 주둔시키지 않게 되었지요. 그러니 이번에 그들이 별다른 생각 없이 들어와 경계하지 않고 있을 때 공격합시다. 이제 우리가 그들의 많은 예물을 모두 받고, 베데국으로 하여금 완전히 신뢰하게 한 뒤 맹약의 잔치에서 테무진을 붙잡아 죽입시다.

그가 만약 경계 태세를 취해 우리의 계략에 말려들지 않는다면, 그때는 우리 대군의 진영을 이동시켜 사르락 강가에 주둔시키면, 베데국의 군대가 와서 분명 건너편 강가에 주군하게 될 것입니다. 그 초원의 풀은 누렇고 무성하여, 그들이 불이 날 위험을 두려워하여 분명 모래와 자갈이 있는 강가 중간 부분으로 이동할 것입니다.

그렇게 하면 우리가 앞으로 나아가 사르락강 상류의 양쪽 산부리 입구에 모래주머니를 언덕 모양으로 가득 쌓아 막고, 그들이 진영에 주둔하여 이미 안정적으로 머물게 된 연후 대포 쏘는 것을 대오의 신호로 삼고, 밤에 갑자기 모래주머니를 빼 베데국의 병사를 일시에 모두 떠내려가게 하여 양쪽 강가에서 압박해 죽이면 곧 단번에 승리를 거둘 수 있을 것입니다. 군대가 만일 모래 자갈이 있는 물가에 주둔하지 않고 초원의 풀 있는 곳에서 내려 주둔한다면, 우리는 강 건너에 매복해 있는 병사들로 하여금 밤에 그들 부대 뒤쪽에서 앞으로 부는 바람의 방향으로 불을 놓게 하여 풀을 태우면서 싸울 것입니다. 이 세 가지 계략에 테무진을 무너뜨리는 것은 봉지 안에 든 음식이요, 가죽 자루 안에 든 버터를 취하는 것처럼 쉬운 일이 될 것입니다!"라고 했다.

그의 일장연설에 사르락의 사르 등은 손을 흔들고 발을 구르며 크게 기뻐했다. 그리고 자모하를 칭송했다.

"진실로 넓은 강가에서 태어나 남쪽 지경에서 지내며, 비할 데 없이 대단한 전략을 갖고 있구려!"

그리고 곧 조정으로 나가 큰북을 치게 하고 자일트 칸을 나오게 하여, 서로 상의한 전략을 고하자 자일트 칸은 크게 기뻐했다.

"무슨 일이 있어도 이 세 가지 계략 가운데 어떤 한 가지 계략에서는 벗어날 수 없을 것이오. 곧 이대로 결정하도록 합시다. 자모하라는 자는 참으로 금나라의 황색이 묻어,[1] 어떤 계략이든 모두 갖추고 있는 것 같소"라고 칭찬하고, 산해진미로 잔치를 더하여 상을 내리고 세 대신에게 대접할 것을 명하고 궁으로 돌아갔다. 자모하는 자일트 칸의 은혜에 감사의 절을 하고, 잔치에 참석하기 위해 갔다.

이때 해가 저물고 날이 어둑어둑해지자 젤메는 진영으로 돌아가 병사들이 음식을 먹고 술을 마시고 있을 때 이전에 칠게르 부흐가 일으킨 난리통에 붙잡혀 풀려났던 사르락의 100명 이상의 병사들이 예전의 은혜를 생각하고, 몰래 젤메에게 절하기 위해 가자, 젤메가 그들을 칭찬하고 기뻐하며 술과 고기를 배불리 먹여 보냈다.

그때 그들에게 말하기를 "우리 주군께서 그대들 군주와 화친하려고 오고 계시오. 그대들 군주께서 만약 비밀리에 독을 준비하고, 우리 주군을 해치려고 공모한다면 그대들은 우리의 은혜를 생각하고, 우리에게 와서 말해주면 그것이 곧 은혜를 갚는 일이 될 것이오. 우리에게 다른 마음은 전혀 없소.

그런데 그대들의 칸이 우리나라의 후한 1천 바리 선물을 혼자서 취할 생각을 하고 있소. 우리가 원래 선물을 가져온 것은 많은 병사 그대들 모두에게 상으로 나누어 주기 위함이었소. 그대들은 우리의 이러한 뜻을 여러 진영의 병사들에게 잘 말해서 퍼뜨리시오. 지체하지 말기

1 '황색'이란 금나라의 '금'과 관련하여, 금나라의 영향을 받았거나, 식견이 있다는 의미로 볼 수 있다.

바라오!"라고 했다.

병사들은 기꺼이 그 말을 받아들이고, 정말 그 말을 퍼뜨리며 모든 진영에 가서 말하자, 많은 병사들이 그다지 기분 좋게 여기지 않았다.

한편 젤메는 자신의 병사들에게 술을 마셔 취기가 돌게 하고, 그 가운데 성미가 급하고 사나운 10여 명의 병사를 뽑아 취하도록 마시게 하고, 보이지 않는 곳으로 데려가 일러 말했다.

"우리는 오늘 밤 주군과 총사령관의 계략에 따라 1천 바리의 짐과 풀, 잡초, 쓰레기를 모두 모래언덕에 쌓아놓고, 진영과 식량을 모두 태울 것이다. 그리고 그들의 다른 나라 병사들이 밤에 불을 지르고 선물을 빼앗아 갔다고 하며, 그들 성시로 들어갈 것이다. 이런 상황에서 일반 병사들에게 전혀 상처가 없으면 그들은 어찌해도 믿지 않을 것이니, 내가 먼저 몸에 상처를 낼 것이다. 겁많은 병사들은 스스로 상처를 낼 수 없을 것이니, 그대들 몇 사람이 암암리에 모두 어느 정도 상처를 내도록 하라. 다만 죽을 정도로 내어서는 아니 될 것이다. 내가 좋은 약을 가져왔다. 잠시 조금 참기 힘든 고통이 있을 것이나 그것은 훗날 영원한 공로가 될 것이다!"

한밤중이 되기를 기다리며 100명의 병사들이 술을 마시고, 진영의 문을 봉쇄한 후 1천 바리의 짐과 보따리를 모두 풀고, 그 안에 든 풀과 쓰레기를 모두 꺼내 천막 모두에 빙 둘러 쌓아놓았다. 그리고 10여 명의 영리해 보이는 병사들에게 베데국의 인장이 찍힌 포대와 끈에 묶인 물건과 가죽끈으로 싼 누런 금을 입힌 가죽 제품을 내어주고, 그 반 정도를 소론촉성의 서문과 북문 밖 여기저기 던져놓고, 그 대부분을 그들의 여러 군 진영의 안팎에 가져다 던져놓게 했다. 또 병사들의 우수한 무기와 안장, 옷을 잡초와 모래 깊이 묻어놓게 하고, 그다지 좋지 않은 것은 군대 진영의 여기저기 던져놓았다. 자신을 비롯하여 많은 병사들이 겁을 먹고 도망치는 것처럼 홑겹의 델을 입는 것 외에 다른 것은 입지 않고, 어떤 병사는 벌거벗고 있었다. 모두가 구두와 모자를 쓰지 않은 채 준비를 마치고, 100명의 병사를 모아들여 좋은 말과 유려한 가락으로 말했다.

"이 일은 우리 베데국의 신성한 주군께서 특별히 나라를 세우시는 데 공이 되고, 뿌리가 되는 일이오. 그대들은 무슨 일이 있어도 이 일을 발설해서는 아니 되오. 그대들을 모두 선발하고, 부모와 처자식이 있는 그대들을 뽑아 데리고 온 것도 말이 누설되는 것을 걱정했기 때문이오. 만약 그대들이 이 비밀을 발설하면 호드간 베히와 우리 둘만 죽는 것이 아니라 그대들 모두가 살아남을 수 없는 것은 말할 것도 없고, 비밀을 누설한 사람의 가족도 모두 국법으로 다스려져 죽임을 당하게 될 것이오."

그리고 앞에 10냥씩의 은괴를 쌓아놓고, 젤메가 먼저 왼쪽 손으로 오른쪽 어깨에 두 줄이 그어지도록 베고, 피를 계속 흘리며 명했다.

"그대들 가운데 나와 같이 자신의 몸에 상처를 낼 수 있는 자에게 지금 곧 10냥의 은을 상으로 내리고, 나라에 돌아간 뒤 두 계급의 직위를 올려줄 것이며, 집안을 번창하게 해 줄 것이오!"

그러자 술 취한 많은 병사가 기분이 들뜨기 시작하면서 각자 상처를 내기 시작했다. 상처를 낸 18명 모두에게 두 배의 상을 내리자, 그것을 보고 탐욕이 생긴 병사 6명이 또 스스로 상처를 냈다. 어떤 병사는 자신의 두툼한 허벅지에, 어떤 자는 팔뚝, 어떤 자는 자신의 얼굴을 긋고, 어떤 자는 머리를 찌르는 등 참으로 끔찍한 상황이 벌어졌다.

한편 양쪽으로 가죽 포대를 던지고, 흔적을 내려간 병사들이 모두 돌아왔기 때문에 젤메는 상처를 참고 또 몇몇 말 잘하는 사람을 뽑아 "너희 몇 사람은 길을 잃은 것처럼 도망쳐서, 저편의 군 진영에 숨어 들어가 '성에서 도적이 나와 우리의 예물을 약탈해 갔다'라고 소문을 내라. 다음 날 곧 틈을 보아 도망쳐 나와 나라로 가서 총사령관에게 이 사건을 고하고 돌아오기 바란다. 무슨 일이 있어도 도중에 병사들에게 붙잡혀 인질이 되어서는 아니 된다!"

이러한 일들을 모두 상의하고, 젤메는 병사들에게 크게 함성을 지르게 하고 불을 붙이게 했다. 모두 다 불이 붙자 많은 병사를 데리고 서북쪽의 소론촉성 쪽으로 가서 병사들을 향해 외쳤다.

"그대들은 소리치며 빠르게 나를 따르라. 그대들 가운데 상처를 내달라고 하는 사람이 있는데, 상처를 낸 모든 사람에게 은 10냥의 상이 더 있으니 억울하게 생각지 말라!"

그리고 젤메는 오른손으로 또 자신의 왼쪽 어깨를 세 번 칼로 베고, 검을 불 속에 던지자, 호드간 베히가 부끄러워 자신의 오른쪽 허벅지를 베고 창으로 얼굴에 한 번 상처를 냈다. 그리고 모두 함성을 지르며 달려가서, 성의 남문과 동문에 이르러 큰소리로 외쳐댔다.

"당신들의 군 진영에서 많은 도적들이 나와 우리 진영에 불을 지르고 들어와 우리의 재물을 빼앗아갔소. 서둘러 병사를 내어 빼앗아옵시다!"라고 하며 소란을 피웠다. 이때 자모하가 기분 좋게 잔치를 즐기고 있었는데, 갑자기 성 앞 사방에서 불빛이 일고, 사람들이 함성을 지르며 큰 소동이 벌어졌다. 또 남문에서 병사들의 외치는 소리가 들리자, 세 신하가 자모하와 남문의 망루에 올라가 보니, 시의 동문과 남문 밖에 선물을 가져온 베데국 사신의 진영에 불이 붙어, 건조한 봄의 나뭇잎처럼 물건들이 연이어 불타고 있었다.

베데국의 사신과 병사 대부분은 벌거벗고 모두 상처를 입고 있었는데, "서둘러 문을 열고 병사를 내보내 도둑을 잡으라"고 외쳐대고 있었다. 이때 상처를 낸 몇 사람이 멍청한 데다가 또 취해서 이 사람, 저 사람을 찌르고 베며 들떠서 스무여 명에게 상처를 내고, 또 스스로 상처를 낸 병사에게 잘못하여 다시 상처를 냈다.

그러자 젤메가 "모두 이제 더 이상 필요 없다. 상처는 이제 이것으로 충분하다"라고 아무리 말해도 상처를 내는 몇 사람이 완전히 들떠서 여기저기 정신없이 베자 모두 달려들어 그 몇 사람을 붙잡아 누르고 쓰러뜨려 반은 웃음거리로 반은 놀이로 그들 몸에 몇 번 상처를 냈다. 그리고 검과 창을 빼앗아 풀에 던지고 끌고 메고 성 아래 왔기 때문에 상처를 입은 사람의 수가 매우 많았다.

그러자 사르 대신은 등불을 내리게 하여 상처를 보고, 그들이 말하는 것을 사실로 믿고 서둘러 북을 치고 문을 열게 하여, 베데국의 사신을 들어오게 했다. 또 성을 지키는 병사를 깨워 말에 안장을 채우게 하고, 선물을 쌓아놓은 곳으로 가자 한밤중이 지나 산의 경계가 보였다. 불이 또 꺼지고 도적은 이미 가 버리고 없었다. 1천 바리의 물건은 오보 하나만큼의 물건도 남아있지 않았다. 다만 홀딱 불에 그을린 진영에 남아있던 천막의 기둥, 게르 궁의 서까래, 벽채 그리고 안장 받침대, 짐을 고정하는 집게 등 나무류의 것들이 타고 있었다. 어느 정도 불을 끄고 상당한 양의 멍에와 등자 등 쇠로 된 것들을 모아가지고 궁으로 돌아왔다.

한편 젤메와 호드간 베히는 피를 흘리고 상처가 난 병사들에게 옷을 벗게 하여, 모두를 데리고 자일트 칸의 궁전 문에 가서 눈물을 떨구며 고통스럽게 신음하며, 소리를 지르고 또 뒹굴자 자일트 칸은 측근의 대신들을 내보내 그 연유를 묻게 했다. 그러자 젤메가 크게 소리치며 말했다.

"한 나라의 칸이면서 어찌하여 이같이 바르지 못한 일을 하시며, 우리의 물건을 취하고 또 사람을 죽이는 상황에까지 이르게 하신 것입니까?"

젤메가 외쳐 말하자, 자일트 칸이 크게 놀라 서둘러 조정으로 나가 젤메와 호드간 베히를 만나 보니 젤메의 양어깨가 심하게 베어지고, 호드간 베히는 얼굴에 상처를 입고, 허벅지가 베어져 있었다. 그 모습이 참혹하여 모두 어안이 벙벙해져 급히 그 연유를 묻자 젤메는 상처가 심한 데다 분노가 치밀고 속이 편치 않았기 때문에 바닥에 쓰러져 누워 아무 말도 하지 못했다. 다만 자일트 칸을 손가락으로 가리키며 이를 갈았다. 호드간 베히의 상처는 비교적 가벼웠고, 어느 정도 상처가 고통스러울 때 울 눈물이 준비되어 있었기 때문에 소리쳐 울며 큰 소리로 외쳤다.

"칸이시여, 당신은 한 나라의 군주이면서 어찌 이같이 못된 짓을 행하시며, 많은 병사 가운데서 우리가 보낸 1만 냥의 은, 1천 냥의 금, 백만의 물건을 탐하여 이렇게 몰래 약탈하며, 어둠 속에서 부끄러운 일을 행하시는 것입니까?"라고 하면서 "아이구, 아이구!" 하고 소란을 피우자, 자일트 칸이 안절부절못한 채 안타까워하며, 할 수 없이 젤메를 부축하게 하여 내보내고, 성안에 머물게 하면서 좋은 약으로 치료하게 했다. 그리고 상처가 난 병사들에게도 약을 나누어주라고 하고, 어느 정도 체력이 회복되어 정신이 드는 것을 기다리면서 한편으로 세 명의 대신에게 명을 내렸다.

"이 일은 다른 나라에서 징집해 온 병사들이 물품을 탐내 일으킨 사건이 분명하오. 대신들이 가셔서 진영마다 수색해 보고 물건을 찾아내시오!"

그리고 곧 병사를 내주어 수색하기 위해 보냈다. 그날 밤 베데국의 몇몇 병사가 상처를 입어, 사르락 병영에서 밤을 지낼 때 자일트 칸의 성시 서문과 북문으로 도적이 나갔는데, 자신들에게 상으로 줄 몇천 냥의 은과 비단, 펠트와 노끈, 1천 바리의 짐 등 많은 물건을 마구 약탈해 갔다는 소문이 났기 때문에 각 나라의 병사들은 매우 분개하여, 이미 싸울 마음이 없어졌다. 계속해서 밤에 또 베데국에 갔던 사르락의 병사들이 젤메와 호드간 베히가 상처를 입었나 몰래 보기 위해 오자 또 아래 병사들에게 일러 그들에게 또 이전과 마찬가지로 말하게 했다. 그러자 이들 병사들이 여러 군 진영에 소문을 내 사르락의 다른 나라 병사들이 모두 돌아설 마음을 먹었다.

그때 또 수색하며 물건을 찾던 중 다른 나라 병사 진영 가운데서 베데국의 인장과 봉랍이 되어 있는 묶음이나 더미, 가죽을 찾아내어, 많은 병사들이 사건에 연루되자 분해 끙끙대고 있을 때, 그들 100명 이상의 병사 가운데서 성의 병사가 몰래 북문으로 도둑들을 나가게 했다는 말을 듣고 이것은 분명 자일트 칸이 교활한 계략을 써서, 그 물건들을 자신이 취하고, 그 일을 자신들에게 뒤집어씌웠다며 모두 들고 일어나 성의 서문, 북문 안팎에서 소동을 일으켰다. 그리고 곳곳을 수색해 또 베데국의 표식과 인장, 짐 더미, 묶음, 가죽을 지원병과 상인 집에서 몇십 점을 찾아내, 사르와 타르바, 오한트의 문 앞에 물건을 쌓아놓고 소리쳤다.

"우리가 받을 물건을 당신들이 모두 빼앗아갔을 뿐만 아니라 뒤로 우리를 모함하고, 없어진 물건을 도리어 우리에게 찾고 있소. 이 같은 소인배의 마음으로, 우리의 많은 병사들에게 데베국과 서둘러 싸우라고 하는 것입니까?"

병사들이 크게 소리치며 소란을 일으키고, 많은 병사들이 막 흩어지려고 할 때 자모하가 갑자기 이 계략을 눈치채고, 크게 놀라 조정에 나가 자일트 칸에게 고했다.

"이것은 베데국이 우리의 여러 부족의 병사들 마음을 갈라놓으려는 계략이 분명합니다. 이 일을 그냥 믿어서는 아니 됩니다!"

그러자 자일트 칸이 말하기를 "그렇다면 그들 사신과 병사들의 그와 같이 심한 상처를 입은 것은 대체 무슨 까닭이오?"라고 하자 자모하가 서둘러 고했다.

"사건의 중요한 면과 일반적인 면을 보아야 할 것입니다. 이런 큰 사건에 몇 명의 병사들이 상처를 입어 고통을 받는다는 것이 무슨 어려운 일이겠습니까? 진실인지 거짓인지 베데국 사신을 붙잡아 감옥에 처넣고, 남은 100여 명을 각각 갈라놓고 모진 고문을 해 진실을 밝혀야 합니다. 군 진영으로 데리고 가 그들 입으로 사실을 실토하게 하여, 우리 많은 나라 병사들의 마음을 빨리 진정시키는 것이 중요합니다!"

그러자 자일트 칸은 퍼뜩 정신이 들어, "곧바로 말씀한 대로 붙잡아 오시오" 하고 자모하를 내보냈는데, 베데국의 사신과 병사들을 모두 붙잡으라는 명을 내릴 때 자모하가 급히 허둥대며 돌아가다가 전령사의 가슴을 들이받아 두 사람이 양쪽으로 쓰러졌다. 자모하는 또 서둘러 일어나 그가 전령사임을 알고 달려가, 그 신하의 손을 당겨 일으켰다. 그는 조정으로 급히 들어가 자일트 칸에게 절하고, 일을 고하려고 하는데 너무 서둘렀기 때문에 혀가 잘 돌아가지 않았다.

다만 "잠, 잠, 잠, 잠시 기다리십시오"라고 했다. 또 "그……. 그……. 그……. 그전에 테……. 테……. 테……. 테무진을 죽이십시오. 마……. 마……. 만약 그의 사신을 붙잡으면, 테 테 테무진이 의심할 것입니다!"라고 하며, 베데국의 사신을 붙잡는 것을 제지했다.

그러자 자일트 칸이 또 한 가지 계략을 생각해 냈다. 즉, 베데국의 사신을 문병하여 위로하는 자인 것처럼 측근의 신하를 보내 상황을 염탐하게 하자, 신하가 와서 고했다.

"정사신正使臣인 젤메라는 자는 이미 병이 중해져 죽음이 가까워져 있어, 정신을 차리지 못하는 상황입니다. 수하 병사들이 상처를 입은 것은 사실이며, 그들도 신음하며 누워 있습니다. 어떤 병사는 죽은 자도 있고, 거의 죽어가는 자도 있는데, 우리 백성들에게 물어보니 아침저녁으로 죽은 병사를 가죽과 피륙 또는 델,[2] 이불로 싸서 내다 버리는 것을 몇 번 보았는데, 분명 십여 명 정도 되었다고 합니다. 문지기 병사에게 물어보아도 마찬가지로 그렇게 말합니다. 상황을 보면 서로 간에 무모하게 상처를 낸 것 같지는 않습니다. 또 모두가 사르락에서 죽으리라, 돌아가 어떻게 주군을 뵐 수 있겠냐고 말합니다."

그러자 자일트 칸의 의구심이 10의 8, 9가 꺾이면서, 자모하를 적잖게 혐오하는 마음이 들었다. 이것은 젤메가 이미 정신을 차릴 수 없게 된 것으로 모의하여 계략을 짠 것이었다. 아침저녁 살아있는 병사를 죽은 것처럼 가장하여 피륙이나 가죽으로 싸서 성문을 통해 내가서, 자신의 나라 쪽으로 보내 소식을 전하게 했던 것이다. 이에 사르락의 백성들은 그것을 그대로 믿었고, 군주는 병사를 의심하고, 병사는 군주를 의심하는 일이 생겨났다. 그 안팎에서 자모하는 의심을 했지만 자일트 칸이 공연한 의심을 하지 않게 되었기 때문에 또 효과가 없는 일이 되어 버렸다. 내부적으로 신하 한드가이는 이러한 진상을 훤히 알고 있었지만 이미 자일트 칸을 배알할 수 없었기 때문에 푸른 하늘을 쳐다보다 한숨을 내쉬며 생각에 잠겼다.

"우리나라가 망하는 것은 명약관화한 일이 되었도다. 비록 나라를 구할 수 없게 되었지만 그래도 가정을 지킬 수는 있겠지."

---

2 몽골 전통 의상.

그리고 자신의 주군이 있는 쪽을 향해 울며 아홉 번 절하고, 밤에 베데국 사신의 객사에 와서 호드간 베히에게 은밀히 신호하여 병사를 멀리 가게 하고, 호드간 베히와 젤메를 향해 말했다.

"고귀하신 두 사신께서는 눈에 보이는 것이 없으십니까? 참으로 우리 사르락국에 사람이 한 사람도 없는 것으로 보셨습니까?"

그러자 호드간 베히와 젤메가 크게 두려워했다. 일이 어찌 되었는지는 다음 장에서 보게 될 것이다.

산 너머에 청산이 있고
누각 저편에 누각이 있네
계략 속에 묘한 계략이 있고
이익 위에 이익이 있네

분노 뒤에 뜨거운 분노가 있고
악의의 극에 악의가 있네
친근함 앞에 헛된 친근함이 있으니
위험하고도 위험하도다!

【평언】

이 장에서는 하나의 태양, 하나의 달, 두 개 빛과 두 개 그림자, 여섯 가지 형상이 존재한다. 태양이라고 하면 빛이요, 빛이라 하면 그림자이다. 달이라 하면 빛이요, 빛이라 하면 또 그림자이다. 하나의 태양빛은 매우 강렬하기 때문에 그림자도 분명하고, 달빛은 일반적으로 어둡기 때문에 그림자 역시 흐릿하다. 비유하자면 베데국의 군주 태조는 태양이요, 모홀리는 빛이기에 대신 젤메는 그림자가 된다. 이 세 사람은 어찌해도 떨어질 수 없다. 그 너머 사르락의 자일트 칸은 달이 되고, 자모하는 떠도는 빛이기에 신하 한드가이는 그림자가 된다. 특히 달이라는 것은 태양빛에 빛나며, 빛은 퍼지기에 또 태양의 동인이듯 자일트 칸은 태조의 의미를 드러내고, 헤아려 말하니 마침내 또 태조가 의미를 갖게 되는 것이 아닌가? 그렇기에 태조는 태양이요, 자일트 칸은 달이다.

다만 그림자가 태양의 움직임을 정하고 재며, 시간과 그림자가 양을 갖게 됨으로 비록 사물의 그림자이긴 하지만 시간을 알 수 있다. 달은 천천히 가기 때문에 낮이 부족하고 뒤처지기 때문에 비록 뜨고 지는데 길이가 있어도 시간을 알 수 없다. 그렇게 해서 베데국의 그림자인 젤메는 그 역량으로 많은 일을 이룰 수 있으며, 사르락의 그림자인 한드가이는 언급하기는 쉬우나 달그림자를 멈추게 하기가 어려운 것과 무엇이 다른가?

또 베데국의 빛인 모홀리가 세운 책략은 조금도 빗나가지 않은 반면, 사르락의 빛인 자모하가 세운 전략은 몇 번이나 실패한 것은 태양빛의 정한 크기와 달빛의 추정할 수 없는 크기와 무엇이 다른가? 또 베데국의 태양인 태조가 영원한 중심 빛이기 때문에 태양에 비유된다. 사르락의 달인 자일트 칸은 불분명하기 때문에 달에 비유된다. 이것을 볼 때 비록 여섯 가지가 서로 다르지만, 일반적으로 그 뿌리는 하나의 태양에 의지하고 있는 듯하다. 이들을 볼 때 서로 사건이 다르지만, 마침내 또 태조의 정황만을 기록했다. 만약 태조가 대원제국을 열지 않았다면 누가 이들 사르락국의 자일트를 기록하겠는가! 이것은 곧 하나의 태양이 하늘에 떠오르면 만물이 그림자가 지게 되는 것과 같지 않은가? 어떤 그림자라도 마침내 하나의 태양으로부터 생겨나기 때문에 이러한 것들을 헤아려 만인이 모두 태조의 하나의 빛에 의지해 이 세상에 남았기 때문에 태조는 진실로 대원제국이 세상을 지배한 이 162년과 이제 710년이 된 몽골 민족 전체의 태양이라 할 수 있다.

비록 나라마다 처음 개국한 태조들이 모두 쉽지는 않았다고 하지만 이 원나라 태조처럼 천신 같은 환한 빛이 뚜렷하고, 놀랍도록 대단한 존재는 매우 적다. 고대 황가의 무제 모두 나라를 연 황제가 아닌가! 또 송나라 초기 조광윤趙光胤[3] 그 역시 송나라를 건국한 황제가 아닌가? 그들은 원나라 태조에 비하면 얼마나 하찮은가!

또 이번의 자신의 어깨를 베고, 죽음의 땅을 찾아 들어간 젤메의 충의는 진실로 천지와 같고, 태양과 달에 비할 수 있다. 그러한 충의로 그 자손들이 7백 년 이상이 되도록 명나라, 청나라 두 나라의 귀한 손님이 되어 지내지 않는가?

---

3 송나라 태조(太祖, 927~976). 송나라를 창건한 황제. 역사에서 이 때를 북송(北宋)이라고 함(이병갑, 『중국역사사전』, 학민사, 2006, 443~444쪽).

참고문헌

1. '몽골 현대문 역자 서문' 참고문헌

Булаг, *Арван долдугаар зууны Монгол түүхэн уран зохиол*, Өвөр Монголын хэвлэлийн хороо, 1987.

John Gombojab Hangin, *Klke Sudur(THE BLUE CHRONICLE) : A Study of the first Mongolian Historical Novel by Injannasi*, O. Harrassowitz, 1973.

Дамдинсүрэн.Ц, *Монгол уран зохиолын дээж зуун билиг оршвой*, УБ, 1959.

Дундад сургуулийн хэлбичгийн багшийн гарын авлага, Тунляо. 1994.

Дэлгэрсан.Т, *Инжаннашийн шүлгийн судлал*, Өвөр Монголын Ардын Хэвлэлийн хороо, 1987.

Дэсрайжав, *Их зохиолч Инжаннаши*, Бээжин, 1993.

__________, *судар хийгээд арван анги судрын харьцаа*, Өвөр Монголын соёлын хэвлэлийн хороо, 1991.

Жамсранжав.Г, "Ванчинбалын Инжаннашийн романуудын тухай", *Монголын уран зохиолын тойм* III, Улаанбаатар, 1968.

Залгаа, *Инжаннашийн оны бичиг*, Өвөр Монголын Ардын Хэвлэлийн Хороо, 1995.

Инжаннаши, *Хөх Сударын нөхвөр дэвтэр*(Содбилэг харгуулав), Хөх хот, 2002.

Эрхлэн найруулагч Сайшаалт.Н, *Монголын уран зохиолын түүх*, Ляонин, 1995.

Сүх.В, Буянтогтох, Буянцугла нар голлон найруулав, *Монголын уран зохиолын түүхийн мэдлэг*, Өвөр Монголын Ардын Хэвлэлийн Хороо, Тунляонийн, 1997.

Нагуусайнхүү · Нарийнголхүү, *Тэмгэтийн намтар*, Улаанхад, 1989.

Намжил.Г, *Чингис хааны засаг ба бичиг*, Хайлар, 1990.

Эхийг харьцуулан хөрвүүлж, тайлбар хийсэн Чоймаа.Ш, *Оюун түлхүүр*, Улаанбаатар, 2002.

Төвгэрэлт, "Инжаннашийн шүлэг зохиолын сонирхол", *Сувд тана бутран сацарсан уянга*, Хөх хот, 1992.

Хишигтогтох.Ч, *Монгол сурвалж бичгийн судлал*, Бээжин, 2003.

Цэрэнсодном.Д, *Монголын уран зохиолын тойм*(XIII~XX зууны эхэн), Улаанбаатар, 2002.

Цэрэнсодном.Д, *Чингис богдын дурсгалын түүвэр*(Хөрвүүлж тайлбарын хамт хэвлүүлсэн Пүрэвжав.Э),Улаанбаатар, 2000.
Чингис хааны цэдиг, Бээжин. Монгол бичгийн хороо, 1925.
Чоймаа.Ш, *Монгол судлалын өгүүлүүд*, Улаанбаатар, 2003.
________, *'Монголын нууц товчоон' Лувсандандзаны 'Алтан товч' эхийн харьцуулсан судалгаа*, Улаанбаатар, 2002.
________, *Хаадын үндсэн хураангуй алтан товч*, Эхийн харьцуулсан судалгаа, судалгааны оршил, галиг, үгийн хэлхээ, эх текст, Улаанбаатар, 2002.

2. 국내 저서
강정만, 『송나라 역대 황제 평전』, 주류성, 2021.
김경한, 『인물 삼국지』, 북오션, 2014.
김옥자·김영옥, 「송원대의 과학에 대하여 II」, 『한국수학사학회지』 v. 28, 2015.
김정희·송정수·정면·김유철·박지훈·송미령, 『중국 정사 외국전이 그리는 '세계'들』, 역사공간, 2016.
김희영, 『이야기 중국사』, 청아출판사, 2000.
라시드 앗 딘, 김호동 역주, 『칭기스 칸 기』, 사계절, 2003.
________________________, 『칸의 후예들』, 사계절, 2005.
________________________, 『부족지』, 사계절, 2016.
마르코 폴로, 『동방견문록』, 김호동 역주, 사계절, 2006.
박지원, 김혈조 역, 『열하일기』 2, 돌베개, 2017.
소준섭, 『중국사 인물 열전』, 현대지성, 2018.
예태일·전발평 편저, 서경호·김영지 역, 『산해경』, 안티쿠스, 2009.
유리리, 「배역에 따른 중국 경극 의상과 분장의 표현 특성-조씨고아 사랑탐문 목계영괘사 사례를 중심으로」, 서울대 석사논문, 서울대학교, 2012.
유원수 역, 『몽골비사』, 사계절, 2004.
이병갑, 『중국역사사전』, 학민사, 2006.
이상각, 『열정과 자존의 오백 년 고려사』, 들녘, 2010.
이안나, 『몽골인의 생활과 풍속』, 첫눈에, 2005.
______, 『몽골 민간신앙 연구』, 한국문화사, 2010.
임종욱, 『한국역대인명사전』, 이회, 2009.

임종욱, 『중국역대인명사전』, 이회, 2010.
저자 미상, 김장구 역, 『몽골 황금사』, 동북아역사재단, 2014.

3. 몽골 저서

Ч.Аръясүрэн, *Монгол ёс заншлын их тайлбар толь* III, Урлах эрдэм, 2000.

____________ · Х.Нямбуу, *Монгол ёс заншлын дунд тайлбар толь*, Сүүлэнхүү хүүхдийн хэвлэлийн газар, 1991.

____________________, *Монгол ёс заншлын их тайлбар толь тэргүүн боть*, Сүүлэнхүү хүүхдийн хэвлэлийн газар, 1992.

Ш.Бира бусад, *Монголын нууц товчоо*, Мөнхийн үсэг, 2005.

Л.Болд бусад, *Монгол хэлний дэлгэрэнгүй тайлбар толь*, Монгол улсын шинжлэх ухааны академи, 2008.

Д.Дагвадорж, *Монголын шашин суртахууны тайлбар толь*, АУИС-ийн хэвлэлийн товчоон, 1995.

Ц.Дамдинсүрэн, *Монголын уран зохиолын тойм* III, БНМАУ-ын Шинжлэх ухааны академи, 1968.

Л.Жамсран бусад, *Монголын түүхийн бага нэвтэрхий толь* I, Орбис, 1998.

_______________, *Монголын түүхийн бага нэвтэрхий толь* II, Орбис, 2000.

_______________, *Монголын түүхийн бага нэвтэрхий толь* III, Орбис, 2002.

Лувсанданзан, *Алтан товч*, УБ, 1990.

Д.Лувсандорж бусад, *Уран зохиол соёмбо нэвтэрхий толь*, Соёмбо пресс, 2012.

Х.Лхагвасүрэн бусад, *Чингис хааны нэвтэрхий толь*, Чингэс Хаан дээд сургууль, 2004.

А.Очир бусад, *Монгол улсын түүх* II, Адмон компани, 2003.

Х.Сампилдэндэв бусад, *Монголын уран зохиолын лавлах толь*, Бемби сан хэвлэлийн газар, 2001.

О.Сүхбаатар, *Монгол харь үгийн толь*, УБ, 1997.

Д.Цэрэнсодном, *Монгол ардын домог үлгэр*, Улсын хэвлэлийн газар, 1989.

_____________, *Монголын нууц товчоо*, Мөнхийн үсэг, 2000.

Ш.Шагдар, *Монголын газарзүйн нэрийн товч толь бичиг*, Старт лайн, 2007.

Д.Цэрэнсодном, *Монгол уран зохиолын товч түүх*, Монгол улсын шинжлэх ухааны академи, 2002.

4. 중국 저서

尹湛納希, 黑勒·丁師浩 譯,『青史演義』上·下, 內蒙古人民出版社, 1985.

新蒙漢詞典 編纂委員,『新蒙漢詞典』, 商務印書館, 1999.

5. e-book

방기혁 역,「칭기스 칸 이야기」,『원사본기』 권1(e-book), 슬기야단비야, 2015.

________,「우구데이 황제 이야기」,『원사본기』 권2(e-book), 슬기야단비야, 2015.

________,「무칼리」,『원사열전』 권6(e-book), 슬기야단비야, 2015.

________,「야율초재」,『원사열전』 권33(e-book), 슬기야단비야, 2015.

________,「사병직, 사천예」,『원사열전』 권34(e-book), 슬기야단비야, 2015.

________,「장유소」,『원사열전』 권34(e-book), 슬기야단비야, 2015.

________,「석천응」,『원사열전』 권36(e-book), 슬기야단비야, 2015.

________,「야율유가」,『원사열전』 권36(e-book), 슬기야단비야, 2015.

________,「장덕휘」,『원사열전』 권50(e-book), 슬기야단비야, 2015.

________,「선종 오도보 이야기 2」,『금사본기』 권15(e-book), 슬기야단비야, 2015.

________,「선종 오도보 이야기 3」,『금사본기』 권16(e-book), 슬기야단비야, 2015.

________,「애종 수서 이야기 1」,『금사본기』 권17(e-book), 슬기야단비야, 2015.

________,「애종 수서 이야기 2」,『금사본기』 권18(e-book), 슬기야단비야, 2015.

________,「완안승휘」,『금사열전』 권39(e-book), 슬기야단비야, 2015.

________,「최립」,『금사열전』 권53(e-book), 슬기야단비야, 2015.

________,「도단오르덴」,『금사열전』 권54(e-book), 슬기야단비야, 2015,

________,「포찰관노」,『금사열전』 권54(e-book), 슬기야단비야, 2015.

6. 인터넷 DB

https://mn.wikipedia.org/wiki/Солоон,_Солонгод

https://mn.wikipedia.org/wiki/Харчин

https://mn.wikipedia.org/wiki/Хиймoрь

https://mn.wikipedia.org/wiki/Хотон

https://wordrow.kr/의미/연감유함

https://kangxi.fandom.com/wiki/페르디난트-페르비스트

https://blog.naver.com/bhjang3/140201007630

https://blog.daum.net/ersan.tisory.com/58
https://namu.wiki/w/위무자
https://namu.wiki/w/진사
https://namu.wiki/조간자
https://ko.wikipedia.org/wiki/공자
https://ko.wikipedia.org/wiki/구처기
https://ko.wikipedia.org/wiki/금나라
https://ko.wikipedia.org/wiki/나타
https://ko.wikipedia.org/wiki/뇌진자
https://ko.wikipedia.org/wiki/류큐국
https://ko.wikipedia.org/wiki/문창제군
https://ko.wikipedia.org/wiki/시헌력
https://ko.wikipedia.org/wiki/십악_(불교)
https://ko.wikipedia.org/wiki/야율직로고
https://ko.wikipedia.org/wiki/연성공
https://ko.wikipedia.org/wiki/왕세충
https://ke.wikipedia.org/wiki/유태공
https://ko.wikipedia.org/wiki/유표
https://ko.wikipedia.org/wiki/적로
https://ko.wikipedia.org/wiki/정륭
https://ko.wikipedia.org/wiki/조논
https://ko.wikipedia.org/wiki/조운_(촉한)
https://ko.wikipedia.org/wiki/주_목왕
https://ko.wikipedia.org/wiki/태호석
https://ko.wikipedia.org/wiki/홍문연
https://encykorea.aks.ac.kr/Contents/Item/E0049085(한국민족문화대백과사전)
https://encykorea.aks.ac.kr/Contents/Item/E0064109(한국민족문화대백과사전)